看，那一朵朵火焰

龚政文 著

湖南文艺出版社

图书在版编目（CIP）数据

看，那一朵朵火焰 / 龚政文著. -- 长沙 : 湖南文艺出版社，2023.4

ISBN 978-7-5726-0919-0

Ⅰ. ①看… Ⅱ. ①龚… Ⅲ. ①文艺评论-中国-当代-文集②散文集-中国-当代 Ⅳ. ①I206.7-53②I267

中国版本图书馆CIP数据核字（2022）第205834号

看，那一朵朵火焰
KAN，NA YI DUODUO HUOYAN

作　　者：龚政文
出 版 人：陈新文
责任编辑：李　阔
项目统筹：肖　旻　徐小芳
装帧设计：文　俊 | 1204设计工作室（北京）
内文排版：楚为科技
出版发行：湖南文艺出版社
（长沙市雨花区东二环一段508号　邮编：410014）
印　　刷：长沙超峰印刷有限公司
开　　本：710 mm × 1000 mm　1/16
印　　张：29.5
字　　数：314千字
版　　次：2023年4月第1版
印　　次：2023年4月第1次印刷
书　　号：ISBN 978-7-5726-0919-0
定　　价：78.00元

CONTENTS

目 录

01 第一辑

02 第二辑

03 第三辑

01 第一辑

斯万之恋：爱情神话的终结

安德烈·莫洛亚在为《追忆似水年华》写的序中说："用普鲁斯特书里的事件和人物来说明这位作家的特点，其荒谬程度将不亚于把雷诺阿说成是一个画过妇女、儿童、花卉的人。"他的意思是：在普鲁斯特那里，写什么是无关紧要的，真正值得关注的是怎么写，即对事件和人物的审美把握方式。的确，普鲁斯特的独到之处是他对材料的选择并不在意，他更感兴趣的不是观察行动本身，而是观察的方式。不过，艺术处理的方式是和材料联系在一起的，二者共同组成了艺术家独特的审美世界，因此，对普鲁斯特用他的特殊方式（意识流方式）处理的某些事件、人物、主题，便仍有探究的必要。譬如斯万的爱情经历，就是一个饶有兴味的话题。

文学中的爱情模式，在普鲁斯特以前，有两个显著特点：第一，女性受到格外的关注。她们往往被描写为痴情的、热烈的、无私无畏的，结局总是很悲惨；男人却常常玩世不恭，将女人当作进身之阶，或为了虚幻的所谓事业、家族而拒绝爱情（例如哈姆莱特）。总之，女人因她们的忠贞和不幸而使人同情，男人因他们的浪荡和冷酷而招来指责：这几乎成了一种阅读定势。第二，更重要的，那是一种古典的爱情模式。爱情被普遍认为是美好的、纯洁的、高尚的，是人类神性的大发扬。《罗密欧与朱丽叶》和《简·爱》是这种爱情模式的两个经典文本，前者表现的是一种超越世俗、生死相许的纯美恋情，后者则经磨历劫而终于功德圆满。在这种模式中，爱情的重重障碍来自命运的、社会的、家族的、等级的诸种因素，而不是当事者自身。有些作家或许也探索了主人公性格中的某些缺陷，但他们对人类天性仍有一个乐观的前定，并预设了一种抽象的爱情观念。这样，在普鲁斯特以前的文学中，爱情成了一种神话。

而《追忆似水年华》的目标，却是要消解这一神话。在这部小说中，普鲁斯特着力描写的，是一种男人的爱情。他以外科医生般的精细和准确，解剖了一个男人的一段完整的感情历程，这使小说第一卷（《在斯万家那边》）几乎成了一份病理学文献。事实上，普鲁斯特确乎是把爱情看作一种地地道道的疾病，《斯万之恋》就是对于一个病症完整的发展过程进行的临床描写。这一描写揭示了一个男人对爱情的执着能达到什么程度，受虚幻爱情的蒙蔽和折磨又能达到什么程度；而最有病理学意义的，莫过于他幡然醒悟前那种复杂的心理活动和情感变幻。所有这一切，使普鲁斯特成为爱情描写中最杰出的大师之一。

斯万是经他的一个朋友介绍而认识奥黛特的，在此之前，他一直过着一种悠闲自在的绅士生活。“他属于这样一种有才气的人，他们在无所事事中度日，心想无所事事正好给他们的聪明才智提供跟搞艺术或学习同样值得注意的对象，心想‘生活’本身包含比所有小说更有意思、更富于浪漫色彩的憧憬，就拿这种想法聊以自慰，甚至作为原谅自己的借口。”他已经人到中年，虽然孑然一身，却并不急于要结婚。说到底，对于他这样一个有四五百万家当的跑马总会里数一数二的阔绰会员、巴黎伯爵和高卢公爵所宠信的密友、圣日耳曼区上流社会中的大红人，有什么必要把自己囚禁在婚姻的狭小笼子里呢？他懂得满足于为爱的乐趣而爱，却并不太要求对方的爱。他毫不掩饰这一点：爱的乐趣就是感官享受，就是女人的肉体之美。出于这一原则，他对上流社会的贵妇十分腻烦，因而很少流连于贵族沙龙，却经常到外省什么地方、巴黎什么偏僻的地区去追求他看着漂亮的某个乡绅或法院书记官的女儿，他从这样的猎艳、私通和调情中获得的乐趣是无法言说的。就是在与奥黛特结识之后，他仍然与一个小女工来往了一段时期。

看来，出现在我们面前的，不过是又一个花花公子，一个上流社会的寻欢作乐的老爷。这个人用怀疑的眼光打量着闯进他生活之中的奥黛特：轮廓太鲜明突出，皮肤太纤细，颧骨太高，脸蛋太瘦长……总之，如果她也并不是不美的话，那也是一种他不感兴趣的美，激不起他的任何情欲，甚至还引起他的某种生理的反感。在这样恶劣的感官印象面前，人们有权发问：对奥黛特产生爱情，至于吗？

什么是爱情？它因何而产生？这是个很难回答的问题。爱情世界扑朔迷离，我们只能大致归纳它所拥有的几种模式。第一种是感官模式，它认为爱情纯粹以感官为基础，即使有其他许多打算，感官愉悦仍是先决条件。这种模式注重第一印象，憧憬白马王子与灰姑娘的一见钟情似的爱情。第二种是理智模式，崇尚门当户对，总是三思而行，认为感官常常骗人，而激情只是一种病症，常识才是人生导师。斯万给人的印象，似乎以上两种兼而有之，因为他既是一个感官肉欲的追求者，又十分冷静，决不深陷进去。普鲁斯特对这两种模式都不以为然，他的看法是，爱情产生的根据既不是感官，也不是理智，而是感情。感情和爱情并不是一回事，感情的外延要广泛得多，父母、师生、朋友、男女、姻亲之间都可能产生深厚的感情，却并不就是爱情。爱是一种较之一般感情更为强烈、专注、铭心刻骨的感情。爱是一团熊熊烈火，如果不对象化，不能引起对方同样的爱，它的后果将是毁灭性的。从另一方面看，感情是爱情首要的因素，如果说没有爱情的婚姻是不道德的，那么，没有感情的所谓爱情就是不真实并且也不牢固的。青梅竹马或相濡以沫的感情常常发展为至死不渝的爱，而门当户对的婚姻却摇摇欲坠。因此，感官模式和理智模式并不是真正的爱情模式，在肉欲的发泄和利己主义的冷冰冰的打算中，真正的爱又在哪里呢？叙述者不无讽刺地指出，在奥黛特之前，斯万所经历的，不过是猎艳、私通与调情而已，离爱还差得远。

但是现在斯万深陷情网，奥黛特持续不断的、小鸟依人般的追求激发了他心底潜藏着的某种温柔的感情，使他饱经沧桑的心重又变得年轻起来。她的腼腆羞涩的神色，她等待他时的焦急不安，她注视他时的那种胆怯的恳求的眼神，使她变得动人（不是漂亮）起来。她对斯万说她愿意付出自己的生命，来寻找真正的爱情；如果斯万要找她，她总是乐于奉陪。斯万第一次去她家，把烟盒给忘了，她给他写了一封信：“您为什么不连您的心也丢在这里呢？如果是这样的话，我是不会让您收回去的。”这使他深受感动。他耳畔一遍又一遍响起这句话。奥黛特是一个聪明的追求者，她把自己打扮得温柔、娇弱、楚楚可怜，总让自己与一些虽然细微但却美好的事物联系在一起：一幅壁画的某个片段、一朵雪白的菊花、一段美妙的凡德伊乐曲……从而激发起斯万男子汉的雄心和柔情。他要保护她，怜惜她，爱她，将全部生命奉献给她。他觉得自己和她发生了难以割断的联系，他没法让她独自一人面对这虚伪冷酷的人世。他骤然觉得肩上的担子重了起来，将玩世不恭的心性收敛，变粗硬冷峭为温柔多情，心细如发。正如莫洛亚在他那本《从普鲁斯特到萨特》的书中所写到的那样，男人之所以钟情于某一个女人，是因为，通过某些具有魔力的呼唤，这个女人激发起本来就在我们心中存在但是尚处于零碎状态的千百种柔情的成分，她将这些成分聚集起来，合二为一，去掉了各部分之间的裂纹。一旦出现这种情况，男人之爱就是格外专注的。人们常嘲笑男人的这种变化为“英雄气短”，或“拜倒在石榴裙下”，这一显然带有贬损意味的判断并未道出恋爱心理的本质。

如今，斯万再也不用厌恶的目光打量奥黛特了，他把她看作一件宝贵无比的杰作。更耐人寻味的是，他把奥黛特跟他“理想的幸福”联系起来了。像斯万这种人，还想到什么理想的幸福，似乎令人惊奇。但是，对奥黛特的爱使理想再次融进生活之中，把生活奉献给某一目标的愿望与力量重新产生了。

斯万之恋的发生，是美好的人类感情对粗俗的感官欲求的超越。从此，斯万不再注意别的女人，甚至避免到能碰见女人的地方去。但是，斯万之恋，也是盲目的感情对理智的戏弄与欺骗，从此，斯万陷入感情苦海，拼命挣扎，欲罢不能。

“无情未必真豪杰，怜子如何不丈夫”，对于粗犷的男子，温情只能更增其魅力。他平静、细致、宽厚、自信，对理念与偏见不屑一顾，充分表现出一种真正的人情与人性。但是，当温情被扩张成一种狂热的激情时，就显现出病态的特征。昧于激情的爱情实际上就是莫洛亚所说的主观的爱情。莫洛亚将爱情哲学分为主观的与客观的两种，他虽然承认真实的爱情的存在，但他认为，大部分爱情，尤其是文学中的爱情，却是主观的爱情哲学的印证。

主观的爱情哲学对于爱情本身揭示的是这样一种历程：它预示了一种古典的爱情神话的终结，建立了一种现代的爱情观。在普鲁斯特这里，爱情的本质只在于爱者或被爱者的内心和自身的意义，激情的本质是虚幻的、变态的，圆满的结局是不可求得的。从广义上讲，普鲁斯特揭示的只是一种爱情的过程。这个过程告诉我们，被爱者只是一种激发媒介，它激发了爱者天性中某种近乎本原的沉挚深情，而这种感情在一生中总要有对象来释放的，不管这对象是什么，就像昆德拉把托马斯的这种感情外化到特丽莎身上一样。因此，在主观的爱情哲学中，对象（被爱者）已经在一定程度上退居次要的位置，重要的是爱者，他（她）毕竟体验到了完全爱一个人，心灵被一个人占有之后的欢乐与痛苦的过程。而一切意义，似乎正在于这种过程之中。

主观的爱情哲学最终探索的是人与人心灵在本质上是无法彻底沟通的这一心理现实。我们自以为了解一个人，爱一个人，但不过是被幻象所自觉或不自觉、自愿或不自愿地蒙蔽而已。我们无法完全占有一个人，甚至在感情最热烈的时候，也无法完全明了对方在想些什么。激情使两颗心亲密无间地交融，它带给人们一种幻觉，以为两颗心之间是可以消泯距离的，但这恰恰是罗斯金所断言的那种“感情的误置”，是彻头彻尾的虚妄，是心灵的一种病态的标记。它说明了人的孤独本质。

普鲁斯特的价值在于，我们每个人都可能对这种幻象和欺瞒性十分自觉（斯万后来知道了奥黛特是一个风流女子，一个同许多男人睡过觉的荡妇），但我们却又身不由己或者死心塌地地陷于这种境界，因为如果不这样的话，我们可能永远与一种惊心动魄撕心裂肺的体验无缘。

但是，即使爱情的意义只在于过程，这一过程也是因人而异的。同是以悲剧告终，有的爱情毕竟经历了那么一段时期的心心相印如火如荼，如罗密欧与朱丽叶、安娜与渥伦斯基、德瑞那夫人与于连；而另一种爱，却是彻头彻尾的骗局，斯万的爱就属于这一种。奥黛特只是为了钱，才拼命追求斯万，她表面高雅，实则庸俗；貌似温柔，其实冷酷。她以小聪明激发了斯万的美好天性，却以她惊人的市民趣味和无耻的水性杨花打了这种天性一记耳光。获取金钱的目的达到后，她很快便公开投入福什维尔伯爵的怀里。福什维尔伯爵是一个老色鬼，如果说斯万对奥黛特的爱是诚挚的，那么他谈论奥黛特的方式却是淫猥的。在维尔迪兰家的一次聚会中，吃完晚饭后，福什维尔走到戈达尔大夫跟前，跟他大谈维尔迪兰夫人的长相和奥黛特的身段，这时维尔迪兰先生走过来。普鲁斯特接着写道：

> “我倒真想跟她（指奥黛特——引者注）床上见呢。”戈达尔赶紧插上一句。他早就在等待福什维尔喘一口气，好让他乘机插进来这一句由来已久的笑话……福什维尔是知道这句笑话的，听了立即就明白戈达尔的意思，感到很可乐。维尔迪兰先生也乐不可支……

心爱的人被别人如此糟蹋，斯万真是痛心疾首，更让他痛心的是，奥黛特似乎心甘情愿接受这种糟蹋。在斯万和维尔迪兰圈子决裂后，奥黛特却和这个圈子越来越密切，并和福什维尔同游埃及。对斯万来说，这无疑是难以忍受的。然而陷入感情误置状态的心灵是软弱的，斯万非但不敢和奥黛特决裂，对她的爱反而越发强烈了。奥黛特也深知斯万的这一弱点，为了继续获得他的供养，她对他虚与委蛇，若即若离，亦怒亦喜，完全掌握了主动权。正是从这时开始，斯万的爱情陷入了真正的病态。《斯万之恋》的心理呈示也正是从这时开始，变得异常精彩。

奥黛特变丑了，斯万却正是在发现她没有从前那么漂亮时才觉得她更加珍贵。他为不能时时刻刻见到她而痛苦，又为使用一个小小的计谋便能探知她的行踪而沾沾自喜。为了迎接她的远游归来，他整晚都不睡觉（可她回来后都没想到要告诉他一声）。奥黛特兴高采烈时他感到嫉妒，又不敢跟她待在一起，唯恐显得是在窥看她跟别人在一起时的乐趣。他感到了失去她的危险，醋意涌上心头，然而他又为自己的吃醋而痛苦（没有一个吃醋的人不痛苦万分）。他悬想着她见不到他时的痛苦，因这种痛苦而原谅她的薄情；幻想着她受到他资助时多么高兴，因这种高兴而增添了对她的爱意……总之，斯万已经病入膏肓，无可救药了。

斯万的悲剧在于：即使他告别了花花公子的生活，全身心地投入一种真正的感情世界中的时候，他也未能完全体验到两情相契的欢乐。他只是在想象中去证实奥黛特对他的爱的感情，所以，这种感情便更加只对斯万自身有意义。如果说，即使是充满幻象，但两情的相契也仍然能超越一定时空的话，那么，斯万连这种相契相投的幻象也没有完全获得。即并不是奥黛特在欺骗他，而完全是他自己在欺骗自己，没有这种自我欺骗带来的些许自我安慰，他就无法活下去。因此，对斯万而言，他的爱的本质只在于他是一个“爱者”自身，除此外没有任何东西。

当斯万得知奥黛特还是个同性恋者后，他终于万念俱灰。他能包容一切，却不能忍受这个。斯万下定决心离开巴黎——这一伤心之地、痛苦之源，前往贡布雷乡村别墅。就在临走前那一刻，想起奥黛特，他心里不禁咆哮起来：“我浪掷了好几年光阴，甚至恨不得去死，这都是为了把我最伟大的爱情给了一个我并不喜欢，也跟我并不一路的女人！”这一声咆哮标志着斯万从对奥黛特和对自己的幻梦中醒悟过来，也正式宣告了爱情神话的终结。不过，斯万很可能是气昏头了，他这句话并不完全正确。奥黛特跟他并不是一路人是真，说他并不喜欢她，却未必。事实上，直到此刻以前，他一直是非常喜欢以至珍爱奥黛特的。就在他爱极因而恨极地对他伟大的爱情宣判死刑时，他能说自己就对奥黛特一无留恋了吗？至少他仍处于感情激荡之中。爱和恨方向相反，本质却都是对于对象的一种执着，一种无法或不愿超然的心态。因此可以说，斯万仍然没有彻底从自我欺骗中走出来。

说到底，斯万只是一个凡夫俗子。当他说奥黛特跟他并不是一路人的时候，他无疑是认为前者水性杨花而他自己忠贞不贰，就他与奥黛特的这一场恋爱而言，情况确乎是这样。但是若考察斯万的一生，就不然了。在奥黛特之前，他与那么多女子发生过关系，在这些关系中，他可曾付出过一星半点的真诚？奥黛特欺骗了他，使他痛苦欲绝，但他可曾想到过被他欺骗的那些小女工的痛苦？因此，他完全不必大动肝火。在经历了无数次风流韵事后，他碰巧付出了一次真正的感情，这种付出并没有得到对方同等的回报：这就是事情的全部真相。显然，将他的悲剧完全归罪于奥黛特，是不公平的。毋宁说，他是自作自受。

马克思早就指出过，在资产阶级上流社会中，不可能有真正的爱情，有的只是卖淫与通奸。在这里，女人因其丑闻而扬名，若是她们规规矩矩，男人反而不屑一顾了。这是一个双方都不受道德约束的场所，或者说，不道德就是他（她）们的道德。若是识趣，大家都逢场作戏，各取所需，便可游刃有余，轻松自在；谁要是不按牌理出牌，拿出“虽九死其未悔”的劲头，就显得可笑，要自讨没趣了。斯万的苦，正是不按牌理出牌的结果。

在普鲁斯特的笔下，爱情已远远超越了男女个人的因素，而深入人性与激情的本质、社会与时代习俗的本质，斯万之恋从而具有了丰富的心理学、病理学、社会学意义。躺在床上沉思冥想的普鲁斯特，在分析事物时，并不像他在日常生活中那么多愁善感，而是表现出了惊人的洞察力。我相信，正是这种直觉式的洞察力以及完美的形式感，奠定了他在世界文学中无可取代的地位。

（《读书》1991 年 7 月）

《风流祭》的文学史意义：在获得与失去之间

一

“所有的不幸都因为我们是人。”

尽管小说的第一句话显得故作声势，但应该承认，在《风流祭》（吕幼安作，见《小说选刊》1988 年 8 期）的阅读过程中，存在着某种激动人心的东西。它在丫丫和季米于“广交会”上不期而遇后就产生了，并且愈来愈强烈，而以季米殒身于车祸达到高潮。初读这篇小说而不激动几乎是不可能的。

这种激动人心的东西是什么呢？解释可能是多方面的：它的文体，它的语言，它的叙事技巧，它的故事框架……但是，最主要的无疑是它的人物形象。我指的主要是季米。季米是这样一种人：他们正在当代中国社会的舞台上冉冉升起，光彩夺目，搅动得当代中国社会动荡不安并且实际上主宰着社会的经济生活，并深深影响着文化生活；他们的先是经济地位，继而是社会地位的崛起引得千百万人如痴如狂地追随他们。他们就是伴随着商品经济大潮而出现的经商者阶层，其中一部分人被名之曰社会主义企业家，另一部分人则被人又羡又妒地称作“倒爷”。季米就一身而兼二者。

粗看起来，把季米这样的人当作文学作品（报告文学除外）的主人公，《风流祭》并不是第一次。在它之前有《焦大轮子》等小说。但是，像《焦大轮子》这样的小说无一例外地把主人公置于历史与道德的冲突之中加以表现，这种冲突结构虽有现实的根据但毕竟带有文人的矫情色彩；小说的背景往往是新的商品化浪潮与乡村旧传统的对比，这使它们都变成了某种程度上的“乡土文学”。《风流祭》却是一篇纯粹的城市小说，它对季米们的表现是无所顾忌淋漓尽致的，它摆脱了沉重的思辨负担，所以潇洒自如、跌宕流转。季米是一个活生生的、完整的人，作者对他作了完全正面意义的肯定，而没有在描写他符合历史潮流的同时，按二重组合的模式附加种种缺点，以求得某种张力和丰富性。这就是说，小说变得更透明了，更轻快了，也更自然了。

二

为了醒目起见，我们把当代文学中几部以“风流”命名的作品中的风流人物作一下排列与比较：

《一代风流》（欧阳山）：在大时代的风雨里经受锻炼后终于走上革命道路的青年人。

《风流歌》（纪宇）：各种各样或崇高或平凡的人物，包括改革先驱、边防战士、知识分子、道德楷模……

《两代风流》（刘亚洲）：老一代是身经百战出生入死的将军，新一代是充满理想与激情、绝对富于男子汉风度又守身如玉的青年军官。

还有大量作品并不以“风流”为标题，但是也塑造了自己的理想人物，张扬了自己的价值观念，它们实际上也是一篇篇“风流祭”。仅从新时期文学看：“伤痕文学”有“班主任”似的拯救者；“反思文学”有张志新式的殉道者；“改革文学”有乔光朴式的开拓者；“寻根文学”有阿城的“三王”；李杭育的“最后一个”，郑万隆的猎手们；“现代派文学”有森森、孟野；《金牧场》有悲壮的理想主义者的风流群雕，王朔的小说中则活动着许多嬉皮主义者……显然，要从这些作品中找出季米这样的暴发户、“资本家”是困难的——如果说像毛毛这样的“寡廉鲜耻”、不择手段以成名的女歌星还偶有所见的话。

仅仅从这个角度看，《风流祭》就有它不可忽视的意义。

但是季米的意义决不止于此。季米代表着一种道德观念和价值观念。这种价值观念已成为当代中国中产阶级中占主流地位的价值观念，并将影响整个“市民社会”（借用黑格尔的术语）。它既不是嬉皮士式的颓废主义，又不是过分严肃的理想主义，但又是二者中有价值的东西的综合。季米有着一种冷静的务实精神，又表现出开放的道德观念；他对人性有着深透的了解，又不失孩子似的天真。季米追求的就是钱和性这两样。虽然他横遭不测，来不及充分享受他所成功地追求到了的东西，但是有了此前那许多辉煌灿烂的瞬间还不够吗？需要指出的是，现实中的季米肯定有很多粗鄙的陋习，但作者却无意把他写成一个粗鄙的商人。季米之追求钱和性，是以既凭感性一眼洞穿其本质（重要性）又深思熟虑坚韧不拔的方式进行的。这样，钱虽有魔力，却很少散发出我们所批判过的那种铜臭气；性虽然动人，却是与情结合起来了的。

三

但是，《风流祭》中季米的形象的社会学意义和文学史意义，以及它圆熟的美学形式，并不能掩盖其重大缺陷。这一缺陷首先在阅读过程中被暗示出来：重读《风流祭》是令人失望的，它不再使人激动不已，季米也不再光芒四射。不能认为这是重复阅读所产生的必然结果，肯定还有某种其他的原因。在深入思考之后，我认为我找到了这种原因，即：为了使生活中相对粗鄙的季米获得读者也获得文学的认可，作者处心积虑地使用了种种文学手段，这些手段都是那些不朽的经典作品反复运用过的。当作者不露痕迹地搬用过来时，他获得了表面上的成功，但却导致了无可救药的平庸和陈旧。

季米是一个类似于海明威笔下的“硬汉子”形象，这是他的最大特征。他“嘴阔，但阔得棱角分明。双眼闪烁。鼻梁挺直。双肩很宽。体魄伟岸”；敢做敢当，果断刚毅，爱女人但更爱事业；追起女人来跟干事业一样冷静而充满信心。暴发户能吸引无数浅薄女人，但要赢得丫丫这样有事业心又心性高傲、言行不俗的姑娘的芳心，非得季米这样的男子汉不可。说到底，季米是以他的性格而非金钱、事业或相貌使丫丫疯狂地爱上他的。

季米在某种程度上使我们想起武松，而武松早已是家喻户晓的英雄（风流人物）。季米英俊、高大，他的哥哥却“瘦小、苍白、一副猥琐不堪的样子”，他的嫂子则是“一个能说会道的俊俏的女人”，偷人养汉，无所不为。这种“弟—哥—嫂”模式显然来自“武松—武大郎—潘金莲”原型。季米的刚烈和武松如出一辙。他一直把他哥嫂的关系看成奇耻大辱，几次以这样一句话痛苦地回避丫丫的询问：“家丑不可外扬。”他发迹了，却一分钱也不给他哥哥，而宁愿买牛肝、鸡蛋、牛奶喂狗。毛毛这样评价季米：“一千块钱买一条狗，季米是英雄；亲哥哥一分钱不接济，季米又是狗熊。”这句话的后半部分如果不是出于女人脆弱的天性，那么就是一种装腔作势。季米的行为并无一丁点狗熊的成分，相反，他的爱憎分明只能博得读者的欢呼。似乎是为了给这欢呼增添砝码，作者最后让哥嫂两人出场了。这一段是极其恶心的，九泉之下的季米要知道他嫂子吞下了他的百万家产，无疑会死不瞑目。正是由于这一点，曾经骂过季米是狗熊的毛毛竟然干出了疯狂的行为：毒杀季米之侄（名义上的）季小龙。这一行为违反刑法却符合道义，它的失败无疑加剧了季米、毛毛与哥嫂侄之间对抗的正义性和悲剧性，否则人们可能会把同情的砝码稍稍移到后者一边，如同现代某些人之于潘金莲。

从季米的成长史看，他无爹无娘，从小在孤独中长大。这几乎成了创造一个英雄的共同模式。从小没享受过温情故特别渴望女人的爱抚，从小受尽欺凌故深知金钱之重要（“钱就是命!”）。童年决定性格。季米外冷内热，“看上去凶巴巴的，其实极富人情”；外强中干，粗暴地殴打丫丫以求得外在创伤的消解；一方面是男子汉，另一方面又不失天真。这种性格读者能不假思索地接受，丫丫更能接受。季米和高加林、七哥（《风景》）本质上是一类人。挣脱过去的梦魇，追求显赫的生活是其共同道路，只不过前者经商而后者联姻、走入新闻界或者从政。他们的共同祖先是于连和拉斯蒂涅。

季米的结局是悲剧性的，这符合大多数高层次读者的欣赏习惯和审美定势。一味张狂是令人讨厌的，悲剧的黑色油彩则带来了凝重气氛。作者深通悲剧艺术的结构学和心理学。小说第一句话就预示了后来的悲剧结局，并力图上升到形而上的高度。从丫丫偶遇季米，到“是的，我认识了季米”，这是起；季米的事业迅速发展，达到顶点，这是承；被刺，大难不死，但危机四伏、险象丛生，这是转；在幽静的西山林道刚完成一次辉煌的爱的享受后，季米被撞死，丫丫幸免于难，但做了人流，这是合。如此起承转合的技巧玩得娴熟而老到。

剥离了英俊、高大、一千块钱的德国种狗、牛肝、冰箱、摩托、作家、争吵、殴打、和好、“炸药包”、日本彩电等令人眼花缭乱的东西后，季米还剩下些什么呢？只剩下由以上几个侧面综合而成的一个骨架，这是季米形象的深层结构。与浅层结构的丰富驳杂相比，这个深层结构贫乏、陈旧，缺乏创造性，这使季米不能长久地抓住读者，也使我们对本该以崭新面貌出现的风流人物失望不已。我们不禁要问：是文学已经穷尽了所有的人性呢，还是作者的功夫未到，抑或经商浪潮中根本未产生新的足以在文学上站住脚的风流人物?

《风流祭》以其重大的社会学意义而获得了一些文学史意义，又因为其人物性格深层结构的陈旧而最终失去了文学史意义。它的性格结构，作为本文美学意义最重要的一个方面，是不堪分析的。而失去了本文的美学意义，一部作品要想被文学史记住，是不可能的。

四

这一缺陷在丫丫和毛毛身上更严重一些。真正说来，小说所“祭”的风流仅止于季米，丫丫和毛毛都只是陪衬性人物，而且带有更多的己见因素。丫丫终归只是个贤妻良母，毛毛也不过是个上蹿下跳的摩登女性。她们和季米的关系都经历了一个或分或合的模式，只是在时间上错开了。值得注意的是，小说最后对二人的处理多少有点出人意料：一直拼命求出名的毛毛不顾身败名裂的危险而谋害季小龙，扮演了一个陪葬者的角色；而只想做一个贤妻良母的丫丫却没按惯例保护好腹中之子，以便将来继承父志什么的，而是毅然拿掉了，然后“向外走”。这个过程被描述为一场灵与肉的革命。这似乎暗示读者她要忘掉那段动荡不安的生活，复归那个平静、上进的丫丫。但是作者并不能肯定，他让丫丫沉思起来：“要去哪，我得好好想想。”

结尾的这种处理似乎反映出作者对季米的价值观念仍有些犹疑，不自觉地用黑格尔式的三段论法弥补自己的过分激进。这种处理无疑也给季米的形象带来一定的冲击。丫丫的感受是正确的："秋风阵阵袭来，秋的后面是冬，冬的后面是春，岁月悠悠，它送走了一代又一代的风流，又冷峻地迎来了新贵，我感到脚下的这块土地在摇晃，有如地震在蔓延。"对季米当作如是观，对《风流祭》文学史意义的得与失，也当作如是观。

（1991 年）

于寻常处见风采

——话剧《毛泽东的故事》观后

表现个性化的领袖与英雄，是近年来文艺界的共识，但是一些作品在追求个性化时，走向了另一个极端。不顾人物性格的内在逻辑，醉心于一些外在化的细节和噱头，硬将一些所谓普通人的性格特征贴到领袖、英雄身上。这实际上是一种新的概念化、脸谱化。

西安话剧院创作演出的话剧《毛泽东的故事》则不然。该剧借鉴了纪实文学成功的经验，通过细节的运用，表现了毛泽东的随和、幽默、乐观，并进一步发掘毛泽东性格中的深层次因素。例如，毛岸英牺牲的噩耗传来时，毛泽东是实实在在惊呆了，禁不住老泪纵横："岸英，岸英啊……"这正是"青山处处埋忠骨，何须马革裹尸还"的潇洒下面所深埋着的巨大悲哀。这样的处理是真实可信的，也是具有人性深度的。又如，在山雨欲来风满楼的1965年，毛泽东畅游北戴河，面对自然的暴风雨，他欣喜、激动，诗情澎湃，以至于对前呼后拥、担心他受凉的工作人员大发脾气，发出

"与天奋斗，其乐无穷！与地奋斗，其乐无穷！……"的呐喊，这是否也从一个侧面反映出毛泽东当时的复杂心态呢？会见尼克松时，他再次指出"没有斗争就没有和平"，并对自己终于"斗赢了美帝国主义"感到无比自豪，可见，作为一名卓越的政治家，毛泽东的"斗"，绝不同于一般人的"争强好胜"，而是与其历史使命感和观察、认识世界的哲学基础相关联。在晚年的一些场合，毛泽东变得固执、易怒，这固然是多种原因造成的，但是否也跟他深感周围的人跟不上自己的思想有关呢？换言之，那是否也是一种不被理解的心境流露呢？

应该说，话剧《毛泽东的故事》带给人们的这些思考，已经使它在毛泽东形象的塑造上大大前进了一步，使该剧成为同一题材中又一引人注目的作品。

（《湖南日报》1991 年 11 月 3 日）

和谐与冲突的双重变奏

——电影《过年》的艺术魅力

影片《过年》的故事是在北方除夕的阵阵鞭炮声中开始的。大年初一，儿女们陆续回来了，虔诚的问候不绝于耳，但令人烦恼的冲突也随之而来。

首先是父亲与儿女们的冲突。父亲是精明能干的，也不乏宽容与通达。但他固守着自己的生活方式，企图将儿女们的思想统一到自己的价值观念上来。他看不惯小儿子玩世不恭，对二儿子及其女友沾染着贵族派头的现代观念也不感兴趣。要调解父亲与晚辈的冲突是极为困难的。我们固然可以指责父亲的保守，但一种纯正的保守主义立场是不乏魅力的，而年轻人在商品经济大潮冲击下产生的各式人生态度不也有其缺陷甚至是丑恶的吗？

这种丑恶集中体现在大姐夫身上。他既好色又卑鄙，一肚子坏水。妻子的贤惠丝毫不能感动他，反而使得他得寸进尺。但这种人反而颇得长辈的信任，这是生活的悲剧。母亲并不谴责女婿，觉得这是理所当然。这无疑只会加重女儿的不幸。

大嫂这样的人我们并不鲜见。泼辣刁蛮，贪财好利，目光短浅，整个一个欠揍。偏偏嫁了个不想揍、不会揍也不敢揍她的丈夫。在八面来风的现代社会，他居然想永远保有一角宁静悠远的天地，于是只好眼睁睁看着老婆丢人现眼。现在他终于忍耐不住了，向老婆挥出了平素只是轻抚书本的手。这一落入俗套的转折将大年初一一系列不愉快事件推向极致。人仰马翻，遍地狼藉，辉煌的筵席散得无限凄凉。破碎了，在极富动感的画面中，一切精致的佳肴和人心都破碎了。虽说是碎（岁）碎（岁）平安，可去年的镜子不也是这么碎裂的吗？这种惊人的重复性和延续性不是揭示了人生的某种无奈吗？

唯有大川，是最具亮点的人物，那种理想化的手法和在其他人物身上严格的写实主义态度构成了一种对比。但理想主义的和谐也恰是影片的一种旋律。绵延、晶莹的雪，粗犷有力的歌，虚静宁和的画面，以及老两口的出走，都突出一种空灵，一种向往，一种挣脱烦恼的诗意冲动和回归情结。这种写实与写意的结合，失望与希望的融汇，怀旧与渴盼的交织，和谐与冲突的变奏，是否也折射着当代中国人对剧烈变动的现实的一种回应心态呢？

（《湖南广播电视报》1991 年 11 月 26 日）

在烛光里哭泣

——看电影《烛光里的微笑》

王双铃是在一种习见的模式中走入我们的视野的。一个著名的乱班没人管了，王双铃平静地但也是毋庸置疑地站了出来，而她本来是可以好好轻松一下的。故事以后的发展也是我们熟稔的：桀骜不驯的学生被无微不至的爱心征服了，老师却一病不起……可以说，没有任何情节超出了常人的想象范围。在摄影、音乐、美工等方面也没有值得特别称道的。至于表演，宋晓英的演技当然是出色的，却也算不上特别优秀，只能说尽职尽责，圆满地完成了导演交给的任务。然而，尽管有种种不尽如人意的地方，《烛光里的微笑》却仍不失为一部感人至深、催人泪下的佳作。融融烛光中，李小朋们在哭泣，而银幕下也一片唏嘘。这种剧场效果，自《妈妈！再爱我一次》后，人们还很少看到。

然则，究竟是什么魔力使我们泪湿青衫？我想，这种魔力主要来自这样两个方面：王双铃朴素而伟大的心灵和令人忧虑的教育现状。在这里，主题与内容是决定性的，形式则无足轻重。

王双铃是一个普通的女性，苍白、瘦削，一眼望去便有一种清苦的教师气质。她耐心地化解矛盾，促人向上，使一群“野马”走上正确的人生之路。她向他们提出了一个严肃的问题——“我们怎样长大?”，又以自己的言行引导他们回答这个问题。在这些平凡小事里面，蕴藏着多么令人难以置信的良知与道德勇气。都说王双铃是一个脱离了低级趣味的人，可是要做到这一点是多么难，尤其是在这样一个大变革的年代里！她不是一个圣人，但她是一个真人。正是这点使我们无限感慨。再说教育现状。谁都会承认，近几年我国的教育事业发展很快，教师地位也有了很大提高。但令人困扰的问题仍然不少。急剧增加的离婚案件，使丽萍差点成了牺牲品；赌博与“黄”毒泛滥使小明终于失去了名义上的父母；教师待遇太低，逼得学校将校舍出租；商品经济的车轮轰隆隆地开进校园，路明因此断了一条贮满足球之梦的腿。这些问题恰如八面来风，冲击着稚弱天真的孩子们。它们并非单纯的学校教育所能解决，更非某一个人的力量所能及。王双铃自觉地充当着孩子们的引路人与保护神，但她的肩膀再坚强，也难以长期承受这样沉重的压力。她终于倒下了。她并不真的是病死的，在某种意义上，也不仅仅是累死的。她的死，可以说是心力交瘁。这，难道不是令人痛心的吗?

王双铃在匆匆离去之前，留下了最后的嘱托：“剩下的路，你们自己走吧。”我们相信，在四月和煦的阳光下，孩子们能走好这条路。

（《湖南广播电视报》1992 年 3 月 24 日）

情与思的独白

——王开林散文一瞥

近几年来，散文创作渐呈繁茂之势。一大批青年作者闯入散文园地，在众多散文新锐中，潇湘秀士王开林以其忧郁的情感、孤独的沉思、华美的语言和独特的文体异军突起，独标一格。

考察开林的全部散文，有两种主题类型引人注目：一类执于情，是一个幼遭创患的敏感诗人对其人生经历的追忆与咀嚼；一类偏于思，表达一个独处一隅的城市浪子对浮嚣生活的批判性反思。它们共同的心理特质，是孤独；共同的文体特质，是独语。

情感，是散文世界永恒的风景。在经历了多年的情感枯竭与情感造作后，当代散文重新回归到情感本体中来。二十余年前，开林出生于湘楚名城长沙，三岁那年，开林随父母和两个姐姐下放到华容。九岁那年，母亲年刚五十，就此撒手归西，这猝然来临的灾难给他带来了巨大的打击和无法磨灭的创伤。他描述当时那种天塌地陷般的痛苦："我大恸不止，竟至哭昏在她的坟头。"（《雨雪霏霏》）在以后踽踽而行的人生苦旅中，母亲成了无时不在的倾诉对象和守护之神。正是这种怆痛的童年记忆使开林染上了一份感伤与忧郁。在《雨雪霏霏》中，开林写道：“我不是一个喜欢怀旧的人，过去岁月里的许多悲欢早已烟消云散，唯独童年的种种苦难依然斧刻在心头，再也无法抹去它们的痕迹。”不管是接到大学的录取通知书，还是成为头戴桂冠的青年散文家，一旦俯瞰童年的惨淡岁月，心中仍不免隐隐作痛。母亲辞世之后，他一直过着孤绝的日子，没有可信赖的朋友，这便造就了开林散文中的忧郁主题。那篇广为人称道的《落花人独立》是这方面的杰作。在这篇散文中，开林表达了他对忧郁的看法：“忧郁，是一个像《红楼梦》中林黛玉那样病态、伤感，却又美丽无匹的词语，毫无媚俗的情调，我轻易是不敢去碰触的。哲人说：凡夫俗子只配有寻常的喜怒哀乐，至于忧郁，它是思想者伤口上的碘酊。我因此而惶恐了，我实在称不上一个思想者，但偶尔感受到一种悒悒的潮水漫过自己的心怀，那又是什么?”他叹息自己的沉落：“往日，我最喜欢在书籍中勾留，且心旌不为世事所摇动，然而，那种恬适的情趣终被琐碎无聊的生活蚕食殆尽。”忧郁一旦成为一种气质，透到文学创作中，便带有一种诗性的美，一圈超尘脱俗的灵光。

开林的散文中有相当一部分是关涉爱情的。这些散文中的叙述主体，对爱情抱有一种纯净与完美的理想，这可能源于文学与母亲的双重影响。开林写道：“真正的爱情应该是一种无限的沉迷和极度的陶醉，是站在凡·高的画前，进入舒曼的音乐时的那种忘我之境。”（《梦中的黑乙鸟》）。可是，凡·高和舒曼的爱情恰恰是不完满的。所以爱情这种至为“纯净的液体”有可能是琼浆，也有可能是毒药，“生与死两种极致的快乐都调配在这魔水中”（《情境》）。在开林的笔下，鸟儿的爱情令人羡慕。它们彼此用尖尖的喙梳理茸茸的羽毛，巢居在时光与情感的枝间，厮守那一份天赐的安宁，那份不待喁喁相诉和关关而鸣的欣悦早已播散于空气里。但是风雨会来侵蚀它们，而长久厮守也令人厌倦，心与心的隔膜常常使爱情如过眼烟云随风而逝。爱情的甜酒使人迷醉，奈何不能长久。我们的心都太敏感，太脆弱，负荷不了太多的冲击和波折。开林的早期散文，如《二十岁人》（《散文》1986 年第 5 期）、《深巷里的浅色花》（《北大校刊》1988-3-14）、《最后的谛视》（《散文》1989 年第 5 期）等，大多是些柔美而幼稚的爱情散文，可是很快，眼泪和沉默成了爱情的主调。

对纯净与完美的执着追求毁灭了爱情的现实存在，但却产生了一批优秀的抒情散文。它们以娓娓相诉的方式，袒露自己的痛苦、忧郁、孤独、伤感，以一种整体性的情感力量叩击人心。它们蕙质兰心，冰清玉洁，玲珑剔透，有婉约之风与阴柔之美，但并无造作与病态。事实上，开林的散文并不都属于婉约一派，也有粗犷豪放的。当你读到《古城》（《长沙晚报》1988-3-24）、《山魂》（《长沙晚报》1989-11）、《湘西月魄》（《莽原》1990 年第 5 期）、《片石苍茫》（《随笔》1992 年第 2 期）时，你会惊奇于那么一个柔弱书生内心的刚烈与豪放。这些散文中透现出来的对传奇与英雄业绩的向往，对软性庸常生活的拒斥，体现了湘人的强悍与勇武。

开林散文中偏于情的这部分使他赢得了众多的读者，有名的

《落花人独立》发表后声誉鹊起，先后为《文艺报》《散文选刊》《青年文摘》转载。但是我觉得，他那些偏于思的散文更值得注意，它们大量发表于 1989—1991 年，它们的出现，标志着作者找到了自己的位置，形成了独特的风格，其思想深度和美学价值令人瞩目。

随着商品经济大潮的到来，我们的社会似乎进入了一个实利主义时代。人们忙忙碌碌，东奔西走，唯一的目的就是获取钱财。物质欲望掩盖了精神需求。大批人带着淘金梦来到城市，却在城市中沉沦。暴力、色情、吸毒、环境恶化困扰着所有的城市人。开林曾经强烈渴望回到城市（《雨雪霏霏》），他也的确成了一个城市人，但他为此深感痛苦。

首先，城市人在某种程度上不由自主地卷入了利益追逐之中，这种激烈而紧张的追逐会使之忘掉本性，陷入异化的泥淖之中。“在城市里，正有激烈的角逐和畸形的世态演化到无法收拾的地步。参与者是不幸的，见证人是痛苦的。人类在生存和生活的旋涡中挣扎，侥幸上得岸来，也仍是惊魂不定。”（《远方的岛》）面对这种情况，城市人欲罢不能，物质的车轮飞旋虽使你如牛负重，却也维持着你的运转。

其次，比起纯朴的乡村生活，城市生活确乎有更多的疏离与掩饰。“我生长在城市，远离真实的大自然，虚伪的气息使我的心灵日渐萎缩，难以舒展。”（《远方的岛》）人们似乎都戴上了面具，在一场巨大的假面舞会中走来走去，虽然摩肩接踵，但不交往。她们“将自己装在套子里，将套子装在盒子里，将盒子藏在箱子里”。

这样一种现代套中人的生活，使作者陷入了深深的困惑与自责，他毫不留情地反思自己："从何时起你开始戒备，开始设防，开始构筑一座深深的城府？真情流失了，你不再可惜；朋友走散了，你不再痛心。你嘴角多了几撇世故的冷嘲，你在面具下生活，阳光已无法透射到你的心底。"（《握住自己的手》）

再次，城市生活也是机械的、公式化的。"我每天顺利地进入公式化的生活程序：走上楼梯又走下楼梯，躺倒又起来。离开与返回之间，只有岁月匆匆流失。"（《远方的岛》）人们只要凭着聋子一般的经验和瞎子一样的熟练，便可重复单调的工作。在这样的生活中，人毫无独特性可言，也毫无诗意可言。

开林对城市生活的批判有其偏颇之处，事实上，从历史主义的角度来看，城市生活要优于乡村生活，城市化也终究是一种进步现象。中国的现代化尤其需要加速城市的发展。尽管如此，开林的批判有助于我们认识城市自身的缺陷，从而创造一种更有活力、更加合理的城市生活。

正是因为深感城市生活中的负面因素戕害人的性灵，毁灭人的创造性，开林大声疾呼："走出城市，回到岛上，小憩或者沉思。"（《远方的岛》）

"岛"在开林的散文中是一个经常出现的意象，除了《远方的岛》外，《青春备忘录》《湘江夜泛》《慧悟》《断翅的云》等都写到了岛。在这些散文中，岛与城市形成了一种尖锐的二项对立。岛代表对理想的追求、美好的生活、创造、自由的心灵、无拘无束的快乐、浪漫的爱情、沉思的个体。

在岛上，作者沉思的是一些最寻常但也最深奥的问题：身为何物？身在何处？身欲何求？生命的意义是什么？究竟怎样才能实现创造性的生活？作者用体验作出了自己的回答。在岛上，我们虽然只有一间草寮，仍觉快乐无限，这是一种返璞归真的快乐。“我们自觉是一尾鱼，只要像鱼儿一样质朴而且纯真，我们就可以永葆一份自由和快乐的心情。”（《可以溶解的鱼》）这种从内心生长出来的禅宗般的豁达安详消解了原来的焦虑和愤世嫉俗。

不但是那些写岛的散文，那些写郊野写乡村，写山魂写月魄，写梦境写游历的散文都或多或少表达了超越世俗、复归自然的渴望。岛作为一种美好的存在，作为城市的对立物，是一个总象征。

从文体上来说，开林创作的是一种独语体散文。独语，或称独白，它以自言自语的方式，呈露出个体面对世界的心理体验。创作主体直接成为对象主体，创作主体占有绝对的主宰地位，外在世界只是心灵世界的辐射体。这与家常絮语型的闲话散文适成对比，也不同于我们习见的政论散文、游记散文和抒情散文。

这种独语体的采用与开林生性忧郁、雅好沉思的个性特征十分契合，尽管童年是痛苦的，爱情又过于感伤，可是作者总难驱遣心中的那一丝怅惘、一点迷惑、一缕忧伤。“人们忙于衣食的筹措，忙于享乐场的营造，忙于巧取豪夺，忙于尔虞我诈。这样的人生是一张巨网，正在罗致你。”（《握住自己的手》）

但开林的精神气质又是真正中国的。他有深厚的古典文学修养，有敏锐的感受能力和东方式的表达方式。他对意象的把握和营造是独特的。他的散文中有许多直接从古典文学中摄取意境原型，移植生成为自己的意境。这些意境不仅仅是散文的知识背景或炫奇手段，而本身即构成散文创作的主体意境或创作触媒。最著名的例子是《落花人独立》和《雨雪霏霏》。“落花人独立，微雨燕双飞”本是北宋晏幾道词《临江仙》中的名句。作者在一个四月的细雨季节忆起了大学时代的初恋情人，于是想到了这句词。它构成了这篇散文的主导意境与主体情绪。

开林总是刻意追求散文的形式美，他的散文中的意象、语言、节奏、修辞均极为考究，达到了精致的程度，这得益于他深厚的古典文学修养。《流水千觞》《爱者之贻》《独掩黄昏》《歌者》《情境》《梦中的黑乙鸟》《夤夜不再回头》《赔你千只眼》《穿越生命的河流》《站在山谷与你对话》等都是佳作。

王开林凭他丰厚而高质量、高品位的创作受到越来越多读者的喜爱，并引起了广泛的注意。相当多的篇什被转载，《远方的岛》获得第四届“十月文学奖”。我们期待并且相信，年轻的散文家将推出更多优秀作品，将他的散文园地莳弄得更加夺人眼目。

（《文坛艺苑》1992 年第 5 期）

李若男：在人生的坐标上

——析电视剧《上海一家人》

李若男的人生坐标是由如下两根轴建构的：其横坐标讲述一个弱女子是如何通过自己的苦苦挣扎而自立、自强、对抗并最终击败男性中心社会的，这是性别坐标；其纵坐标则表现作为下层阶级子女的若男以奋斗求生存求发展，最后成为上海滩女强人的漫长历程，可称之为阶级坐标。在李若男身上同时体现了编导的性别意识和阶级意识，二者还互相交叉、互相融合，使女主人公的形象丰富多彩，颇具深度。

将性别意识特别指出来并不是照搬当代西方方兴未艾的女权主义理论，也不是基于该剧编、导、制片都是女性这样一个表层原因。首先，若男的名字给我们以强烈暗示；其次，剧中的男性世界是令人沮丧的。从小，若男的视野中就只有两类男人：恶魔和弱者。前者当然是嫖赌逍遥的老板和助纣为虐的“大块头”；后者则既包括沈川、根宝这样的苦力，也包括像先生这样的读书人。先生是若男的教父，后来成了她的股肱，但他的遭遇令人扼腕。作为一个孤女，若男寄人篱下，投靠无门，老板娘像幽灵一样纠缠着她，而师傅又严厉得近乎变态；她挣扎、拼搏、周旋，终于在男性中心的包围中脱颖而出，并足以傲视群“雄”。

阶级似乎是一个很陈旧的词了。不过说《上海一家人》中存在两个对立的阶层，还是可信的；说若男是有志气的下层人民的代表，也并不过分。在这里编导把阶级意识和达尔文主义糅为一体，铺垫了一个又一个弱肉强食、适者生存的例子，高悬在若男头上。若男自小就属于强者系列，但她既葆有劳动人民的善良、纯朴、宽厚、坚韧，又吸收了上流社会的优雅、文明和巧于周旋，成为一种完美的人格理想。这使她既从本质上超越了阿祥（永远的弱者），又不同于桂花（心术不正的强者）。

两根坐标轴其实只是两种视野，其深层模式是同一的。几千年的封建社会使女性受到侮辱与损害，这与下层人民的命运是相似的。因此，女性对抗男性以争得独立地位和下层人民反抗上层阶级以求得翻身解放，这是一回事。若男以个体的方式所追求的目标在中国现代革命中以群体的方式得以实现。这就不难理解，在迎接解放军进城的人群中，出现了若男欣喜的面孔。让我们记住这句歌词：别旧梦向着光明我往矣。

（《湖南广播电视报》1992 年 6 月 2 日）

青春生命之火的宣泄

——我看“草蜢”热

此刻，在贺龙体育馆一个僻远的角落，我望着四周疯狂的人群，心如止水。“草蜢”旋风迅猛地刮起来，将整个体育馆搅得热浪滚滚，摇摇欲坠，这和外面秋夜的凉意形成对比。对于长沙的中学生、港台歌迷来说，“草蜢”的到来恰如人生的盛宴，他们追星逐月，如醉如痴；他们将炽热的双手、痴迷的目光和躁动的心一起交给那三个港仔，毫无保留并且心甘情愿。整个城市都在谈论草蜢，这对于本来就无可奈何的交通来说则无疑是一场雪上加霜的灾难。

这是青春生命的旋律。“草蜢”们将青春的激情、生命的礼赞、对友谊与爱情的奉献注入劲歌狂舞之中，那么无拘无束，那么直白明快。在如雷贯耳的鼓点声中，他们完成了一篇人生宣言。他们宣告，在物欲横流的社会，在父系威严控制的社会，在尔虞我诈虚伪做作令人作呕的社会，青春、纯情、浪漫与梦想是一种不容忽视的存在。在这里，歌词本身是无所谓的，甚至旋律也无关紧要，重要的是生命的一种存在形式，一种活法。我们在随心所欲地跳、唱、吼、欢笑、激动、狂热……这就够了。平心而论，草蜢的歌并不是十分出色的，人们到这里来也并不是为了欣赏音乐，一切都只是一种借口。中学生们带着被父母严厉管制着的、被学校压抑并且排斥着的、被可怜的经济地位困厄着的全部梦想来到了体育馆来证明自己、实现自己。在社会上他们并没有独立的地位，但在体育馆里他们却感到主体意识在苏醒生长，噼啪作响。在这一点上，草蜢成了他们心照不宣的伙伴。

精神真空是需要填补的，在许多固有的价值观念被搁置、怀疑甚至推翻后，精神如溺水人一样扑腾挣扎，拼命想捞住一根稻草，草蜢就是这样一根稻草（还有许多类似的稻草）。激动得发狂的年轻人争先恐后将草蜢那几只实在平常不过的手握了又握，将鲜花与掌声尽情倾洒；少女们甚至顾不得害羞，将粉红的嫩脸凑过去沾上歌星们的唾沫。当然，无论如何，被草蜢俘虏总比被黄色录像和地摊文学俘虏要好。

当时间之轮轰隆隆向二十一世纪碾过去的时候，我们真切感到了社会前进的步伐。比起牛仔裤与迪斯科的最初遭遇来，草蜢简直是太幸运了。整个中国都在宠着他们，尽管体育馆中的平均年龄不超过二十岁，但是成年人是宽容的，心平气和的。他们不太理解，但并不反对，许多人少不得要花四十元的高价为独生子女弄一张票。一位父亲将女儿送进体育馆后，在南门口附近闲逛了两个小时，之后再将兴奋得满脸通红的女儿送回家。想想那个除了数理化还是数理化的年代，此种现象还不足以发人深省吗?

（《文化时报》1993 年 2 月 2 日）

给悲剧性轮回画上休止符

——对影片《香魂女》的审视

对于新时期文艺乃至整个二十世纪的中国文艺来说，拒斥和批判封建宗法意识始终是一个不可或缺的母题。在谢飞这部无论音乐、画面都十分精致优美的影片中，封建宗法的幽灵和对这个幽灵的悲剧性抗争同样都震撼了观众。当春风得意的香二嫂御驾亲征，逼迫漂亮的环环回到她那呆傻无能的儿子身边时，我毫不勉强地想起了曹七巧，想起了湘女萧萧和良家妇女，想起了所有那些三十年媳妇熬成婆的女人。

值得注意的是这部影片的叙事策略。它给影片加上了漂亮的包装，而真正的主题却深藏若虚，至少在前半部是这样。改革开放之风吹皱了那汪湖水，古老的乡村正日益向现代生活靠拢，这使影片获得了生活上和政治上的某种可靠性，并沾上了抒情诗和英雄颂歌的气味。然而真正的价值并不在此。所有这些都只不过是某种假象。当香二嫂和运输个体户慌慌张张的偷情第一次出现在我们面前时，假象如阳光照耀下的雪景迅速融化了。故事是从这里才真正开始的。这个场景是那么的不和谐、不优美，它剥落了香二嫂贤惠的外衣，打破了顺理成章的审美期待，使基调出现了突转。以后的香二嫂凶狠、虚伪、残忍甚至无耻，当然，她也令人同情，她将封建宗法意识的受害者和执行人两种身份集于一身，通过故事所提供的丰富可能性和斯琴高娃对这些可能性的完美实现，成为所有这类人物中最丰满最复杂的一个。

中国农村的复杂性在于，一方面，贫困带来了愚昧，环环就是贫困的牺牲品；另一方面，富裕并不自然而然地造就文明，当富裕和封建宗法秩序联姻时，其愚昧更达到残忍的程度。

影片叙事策略的圆熟还在于它给了我们一个令人鼓舞的结尾。作为地道的中国妇女，香二嫂天良未泯，她从自己的悲惨命运想到了媳妇的黯淡前途。呆傻儿子越来越无法忍受而环环却越来越顺从，这种令人揪心的局面使她想起了自己苦难的一生。她终于醒悟了：鼓励环环离家出走。这符合中国人的审美习惯，并且也不能低估它的现实意义：不管香二嫂的愿望能否实现，意识的觉醒本身就标志着一种解放。何况文艺也只能做到这一点：诉诸良知，儆恶扬善。

但这种解放的基础是十分脆弱的：当财大气粗的香二嫂用一万五千元给精神病儿子买回个俊俏媳妇时，她丝毫没有意识到这是犯罪，来喝喜酒的头面人物和邻里乡亲也没有意识到，甚至连编导也没有意识到（我看不出任何这方面的暗示），这是一个致命的错误，也是中国当代法律的悲哀。对艺术效果的过分考虑使反封建的主题在一种浅薄的审美满足中搁浅了。

（《湖南广播电视报》1993 年 4 月 5 日）

无处着陆

——读少鸿的两篇新作

“他觉得是在捡拾一些灵魂的碎片……”

——《你是我胸口永远的疼》

“童小林焦虑万分，急切盼望找到一块供灵魂着陆的坚实土地。”

——《何不潇洒走一回》

几乎有一半以上的成年内地人，尤其是湖南人，都或多或少想过去深圳、去海南、去广州、去珠海、去广东的某一个其他城市，不是去旅游，而是去工作、生活。在内地人眼里，特区已成为一种神话和梦想。每一个生活在特区的人都那么潇洒富有，每一个从深圳回来的人都那么心驰神往；与此相反，每一个生活在内地的人似乎都在埋怨自己的工作和生活。从开放程度到经济收入，从思维方式到生活节奏，特区和内地都已形成巨大的反差，并且这种反差似乎还在拉大。南方，已成为淘金者的追逐对象，成为怀才不遇者的终结归宿。而在文学和文化的意义上，南方和内陆则标志着两个时代。

在这样的社会背景和心理背景下，“他”和童小林登场，踏上了南下的列车。比起那些勇敢的并且也是成功的先行者，他们自然落后了，可是值得庆幸的是，他们终究加入了东南飞的行列。他们去深圳，似乎不仅仅为了多赚一点钱，这对他们而言固然需要，但更重要的是去拓展自己的人生轨道，用《你是我胸口永远的疼》中“她”的一句话，他们不是去找别的任何什么东西，而是寻找自己，去实现自己的价值，证明自己的能力。这看起来有点幼稚，可事实千真万确就是这样。小县城的庸俗气氛令人窒息，对生命活力的扼杀尤其不能容忍，“他”仅仅因为发了一篇小文章就被局长认为骄傲自满（这局长还有亲切抚摸年轻姑娘辫子的癖好），科长的职位鸡飞蛋打。“当一个小科长当然没什么意思，可要知道，当不上就更没意思。”青年作家童小林也是因笔酿祸，被某官员认为思想意识不健康，打发到农村去参加工作队。

当童小林们带着一种激愤去特区闯世界时，他们的心理准备显然是不足的。这首先表现在对特区的体认上。在《你是我胸口永远的疼》中，深圳给“他”的印象就只是“灯红酒绿，醉生梦死”，如过江之鲫的妙龄女郎在城市的大街上穿梭往返，而“他”最珍爱的女人已经沦落为香港老板的情妇；在海南，混乱似乎更为严重：办中华文化村、以颁发“桂冠诗人”头衔卖钱的末流编辑，人才交流中心冷淡的半老徐娘，《海南企业大全》编辑部的职业骗子……

充斥了整个城市。我猜想，之所以如此集中对这些丑恶与消极现象曝光，童小林们（或许也包括作者）的心理不平衡和职业自尊是一个重要原因。毫无疑问，这些在特区都确实存在，但特区又不止这些，或者说主要不止这些。童小林们心理准备不足还有更重要的一点：他们从内陆来，本身就携带着内地某些封闭、落后的观念，这些病毒性观念已积淀到他们的心灵深处，成为潜意识或无意识。当童小林带着县文联副主席、著名青年作家、副科级国家干部的自我意识来到特区时，他的如下行为就是合乎逻辑的：草台班子不想进，到酒楼帮忙丢了脑力劳动者的面子，一看到数字就头痛因而坚决不干会计……他人模人样，作家的良好感觉加上冯静小姐的门户开放使他飘飘然，只在餐馆坐了一会儿就有了高人一等的感觉。可是得意忘形之余，把吃虾用的洗手水当汤喝，闹了一个大笑话。

如此看来，童小林在特区的碰壁和失败就是必然的。作者用一个暗喻表达了这一失败的痛苦和耻辱：阳痿。童小林并不是天生的阳痿，他有一个可爱的女儿，与老婆过得似乎也还快乐。可是在冯静面前，在这个充满了青春活力、他那么爱慕而她也全身心投入他的女人面前，他却无可救药地阳痿了。童小林的阳痿不仅仅是肉体上的，更是精神上的。冯静不仅仅是一个女人，她是富于活力的特区生活的象征；童小林想占有的，也不仅仅是冯静的肉体，而是特区生活。在他自以为炒掉了小县城之后，他是多么渴望和特区生活融为一体啊。可是他这种愿望越强烈，他就越无能。这一结局是极为残酷和悲剧性的。

童小林的经历具有普遍意义。在你我的周围，在生活的涡流里，童小林们比比皆是。他们成天埋怨自己的生活空虚无聊，渴望有所作为。可是，他们中有的人根本不想行动；有的人虽有所行动，却又患得患失。户口、级别、铁饭碗的诱惑使他们欲进还退，踟蹰不前；有的人如童小林一样，虽然“壮志不酬誓不休”，可是在一连串的碰壁面前，最终败退了，回到了习见的生活模式中来。每次回到小县城，童小林都比以前更觉得呼吸自如，心情舒畅。他腰板挺直，因为他大小是个作家，是这里有头有脸的人物；街道虽然破烂却有亲切感。一切的一切，原来是那么富于魅力，使人怀旧，使人陶醉。从最浅层的意义上说，不是每个内地人都能轻松地进入特区世界的。这正是童小林在冯静身上失败的根源。

不仅如此，小说通过展示在内陆意识与特区意识的夹缝中挣扎的人的行为与心理，关涉到这样一个重大主题：人的命运。在《你是我胸口永远的疼》中，当“他”准备离开深圳时，收到了“她”托人交给他的一摞人民币和一片钥匙，他本能的反应是愤怒，疯狂地撕那些纸币，这是可以预料到的。可是等他平静下来以后，他却开始“捡那些破碎的纸币”。这一转折是戏剧性的。高傲的、自尊的“他”竟然屈辱地捡拾别人的恩赐。捡完以后呢？似乎可以想象，“他”将可能拿了那片钥匙去开“她”的门，成为别人的情妇的情夫。另一篇的结尾同样是意味深长的：从珠海铩羽而归的作家意外地被选上了县政协常委，发誓在家乡安居乐业，可是半年后他又反复哼唱着“何不潇洒走一回”的曲子，带了一百多张身份证去深圳买股票；这次的不成功是显而易见的，因为不久后他又拥挤在火车站潮水般的南下人群中了。

为什么“他”那么痛惜于“她”的沉沦而自己却也无力自拔？为什么童小林与特区生活格格不入却还要走向特区？小说所揭示的，与其说是特区的巨大魅力，不如说是现代人的无家可归和无处逃遁。在习惯了的内地生活和陌生的特区世界中，在即将崩解的旧日秩序和正在迅速建立的新的价值世界中，许多人辗转挣扎，备受煎熬。他们孤独无助，漂泊无依。尽管清醒地意识到：“外面的世界不属于你，你的位置就在这，哪里也不要去了！”可是这里的世界并不温馨和安宁。无根的现代人只好一如童小林般，在燠热潮湿的南国风中飘浮，悠悠然没有着落，没有依附。他们焦虑万分，急切盼望找到一块供灵魂着陆的坚实土地。而在《你是我胸口永远的疼》中，灵魂已被撕得粉碎。事实上，在大变动的时代中，童小林们的灵魂已无处着陆，他们东飘西荡，灵魂被不可抗拒地撕成碎片，可是自己还得把这些碎片捧起来，揣进口袋，故作轻松地活下去。一边是生命在无谓地耗蚀，一边却永远梦想潇洒走一回。这种尴尬和凄凉，正是现代人无可逃避的命运。

可怜的童小林们，使我们想起了十九世纪俄罗斯文学中的“多余人”和中国现代文学中的“零余者”。在每个剧烈变革的时代，都会出现一些这样的人，他们既向往新的生活，又留恋旧的秩序；既想蜕变为新人，又无法克服自身的局限；既认同了历史的潮流，又无法接受泥沙俱下的现实；既坚持不住纯正的保守立场，又缺乏投机与作恶的勇气。他们是永远的梦想家，是思想的巨人，行动的矮子。而终究，他们只是一群懦夫、一群庸人，将被时代的浪潮冲刷成泡沫。在这个意义上，《何不潇洒走一回》的主题模式、故事结构和人物形象都具有典型意味。

遗憾的是，两篇小说的叙事模式和叙事语言都显得陈旧，尤其在《你是我胸口永远的疼》中，语言的伤感和累赘影响了主题的展开，并且有那么一点儿媚俗的味道；就这两篇小说而言，我们有理由对故事的丰富和人物的深度作更高的期许。但愿我这一番苛刻的评论对于一个多产的、富于潜质的青年作家来说，不会显得刺耳和多余。

（《湖南文学》1993 年 5 月）

让理性之光烛照一切

——关于影片《中国人》的思考

也许我们这个时代缺乏英雄，那么便要制造英雄；也许我们的生活毫无激情，那么便要煽动激情：我不知道这究竟是新近获得政府奖影片——《中国人》创作者们的原始冲动，还是影片的潜在主题或客观效果。尽管李保田的表演十分出色，尽管场面的调度与节奏的处理造成了一种气势如虹的效果，给观众的视听与心理都造成了巨大的冲击力，从而，作为主旋律与商业化联姻的典型文本，《中国人》的出现具有某种示范性意义；但是，我仍要说，在这部片名大而无当的影片里，理性的力量几乎荡然无存，而代之的只是夸张的激情和虚假的英雄主义。

在供水仅够 180 天的海岳市，找水显得格外的急迫和压倒一切，这是可以理解的，但同样不容忽视的是，在已有过引水工程因塌方夺去四十多条生命而被中断的惨痛教训的情况下，有惨剧再次发生。这既是对科学的藐视，更是对人的生命的漠视。它和钟强虔诚地请梁总出山和为死难烈士修建陵园的行为构成极大讽刺。上述还只是影片无数漏洞中的一个。

不可否认，我们的生活平淡无奇，有许多人沉湎于享乐与蝇头微利而不思进取，但这并不意味着我们要放逐理性，重归狂热——《中国人》中的某些场景，我们在过去的年代已看到过多次，只是形式略为不同而已。这些场景甚至有某种崇高与悲壮的意味，其巨大的煽情作用（这里煽动的是一种激情而非柔情）催人泪下，使人热血沸腾，但越是这样，就越使人忧虑。从根本上说，我们的国家更为欠缺的不是激情，而是理性；我们的时代更为需要的不是拼命三郎，而是拥有科学与文化的专业人才。

（《湖南广播电视报》1993 年 6 月 14 日）

救赎与感恩

——音乐电视剧《溪上有座风雨桥》观后

这是一个简单而且习见的故事。一位作曲家，在创作中遭到了惨痛的失败，于是独自一人走进偏远的大苗山。如画的美景，纯朴的民风，以及少女纯洁的爱情抚平了他的创伤，激发了他的灵感。他产生了创作上的飞跃，获得了巨大的成功。饮水思源，他又回到了乡村，去寻找意中人。但简单并不意味着空乏，而习见的东西也往往有一种不为人知的价值。这个故事有着强大的张力和丰富的包孕性，它所体现的救赎与感恩的主题模式无论是就其深刻的文化意义，还是鲜明的时代指向性，都引人注意。

救赎与感恩在两个层面上展开。首先，是阿婆、水秀和她们所代表的民间音乐对田放的专业创作的拯救，及田放以忠于爱情的方式对这种拯救的回报。其次，在更深的层面上，是乡村文化对都市文化的拯救。人们不难感受到，现代都市文明因失去了自然的人性和生活的根基而极度贫血。这种文明只有吸收纯朴清新的乡村文化才能得以拯救。乡村文化虽然闭塞，但从某种意义上说，它更合乎自然之道和人性之道，因而它常常是健康的、富于活力的。从陶渊明到沈从文、从高更到毕加索，众多的例子证明，每种新的艺术样式的出现，每一次艺术高峰的到来，都离不开民间文学与艺术的滋养。乡村文化从来就是都市文明的血库。在这部电视剧中，一切都是温情脉脉的，结局也那么美好。田放唱着山歌向水秀走来，水秀欣喜若狂地向心上人奔去。于是，故事从痴心女子负心汉的老套中得以解脱，而都市文明与乡村文化也进行了一次成功的嫁接。

作为音乐电视剧，《溪上有座风雨桥》是一首美丽的音乐诗。十余首带有苗族风格的优美民歌使整个电视剧自始至终沉浸在美的旋律之中。而音乐、画面上故事情节的融合又是那么自然，这在近几年的电视剧中是难得的。

（《湖南日报》1993 年 8 月 7 日）

自信的魅力

当青年毛泽东从八七会议的会场走向湘东的群山时，他对自己肩上的使命是十分自觉的，但也许他并不知道自己从此走上了一条充满艰险的漫漫征途，并将开创中国革命的新时代。那时他瘦削、黝黑，眼窝深陷而头发深长，脚病使他只能拄着拐杖走路，而疟疾也猛烈地侵袭着他，这还只是自然的和生理的打击，更严重的打击还是来自险恶的敌人和队伍内部那些傲慢的持不同意见者。在所有这些打击面前，毛泽东显示了他的坚毅、刚强，显示了坚定的革命意志和务实的斗争策略，显示了巨大的人格魅力和高超的攻心手段，从而，不但找到了一条正确的革命道路，也搬掉了前进路上的一个又一个障碍，取得了无可动摇的领袖地位。

青年毛泽东，一个秘密的革命活动家，一个大暴动的发起者和指挥者，一个苦苦探求革命道路的年轻布尔什维克。

在前途未卜的 1927 年，人们最能接受的领袖形象是什么？显然不是文弱书生，他太苍白、太纤秀、太温良恭俭让，难以担当革命重任；也不是莽夫，他们虽然英武高大、本领超强，可一味猛打猛冲，傲慢得失去了理智，革命在这样的人手中随时都有可能被断送。于是，历史将目光转向了毛泽东，这个既非黄埔出身又未留学欧美的土生土长的革命家。1927 年的毛泽东还未登上权力的顶峰，作为一个普通的中央干部，第一次以文人身份领导武装起义，他缺乏经验和权威，而周围又存在着那么多的正宗黄埔军官。但是，伟人的意志是无法掩盖的。从小便文韬武略、胸怀大志的毛泽东，必然不甘人后，也不甘亦步亦趋按中央的错误命令行事。于是，我们看到，在毛泽东脸上，出现了一丝微笑，这笑容无时不在，虽非惊心动魄却内涵丰富。当这微笑面对吹唢呐的悲伤少年时，它代表着一种乐观与慈厚；当这微笑出现在逃脱追捕的毛泽东脸上时，它显示了一种豁达与从容；当这微笑倾洒在蓝顶天身上时，它表达的是豪爽与洒脱；当毛泽东在余洒度、苏先骏之流一次次地抵制他、嘲笑他以至于要背离革命队伍还面不改微笑时，我们深切地感受到了毛泽东对这些教条主义者的蔑视和对自己的信心。

毛泽东的微笑，不是心虚，更不是软弱，而是成熟和自信。在他的微笑背后，有一副钢筋铁骨。它具有极强的感染力、穿透力。它使你确信：跟着这样的人去闹革命是值得自豪的，革命重担落在这样的人肩上是可以放心的。无疑，这抓住了青年毛泽东个性魅力的核心。

毛泽东和蓝顶天（烂皮箩）的关系也是意味深长的。毛泽东从来就善于和三教九流交朋友，在争取下层群众方面独具天赋。像烂皮箩这样的人，无爹无妈，无产无业，整个一个流氓无产者，他当兵的目的就是杀人：“有钱人骂我‘穷鬼’，没钱人叫我‘烂皮箩’，都该杀。”一旦被拒绝入伍就发誓要烧营房。他形象肮脏，举止粗鄙。这样的人只能招来哄笑和厌恶。然而毛泽东不。他特别欣赏这类人革命的坚决性。早在《湖南农民运动考察报告》中他就欢呼农民运动“好得很”，认为打土豪砸祠堂的农民不是什么“痞子”，而是革命的先锋。因为革命不是请客吃饭，不是绘画绣花，而是暴动，是一个阶级推翻另一个阶级的暴烈的行动。领导这样的暴动，与参加这样的暴动的农民打交道，是毛泽东得心应手的事情。毛泽东不但同意烂皮箩入伍，而且当着黄埔军官们的面和他大碗喝酒，大口吃肉；为他改名，鼓励他昂首挺胸做人；最后又为他（以及卢德铭）的死而潸然泪下，鸣枪示哀。正是这一切恢复了烂皮箩做人的勇气，使他由一个泼皮无赖成长为坚定的革命者。在这一过程中，毛泽东的性格趋向和领导艺术也得到充分体现。

在影片《秋收起义》中，我们见到了一个崭新的毛泽东形象，这一形象不但充分展现了毛泽东的言行风貌，更深入到他的心理世界和文化个性，从而独具魅力。如果不是演员的表演略嫌拘谨的话，这种魅力将更加光彩夺目。

（《文汇电影时报》1993 年 8 月 14 日）

九死未悔的实业之梦

——看电视剧《一梦三百年》

电视剧《一梦三百年》（湖南文化音像出版社制作）是在略显平淡之中开始它三百年的悠悠长梦的，但这并不意味着它将以同样的面貌结束。相反，当我们看完这部四集电视连续剧时，一种意犹未尽的感觉陡然升起。

三百年人事代谢，沧桑巨变，祖先的创业已成传说，祖先的精神却高山仰止。真正的故事是在劳聪弃学为徒和偷梁换柱揭开细桂盖头才开始的。从此，故事便在两条线索上徐徐展开。一条当然是事业线。自从父亲咯血而亡后，劳聪便以他的勤勉、精明、干练、克己而成为劳家药店的顶梁之柱。古老的家族早已破败，虽未分崩离析却心怀各异，争吵不断。几房股东一个是吃喝玩乐、捧伶玩票的公子哥儿（劳撷梅），一个是心无主见的好好先生（玉璋爷），一个是心比天高、忧怨古怪的堂嫂（细桂），而对手却都是些财雄势大脑子灵活的新式商人。这就注定了劳聪要以极坚忍的毅力来走完一条惨淡的经营之路。他对内以和为贵，对外则大树劳九芝堂的良好形象。烧次货，尝鹿血，邀请记者采访，开拓农村市场。人所为而我不为，人所不为而我为。他历经挫折而不衰，面对战火的洗劫和贪官兵痞的敲诈，苦苦应付，毫不气馁，最后身陷囹圄，仍然梦想弘扬祖先基业。在爱情上，细桂和宜男先后走进他的生活。细桂以揭开盖头时那含情脉脉的一瞥在他心中留下了不可磨灭的印象，而宜男是以她的清新宜人而引起劳聪注意的。但是家业沉甸甸地压在劳聪心头，使他无暇顾及终身大事，以至三十多岁还孑然一身。他和细桂的复杂纠葛是令人揪心的，也是全剧最为精彩之处，最后终于花好月圆，这是爱情的胜利，客观上又有利于劳九芝堂的事业：细桂的精明泼辣使她成为丈夫的好帮手，她分量不轻的资金也为重建的九芝堂注入了活力。至于宜男，则注定只能在绝望中哭泣。事业与爱情两条线索交织在一起，最后归于一途。

这就是一个旧中国实业家的生存状态和艰辛历程。编导摒弃了阶级斗争模式和光明驱逐黑暗的简单套路，将笔墨集中在劳聪这一类实业家（民族资本家）顽强的创业意志和坚韧的创业精神上，揭示了许多民族企业死而复生历久不衰的根本原因，为今天的市场经济提供了可资借鉴的精神价值和道德规范，并打破了自《子夜》以来反映民族工业的固有模式。

因此，我们决不能把《一梦三百年》仅仅看成一部行业片，尽管它确实是以九芝堂制药厂为原型的。一方面，九芝堂的三百年兴衰史本身就是旧中国民族工业的缩影，是一部可歌可泣的创业史；另一方面，创作者又注入了强烈的主体意识，将人物性格的刻画、人格力量的高扬和对人物命运的关注灌注在整个作品之中。在劳聪的身上，体现了中华民族不死的民族精神，正是这种精神，使中华民族一次次从屈辱和失败中站起来，顽强地追求着振兴与昌盛之梦。对这种精神的体认、表现与弘扬，是一个真正的艺术家不可逃避的责任。仅从艺术层面来看，这部电视剧也是成功的。人物关系的丝丝入扣、人物言行的合情合理、音乐的优美抒情等，都给人留下了深刻印象。

遗憾的是，该剧开始得太缓慢而又结束得太匆忙。流水账式的叙事并非创作者所长，而劳聪入主九芝堂之前的交代竟占了两集之长，当故事渐入佳境时，却又匆匆收束。可以设想，劳聪与病弱的妻子以及单相思的宜男之间一定还有许多动人的故事可以铺演，而1945—1949 年那段混乱的年月更是重建后的九芝堂生死存亡的关键，如果剧作者加以充分利用，人们的遗憾便会少得多了。

（《文化时报》1993 年 9 月 7 日）

《京都纪事》：当代都市风景线

《京都纪事》的价值，在于它第一次以如此的规模和深度展示了市场经济步伐中中国都市的生存状态和生存方式。

"一切都乱套了，一切都倒了个个儿"，用《安娜·卡列尼娜》里的这句话来描述《京都纪事》所折射出的当代生活，是合适的。曾经有的一切都遥远了，过去所"批判"的东西却成了家常便饭。神圣的灵光和脉脉的温情一旦消退，剩下的便只有赤裸裸的利害关系。一切都是那么格格不入，一切都必须从头再来。在翰英街这条中西合璧的街上，汇聚了中国当代都市几乎所有的生存景象。在这里，古老的家庭分崩离析，贵族的自豪感病态而且可笑，周建国、林飞、胡天龙之类的新贵们却迅速崛起；在这里，激烈的商场既染上了西方式的剑拔弩张，又体现了东方独有的人际关系；在这里，卑琐文人的自欺欺人和小资产阶级少女的想入非非相遇，演出了一幕令人作呕的婚外恋情；在这里，老夫少妻的一往情深终究抵挡不住现实风雨的侵袭而岌岌可危……

在《京都纪事》中纷纷登场的是活跃在当代都市中的几乎所有精英分子。企业家、律师、工程师、大学教师、作家、画家、演员、政府官员，其生活场面的宏大是《渴望》和《爱你没商量》无法相比的。而且它对人性的开掘也非常深刻：雅兰的乖僻偏执、雅玫的傲慢嚣张、林飞的精明冷酷、柯永年的猥琐卑劣、刘华英的绵里藏针、胡天龙的不择手段……都被推到极致，从而给人留下了深刻印象。这里不存在政治上和道德上截然可分的界限，几乎每个人都有无可奈何的隐痛，每个人都有自己的性格基础、行为逻辑和价值标准。这里也打破了传统美学讲究的平衡与和谐，几乎每个家庭、每桩婚姻、每组关系都在发生剧烈的冲突，从而使这部电视剧充满了真正的戏剧性和紧张性。电视剧的观赏过程则变成了一种类似于观看人体解剖的痛苦而兴奋的经历。你可以因为人性的乖张和矛盾的激烈而扼腕顿足，但你不能不承认，这就是生活的真实。

（《湖南日报》1993 年 9 月 11 日）

《废都》：文人神话的破灭……

在中国封建社会，文人一直处于权力结构的中心，拥有受人尊敬的社会地位和道德形象，到了近现代，这种地位逐渐沦落。但是，当人们无法在现实中得到的时候，他就必然要在想象中得到。反映在文学作品中，便是自赏自玩的士大夫情调和小资情调。这两种情调，虽经毛泽东的批判和“文革”的扫荡，不仅没有消失，反而在一段时期内变本加厉。而《废都》，就是文人自恋的极致。很少有作品像《废都》这样露骨地宣扬文人中心主义，也很少有人像《废都》这样表现出如此强烈的文人优越感和文人自恋情结。

庄之蝶，西京四大名人的魁首，被描写成一个空前的市民英雄。他的名字如清河县的西门庆那么响亮，无人不知，无人不晓。上至政界显要，下至贩夫走卒、地位卑微的女工和挤牛奶的农妇，见了他无不屁滚尿流，诚惶诚恐。没有他办不到的事，没有他打不通的关节。他的一篇文章可置市长的政敌于死地，可为滞销的产品打开销路。他一出马，就使濒死的钟主编获得了高级职称，也使江湖郎中宋医生办到了行医执照。人人都以一睹他的丰采、一亲他的芳泽为荣。总之，他是西京的权威话语，是西京权力关系、社会结构、文化群落的中心。

这种文人中心主义的意识，进入男女性事中，便演变为男权主义的性爱观。所有的女人在庄之蝶面前都如魔附体，急欲投怀送抱。庄之蝶的那些秽物就如同耶稣的圣水，不去承受简直是不可能的。这些女人都自愿放弃自己的头脑，更谈不上独立的女性意识。即以着墨最多、作者亦最喜欢的唐宛儿来说，这个女人的全部生活内容就是想方设法与庄之蝶幽会，云雨一番。或许她与庄之蝶产生了真正的爱情，但她居然在同一所房子里与庄苟且后又推他上柳月的床，而庄也居然当着她的面与柳月干起来了。男权主义的性爱观，使得人物的心灵发生了畸变，致力渲染的爱之情境，却充盈了陈腐与病态的色彩。

或许西京世界只是一个象征世界，《废都》也不过是一场文字游戏，所以绝不能操用传统现实主义的武器来评判它。但是至少，“唯有心灵真实”。在文人地位日渐低下、文人影响日渐式微的今天，《废都》如此鲜明地高扬文人的主体意识，制造文人至上的神话，理当引起文人们的欢呼。事实上，国内文坛也的确一片喝彩声。但是，且慢喝彩。

先让我们来看看《废都》中的英雄们是些什么人吧。

汪希眠：假画制售者，公安部门的追查对象。

龚靖元：赌棍，以致银铛入狱。他的死只能说是自作自受。

阮知非：穴头和拉皮条者，绿帽子戴得很安稳。最后被人劫财又打瞎双眼，只好换了双狗眼看世界。

庄之蝶：游手好闲者，当代西门庆。他为假农药宣传；投靠政要，为处于权力斗争旋涡中的市长摇唇鼓舌，作为交换，他得到一套公寓，从此可以放心偷欢取乐；他乘人之危，落井下石，将朋友的家藏珍贵名画低价买入。一个性无能和性放纵的混合体。朋友之妻、保姆、女工、妓女，他谁都敢玩；在妇人上厕所时、来月经时，在电影院、人大会议下榻处，他什么时候、什么场所都敢干。一个怯懦者和颓废者。

就是这么一帮与四大恶少无异的四大名人，操纵着西京市民的精神生活，成为公众注目与拥戴的中心。这当然是神话，是自恋情绪的产物。

但是，神话终究是神话。自始至终以庄之蝶为中心构建的这个神话，在经历了它的辉煌后，开始解体。四大名人无一善终。尤其是庄之蝶，最后中风倒在火车站，成为一个废人。这还只是肉体的打击，其实在此之前，他已认清了他在公众中的真正位置：他想在肉摊上买苦胆，被人毫不客气地推到一边，并且被视为疯子。当他中风之后，收破烂的老头儿在候车室门外高声叫嚷“承包破烂”。庄之蝶已成为（其实一直就是）这个城市的一堆破烂。

但是，这种解构显得既突然又勉强，与全书大部分文本的主题倾向产生了深刻的矛盾。不过，解构既已发生，我们就最好是来探究作者这么做的心理动因。在当代，文人的地位曾经煊赫一时，他们头戴神圣的灵光圈，招摇过市，超度众生。当社会进入商业主义时代后，文人却迅速沦落了。无论在经济上还是政治上，他们都已由中心滑向边缘地带，由群体力量碎裂为零散化个体。文学的意识形态功能日渐削弱，商业功能却越来越发达。旧式的文人正在死去，新兴的商人却迅速崛起。这就是文人在当今时代所面临的残酷现实和无可逃避的历史命运。传统的文人一时无法适应，便纷纷作出激烈的回应，或者颓废，或者变成九斤老太。当韩少功大声疾呼要文人死个明白时，许多文人却死到临头还不明不白，甚至还想活出从前的荣耀来。这就是文人精神妄想症的由来。我相信，《废都》正是旧式文人面对变幻的当代生活所产生的一种无奈的、虚幻的、精神胜利的回应。这一回应以狂想始，以破碎终。

（《影视世界》1993 年 9 月 20 日）

《甲申祭》三题

公元 1644 年，岁在甲申。在这一年，发生大顺农民军悲剧。从崇祯上吊、李自成进京到清兵入关、李自成仓皇离京，前后仅 42 天，“其兴也何勃，其败也何速”。历史的悲音遗留到现在，仍余音不绝、余哀未尽。由刘和平编剧、李学忠导演、衡阳市祁剧团排演的新编历史剧《甲申祭》，就以极富激情而又蕴藉深沉的悲悯情怀祭奠了这场英雄悲剧。

一、民本主题及其深化

《甲申祭》以大写意的手笔、散点式的结构，描写了一支声势煊赫的农民军是如何蜕变、瓦解、失败的，因而，思考兴亡的奥秘、探索成败的根由就成了它首要的任务。《甲申祭》的编导作出了自己的解释，将之主要归结为一个主题：民本主题；一个结论：民心向背。这并不玄奥，但决非肤浅，明朝的覆亡，根源在于苛捐杂税，穷兵黩武，民心丧失殆尽；李自成的崛起，恰恰因为他的政策无论在内容上还是形式上都把争取民心作为第一位的任务。豁免粮税的口号使老百姓欢天喜地地“开了大门迎闯王”。而李自成由一呼百应到被无情唾弃，这个过程的转换也正是因为民心的转换所致。老百姓以为他们迎来的是一位圣明的君王，后来才知道“仁义之师也爱女人和阿堵”，严刑追逼、烧杀掳掠、结党营私、花天酒地，大顺的纪律废弛和朝政混乱到了如此程度，以致“众将士乱哄哄蝇争血，把京师变作了牛羊野”。面对这种并不陌生的景象，老百姓并未公开反对大顺，他们以自己的方式表达了不满。

在始终把人民作为一个群体主角的同时，该剧着力描写李自成、李岩、陈圆圆等人在历史转换过程中的命运。李自成虽竭力想战胜自我，却始终逃不过宿命的白绫；李岩原本“袖中拟就建功策”，欲“雄心收拾金瓯缺”，却备遭猜忌与诬陷，落入圈套，饮鸩身亡；陈圆圆如一个玩物在一个个男人手里转来转去，好不容易遇着李岩这个红尘知己，他却坐怀不乱……其他如崇祯、牛金星、刘宗敏、林泉也都个性鲜明，颇堪评说。始终把人的性格与命运作为关注的焦点，表达了中国式的人文主义思想，也在一定程度上缓解了民本主题中过分强烈的政治色彩。

作为一出文化品位很高的戏，《甲申祭》的主题呈现出多义性。作者在重点考察民心得失的同时，通过牛金星、刘宗敏的冲突，探索了中国政治结构中文官与武官几乎与生俱来的矛盾和这种矛盾不加控制所造成的恶果；通过对李岩酷似崇祯这一偶然因素的强调，揭示了谶纬神学对人们头脑的控制和对农民起义事业的危害；通过描写牛金星对李岩的陷害，表现了士大夫文化人格的丑恶与畸变；通过李岩与林泉的对比，揭示了中国文化结构中儒与道、入世与出世的冲突与融合；通过娼优隶卒4个角色的设立，批判了中国国民性中那种“有奶便是娘”“得志便猖狂”的劣根性，如此等等，使该剧由对民心得失的考察深入到对传统文化和国民灵魂的反思和剖析，从而揭示出大顺农民军失败的复杂原因。历史事件总是由历史合力推动的，绝不仅仅只有单一的原因。这正是《甲申祭》主题呈现出多义性的原因，也是它不同于其他以甲申悲剧为题材的文艺作品的所在。《甲申祭》对观众心灵所产生的强烈震撼，也来源于此。

二、悲凉风格

《甲申祭》的风格是悲壮苍凉的，这种悲凉来自白绫这个宿命的意象，来自对陕北音乐的反复运用，也来自林泉看破红尘的偈语。

白绫无论对崇祯还是李自成，都是一个摆脱不掉的梦魇，一种无可逃避的归宿。明朝的灭亡对于历史和人民来说终究是一大进步，可是对于崇祯个人，却是个彻头彻尾的悲剧。崇祯跟历史上大多数亡国之君不同，他并不昏庸腐朽，恰恰相反，他甚至可以说是胸怀大志、精明强干，试图以个人的努力挽救明朝这将倾的大厦。17年里他罢宴撤乐朝勤夕惕，宵衣旰食日理万机，兢兢业业地做着他认为应该做的一切。可是大势已去，独木难支，“中兴总在烽烟里”。在农民军快要攻进紫禁城时，他“撇了儿缢了妻血泪透衣”，然后不得不自杀身亡，这的确是个血淋淋的大悲剧，是他人生的大不幸。从文学的角度看，崇祯是个值得悲悯的历史人物。

面对死对头的灭亡，李自成17年“刀光里拼来血海里闯”，几起几落终于有了结果，无数百姓狂热地欢唱着，庆祝李自成进京，甚至士人林泉也激动地和着众人欢唱的节奏，不停地敲击着酒坛。在这种气氛下，李自成本应高兴甚至狂喜，可是他却“反生凄凉”。这种处理是相当脱俗的，它决定了全剧的风格走向，奠定了全剧的悲凉基调。从此后，观众就一直在一种沉甸甸的心境中关注着李自成们的悲剧命运，即使穿插了一些小的谐谑和幽默，也无法逆转全剧的整体风格和心理效应。李自成感受到了白绫的沉重，他决心射落它，与历史的重负告别；可此刻，李自成这身经百战铁马金戈的英雄，却莫名其妙地失手了。从此白绫就一直若隐若现地高悬在他头顶上。当他最后终于射中时，却已江山易主。

《甲申祭》成功地调动了舞美、灯光、音乐等各种艺术手段加强全剧的悲凉风格。在舞美上，白绫横贯大半个舞台，而且始终存在，造成沉重的心理压力；灯光上则多用冷色光，大部分时候都将光对准李自成、李岩两位悲剧主角，必要时在后场进行了暗场处理，造成阴冷的气氛。该剧的音乐是非常出色的，它将祁剧高腔、昆曲和陕北音乐糅合在一起。陕北音乐给人的印象相当深刻，它如一首悲怆奏鸣曲，摧人肝肠；反复吟唱的陕北歌谣更使人产生沦肌浃髓的悲凉。

林泉“兴，百姓苦；亡，百姓苦”“我也救不了你，你也救不了我”的唱词，透出的是一种一切皆已注定、无可救药的悲凉。李岩“良弓将弃飞鸟未尽”的预感使他既惊心又寒心，不幸的是这预感又一点点在实现，他越是想有所作为，替闯王排忧解难，就越是遭到闯王猜忌，越是走上死路一条。所有的正直和忠诚（不近女色、自愿领兵等）都变成了罪过，所有的罪过都只有用一死才能洗刷。在李自成给他预设的“白凌”吊环面前，他躲无可躲、逃无可逃，一步步走了进去，成为甲申祭坛上的又一个牺牲品。李岩命运的悲剧性，丝毫不比李自成弱，甚至还更为深刻，更具有文化内涵。

三、神秘因素与文化结构

《甲申祭》带有不少神秘因素。历史的发展呈现出某种必然性，但偶然因素也很多。郭沫若在著名的《甲申三百年祭》中写了一连串的“假如……”，认为如果所有这些“假如……”都实现的话，历史就可能是另外一个样子。这种说法为史学界一些人所诟病，历史不可假设，假设不成历史。可能正是因为这一点，《甲申祭》才出现了那么些神秘因素。为什么李自成会射不中白绫？这可能暗示李自成无法克服自身的弱点，走出历史的怪圈。但是 17 年的艰难曲折、众多将相的辅佐竟然也未使他做出一点治国的准备，这似乎不可思议。既然历史已给了他足够的暗示，他本应怵惕自戒，励精图治；可他不是如此，而是着了魔似的猜忌、捉弄李岩并以此自乐，这既是愚蠢，又是残酷。

在《甲申祭》的文化心理结构中，儒道兼有，而以道为归宿。一方面，它以鲜明的民本主题和李岩的存在透射出儒家文化的光芒；另一方面，又通过林泉的设置和结局的安排点缀着道家文化的色彩。在历史的迷雾中，李岩和林泉都极其清醒，但两人的清醒又有人生倾向的不同。李岩是知其不可为而为之，有着太强的使命感责任感，表现出鲜明的儒家风范。即使在被屈死前，他想到的也仍是如何树立大顺皇帝的权威，以救大业，以拯人民，这正是儒家忠君爱民思想的体现。林泉则不同，他对一切都看得很透，知其不可为而不为，他既不愿如李岩般入世，又不愿如娼优隶卒般媚世，于是只好玩世。“我本高阳一酒徒，醉眼难分汉和楚”，戏弄主考，当堂撒尿，出家为僧，云游四海，以癫狂的举止保全自身。这就是他的人生策略。这种人生策略不乏虚无色彩。

当李自成遭到人民的背弃，自知回天乏术时，林泉适时地出现了，在他的点拨之下，李自成终于大彻大悟。“白云飞去青山在，成败何必问许多。”此时李自成是自杀还是出家，已不重要，重要的是他最终未能走出历史的循环。历史的大幕谢了，一代英雄就此消失，留给后人（观众）的只是无穷的浩叹和不尽的回味。

（《中国戏剧》1993 年第 11 期）

《唐伯虎点秋香》：一个后现代主义的文本

当江南四大才子蓄着二十世纪末的长发、身穿不伦不类俗不可耐的服装，迈着时装模特步态朝观众走来时，人们无不目瞪口呆。多年以来，人们一直沉醉在《三笑》的脉脉温情中，沉醉在才子佳人的经典意境中。他们无法理解银幕上正在发生的一切。一些人在离开电影院时深感痛心疾首，宛如本想品尝佳肴吞下的却是苍蝇。

这是一个后现代主义文化的典型文本。

一切神圣的原则都被消解了，一切古典的意趣荡然无存。美好的传说演变为鄙俗的笑话，审美变成了审丑。唐伯虎，温文尔雅风流倜傥的大才子变成了一个瘦骨嶙峋状貌丑陋的小瘪三；文名远播的祝枝山则是一个地道的大草包；四大才子无异于四大恶少。举目四望，浊气逼人。唯有秋香，尚留给人一丝温馨，一片清香。但是，唐伯虎与秋香的古典爱情神话被打碎了，三笑留情与智点秋香被描写为一场地道的泡妞。平面化、零散化、无深度，这些后现代主义的审美准则，被忠实贯彻于这部商业影片中。历史被恣意解构然后任意组合，落草为精神谵妄的怪胎。理性被彻底放逐了。反理性的锋芒也丝毫不见，剩下的只有赤裸裸的平庸与媚俗。几十年前，当现代主义者将蒙娜丽莎温柔娴淑的嘴唇画上一绺胡子时，宛如在艺术史上扔下一颗原子弹，人们惊惶愤怒，但也为其艺术的勇气和反叛精神叫好。而现在，当唐伯虎握着一只蟑螂痛哭流涕而秋香被失手打成一个奇丑无比的大胖子时，你除了恶心或无言以对，还会留下什么呢?

但当然，这部影片并没有试图与公众对抗，恰恰相反，作为一部商业片，它小心翼翼地投合着商业时代的市民心理，反复地、花样翻新地抚摸着、刺激着观众感官的敏感部位。在将一切优雅的、高尚的、美好的东西从大众的视野中清除出去的同时，它坚决地并且充分地挖掘，宣扬了人性中的世俗与卑琐部分，或者说，它成功地泯灭了美与丑、理想与世俗、崇高与卑陋之间的界限，使平庸市民们活得心安理得，使所有的阿 Q 在幻想中满足自我。同时，通过制造一种意识形态幻觉，它也使大众得以在不断的笑声中忘记工业社会所加给他们的肉体负担与精神疲劳。笑星周星驰绞尽脑汁，调动了一切搞笑手段。他玩气功，唱大鼓，凌空作画，卖身葬父，敲击西洋打击乐器，甚至甩出一句英文“Follow me”，可谓无所不用其极。巩俐作为其补充，运用她富有魅力的笑容，营造了一种幻境，一种似乎是可望而又可即的幻境。在这种轻松的幻境中，一切烦恼都于哈哈大笑中冰消雪化。人们重又心平气和，愉快地投入紧张的生存角逐中。这，就是后现代主义文化在商业时代的全部功能。

（《电影信息报》1994 年 1 月 1 日）

激荡百年史，辉煌人生路

——赞毛泽东诗词交响乐舞《长岛人歌》

二十世纪的中国历史，是一部波澜壮阔血脉偾张的历史。其中有条鲜明的主线：一个古老的民族从沉沦到复兴的挣扎与奋斗。而毛泽东，可以说是这场复兴民族的宏伟史剧的导演与主角。对毛泽东与中国百年历史的这一把握，是《长岛人歌》的创作出发点。这台交响乐舞在较短的篇幅里，描绘了毛泽东辉煌一生的几个关键时期，也浓缩了中华民族的百年奋斗史。作为一台纪念性晚会，它首先是一支潇湘人民的怀念之歌，但更是一曲激昂深沉的中国革命之歌、中华民族之歌。这台节目精选毛泽东的五首诗词，组成四个乐章，另加序曲和终曲，构成一首意蕴深邃、气势恢宏、品位高雅的交响诗。

第一乐章采用《沁园春 · 长沙》词，表达立志主题。第二乐章选用《贺新郎 · 别友》（1923 年），表达离别主题。第三乐章表达奋斗与牺牲主题，由《西江月 · 秋收起义》和《七律 · 到韶山》组成。第四乐章，紧接“喜看稻菽千重浪，遍地英雄下夕烟”的诗意，采用《七律·答友人》（“九嶷山上白云飞”）诗，表达礼赞主题。整个交响乐舞，四个主题层层推进，加上表现毛泽东诞生的序曲和展示建设有中国特色社会主义伟大事业的终曲，完整表现了晚会的总主题，结构紧凑，浑然一体。

如果说，《长岛人歌》中的五首诗词对于今天的观众已不新鲜的话，那么，它的演出形式却十分新颖。

由著名作曲家刘振球呕心沥血创作的《长岛人歌》交响乐，可谓是一部近乎完美的音乐精品。它主题鲜明，旋律优美。如第二乐章是典型的慢板，抓住“人有病，天知否”“照横塘半天残月，凄清如许”“重比翼，和云翥”三个关键性的情感句式，以沉郁低回的音乐语言，表现“伤别离”的千古遗恨，凄美动人。第三乐章一开始是战斗的急板，以短促有力的旋律表现秋收暴动的雄壮激烈，乐曲删繁就简，明快高亢；当进入牺牲主题时又一变而为深情舒缓。整部音乐遵循古典交响乐的创作要求，但同时又大量汲取民歌营养，富于中国作风与中国气派。加上著名指挥家郑小瑛的出色指挥，达到了深刻而动人、曲高而和众的艺术效果。

舞蹈编导莫梓材既是文学台本的创作者，又独力承担了全部舞蹈的编导。为了配合音乐的展开，他采用当前世界上先进的交响编舞方法，即在编舞中以舞蹈本身特有的规律与语言为基础，借鉴交响乐的思维逻辑，二者互相体现、互相丰富，融为一体。《长岛人歌》中，许多地方的“主题变奏”“卡农”“赋格”等，舞蹈与音乐都是和谐统一的。如第一乐章中，当象征湘江之水的水姑娘合着16

分音符的节奏舞动水裙时，一群风华正茂的学生正踏着 2 分音符的节奏从远方结伴而来，两种节奏的反差、此进彼出的舞台调度，多侧面地表现了“携来百侣曾游”的意境。又如第四乐章后部，为了表现芙蓉国里的新面貌，音乐用“卡农”形式层层推进，舞蹈则巧妙地将土家族铜铃舞的某些动作借鉴过来，采用大群舞的形式，由后向前整体推进，造成“洞庭波涌”的强烈气势，给人深刻的印象。

《长岛人歌》的成功，除了音乐、舞蹈外，灯光、服装、道具等舞美也是非常出色的。参与者们都深刻地理解了毛泽东诗词的意境，完成了音乐与编舞的要求，形成了一个和谐完整的交响体系。

（《湖南日报》1994 年 1 月 27 日）

追往忆昔情未了

——50 集系列广播剧《毛泽东的故事》听后

当时光之轮向 21 世纪轰鸣而去时，伟人的足音已渐行渐远。弹指间，毛泽东离开我们也已近二十年。毛泽东，一位伟大的东方之子，他代表了一个时代，一段历史，一份所有中国人都刻骨铭心的生活记忆。十余年间，从生活方式到价值观念，从外在形象到内心世界，从物质到精神，从语言到行为，中国与中国人发生了多么大的变化。一切都极大地丰富了，发展了。但是，这并不意味着我们已经忘记了或者可以忘记过去。从耄耋老者到青春少年，从革命元勋到普通市民，无不时时涌动着一种抚今追昔的情绪。当人们呼唤着理想的回归、价值的重建、人格精神的弘扬时，他们怀旧；当人们享受着过去无从想象或仅仅是想想而已的舒适生活时，他们也怀旧。在这里，怀旧并不就意味着对现在的否定或对过去的迷恋。在绝大多数时候，它只是人们面对急剧变化的当代生活的一种兴奋与茫然交织的本能反应而已。

毛泽东，人们曾经发自内心地拥戴他，曾经狂热地崇拜他。而现在，随着时光的流逝，人们的心态渐渐平和。人们越来越认识到，以毛泽东为代表的那批共产党人，那个年代的父辈与祖辈，他们的集体主义、牺牲精神，他们的奋斗意志、激烈情怀，他们的乐观、坚韧、忘我、纯朴的品格，对于今天与明天，都是多么的重要与珍贵。这正是近年来文学艺术中毛泽东题材形成爆炸之势的社会心理背景。

由湖南人民广播电台录制的50集系列广播剧《毛泽东的故事》，是毛泽东题材文艺作品中的又一颗灿烂明珠。这部广播剧取材于《走下神坛的毛泽东》《卫士长的回忆》等近年来盛销不衰的书籍，它采取追往忆昔的方式，饱含深厚的思念与崇敬之情，讲述了自20世纪30年代至70年代毛泽东大半生中的许多生活故事。其中大部分故事我们都耳熟能详。但是，重听这些故事，使我们涌起一种亲切之感。我们并不厌倦，反而兴味盎然。聆听这些故事，恍如聆听历史老人的述说，是再一次走近毛泽东，走近他那丰富而伟大的心灵。我们愈是感到他将日益离我们远去，就愈是试图抓住他的一切。他的一颦一笑、一言一动、一举手一投足、一段谈话一封书信，所有有关他的一切都弥足珍贵。历史不可再现，逝去的也永不再回来，但是通过艺术，我们可以挽留历史。我们重回故地，再忆当年，毛泽东的音容笑貌也栩栩如生。尽管这与真实的历史可能不尽吻合，也并无关碍。追忆本身就是一种价值，一种证明。《毛泽东的故事》所拥有的深厚力量，正来源于此。

在这部目前国内最长的广播剧中，毛泽东那广博的精神世界、动人的领袖情怀、伟大的人格力量、丰富的生活情趣，得到了充分展示。尽管这更多的是日常生活中的毛泽东，而不是战场上与政坛中的毛泽东，但是一叶知秋，一个个平凡的生活故事，正折射了不朽的伟人风范。在这些故事中，《毛泽东和卫士的“君子协定”》《毛泽东流了泪》《离开毛泽东》等表现了领袖对人民大众、对平凡人物的深厚感情；《“进京赶考”》《毛泽东唱了一曲〈空城计〉》《谁叫他是毛泽东的儿子呢》等歌颂了毛泽东的雄才大略、远见卓识与高尚人格；《毛泽东帮卫士写检查》《“失去自由”的毛泽东》等则反映了作为一代伟人的毛泽东在个人生活中不为人知的某些无奈与隐痛。更多的故事则侧重于表现毛泽东多姿多彩的个性，他的幽默（《毛泽东和他的医生》）、乐观（《毛泽东笑谈死亡》）、豪放（《游泳风波》）、机智（《李苦禅醉笔上书毛泽东》）、沉着（《我要最后撤离延安》）、守信（《毛泽东还债》）、朴实（《红烧肉的风波》）、恋旧（《毛泽东与马夫》），等等。通过这些小故事，一个活生生的、有血有肉、敢爱敢恨的毛泽东，浮出历史的海面。这是一个真正的智者与伟人，但他并不乏凡人的喜怒哀乐；这是一个从饮食习惯到脾性情感都再普通不过的中国男子，但他的确又有着超凡脱俗的魅力。他豪气干云，却又柔情似水；他心系天下，却又不忘亲朋。他是一个说不尽的千古话题，一本读不完的鸿篇巨制。

这部广播剧的结构是串珠式的，每一集都独立成篇，却又相互关联。它缀玉连珠，光彩夺目，使人如行山阴道上，目不暇接。其中《毛泽东流了泪》《毛泽东笑谈死亡》等篇尤为精彩，而《“失去自由”的毛泽东》更堪称千古绝唱，达到了描绘毛泽东心灵的新高度。该篇从毛泽东与小孟的谈话开始，缓缓展开晚年毛泽东的孤独与隐痛。当此际，毛泽东以沉郁徐缓的语音、抑制不住的起伏心潮，向一个年轻的晚辈袒露真实的心灵世界，使小孟先是大吃一惊，继而潸然泪下。是啊，人们曾经指责毛泽东的巨大身影遮蔽了某些个人意志，殊不知当我们把他推上神坛之后，当我们大呼万岁，把他的每一句话都当成最高指示时，这对他的个人自由是多么无情的剥夺。我们从未想到他有烦恼有苦痛，有郁结之情需要倾泻，有难言之隐需要诉说。在晚年，他失去了所有最亲的人，权力的顶峰使他不得不字斟句酌。他没有闲暇，没有纯粹的个人生活……对常人而言，这已是生命中不可承受之重；对有着磐石般意志的毛泽东来说，也有不堪负载之时。而在当时，又有多少人能意识到这一点呢？

相对于电影、电视、戏剧，广播剧是纯粹声音的艺术，这使它在表现上受到严重制约，但是，广播剧给人的想象空间更大、自由度更高。它能更充分地调动听众的潜能，使之更深切地沉入规定的艺术情境中，更敏锐地捕捉透过声音传来的艺术信号，从而与编、导、演一起创作，与剧中人一起忧乐。《毛泽东的故事》最大限度地发挥了广播剧的优势，调动了种种声音手段，使每一集都打磨得圆润精致、耐人寻味。其中对毛泽东的演播更是堪称一绝。演播者对毛泽东的语言习惯、情感节奏、性格特征进行了深入的揣摩，完整而准确地塑造了毛泽东的形象，达到了闻其声如见其人的高度。他还与编导一起，营造了一种特定的氛围，使听众长久地沉浸在那个难忘的年代里，沉浸在毛泽东的个性魅力所辐射的广阔空间中。

（《文艺报》1994 年 3 月 12 日）

为了一种永恒的渴望

——评电视剧《无声的歌》

《无声的歌》是一部情节简约而旨意深远的作品。

尽管《无声的歌》涉及贫困山区儿童失学、残疾人教育等内容，这使它具有了坚实的社会基础和丰富的现实内容；但是从根本上来说，它不是一部反映希望工程或特殊教育的电视剧，它也无意往这个方向发展。在哑巴元宝和他的姐姐巧巧的故事中，最令我们动心的是一颗幼小的心灵是怎样地渴望读书、渴望上学、渴望文明、渴望一切善良而美好的东西，以及巧巧和其他人是如何千方百计满足这种几乎是与生俱来的渴望。于是，我们从《无声的歌》中感受到了一种超乎流俗的气质。

我们都有过这样的经历：当我们幼小时，我们盼望长大，盼望成熟，盼望拥有如大人一样的力量和智慧。我们向往一切新奇而陌生的东西。虽说是近朱者赤，近墨者黑，但我们总是希望成为一个好孩子，一个被大人喜爱、被社会认可的孩子。为此我们一心向善，拼命求知。而学校，便成了这一切渴望的焦点。在整个二十世纪，新式学校对于中国大多数孩子，特别是出身社会底层的孩子来说，都是一座圣殿，一处精神的家园。那儿的老师如同圣人，从那里传出的读书声有如天籁，背着书包蹦跳着走向学校成为一种经典梦想。在父母面前我们可能桀骜不驯，一旦面对老师便会俯首帖耳；在家里我们心烦意乱，一到学校便心旷神怡，尽管那学校可能只是一个风雨飘摇的所在。从高玉宝到哑巴元宝，社会环境发生了变化，然而渴望读书的心情是何其相似。

当元宝面对跃动的世界狂吼时，当他趴在窗台上使劲模仿读书的动作时，他急切的心情令人揪心。然而一旦读书的渴望被压抑，幼小的心灵便会遭受沉重的打击，这时他所释放的能量就可能不是积极的而是破坏性的了。当元宝被排拒在学校大门之时，他因失望而狂躁，因嫉妒而古怪。他的心理是阴暗的，他的行为是偏执的。对腊梅吐唾沫，撕碎她的书，搬起石头威胁校长：从这些行为中元宝感到一种报复的乐趣和受人关注的补偿，可是观众看到的只是人性在蒙昧中迷失方向。尽管元宝仍然喜欢涂涂抹抹，但这种孤独的本能冲动已经不如撒野来得快意了。元宝处于一个十字路口：或者读书，更加激发爱美向善的天性；或者失学，让邪恶把良知驱逐。这一信息明白无误地传达到了巧巧、荀老师和张校长那里。

想方设法满足孩子求知的渴望，为他们提供最起码的学习机会，把他们从蒙昧中解放出来，这是大人和社会义不容辞的责任。不管是繁华都市的天之骄子还是贫困山区的懵懂少年，不管是男孩还是女孩，不管是正常人还是残疾人，都有权利上学。这些正是

《无声的歌》的编导所要特别表达的思想。也正是在这一点上，这部电视剧体现了一种深刻的人文精神和博大的人道情怀，体现了对人本身、对个体生命的终极关怀。九年制义务教育、希望工程、特殊教育，不都导源于这样一些基本观念吗？

剧中，为了元宝和腊梅能上学，从苟老师到张校长，从普通的湘绣女工到康副省长，都在行动着。给人印象最深的当然是元宝的姐姐——巧巧。这位纤细苍白的姑娘身上，放射出一种母性的光芒。事实上，由于母亲的早逝，她也的确承担了母亲的角色。在她瘦弱的肩膀上搁置了多么沉重的担子啊。父亲整日如石头般沉默寡言，弟弟野性未驯，频频闯祸。可是这没能把她压垮，反而成就了她外柔内刚的性格。她以自己的温柔、贤良、体贴感染着弟弟，鼓励弟弟作画，引导弟弟朝健康的方向发展。若没有她，元宝说不定早就成了一个小“混世魔王”了。为了弟弟能像正常人一样上学，她千里迢迢来省城打工，下班后又到洗衣房干一份工作，东奔西走，累死累活……这是一种流贯于中国普通妇女身上的伟大的献身精神。

这种精神也同样存在于张校长、苟老师们的身上。为了腊梅能上学，张校长年复一年地垫付着学费，把这看成平常不过的事情。可以毫不夸张地认为，张校长们是人类的播火者。正是靠着他们，中国贫困地区的基础教育才薪火相传，熊熊不灭。

写实与写意、叙事与抒情相结合是这部电视剧艺术风格上的最大特点。元宝和他姐姐的故事可以说是一个完全虚构的故事，但它又的的确确发生在我们身边；在巧巧身上，闪烁着一种理想主义的光彩，但在现实生活中，这样的女性又并非绝无仅有。故事与人物的这种定位使《无声的歌》必须选择一种写实与写意相结合的艺术风格。过分实了会缺乏艺术的张力，过分虚了会产生不食人间烟火的虚假。《无声的歌》在这一点上把握得恰到好处。故事的叙述是温婉而从容的，许多地方点到为止，不作过分渲染。在这种从容之中流动着一份情感，一份淡淡的忧郁和急切的渴望相掺和的韵致。因此，《无声的歌》给人的艺术享受也是诗意、静美的，是可以久久咀嚼回味的。

（1994 年 4 月）

勾勒改革大潮中的众生相

——评电视连续剧《人在世上走》

电视连续剧《人在世上走》是湖南省去年涌现出来的一部优秀电视剧。它以艺术的敏锐和胆识切入当前正在进行的机构改革，着力描写了改革大潮中芸芸众生的姿态与选择，揭示了改革的阵痛与迈出第一步时的酸甜苦辣，以及杀出一条血路后的光明前景。该剧不久前已由中央电视台播出并荣获中宣部 1993 年度精神产品生产“五个一工程”提名奖。

进入观众视野的首先是兰天明与沈正凡这样一些敢于吃“螃蟹”的人。他们具有某种程度的相似性，当改革浪潮席卷机关时，他们不约而同地充当了弄潮儿。然而他们“下海”后却走了一条不同的路。兰天明，这个貌似老实窝囊的汉子，干起事来却有股不要命的狠劲，他谨守市场经济规则，却又善于抓住机遇，抢滩登陆。他成功了。而沈正凡却不一样。一开张便大宴宾客，风光一时，却只想投机取巧，又贪图小利，结果上当受骗，身败名裂。这类“提篮子”似的下海者人们见得太多了，他们十个篮子九个空，却还要坐名车，玩大哥大，出入茶楼酒肆，相伴美女佳人，出手豪阔，强撑门面，最后成为历史的泡沫。

龚素梅是我们所熟悉的那种机关干部。几十年的机关生涯培养了其良好的组织观念和勤恳的工作作风，却也消磨了血性，滋长了暮气。对于机构改革，虽则拥护，但又本能地感到惶恐，甚至有点无所适从；对于市场经济中的新事物，他们习惯于按自己的方式去理解，因而疑惑、警惕，以至反对，这使他们又不时表现出某种程度的滑稽可笑。这是一个极为复杂的群落，他们属于即将失去的那个时代，但并不一定天然地抗拒新时代的来临。他们拥有一些无论在哪个时代都极为可贵的品质，但在某些情景中却显得有点落伍了。对于这样一类人，简单地讽刺或简单地同情显然是不够的，重要的是帮助他们克服自身的弱点，让他们跟随时代一道前进，化消极因素为积极因素。这也正是当前进行的这场改革的使命。

对改革的这种平和而成熟的思考，正是《人在世上走》不同于一般改革题材电视剧的所在。在这部电视剧中，改革大潮的涌动，使一直迷迷瞪瞪的汪醒醒来了，而且表现出十足的精明；搞不清钢材价格和水泥标号的大小姐李芳成了建材行业的专家，越干越来劲；龚素梅也终于从惯性思维中挣脱出来，意识到自我的歧误。而沈正凡与许小军们，生活给了他们沉重的教训，他们当自省自强。

这部电视剧风格蕴藉，不温不火，体现了一种东方式的平和冲淡色彩。遗憾的是表演略显生气不够，影响了整体效果。

（《湖南日报》1994 年 6 月 4 日）

“东归”路：中国电影的创新之路

——电影《东归英雄传》的启示

当今中国的电影运作，面临着双向选择与三重压力。双向选择：官方对主旋律的日甚一日的呼唤和对社会效益的毫不动摇的维护，而市场反馈似乎表明观众只需要那些刺激的带劲的能引起人嘿嘿直乐的画面；三重压力：政府、专家与观众。政府需要什么我们都很清楚，专家们习惯于戴着艺术的内窥镜去评判你的才气与前途，而观众掌握着票房，除非你发誓不惜血本无归不算人，你才可以漠视他们。这就是中国电影的生存空间。在这样的生存空间里，低能的人四处碰壁，聪明的人认准一头，只有智者，那些高明的艺术家，才会游刃有余、左右逢源，博得一个满堂彩。荣获 1993 年度政府奖之优秀故事片奖和最佳导演奖的《东归英雄传》就是这么一部博得满堂彩的佳片。它所引起的好评是如此的突然、如此的异口同声，不无疲惫和焦灼的中国电影界产生了一种柳暗花明又一村的感觉。人们眼睛蓦地一亮：原来电影也可以这么拍！

其实，剥离开《东归英雄传》那些热闹的场面，构成影片内核的，只是一些极为简单的东西。它的母题模式：正义在付出了惨重的代价后终于战胜了邪恶；它的人物类型：本领高强的武士、如影随形的追杀者与放荡的茨冈女人；它的故事结构：捍卫与劫夺、忠诚与背叛、爱情与阴谋。这就是我们在《东归英雄传》里所见到的一切。但是这些司空见惯的故事要素组合出了一部内涵丰富的影片，犹如千面女人，拥有无穷张力。

它是一部主旋律影片。回归故土，无所畏惧，它的主题是响当当的爱国主义、英雄主义。

它是十足的娱乐片。它具有美国西部片的典型特质：正义主题、冷面硬汉、爱情故事，以及粗砺的荒原、壮美的景色。

它是一部够味儿的武打片。它所设计的武打动作异常高超而且逼真，风车大战、奔马拖人和荒原厮杀，快速移动的摄影机使人想起《新龙门客栈》。

它还是一部艺术片、文化片、惊险片……

我们已无须再排比下去，而所有这一切，并不是生拼硬凑，而是融入了一个统一的、丰富的母体之中。

（《湖南广播电视报》1994 年 6 月 20 日）

《包青天》的制胜之道

从春节到现在，《新鸳鸯蝴蝶梦》的歌声唱红了大江南北，墨面乌纱、鹅行鸭步的包公成了万千百姓的偶像。《包青天》的成功，自有它的独到之处。

不畏权势、疾恶如仇、铁面无私、明察秋毫，作为一个父母官，老百姓所希望有的包公都有。于是，包青天成了一个流传千年的神话，成了百姓们解不开的依恋情结。这当然是一种因为无力改变自己地位、维护自己权利而产生的幻想和憧憬，一种群体性的崇拜与造神心理。《包青天》充分利用了受众的这一心理，将包公进行刻意的包装：青黑的脸孔威严自生，月牙形的肉瘤如明镜高悬。当他出语时，字字干脆利落，句句掷地有声，沛乎有浩然之气；当他举步时，沉稳庄重，毫无猥琐毛躁之态。其办案思维缜密，洞若观火；其断案则有理有据，敢做敢当。他没有老婆，没有儿女，没有所谓的亲情和私生活，仿佛生下来就是为了高举正义之剑，严惩不法之徒。就是这样一部明确渲染青天意识、神化个人力量的电视剧，居然受到各阶层欢迎，不能不令人深思。曾经一度，人们猛烈批判李向南式的清官形象，呼唤先进的制度和完善的法制，这当然是对的。但我们忘了：在任何一个社会，处在社会底层的人们总是难于完全维护自己的权利，总是容易受到权势集团的肆无忌惮的封杀，而制度与法律并非万能。这就是在现代社会人们仍然感到需要包公、需要钟馗、需要展昭、需要黄飞鸿……需要一切体察人民疾苦、集中人民意志、代人民立言、替人民张本的青天大老爷和武林真好汉的缘故。

在艺术样式上，《包青天》借鉴了传统戏曲的诸多因素，例如包公的表演，其抬手举足、言语审案，无不契合戏曲的一招一式、念白韵味；又如戏曲音乐与配器的化用，有点铁成金、化腐朽为神奇之妙。但《包青天》并非戏曲电视剧，而是以电视为本、以戏曲为补充，对二者进行了一种崭新的嫁接，从而产生出奇制胜的效果。

《包青天》对神话传统的继承是成功的，但越到后面，越走上了由奇变怪、由神变妖的道路，丧失了早期的平民主义的美学风格，堕入《封神演义》一流。这是它的末路。

（《湖南广播电视报》1994 年 10 月 10 日）

新世纪风从头顶掠过

湖南省话剧团演出的多场次音乐话剧《世纪风》在观众中产生了轰动性效应。

《世纪风》的中心事件只是一桩专利官司。作为市场经济的一个典型修正案，TOT 心脏治疗仪的实验、投产、法律纠纷，几乎涉及了社会生活的各个方面。

《世纪风》着力表现生活的流动与变化、冲撞与融合、奔突与宁静。在短小的舞台时空内，浓缩了改革开放十多年来，中国社会变化的轨迹，乡镇企业的崛起与困境，外资企业的抢滩登陆，个体经济的迅速发展……当王富根仅仅出于给老婆治病的目的而率女儿研制 TOT 心脏治疗仪时，他怎会料到惹出一场如此大的变故呢？个体科技掮客兴风作浪，外资老板乘机插足，女儿“卖身投靠”，法律冰冷无情……官司输了，专利丢了，大姑死了，父女形同路人，王村元件厂被兼并。当所有人都以为这一事件该结束了的时候，谁知峰回路转，王宁幡然醒悟，击败梅依尔，父女再度联手，开发TOT续代产品，共同开拓王村的事业。这一乐观主义的结局也许令多数观众吁了一口气，但这绝不是那种终点又回到起点的简单重复，而是螺旋似的前进了。

围绕TOT心脏治疗仪引起的风波，《世纪风》涉及了一个重大的主题：在建立社会主义市场经济体制过程中，我们究竟应该确立一种什么样的价值观念和道德准则？剧中，一种是以王富根、王贵枝为代表的东方式的价值观，重视伦理亲情，耻谈金钱利益，讲究知恩图报，甚至可以不分你我彼此；一种是以梅依尔、封凯为代表的西方式的价值观，为赚钱可以不择手段，在法律上善钻空子，唯利是图，六亲不认。这两种尖锐对立的价值观，其背景是东西方两种文明的对立。从完美的人类理想的角度来看，它们哪一种都有自己的合理性，哪一种又都不完善。

社会主义市场经济所需要的价值准则，恰恰是二者的有机结合，是对个人创造的鼓励和对个人利益的尊重，对法律和现代科技知识的尊重与掌握，以及扶危济困、急公好义这样一些中华民族传统美德的继承与发扬。我们不能说《世纪风》已完全地解决了这个问题，至少，它向人们展示了这样一种前景。

（1994年10月）

文化人格与人生选择的错位

——评新片《西楚霸王》

香港银都机构新近推出的影片《西楚霸王》甫一试映即引起强烈反响，有人称它为一部历史巨片，有人瞩目其明星风采。而据我看来，《西楚霸王》的成功并不在于它历史的真实或场面的浩大，而在于深刻地揭示了项、刘冲突中的文化人格因素。从根本上来说，项刘冲突是一场诗人型文化人格和政治型文化人格的冲突。这场冲突以诗人型文化人格的失败而告终。

项羽的悲剧并不是简单的性格悲剧，当然也不是命运悲剧，而是一种巨大的无法避免的人格悲剧。项羽从本质上来说是一个理想主义者，一个诗人，而不是一个政治家。他完全不适合进入政治这个领域。政客讲究腹隐机谋胸藏韬略，而他却单纯如赤子，这在火烧咸阳和鸿门宴大动恻隐之心中可以看出；政客逢场作戏——无论是在官场还是情场，而他却重情守义，以至为情所苦，为友所累；政客反复无常，翻云覆雨，而他却信守诺言，言必信行必果，以至在楚汉相争中，一再被刘邦欺骗；政客讲究理性与节制，而他却放任感情与直觉主宰自己，以至在广武山将身遭重创的刘邦放走；政客冷酷无情，而他却悲天悯人，心慈手软，在楚汉相争占尽优势的情况下主动媾和，使刘邦赢得喘息之机；政客拿得起放得下，视胜败为兵家常事，他却将失败视为奇耻大辱，以为无脸见江东父老，拒绝一个东山再起的机会……凡此种种，都说明项羽的文化人格是诗人型而非政治型的，是超脱型而非功利型的，是理想型而非现实型的。以这样一种文化人格，本不应选择政治这样一种人生道路，可是时势和家族都把他推上了这条道路。这就铸成了一个千古的大错误，这个错误酿成了一个千古的大悲剧。

在影片中，项羽和刘邦的形象形成了一种鲜明的对比。项羽更像一位西方文学中的骑士，他侠骨柔肠，英雄盖世，似乎生下来就是为杀富济贫、铲除暴政、保护弱小的。他的心性是一种骑士的心性，他的游戏规则也是一种骑士的规则。他处处表现出一种骑士的风范和君子的气度，无论是对待部下、追慕者还是政敌，都是如此。而他的对手刘邦就不是这样了。这个以一小小亭长而斩蛇举义的人被描写成一个典型小人。他贪酒好色，薄情寡义，并且时时暴露出无赖嘴脸。他在初进咸阳和鸿门宴时的表演可谓丑态百出了；他在广武山阵中置生身父亲的性命于不顾，居然请求项羽杀他父亲后分他一杯羹；他一次次寻欢作乐，对结拜兄弟的妻子虞姬也垂涎三尺，多有非礼之举……总之，乘人之危、落井下石、出尔反尔、厚颜无耻……这些恶谥加之于他都绝不过分。他在道德上和文学上都是个被唾弃的形象。但就是这么一个人物，却是一个天生的政治领袖。他虽不善将兵却善将将，虽没有大智慧却听得进劝告，虽本性贪婪却懂得克制，虽暂时处于弱势却绝不失去信心。于是，他成功了，三年灭秦，五年亡楚，开创了汉朝四百年的基业。在正史中，刘邦政治上的成功掩盖了他道德上的渺小，成了一个神化的帝王形象。胜者王侯败者寇，历史总是以成败论英雄，这是历史的冷酷和媚俗之处。

但是，小人毕竟是小人，而英雄终究是英雄。项羽的霸业虽然随流水落花而去，虞姬自杀，乌江自刎，其巨大悲剧长使英雄泪满襟；但他在诗歌中，在一切美的艺术中却存活了下来。他的高大身影无所不在，他的人格形象具有恒久的魅力。

项羽，一位悲剧英雄，一个政治上的失败者，却获得了永久的审美价值，幸耶？不幸耶？

（《珠江夜报》1995 年 1 月 12 日）

为民族作传，为时代立言

——评电视剧《乡下人·城里人·外国人》

当历史行进到二十世纪末的时候，全世界的人都在注视中国，注视那里所进行的伟大变革。一条蛰伏千年的巨龙腾空而起，一片沉睡百年的土地苏醒萌动。这样一种宏伟壮阔的景观，理应有瑰丽多姿的艺术作品予以表现。由张林枝编剧、阿因执导、湖南省委宣传部和湖南电视台联合摄制的22集电视连续剧《乡下人·城里人·外国人》，便是这样一部艺术地记录了古老土地上的这场伟大变革的电视剧。

一、民族伟力的生动揭示

一部长篇电视连续剧，必须有一个魂。这个魂不只是它所反映的浮面的社会现实，也不只是引人入胜的故事情节，而是透过视听语言传达给观众的精神内核。在《乡下人·城里人·外国人》中，我们便能找到这样一个精神内核，这就是当代中国勃发的巨龙般的民族精神，就是中华民族伟大的生命力和创造力。正是由于这一精神内核的存在，这部电视剧才超越了一般纪实剧和言情剧的层次，而上升为民族作传、为时代立言的纪念碑式的作品。

民族精神和民族伟力最初直观地体现在片头主题歌《东方有条龙》中。“东方有条龙，龙飞上九重，龙腾在你心中，也在我心中。东方的风渐强渐暖，东方的路越走越宽，东方的人，正齐声呐喊。”这些充满阳刚之气的歌词如噼啪作响的火焰，燃烧着观众的血液，升华了全剧的主题，龙是中华民族的祖先和图腾，中华文化的精髓和魂魄，在这里得到了淋漓尽致的张扬。而这种张扬又并非空穴来风，它直指当前神州大地上历史性的变革。在电视剧中，这场变革并不是以全方位的形式出现的，而只是被截取了其中一个侧面和一个时段：36 层摩天大酒店的建设。对于发达的西方国家来说，36 层大楼也许并不算什么，可对于近百年来在屈辱和贫困中挣扎的中国人来说，36 层大楼的建设的确是一个扬眉吐气的机会，一个建立自豪与信心的开始。何况在这幢中外合资的大楼中，要矗立起如中华脊梁般的 36 根龙柱呢？所以我们不难理解，秦天们是如何地重视自己承建的这第一栋大楼，根儿、石头们又是如何地像雕刻生命一样雕刻龙柱。当龙柱雕刻出一部分，因升降机故障而一时无法吊装到大楼上时，外方代理万福只是一味指责，激发了根儿身上潜藏着的农民的（也是民族的）血性，他决定用肩膀把重达几千斤的蟠龙石柱抬上去！在这场被浓墨重彩地渲染的戏中，根儿的悲壮尽管不无愚昧成分，但他那以生命捍卫民族尊严的精神，仍不免令我们肃然起敬。

这还只是这部电视剧所张扬的民族精神的一个方面；另一方面，女主人公草儿身上所体现的民族的生命力与创造力则更令人惊叹。石草儿，下乡知青的后代，生在一个多灾多难的年代，被父母无奈地遗弃，却天生丽质、天赋灵性。这是因为她吸取了民族丰厚的养料。收养她的石家以胜过对待亲生儿子的慈母胸怀养育了她，并传给了她中华民族博大精深的石雕艺术。美丽的山水滋润着她的容颜，醇厚的亲情呵护着她的心灵。正是来自民族历史和现实的这一切美好的东西，使石草儿成长为一个顽强、坚韧、冰雪聪明又蓬勃向上的东方女性。她遭受了那么多的挫折与打击，忍受了那么多的委屈与辛酸，如同打击青青岩石上的一棵小小草，“风也吹来雨也浇”，可是这些打击虽然暂时会使她弯腰，却永远也不能使她沉沦，而只能激发她更加奋发向上、自强不息的心性。剧中，草儿正是在众多的猜疑、嘲笑、中伤乃至陷害中完成 36 根龙柱草图和国际建筑艺术大赛作品的设计，并一举捧回国际大奖的。

如果说根儿所张扬的那种刚猛威严、宁折不弯的血性代表着民族精神的一个必不可少的方面的话，那么草儿所展现给人们的这种“可以弯曲，但决不会折断”的气质则代表了民族精神的另一个更重要的方面。龙是威猛的、遒劲的，同时也是伸缩自如、动静兼宜的。可以是飞龙在天，也可以是潜龙勿用；可以是奔腾咆哮的，也可以是蛰伏于深渊的。生命的自我保护并不意味着心灵的卑琐猥陋，暂时的退缩与隐忍只是为了更好地搏击……这与海明威所倡导的“你可以打败我，但决不会征服我”的人生哲学有异曲同工之妙。对民族精神这一层面的揭示以及凝结了这种揭示的草儿形象的塑造，是这部电视剧对于民族文化的一个贡献。

二、展现转型期的艰难蜕变

从某种意义上说，《乡下人·城里人·外国人》深深打动我们的，不是36层摩天大酒店的建设场面和36根龙柱的雕凿过程，也不是草儿的身世之谜所引发的一系列人物纠葛，而是它所描述的一群典型的中国人在走向现代化时艰难的蜕变过程。

如前所说，中外合资摩天大酒店的建设是变革中的中国的一幅缩影。在这样一座生活舞台上，走来了一群各式各样的人。这里有秦川、方梅、欧阳文斯这样知书达礼、温文尔雅的中年知识分子，有万福这样潇洒通脱、心地纯正的外方代理，他们成熟的风韵令我们赏心悦目，但是，我们为之怦然心动、激情难抑的，却不是他们，而是根儿、秋妹、蒿子嫂、石头这群由大山走进城市的“乡巴佬”，是秦天、梦霞、草儿这些雄心勃勃的年轻人。

根儿等人的进城正如中国的由传统走向现代，既因袭着旧日的重负，又憧憬着光明的前景，而在这二者之间的，却是血泪交织的挣扎和奋斗。他们勤劳、质朴、豪爽、心直口快，这使他们显得可亲可爱，但他们对城市怀着深深的隔膜和敌意，拱起身子提防着一切与他们不同的生活方式和行为方式，就在这种提防中拒绝着现代文明的熏陶（譬如哪怕是给病人献花）；他们把面子看得比生命还重要，以道德评判作为唯一的是非标准，以至于“丢人哪，太丢人哪”成了他们的口头禅；他们习惯于随风倒和墙倒众人推，不惜往最亲的人心上撒盐；他们紧缩在宗法家族的茧壳里，视茧壳外的人为其心必异的非我族类，当草儿的身世渐将大白时，他们便把草儿视为这样的人。他们既是传统，又是现实；既是现代文明所要改造的对象，又是我们摆不脱的父老乡亲。他们是转型期中国的现实存在。

因此，当他们和秦天、梦霞、草儿等相遇在这块涌动的土地上时，激烈的矛盾和冲突便不可避免。草儿虽出身山野，但在本质上和秦天、梦霞是一类人。这是一群优秀的年轻人，他们在年龄上虽与根儿、秋妹等差不多，可在精神上却要领先一个时代。当然他们也有毛病，浮躁、幼稚、见异思迁（草儿的情形有些不一样），他们需要以欧阳文斯们的成熟和根儿们的坚韧作为补身的良药，来完善自我；而最终，他们也以其热情、开放、敏锐和富于创造性影响着根儿们，促使根儿们完成艰难的蜕变。

应该说，当故事结束时，不管是根儿们还是秦天们，都还远未完成自我的蜕变和更生。精神的蜕变需要以物质的变化为触媒，却远不像建设一座大楼那么简单。它将伴随中国走向现代化的全过程。

三、圆熟大气的艺术体现

这部电视剧的艺术体现是完整而圆熟的。作为全国十佳电视女导演之一的阿因，在该剧的执导中表现出一种从容不迫的自信与成熟。这表现在：从主题开掘上来说，阿因既为电视剧找到了精神内核，极大地扩充了该剧的张力，又尽量使这一内核潜藏于剧情的推进与人物形象的塑造上；从人物把握来说，乡下人、城里人、外国人三种承载不同文化观念的人群既表现出各自鲜明的个性，又都随着剧情的推进而不同程度地有所发展变化，并在一些特定的场合展开了激烈的冲突与碰撞；从艺术风格上来说，汇阳刚与阴柔于一体，熔雅俗于一炉，文化意蕴与通俗故事完美地统一在一起；从叙事节奏上来说，采用娓娓道来的叙述方式，不疾不徐，不温不火，既少冗长拖沓，又无急切躁进，使全剧表现出持重而流畅的特点；从艺术手法上来说，写实与写意、现实主义与浪漫主义较好地结合在一起。整个电视剧是写实的，力图真实而广泛地反映变革中的现实生活，但这并不妨碍为了更好地表达主题而采用写意、象征的手法。如为了使杂乱的石雕工地显得深邃、凝重，经常大面积地铺设蓝色逆光，施放白色硝烟，虚化四周背景，突出龙柱主体，使 36 根龙柱带给观众一种历史的纵深感和厚重感。为了让主题从情节的演进中浮现出来，阿因还特意加了两场龙柱林的戏，第一场在第 10 集，第二场在第 28 集。前者是梦幻，后者是现实，运用前后呼应的手法，让男女主人公秦天和草儿在龙柱林中寻找感悟，升华自我。这两场戏以间离的方式达到了画龙点睛的效果。由此，这部电视剧完全脱离了低俗电视言情剧和肥皂剧的窠臼，表现出较高的艺术品位与宏大的文化气魄。

部分源自演员本人的文化修养和艺术功力，部分得力于导演的点拨与调教，这部电视剧的主要演员都十分称职。王刚（饰欧阳文斯）、达尼亚（饰万福）、刘延（饰秦川）、吴宗友（饰方梅）等中年演员都有一种游刃有余的风范，饰演草儿、梦霞、秦天三个年轻人的演员也都表现了良好的艺术悟性和分寸感，而根儿、石头、小山等来自大山的这批农村青年，你简直很难看出专业演员的影子。强大的演员阵容和良好的角色体现，是该剧成功的一个关键因素。

《乡下人·城里人·外国人》的音乐也是很出色的。音乐在该剧中发挥了巨大的功能。鲜明的民族气派和浓郁的地方特色是该剧音乐的最大特点。无论是《东方一条龙》《风在唱、雨在唱》的雄浑激昂，还是《青青岩石一棵草》《进城》《握住你的手》的抒情柔美，都融进了湖南民歌与花鼓戏的许多音乐元素，给人带来强大的艺术震撼力和感染力。而贯穿全剧的唢呐曲，更是作为一种独立的艺术手段发挥着塑造人物和阐释主题的功能。这支唢呐是随着根儿们的进城而出现的，从此，它就在剧中扎下根来，传达着乡下人的喜怒哀乐。在电视剧的后半部，唢呐曾三次出现，一次是根儿为草儿的“作弊”而烦恼，在晚上以唢呐来排遣心中郁结；第二次是秋妹在根儿、石头的逼迫下卷起裤头，露出伤痕累累的膝盖，一支唢呐破空而来，如泣如诉；第三次是哑巴叔有苦难言，独自在山头留下绝响般的唢呐曲后一走了之。在乡下人辗转于命运的作弄与现实的打击的悲伤时分，唢呐，成了他们忠实的伴侣，展现了他们那隐秘难言的内心世界。

（1995 年 4 月）

贪欲的生成和人性的毁灭

——评《孽梦》

刘醒明的新编历史故事剧《孽梦》，是一出题材、立意都极富诱惑力的戏。它面对的是和珅这样一个人物，这个人堪称中国有史以来一个最大的贪官。“和珅跌倒，嘉庆吃饱”，查抄出来的财产达白银八亿两之巨，足抵清王朝十年的财政收入。偏偏这样一个国之巨蠹又出现在号称康乾盛世的清朝鼎盛时期。因此，展示和珅的蜕变过程，揭示贪欲的生成根源，探讨人性的迷失程度，便成为一件极有价值的工作。

一、“上坡路和下坡路是同一条路”——和珅的发迹和毁灭

当和珅从权倾朝野、富甲天下的人生顶峰跌落到牢狱中时，他把所有的愤怒都发泄在乾隆父子身上。但实际上，他走的是一条与古今中外大多数出身卑微而不择手段往上爬的人同样的路。爬得愈高，跌得愈惨。这正应了古希腊哲学家赫拉克利特的一句名言：

“上坡路和下坡路是同一条路。”

只要看看于连的下场，看看高加林的命运，看看文学和现实中一切类似人物的兴衰沉浮，我们便会相信赫拉克利特所言不虚。可叹和珅至死也未能参透。为什么事情竟会是这样的呢？为什么向上的努力反而意味着人性的堕落和毁灭呢？这是不是一种宿命的结局呢？和珅曾经是一个英气勃勃的青年侍卫，他疾恶如仇，胆识过人，正如梦化所言乃是一血性男儿，他也正是凭借这一点赢得梦化的芳心的。他时刻梦想着出人头地。而机会果然来了，不过这可不是一枚成熟的红苹果，而是一只烫手的山芋。他面临一次严峻的考验。本来对于一个銮仪卫卒来说，随驾时御辇之上忘记放置黄龙宝盖是不可饶恕的死罪，但和珅靠着他的急中生智和处变不惊，将一场弥天大祸转化成了进身之阶，被擢升为御前侍卫。这固然有点卑鄙，但也无可厚非。因为在任何一个社会，竞争的条件都不会是均等的，对于一个世家子弟来说，仅仅凭借父辈的余荫即可轻而易举地获取功名；而对于出身寒微的人来说，要获得成功就会艰难百倍。无人提携，没有靠山，永远在最底层作无望的挣扎。在这样的情况下，采取一种非正常的手段成了唯一的办法。和珅就这样发迹了。初出江湖他便只身闯关，一举剪除李侍尧，从而表现了自己的杰出才华，向世人证明自己并非浪得虚名。

如果和珅按照这样的方向走下去，那清朝将会出现又一位杰出的政治家，而不是最大的贪污犯。可是恰恰在这时，事情发生了变化。乾隆毫不客气地抢走了和珅的心上人，哈公公的威胁更使和珅明白了自己地位的卑微。他不是一位骑士，在皇权至上的时代，他不但解救不了梦化，连自己也朝不保夕，稍不小心就会鸡飞蛋打。有人说，人生的道路虽然漫长，但紧要之处常常只有几步。在这人生的紧要之处，和珅经过痛苦的煎熬，在飞黄腾达与捍卫爱情之间，终于选择了前者。这成为和珅人生道路的一个转折点。如果说在此之前他还踌躇满志欲一展平生抱负的话，那么此时，他心里滋滋生长的只有疯狂的报复念头，表现出来便是肆无忌惮的暴敛和弄权。这已成为他人生的唯一乐趣。他一而再再而三地取悦乾隆，在这上面耗费了自己的全部精力，消磨了血性，扭曲了人格。他得到了补偿：由御前侍卫而户部尚书而九门提督而内阁大学士，一日三迁，成为一人之下万人之上的人物。权势的增长导致了野心的膨胀。皇帝的昏昧更使贪婪如脱缰之马，狂奔不止。利令智昏，欲海难填，不管是梦化还是曹剑亭，没有任何力量，能阻止邪恶在习惯的轨道上滑行。既然精神早已死亡，肉体的毁灭便是迟早之事了。

《孽梦》比较充分地刻画了和珅骄横跋扈、贪欲无度的一面（当然还可更充分）。当着监察御史的面大肆卖官鬻爵，在家里公然戴龙冠，在皇帝面前自立圣旨，逼皇子与大臣服毒：其嚣张令人触目惊心。

二、由失察而纵容——乾隆在和珅道路上所扮演的角色

公正地说，要求和珅这样才具非凡的人当一辈子值守卫卒是不公平的，任何规劝别人都安分守己而只允许自己身居高位的哲学都是虚伪的，清心寡欲更只是宗教的呓语。但是，头角峥嵘一定要以人性的迷失和堕落为代价吗？也许悲观主义哲学这样认为，但情况

并非如此。在一个稍为正常的社会，总要建立一种和谐的道德秩序，总要鼓励那些模范遵守、弘扬这种道德秩序的人。即使在封建时代，也仍有许多出身贫贱而依靠真正的实力与正当的手段获取尊荣的人，他们在位极人臣之后依然保持高洁的品性和完美的人格，如欧阳修。当然这并非易事。

要使人性不随权势和财富的增长而迷失，必须依靠两点：其一是自我约束，其二是外在约束。就和珅而言，自从下决心斩断情丝后，他就将道德规范视作子虚乌有，将自我约束等同于自我放纵。那么外在约束呢？

正是在这里，我们看到了封建社会人才选拔机制的根本缺陷。在那种以皇帝一时的心情和一人的判断为人才选拔的最终依据的情况下，必然出现千千万万个和珅式的人物，因为对于胆大妄为的人来说，只要博取了皇帝的欢心，便可无所顾忌。如果皇帝开明，他还能凭自己的冷静观察和臣僚的互相监督而有所弥补，而在乾隆身上，这两点皆荡然无存。

首先，乾隆对和珅的出现犯有严重的失察之过。在中国历史上乾隆被称为“十全天子”，文治武功、彪炳史册，少有帝王能出其右。他将康熙开创的太平盛世延续了半个多世纪，不可谓不精明、不可谓不能干。但他身上又带有一切自恃精明能干者所共有的毛病：好大喜功，颟顸自负。特别是在其晚年，这种倾向变本加厉。和珅死到临头装模作样地吟诵他的《宝月楼》诗，明眼人一眼就可看出这是在溜须拍马、投其所好。可是乾隆却浑然不知，反而大加称赏，予以提拔。或许他也知道，但心想此人聪明伶俐，用用何妨，还怕他翻了天不成。而和珅果然也没辜负他的期望，当传来云贵总督李侍尧欲图谋反的消息时，满朝文武无一出头，只有和珅挺身而出，以一人之力解除他心腹大患，这怎不令乾隆欣喜万分、格外恩宠？此后，和珅所做的每一件事都那么合乎他的心意：他倡导清廉，和珅就以水代酒，并把欲行贿赂的门官驱逐出府；他欲再下江南，骑不动马又怕过分奢侈，和珅就集众官之资打造龙船为他分忧……乾隆就是这样在和珅所伪装的和他自己所心造的幻影下放松了警惕，给罪恶的人性发出了通行证。

其次，不是没有人提醒乾隆。忠心耿耿的曹剑亭曾多次冒死直谏，皇子永琰也一再提醒于他。可是昏愦的老皇帝如何听得进这些逆耳忠言！监察机构形同虚设，言路堵塞，周围尽是阿谀之臣。形势就是这么一天天坏下去。等到乾隆终于觉察真相，和珅已经羽翼丰满，尾大不掉，连永璇也要让他三分。眼看着和珅当着他的面如此嚣张跋扈，老迈的乾隆一定是百感交集满腹辛酸。此后他虽将计就计，以欲擒故纵之术帮助永琰除掉了和珅，可这已无法挽回和珅给清王朝带来的巨大损失和严重后果了。

盛极必衰。兴盛总孕育着危机，危机不是来自别处，正是来自兴盛所造成的制度的废弛和道德的衰败。康乾盛世由乾隆完成，也由他终结。这个十全天子，正是这样一个功过参半的人物。《孽梦》中隐约可见乾隆雄大的气魄和精明的头脑，也表现了他的昏庸老朽和无可奈何。遗憾的是，对乾隆的批判还显得不够充分，不够集中。

（《剧本》1995 年第 3 期）

十部大片闹影坛

对于1995年的中国影坛来说，十部大片的引进无疑是一个引人注目的事件。在此之前，中国电影经过几十年的奋斗，取得了辉煌的成就，但也陷入了空前的困境，国产影片越来越难以与电视节目竞争，电影观众越来越少；电影院纷纷关门，或改作夜总会、镭射厅、录像室。

就在此时，十部大片乘虚而入。所谓大片，权威的解释是：反映当代电影艺术与技术最新成就的影片。此举最初只是作为中影公司的一个商业行为出现的，它也的确为中影公司赚取了巨额的利润，而客观上，它激活了疲软已久的电影市场。十部大片的放映，在中国掀起了巨大的波澜，尤其是像《亡命天涯》《红番区》《真实的谎言》《霹雳火》等动作片，以紧张的情节、令人不可思议的场景、高保真的音响、气魄非凡的摄影，征服了中国观众，带来了妙不可言的视听享受。人们在目瞪口呆之余，发觉电影竟有如此的魔力。于是，人们又蜂拥而去电影院，使影院出现了多年未见的爆满现象。十部大片，以其巨大的票房收入，使奄奄一息的电影院和电影公司重又焕发活力。即以湖南为例，《红番区》创票房 400 万元，《真实的谎言》150 万元，《亡命天涯》72 万元，《狮子王》50 万元，《阿甘正传》40 万元。5 部大片共创票房 700 万元，占湖南全省年电影发行收入的四分之一。

十部大片的引进，加速了中国电影创作队伍的分化。一部分头脑敏锐的经济人和电影人从十部大片的成功中受到启发和鼓舞，联手投资电影产业，用大投入大制作的方式，拍出了像《南京大屠杀》《兰陵王》《摇啊摇，摇到外婆桥》《红樱桃》等中国自己的巨片。尽管这些影片的投资还无法和好莱坞的大制作相比，但千万元以上的投资，对于一般的国产电影来说，已经是天文数字。更重要的是，它们促进了中国电影创作的观念更新和技术进步，使中国电影至少在意识和技术上得以迅速向国际电影潮流靠拢。

十部大片的进口也带来了若干负面效应。首先，它将缺乏保护的民族电影排挤出电影市场，加剧了某些中小电影制片厂的危机。更重要的是，十部大片着力宣扬西方的价值观念，煽动对美国式英雄的崇拜（如《真实的谎言》《生死时速》《纽约大劫案》），这对于民族的文化传统和国家的主流意识形态是一个威胁。如何既引进适量优秀影片促进中国电影的发展，丰富人民文化生活，又切实保护民族电影工业和本土文化，是一个需正视的课题。

（《湖南广播电视报》1996 年 1 月 9 日）

大制作：中国电影的新神话

1995 年中国影坛兴起了一股大制作之风，耗资不菲的中国式巨片纷纷出笼：《南京大屠杀》投资达 3000 多万，《兰陵王》《摇啊摇，摇到外婆桥》《红樱桃》的投资均超过了 1000 万元。在中国电影史上，除了因其题材重大而得到国家全力支持的《大决战》以外，还从来没有一家电影厂为拍一部电影花过这么多钱。

大制作的兴起，首先是中国电影穷则思变的结果。其次，十部大片在中国电影市场的成功，使中国的电影人深受启发：不是电影这种艺术形式本身落后了，而是落后的电影制作方式吸引不了观众。人们仍然爱看电影，但他们喜欢的是那些刺激的够味的让人匪夷所思的电影。正如姜文所指出的，电影本质上是靠制造一种迥异于日常生活的幻觉取胜的，电影制片厂实际上就是梦幻工厂。而要制造梦幻，除了艺术外，金钱是极为重要的。

大制作的出现，使一部分电影走出了低成本低效益（甚至负效益）的恶性循环，对中国电影重铸辉煌有着重要的意义。事实上，1995 年的几部大制作，可以说基本上获得了成功，大多数获得了可观的票房收入。大制作，成了中国电影的新神话。

但是，人们在为大制作唱赞歌时，千万不要忽视它所带来的弊端。在刚刚兴起的大制作浪潮中，一种技术主义和票房主义的倾向开始抬头，传统的艺术取向和精神追求开始削弱，使一些影片徒有华丽的外表，而缺乏坚实的内核。我们看到，1995 年的几部大制作，不同程度地留下了艺术上的遗憾：《南京大屠杀》生硬地宣扬一种超越民族与国界的爱，《红樱桃》精致的外壳下是对法国影片《文身》和美国影片《辛德勒的名单》的露骨模仿，《摇啊摇，摇到外婆桥》连张艺谋自己也承认缺乏人文关怀，《兰陵王》过于猎奇而晦涩……换言之，艺术在这里成了包装，成了票房的奴仆。

有必要提醒那些醉心于大制作的人们：并非只有大制作才能吸引观众。以美国影片为例，《克莱默夫妇》《独自在家》这样的小制作同样大受欢迎。

（《湖南广播电视报》1996 年 1 月 23 日）

自我的重建与情感的复归

——评花鼓戏《羊角号与 BP 机》

洋溢着浓郁生活气息和地方特色的花鼓戏《羊角号与 BP 机》是近期戏剧舞台上又一部立意新、表现美的现实题材佳作。

这台戏是在一种非常现实的情境中开始它那趣味盎然的剧情的：锦鸡寨里，对在山村里刨食感到绝望的男人们逃也似的离开家园南下打工，留下一群婆娘与孩子。怎么办？婆娘们六神无主，恰恰是丈夫没有走的木香站了出来，带领婆娘们开起了榨油坊，寻找致富的途径。

对木香来说，开办榨油坊的过程同时又是一个重建自我价值的过程。木香本是一个不安分的女人，还在做姑娘时，她就想过另一种生活。她贷款买了古巴牛蛙进行养殖，结果因为不谙技术，牛蛙变成了死蛙。由于无力还债，她被父母逼迫嫁给了一个她并不爱的男人。逃婚路上幸得石头搭救，两人过起了恩爱的夫妻生活。石头忠厚、能干、有手艺，深爱木香但并不希望她抛头露脸；而木香或许是因为先前的教训，或许是为了报答石头的搭救之恩，也把她那要强的心性暂时收敛起来。但是，木香终究是一个不安分的女人，她也不忍心看到姐妹们凄凄惨惨的样子，于是，她勇敢地站出来了。尽管她清楚地知道这意味着平静的家庭生活将波澜骤起。

在 20 世纪中国文艺长廊中，有一大批勇于冲破樊篱追求个性解放的女性，木香在本质上属于这一类。但是，与她的精神前辈不同的是，木香并不是以颠覆家庭的方式来完成自我的价值重建的。木香与石头的冲突是以一种温情的、喜剧化的方式进行的，这突出地体现在编导对羊角号的功能阐释上。羊角号在石头那里，既是表达爱情的手段，又是拴住妻子的工具。木香对此十分清楚，因此，木香与石头的冲突便不是一种单纯的反封建思想、追求自由，而是在如何确保爱情的前提下改造石头的旧观念。我们在这台戏中，既看到了木香与石头由平和到激烈的人格冲突，也看到了夫妻之间的柔情蜜意；既看到了木香对石头的不满，也看到了木香对丈夫的依恋；既能体味到编导对石头的小农思想和大男子主义作风的批评，也能感受到对石头的善良多情和知过即改精神的颂扬。木香与石头所表现的两种观念、两种人格冲突的结果，不是决裂，而是谐调。唯其如此，才使该剧既有深度，又能动人。戏的最后，当石头将功补过买了一只 BP 机送给木香时，木香最想听的却是那久违的羊角号声。这别出心裁的一幕表明：价值的重建与情感的复归是一个可以兼容的过程。人们在欣赏 BP 机和“克拉斯”机器带来的现代文明时，千万不要抛弃以羊角号为代表的人性、人情和美好传统。

在舞台表现上，该剧的一个突出特点是：它并不是简单地反映开办榨油坊的物质过程，而是着力于展现因开办榨油坊而引发的家庭冲突与感情纠葛；并不是简单直露地传达新潮观念，而是把重点放在人性人情的表达上。它充分吸收湘西的风俗民情，发挥花鼓戏贴近生活、载歌载舞的特点，着力发掘生活中的喜剧性因素，使整台戏呈现出令人赏心悦目的戏剧效果。

（《湖南日报》1996 年 2 月 2 日）

《红藤草》：中华民族群体精神的象征

花鼓戏《红藤草》深深打动我们的，并不是它那早已有人演绎过的故事模式，也不是它那妙趣横生的舞台形式（尽管这也是很动人的），甚至也不是那似有还无、神奇无比的红藤草，而是全剧所极力张扬的红藤草精神，以及承载这一精神的那群山里人。

红藤草精神是一种什么样的精神呢？答案首先要从具象的红藤草中去寻找。剧中，红藤草是一种生长于山头岩缝的"贱"物，漫山遍野，随处可见，但就是这种毫不起眼的藤蔓，制成的绳子却具有极为惊人的耐受力。"一不像麻，二不像棕，三不像钢丝与尼纶"的红藤绳，却"扯不脱，磨不断，割不烂，一根红藤绳用了四代人，还结实如初……"。谁也不会否认，这样一种草和用这样一种草制成的绳子，在现实中并不存在，然而，它所象征的精神却是具体而实在的。立足本土，坚韧不拔，经磨历劫，九死不悔：这就是红藤草精神，这就是贯穿全剧的灵魂。

在我看来，红藤草精神不仅仅在于剧中所描写的革命老区石家界的男男女女身上，更是中华民族群体精神的一种象征。自炎黄以来，中华民族经历了多少艰危曲折，遭受了多少风风雨雨，却一直赓续不断，将文明之火、民族精魂代代相传。特别是近世以来，中华民族虽积贫积弱，沉睡不醒，内忧外患不断，天灾人祸共存，却总是压不垮、摧不倒，几度濒临亡国灭种的危险，最后却如凤凰涅槃，以更新更美的姿态，巍然屹立于世界的东方。中华民族的生命力之顽强，对于苦难的忍受能力之巨大，团结奋起的步伐之坚决，不正是如同红藤草一样吗？

精神的力量是巨大的，然而当精神处于蛰伏状态的时候，又往往是令人沮丧的。相比起来，石家界人的觉醒要稍晚一些，尽管这里曾经是革命老区。当山外的世界早已沸腾，人们在朝着富裕的路子迅速跑的时候，石家界人还在迷糊。在这里，贫瘠与贫穷是显而易见的，土地浇薄，遍地皆石，人们餐餐都是“红薯丝、红薯片、红薯当饭、红薯咽”；物质的贫穷造成了精神的低矮，“看见 100 元的票子就乐得连心都要蹦出来”，为了 250 元钱可以稀里糊涂把自己卖了。如同沉睡的红藤草一样，石家界的众“山”众“玉”们还处在蒙昧状态，丝毫认识不到自己的价值和力量。说他们在沉沉酣睡可能是不恰当的，面对生活的艰窘和山外的诱惑，他们也骚动不安，但这种骚动是盲目的、不自觉的，直到石大山进山，这种状况才有所改变。剧中，大山的行动实际上启动了两个同时进行的过程：在发现红藤草的同时也发现了潜藏于石家界人身上的精神，在开发红藤草的物质价值的同时也在开发着石家界人的精神价值。而后者是更为重要，也更为艰难的。编导丝毫没在回避这一过程的艰难与沉重。正如石大山所痛切感受到的："先只说难炼难制是红藤草，看起来难医难治是凉了心。"当大山好不容易把石家界人召唤起来投入改变自身命运的事业——炼制红藤草中时，石家界人却仅仅因为一场暴风雨就让自己信念的堤坝溃决。仅仅 100 块钱的行李费就再次使他们迷失了方向，为了眼前的利益而放弃即将成功的伟业，将自身的命运毫不在乎地置于他人之手……精神的惰性是如此之大，真令人扼腕叹息！诚然，外出打工并不是坏事，打工所能获得的知识、信息、资金、技术也是振兴本土所必需的。问题是众山众玉们并不是带着这样明确的目的出山的。他们的出山不是主动的出击，而是被动的逃避；不是精神的振起，而是精神的放逐。

在这里，我们强烈地感受到了编导对石家界人——也是对部分中国人文化心理及群体性格中负面因素的探究、抉剔与批判，感受到他们深沉的忧患意识与严肃的批判精神。但是，与八十年代的某些同类作品不同的是，我们在剧中所能感受到的并不止此，我们还能感受到创作者热切的心灵呼唤与博大的人道情怀。面对石家界人如多米诺骨牌般倒塌的人格精神，编导并不是尖刻嘲讽或一味批判，而是满怀善意、同情与关爱，与石大山一道苦苦思索使他们重新振起的办法。剧中不仅揭示了众山众玉们的可笑可叹，同时也充分反映了他们的可爱可塑，表现了他们的纯朴、善良、正直与热情。在大山、支书、政府的共同努力下，石家界人弯曲的腰杆又挺直起来了，以红藤草的韧劲向贫困愚昧的顽石再次发起了悲壮的冲击。

（《文艺报》1997 年 5 月 22 日）

《走廊窄，走廊宽》：艰难与希望

无可否认，自改革开放以来，中国人的生活发生了翻天覆地的变化。但是，对当下的许多普通百姓来说，也许，二十年来，还从未感受到生活是如此的不可捉摸和面临阵痛：工厂停产，工人下岗；住房本已狭窄拥挤，购房又力所不及；社会保障体系尚未建立，传统的福利享受又即将消失……与物质生活的这种艰难相比，精神道德领域的危机似乎更为严重：腰缠万贯者颐指气使，老实本分者气短心虚，心为物役，钱能通神，人们追逐金钱就像追逐一匹脱缰的野马，为此而辗转反侧，难以安宁。

《走廊窄，走廊宽》正是产生于这样的现实生活背景之下。在这部带有鲜明话剧风格的现代祁剧中，编导没有回避生活的艰难与沉重，没有浮泛地歌功颂德，而是直面严峻的现实，聚焦于生活的底层：国有机械厂本已困难重重，人们只能把全部希望寄托在一份新产品的开发的合同上，可谁知合同却被早年从机械厂出来自立门户的盛云生以不正当的手段夺走了，这无异于雪上加霜。为了过上“搓麻将用箱子提钞票，坐小车车窗不用手来摇”的“舒服”日子，阳美惠在工厂留职停薪，与丈夫停睡留婚，出去搞“两陪”（陪吃陪舞）；为了弄到钱给女儿治病，姚玉萍置与宣敏文几十年的真挚感情于不顾，违心地宣布盛云生比宣敏文强；为了防止大款丈夫变心，花彩秀参加款婆联谊会，打扮得花里胡哨如人妖。《走廊窄，走廊宽》给我们描绘的这一幅幅光怪陆离的景象是如此的触目惊心，以致我们不禁要问，人们啊，你们到底怎么啦？

如果《走廊窄，走廊宽》仅仅停留于展示当下生活中的这些真实而荒诞的景象，那它顶多不过是“新现实主义”作品的简单复制而已。话剧的可贵之处，在于它不但揭示了当前人们的某种物质困顿和道德危机，而且从普通人身上找到了一种精神价值，并且大声地呼唤和努力地重建着这种精神价值，这就是以老师傅游老贵和工程师宣敏文为代表的道德人格。游老贵虽生活贫寒，但他坚守中国人的传统美德，决不追慕虚荣，决不落井下石，他教育小玲要抱有一颗仁义之心，要记住“爱人帮人以心换心”。宣敏文凭着过硬的本领研制开发了新产品，精确计算了合同标底，虽然感叹自己缺乏管理才能，但他“富贵不能淫，贫贱不能移，威武不能屈”，面对盛气凌人的盛云生和神气活现的花彩秀，他始终不肯低下高贵的头。面对工厂的困境，游老贵和宣敏文从未丧失信心，而是相信“逢逆水要咬紧牙关把舵扳”“蚂蚁子围拢能搬山”。游老贵和宣敏文身上所体现出的这种精神的高贵和人格的魅力，使阳美惠这样的迷途者和姚玉萍这样的动摇者迷途知返，也使外强中干的盛云生自惭形秽，放下大款的架子，重新成为走廊中和谐的一员。也许有人会觉得游老贵和宣敏文所代表的价值观念和伦理道德过于传统，但在一个剧裂变革中的东方大国，面对精神的失落和道德的紊乱，传统中的合理的和有生命力的部分不正是我们所亟需的吗？更何况，在市场经济的竞争面前，宣敏文们也在不断地反思自身的弱点，也在学习盛云生的管理模式和生产效率，最后走出了国有大厂和私人小厂联营的路，使工厂起死回生。正如全剧尾声中的秧歌调所喻示的那样："牵羊牵羊来牵羊，大羊小羊过山岗"，只要我们怀抱美好的理想，坚守正直的原则，积极地超越自我，迎接挑战，就没有跨不过的沟和坎，没有翻不过的山和岗。

如此，《走廊窄，走廊宽》就不仅仅是一部回归传统之作，而是更多地指向未来。它既直面生活的艰难，更昭示美好的希望；它既有现实主义的深度，更闪烁着理想主义的光辉。

在艺术样式上，该剧作了许多大胆的探索，取得了令人满意的效果。例如它既大量运用中国传统戏曲的写意性手段，又不拘泥于戏曲程式；它大踏步地借鉴话剧的表演风格，较好地揭示了人物的心理冲突与人格碰撞，从而大大增强了该剧的表现力。该剧人物不多，剧情也并不复杂，但由于每一个人物都有其独特而完整的性格逻辑，每一场都有令人兴奋的中心事件，使该剧内容丰富，饱含张力，观众自始至终沉浸在富有震惊感的审美享受之中。

（1997 年 10 月）

诙谐演世相，歌舞唱大风

在庆祝中华人民共和国成立50周年的众多献礼剧目中，由湖南省花鼓戏剧院演出的《乡里警察》是一台很别致的戏。它题材并不重大——写的是乡村派出所查丢失的猪这么件小事；主题不求深刻——歌颂乡里警察、宣传法制观念的立意是一望而知的；人物也不算特别高大——初出茅庐的警校毕业生和混了几十年的老公安够不上顶天立地的大英雄。然而，就是这么一台普普通通的戏，却产生了强烈的剧场效果，受到观众的欢迎，成为一种引人思考的现象。

《乡里警察》展现给我们的是一幕幕清新而又驳杂的乡村生活图景，活动于其中的是一个个亲切而又有着农民式狡黠的乡村人物，既不失田园特色，又散发出浓烈的世俗气息。在荷叶村活跃着有几分姿色更有几分不安分、结了婚又离婚离了婚又结婚的“小卖部部长”花妹，有几分蛮力但脑子里少了一根弦的“武术队队长”

二蛮子，生活着老实巴交不知电子表为何物又爱贪点小便宜的老五，和老五那得理不饶人的老婆南瓜嫂，还有一群嘻嘻哈哈打着猪草的婆娘们。他们如鱼得水地生活在这个乡村社会里，有一点自私，有几分土气，总的来说安分守己，必要时耍点小聪明，发点露水横财。大部分时候比较精明，某些时候又有点愚蠢。他们吃着五谷杂粮，食着人间烟火，在传统的秩序中生活，在法律的边缘游走，谈不上什么危害，可也绝对不会成为楷模。他们并没有十分亲密的关系，但因为彼此彼此，大部分时候倒也相安无事，其乐融融。当然，这里也有警察和老村长，但是，除开谭德来不算，“法律泡在酒坛里”的老警察刘公安和爱讲俏皮话的老村长，其精神境界和生活旨趣很难说比乡民高出多少。

在这样一种生活状态中，出了捡猪这么一件事，这在目前乡村中实在算不上什么大事。捡猪的人没觉得犯了法，看见的人装聋作哑，连刘公安和老村长也只是半心半意来办案。谁知出来个谭德来，城里生长，警校毕业，满腔热情，一身正气，虽然乳臭未干，倒也认真执着。谭德来在精神境界、思想观念和生活旨趣上，和前述乡村人物是格格不入的。然而，正是他，给荷叶村带来了一种青春朝气，浸透法治精神，代表着现代文明。这些，正是平静得有些板滞的传统乡村社会所缺乏的。尽管谭德来的某些不成熟使他遭到村民们的取笑，但他凭着自己的人格力量，最终感化了乡亲们，使案情一步步明朗，破案工作得以顺利进行下去。例如，若不是他真诚地对待老五叔和南瓜嫂，二蛮子和花妹这两个捡猪人就不会浮出水面；若不是他斗智斗勇制服二蛮子，花妹的藏猪地点就不会被

"无意"中发现；若不是他穷追猛打的精神感动了刘公安，花妹和易利志就可能从法律的罗网中溜走。谭德来的存在，是剧情得以推进的关键。尽管这个角色并不是一个喜剧人物，表演也欠老到，但他仍是该剧得以立起的一个支点。

由于谭德来的激活，由于颇有些猖狂的易利志和花妹的刺激，更由于潜藏于心底的职业责任感的复苏，刘公安的精神能量终于爆发了。面对花妹和易利志的步步紧逼，他忍无可忍，勃然大怒，"哪怕我明天就退休，也要当个好公安树警威!"这是何等的凛然正气！剧中刘公安的这一板唱，是沉默中的爆发、压抑后的宣泄，字正腔圆，气贯山河，每一次演出都赢得满堂喝彩。

《乡里警察》洋溢着一种欢快活泼、清新优美的风格，使观众在轻松愉悦中受到启迪与教育。

（《戏剧电影报》1999 年 10 月 4 日）

苦难的历史，不屈的精神

这是一部充满苦难感的电影。

吴子牛在《国歌》中，以忧心如焚的忧患意识，以正视昨天惨痛历史的勇气，以艺术家对苦难的敏锐独特的感受，描写了中华民族在 20 世纪 30 年代所遭受的苦难与屈辱，实际上也浓缩了我国人民在近代以来所遭遇的所有不幸。齐白山的累累伤痕、田汉的横遭殴打、东北士兵的绝望上吊、美丽的梅香姑娘惨死于日寇飞机的扫射……这一个个镜头，无不像鞭子抽打在我们身上，像通红的烙铁烙在我们心上，使我们痛苦，使我们悲愤，使我们椎心泣血，血脉偾张。这些苦难与屈辱的场面，不是纯客观的展示，不是与己无关的冷漠叙述，而是打上了艺术家强烈的主观烙印，带有鲜明的情感倾向。它们既是田汉、聂耳们所亲身经历的苦难，更是每一个中国人抹不去的昨日记忆，是 20 世纪中华民族的集体意识和集体无意识。

因而，从这部带有吴子牛独特风格的影片中，我们分明感受到了一份沉重，一种悲壮。

然而，《国歌》更是一部张扬中华民族不屈的抗争精神，展示中华民族生生不息的生命力的影片。

在深重的苦难面前，中华民族没有沉沦；在嚣张跋扈的外寇面前，中国人民没有退缩。从鸦片战争以来，中华民族就从来没有停止过抗御外侮、救亡图存的斗争。进入 30 年代，在空前危急的国难面前，中国人民在中国共产党的领导和影响下，再一次团结起来，进行了殊死的抗争。这样的抗争，浓墨重彩地出现在影片《国歌》中。从东北流亡学生会馆中热气腾腾的抗日宣传，到兰心大戏院和戏院外广场抗敌戏剧的演出；从夏衍、田汉与民众在上海街头的示威游行，到吴公馆内爱国律师面对投降协定的怒不可遏；从淞沪战场上空前惨烈的拼杀，到东北暴风雪中义勇军战士的壮烈牺牲……这些酣畅淋漓的场面，构成了《国歌》回荡不已的主旋律。在这样的氛围下，每一个有良知有血性的中国人，都汇入抗日的洪流中：被当局派来对田汉盯梢的小密探受到感化，最终战死疆场；南洋归来的娇小姐梅香，从见到鲜血和死亡就尖叫哭泣而一变为在敌机的淫威下镇定自若地拍电影；文弱书生梅宁终于投笔从戎，走上前线。以各阶层民众的抗日为背景，影片重点表现了夏衍、田汉、阳翰笙、聂耳等左翼文艺工作者的爱国壮举。他们演戏、写歌曲、拍电影，既亲身参加民众的抗日运动，从中汲取不竭的精神力量，又以自己特殊的方式影响和推动着抗日斗争的发展。他们扛着摄影机在枪林弹雨中穿行的场景，最鲜明最贴切地诠释了文艺与时代、文艺家与人民大众的关系。这是这部影片最为精彩的场面之一。

正是以这样的一种方式，影片《国歌》完美而深刻地表现了贯穿于《义勇军进行曲》旋律中的民族之魂。《义勇军进行曲》这样一部在世界音乐史上也堪称经典的作品，不是田汉、聂耳的心血来潮之作，也不是他们的苦思冥想之作，而是两个人民艺术家用自己博大而深沉的心灵去感受民族苦难、拥抱民族精神后的呕心沥血之作。甚至，我们也不能认为这仅仅是田汉、聂耳两个人的作品。它是整个中华民族的作品，是中华民族在 20 世纪上半叶空前的苦难面前所发出的怒吼！

观看《国歌》的过程，也是一个使我们受到无言的震撼的过程。这是一部黄钟大吕式的作品，是一部人们长久以来在呼唤、期待的正道大气的作品，是一部真正的主旋律作品。它不是图解主旋律，不是为主旋律而主旋律，而是从民族的历史图景与奋斗过程中，从民族熊熊不灭的精神之火中提炼出来的主旋律。这样的主旋律，没有任何苍白矫情之处，而是有着一种浸肌渗髓的力量。这样的作品的分量，是那些风花雪月、游戏人间之作所无法比拟的。

（《中国电影报》1999 年 10 月 7 日）

民族伟力的生动揭示

——评话剧《水下村庄》

一个没有经历过苦难的民族不能说是成熟的民族，一个战胜不了苦难的民族不能算是坚强的民族。由陈健秋编剧、陶先露导演、湖南省话剧团演出的话剧《水下村庄》，便是一幕中华民族经历苦难并且战胜苦难的缩影。它是共和国前进的真实脚步，是民族伟力的生动揭示。

剧中祖祖辈辈生于雾溪长于雾溪的这一群山民们，为了支援国家的水电建设，尽管有排拒，有依恋，有茫然，但仍然决绝地毁家报国，义无反顾地踏上了迁徙之路。“从此走他乡，他乡成故乡。”在他们的身后，是沉入水下的古老村庄；在他们的眼前，是一片刚刚围起来的烂泥荡。在他们的新家丝茅洲，他们几乎一无所有，除了农具，除了对生活的顽强信念。在那朔风怒吼的日子，在那缺吃少穿的年代，他们肩拉人扛，一步一个脚印，硬是开出了一片新天地。这是何等的生命伟力！有人说，在西方国家封锁制裁的情况下，前 30 年我们之所以还积累了较为扎实的工业基础，取得了不错的发展速度，主要是靠中国农民最大限度的忍耐和牺牲为代价。这话有一定道理。生活在改革开放年代的中国人，面对我们的农民父辈，都应该心存感愧。面对他们的亡灵，我们真应该像剧中人谭德秀那样行礼如仪："祖宗啊，你们受委屈了，可儿孙们有福了！"

作为这一群移民领头人的柳耀堂，是全剧重点塑造的人物。从那个年代走过来的人们，都对柳耀堂有一种亲切感。他也许像我们的父亲，也许像我们的大哥。他是一个沉默的男子汉，坚韧，自尊。他脾气暴躁，但并非生来如此，是那沉甸甸的责任（家庭的与全村的）使他沉默寡语，是生活的重担使他着急上火。他看似粗豪实则心细；有时不近人情，有时又温厚如土。他心中装着全村人，唯独没有他自己。正当他率领全村人走出最艰难的年代，生活渐有起色的时候，他却遽然在抗洪抢险中牺牲了，这如何不使乡亲们悲痛欲绝。这一场戏，成为全剧最动人最有震撼力的段落，而柳耀堂，也是全剧最为丰满最为成功的人物。不仅如此，柳耀堂的出现，还是当代戏剧在塑造前 30 年中国人（尤其是中国农民）方面的一个重大收获。

《水下村庄》没有回避共和国草创时期中国农民的艰难，但并不是为了展示苦难；它唤起我们对艰苦年代的回忆，是为了从中汲取精神资源，获得前进的动力，而不是沉湎于委屈和伤感中不能自拔；它提醒我们对柳耀堂们应有的尊重，但并非九斤老太似的唠叨"一代不如一代"。事实上，柳耀堂的儿子柳湘涛比他的父亲更优秀更全面。他继承了父亲的所有优点，又具有父亲所不具备的科学知识和现代观念，成为新一代中国农民的领头人。只是，我们有理由期待他们更为成熟。

（《长沙晚报》1999 年 10 月 20 日）

寓激情于冷静　隐忧患于玩世

——评刘春来长篇小说《水灾》

毫无疑问，在中国当前的长篇小说创作中，刘春来的《水灾》是一个令人兴奋的话题。平实、质朴的标题，掩盖不了它的重要价值。在一个并不新鲜的题材领域，作家挖掘出了新意，也挖掘出了深意。

不可否认，随着生态环境的恶化，中国南方的水灾愈来愈严重，终于酿成 1998 年百年不遇的大洪水；而由于社会风气的败坏，腐败现象也屡禁不止。《水灾》就是在这样的背景下展开其故事的。小说有两条由平行到相互交织的线索，一条是腐败与反腐败，一条是水灾的暴发与抗洪救灾。小说分上中下三篇，上篇《管涌》重点是对腐败现象的揭露。作品以《龙鳞日报》记者陈了宾为叙事视角，以一次策划已久的牌局为开场，展开了一幅龙鳞城的社会世相图，揭开了在牌局、饭桌、灯红酒绿歌舞升平背后的腐败黑幕。在这里，水利局局长刘为国笑纳着来自各乡镇以及下属水利部门的

“孝敬”，奸商罗光明钻山打洞巴结着、猎获着官场的大鱼，地委宋副书记于不动声色之中就关照了他的旧日情人，秘书吴子牛以令人可怕的成熟为领导“排忧解难”……对这一幕幕腐败的揭示，对一个个腐败分子入木三分的刻画，触目惊心地写出了腐败的程度之深、为害之烈，恰如“管涌”，有溃堤之虞。相比之下，自然的洪水虽有所涉猎，但着墨不多，仅是一个若隐若现的背景。中篇《溃堤》将主要笔墨放到了洪水的肆虐和抗洪保堤的斗争上，展开了一幅幅惊心动魄的抗洪图。尽管上上下下全力以赴，但还是有大堤最终溃决。溃决的原因不光是洪水的侵蚀，也是由于腐败造成赖以抵挡洪水的彩条布缺尺少寸，导致大堤不保。这就把两条平行的线索交织起来了。而在下篇《抢险》中，既写了紧急救灾和灾后安置，更将叙述的重点回复到反腐败这条线上来。通过对抗洪英雄郭诗人大张旗鼓的宣传和对腐败分子刘为国、罗光明、文美丽的查处，以及问题书记宋均衡的失势，宣示了作者的一个信念：腐败终将遏制，希望仍然存在。尽管检察机关能抓住的只是刘为国的小问题，尽管罗光明依然逍遥法外，尽管宋副书记仍然官位在身，但毕竟，人民的呼声得到重视，正义得以伸张，邪恶不能为所欲为。

如果仅仅只是写了这些，《水灾》还不算什么。这部小说最为深刻也最为成功的地方，在于写出了人性的多重性、复杂性。小说中的众多人物，作为当代社会生活中的一员，尤其是作为龙鳞城有头有脸的人物，绝大多数都表现出了矛盾甚至对立的多重侧面：既有腐败，又有英雄；既是冲刷社会之堤的洪水，又是抵挡自然之水的堤坝。正如该书单行本内容提要所言：“我们一起沉沦，联手腐败，我们又一起抗洪，共同英勇。”当他们混迹于庸常的官场生活中时，他们自觉不自觉地在搞腐败；当他们投身于抗洪抢险的战场时，他们又成了真真实实的抗洪英雄。一方面痛恨腐败，另一方面有机会腐败一把时又决不含糊；一方面对腐败者的可悲下场唏嘘感叹，另一方面自己腐败时又总抱有侥幸心理；一方面对别人的腐败洞若观火，另一方面当自己身体力行时又找出种种借口，如此等等，充分反映出当代中国的深厚的社会心理基础和深刻的人性原因。这些，在小说中都有形象化的揭示。例如水利局局长刘为国，贪污纳贿搞女人，时刻念叨着要“抓住青春的尾巴”大肆享乐，并且极其狡猾；可他又是个高水平的水利专家，抗洪救灾中一个不可或缺的人物，并且确有舍生忘死之举、临危不乱之风。又如宋副书记，既是个老官僚、腐败高手，可他在抗洪救灾中坐镇后方，又确实劳苦功高。至于陈了宾，这个自称“随波逐流，心明眼亮”的“无冕之王”，在这张精心编织的关系网中，不但是随波逐流，而且是如鱼得水，左右逢源。在罗光明、刘为国等人的龌龊勾当中，他为他们抬轿子、吹喇叭，可以说是助纣为虐。但他总算还有点自省意识，有向善之心，有洁身自好之志，很多事情都是不得已而为之。

在这样的背景下，抗洪英雄郭诗人的出现可以说是小说的一大亮点。郭诗人的单纯、热情、明朗，他和邓丽君健康丰润的爱情，他在抗洪斗争中的英勇献身，似是投向颓败世风的一束亮光。在这束亮光的照耀下，一些道貌岸然的官场人物黯然失色，而陈了宾与王晶晶的所谓爱情也显得何其矫揉造作、自欺欺人。

《水灾》的叙述语言和叙事风格也很具特色。表面上不动声色，时不时来点绝妙的调侃与幽默，这使小说保持了流畅好读的特点，具备成为畅销书的叙事基础。在这方面，《水灾》显然吸收了近年来一些新写实主义小说的叙事优点。但小说的精神内质决不是玩世不恭的，平静的笔墨掩盖不住作者的如火热情，可以说是寓激情于冷静，隐忧患于玩世。新写实主义的外衣裹着的是古典主义的躯壳。对负面现象的批判与对理想主义的弘扬结合在一起，使小说在真实性、深度与亮度之间找到了一种很好的平衡。尽管作者寄予深情的陈了宾似乎不足以支撑起小说的精神维度，但从郭诗人、秦小小、文洲生、蓝检、伍书记、罗专员乃至杨副省长这一干人等身上，我们看到了社会的前景与民族的希望。这是这部小说有别于时下一些以暴露为主的“官场小说”的地方。

尽管小说在结构上，在两条线索的结合上，在人物形象的贯穿性与丰满性上尚存在不足，但基于上述分析，我们认为，《水灾》当是 2001 年中国长篇小说的重要收获之一。从 1991 年的《长清先生》，到 1997 年的《铜鼓冲纪事》，再到 2001 年的《水灾》，十年之中，刘春来一步一个脚印完成了小说创作的蜕变。

（《文艺报》2001 年 10 月 16 日）

《蜀山传》：走火入魔的怪胎

世界上最荒诞不经的故事+顶尖的电脑科技能孕育出什么？十有八九是怪胎。《蜀山传》就是这样一个怪胎。

如果说几年前徐克的《新龙门客栈》尚能以经典的戏剧场景、出神入化的表演（尤其是张曼玉）和精妙的武打设计给人耳目一新的感受，那么在他的这部新作里，这一切已经荡然无存。符号化、空壳化的所谓神与魔，荒凉沉闷的画面，飞来飞去的怪物，构成了影片的全部。在这里，既没有丝毫人间的气息，更没有人的精神，连娱乐片最基本的要素——生动曲折的故事——也被最大限度地榨干了。在电脑所制造的无数的变形、夸张、聚合、消散中，我们除了偶尔感到一丝惊讶，再也引不起任何审美的愉悦了。

技术主义的霸权无以复加，给电影制造了最大的误区。科技含量的提高以人文精神的削弱为代价，特技的肆虐导致感官被蹂躏，眼花缭乱的图景摹写的是心灵的荒漠化。电影（以及一切艺术）的灵魂是人，是人类的精神与情感。以为匪夷所思的电影特技、变幻无穷的电脑画面就是一切，这是对电影的亵渎。而《蜀山传》的堕落还不止此。所谓峨眉众神与百年魔头的较量其实是用高科技来为最陈腐的观念张目、为最愚昧的头脑写真，这是更可怕的。白眉尊者与游泉老怪其实是一路货色，都是控制人肉体与精神的教主。而大大小小的教主，戕害了多少善良的生命！人们匍匐在非自然的神力面前，欲罢不能，一如行尸走肉：我们在近年来如罂粟般开放的众多神怪电影中，已经一再见到这种景象。这在 21 世纪的中国，不能不说是一种悲哀。

（2001 年 10 月）

章时弘：实践“三个代表”的艺术典型

——观电视连续剧《苍山如海》

从小说到电视剧，作为县委副书记、县移民开发领导小组组长的章时弘，都是作家、编导着墨最多，倾情最深的人物。这个在大山中行走、在生活中沉重的县级干部，可以说是忠实实践“三个代表”重要思想的艺术典型。这既非编导未卜先知，更非主题先行，而是艺术家们强烈的社会责任感和深沉的平民情怀使然。

在章时弘那里，代表最大多数群众的根本利益是实实在在的，这就是：移民。剧中的宁阳，作为一个移民大县，移民无疑是人民群众的主体。为了修建三江水电站，这里将要搬迁一个县城，重建30家工厂、27个乡镇、100多所学校、30多家乡镇医院，修建几千公里乡村公路，移民总人数达20万之多。作为县移民开发领导小组组长，章时弘的担子是如此的沉重。从四千万移民款的分配，到高岩乡自来水的安装；从娘娘巷的出路，到枫树村红土地的开发，章时弘心里时时刻刻装着移民。他在常委会上为移民们的切身利益据理力争，在各种场合摇旗呐喊，讲实话，办实事，谋实惠，深受移民们的爱戴。“四面湖山收眼底，万家忧乐在心头”，正是他的写照。章时弘也可以只谋求自己的利益：为了自己在领导心中的良好形象，为了更快地升迁，他大可不必与县里的主要领导肖作仁顶撞；也可以只代表少数人的利益：为讨岳父欢心完全可以做个顺水人情，拿出 700 万重建娘娘巷，或替表弟丁守成的挪用公款行为打掩护。可他都没有。正因为代表大多数人的利益，章时弘才极力扶持村办红砖厂，倡议在新县城修建大市场搞开发，盘活了全县的第三产业，从而切实地代表了先进生产力的发展要求。

章时弘能自觉实践“三个代表”重要思想，主要出自他纯良的本性和情感。如同大多数基层干部一样，章时弘出身农家，大山养育了他，纯朴的民风熏陶着他。他长期在乡下工作，深深懂得农民的辛苦、忍耐、宽厚。尽管他后来进了城，娶了城里姑娘，当了县领导，但他的母亲、兄弟、伙伴、初恋，都还在乡下，他的心向着大山，他与乡村、与农民有着割舍不断的血肉联系。他常说的一句话是：“要是忘记了农民，真是心肝上没有血了。”这样一种对农民的负疚感、责任心和报答意识，成为他工作和生活的原动力。我们看到，章时弘一走入县城，就表现出太多的尴尬与无奈，复杂的人际关系、刁钻的岳父和势利的妻子，总使他呼吸不畅、行动迟缓；而一回到乡下，他便立刻如鱼得水，心情踏实。章时弘的这种人生状态，可以说是相当真实而合乎逻辑的。

为了更好地塑造章时弘的形象，电视剧大量运用了对比手法。同为干部，与章时弘形成鲜明对比和强烈反差的有两种人：一种是以县长肖作仁、常务副县长金昌文为代表的“政绩派”；另一种是以伍生久、王吉能为代表的腐败分子。肖作仁、金昌文一门心思追求的是所谓“政绩”，以之为升迁的资本，而这“政绩”并不看它是否符合最大多数老百姓的根本利益，是否符合宁阳的实际情况，是否有长远的、实际的效果，因而体现出极大的利己性和盲目性(其中肖、金又有所不同，肖厚道而金心术不正)。腐败分子恰恰利用了他们的这一弱点，在修建宁阳造纸厂的过程中大肆贪污受贿，中饱私囊，其行为之无耻、道德之堕落，令人震惊。在剧中，我们多次看到这样一些对比意味强烈的镜头：一方面是章时弘为移民无水喝无钱过年而忧心如焚，另一方面是金昌文把大笔移民款用作未经充分论证的造纸厂项目；一方面是章时弘为解决农村移民的实际问题而在山间地头奔忙，另一方面是“政绩派”赴宴会、搞奠基，一天到晚围着领导转；一方面是章时弘和老百姓吃红薯共度时艰，另一方面是伍生久、王吉能和朱包头一起杯盏交欢，嫖赌逍遥……这样一些场景，正是当下复杂社会生活的真实写照，也说明江总书记“三个代表”重要思想提出得多么及时、多么重要。

尽管因为种种条件的限制，电视剧《苍山如海》还有不尽完善、不够精致的地方，但是，章时弘形象的思想高度和道德含量，使该剧具有了较为强烈的现实意义。它的朴实、亲切、民本思想与人道情怀，也使它远离了荧屏上喧嚣一时的豪华与滥情之风，而另有一种山野的清新之态。

（《湖南宣传》2001 年第 18 期）

一部充满人文关怀的喜剧电影

马年之春，潇湘电影制片厂和岳阳文化局联合为我们献上了一部令人捧腹的喜剧电影——《乡长本姓赵》，这既是一部直面现实之作，又是一部洋溢着人文关怀之作。

影片从生活出发，直面当今农村社会中的焦点问题——干群关系，对干部作风中的负面现象进行了尖锐的揭露与嘲讽，如吃吃喝喝、粗暴简单、好大喜功、不切实际、形式主义……农村干部中的这些不良乃至恶劣的作风，历来为农民群众所深恶痛绝；而农村干部中的少数害群之马，视老百姓如草芥，擅作威福，严重败坏了党和政府的形象，影响了干群关系，甚至危及农村社会的稳定和农村经济的发展，以至于农民贴出了“防火防盗防干部”的对联，这的确值得人深长思之。

然而生活永远是复杂的，当今农村社会广泛深刻的矛盾也绝不是单方面原因造成的。揭示这种复杂性，表现生活的立体与多面，正是现实主义艺术所应追求的境界。影片中，以赵乡长、沈谷仁为代表的乡镇干部，性格或有不同，认识亦有差异，但都绝非鱼肉乡里、欺压百姓的墨吏，而是一心为老百姓着想、千方百计提高农民收入的优秀干部，至于农民群众对他们的怨愤，或者说沈谷仁们工作作风中表现出来的易受人诟病的那一部分，都有其复杂深刻的原因。如吃吃喝喝，乃是为接待上级派来的各种各样的检查团、评比组，同时争取上项目；作风粗暴收上缴，乃是因为进度太慢“县长”发了脾气，而修路架桥、教育达标又确实需要钱，既然集体经济不发达，便只好向农民摊派；调整农村产业结构，其出发点是为农民增收，但市场风云变幻莫测，一不小心就会导致滞销，演绎出烟叶当柴烧、柑橘地里沤的滑稽剧。作为现行行政架构中的基层柱石，乡镇干部确实有许多难以言说的苦衷。他们站在风口浪尖，直接面对人民群众，必须处理许多棘手的实际问题，因而经常处于矛盾冲突的旋涡之中。至于老百姓的许多埋怨、责骂，也不无“端起饭碗吃肉、放下筷子骂娘”的非理性成分。在揭示这些复杂的生活现象时，影片的创作者——无论是编剧还是导演，均洋溢着一种深厚的人文关怀，充满着对作为表现对象的具体的人（不管是沈谷仁还是“三世界”）的尊重与理解。这使影片摆脱了二元对立的陈旧模式和非此即彼的线性思维，不是机械地图解政策、阐释主题，而是于温婉中不无讽刺、戏谑中常含情感。这是一种艺术家的大爱之心。影片中的赵乡长也是有这种大爱之心的人，正因如此，他才会含讥忍诟去做工作，低三下四去跑销路。有了这种大爱之心，撕开的伤疤会收口，扯断的线头会拢边，无形的墙终被推倒，感情的线怎会不被接上？农村中的许多矛盾会由此得到缓解乃至解决。这不正是“三个代表”重要思想的精髓吗?

影片是根据广受赞誉的花鼓戏《赵乡长转圈》改编而成的，这使它在立意、结构、人物塑造乃至语言表现等诸多方面都有较为扎实的基础。但同时，导演夏儒今又以其丰富的戏曲片导演经验对之进行了加工改造，在“戏曲”和“电影”的嫁接上进行了创造性的探索，取得了成功。例如戏曲化场景和生活实景的统一，戏曲化表演身段与生活化动作的统一，戏曲演唱与生活对白的统一。这使该片成为一部可观可赏、宜笑宜思的佳作。

（《岳阳晚报》2002 年 2 月 23 日）

期待心灵的唤醒

——我看《英雄》

《英雄》横空出世，票房一路飙升，但我要讨论的是另一个问题。

谈起《英雄》，张艺谋不无得意，“它会有一些画面很深地印在观众的脑子里，比如在漫天的黄叶里有两个红衣女子在飞”。他说，《英雄》并没有太多的企求，只要它能唤醒观众的眼睛和耳朵就行。他认为这是一个电影人最大的欣慰。

的确，我的眼睛和耳朵是被唤醒了。匪夷所思的画面，令人震慑的气势，淋漓尽致的色彩，反复渲染的音乐；时而千军万马箭阵如雨，时而两人对决气沉丹田；时而宫阙深深令人压抑，时而湖山悠悠心旷神怡：在这部影片中，老谋子将足以刺激视听神经的十八般武艺统统用上，打造出一桌感官的盛宴。不可谓不美轮美奂，让人目不暇接。在这一点上，这部影片不但将大部分国产影片抛在身后，甚至比起好莱坞影片来也毫不逊色。6000 万元的首周票房，不是光靠炒作能赚到的。

从《红高粱》到《我的父亲母亲》再到《英雄》，张艺谋对视听元素的偏爱一步步走向深处，终于达到极致。由此他给中国电影创造了一种新的制造模式：张艺谋的美学追求加高科技手段加雄厚的资金支持。许多人为此而欢呼，认为这是拯救衰颓疲软的中国电影的一剂良方。

然而这就够了吗？这就是一部伟大电影的全部吗？

必须承认，电影首先要让人愿意看、喜欢看，即首先要让我们的眼睛和耳朵得到满足。这是对电影的基本要求。我们那被日常生活和喧嚣市声所遮蔽和麻木的神经需要唤醒，需要激活。但只唤醒眼睛和耳朵是远远不够的，关键是心灵的唤醒。在现代社会，与眼睛和耳朵的迟钝相比，心灵的荒芜更令人害怕。让心灵从沉睡中醒来，在艺术的洗涤中鲜活洁净，与美和善拥抱对接，这是艺术家最有价值的工作，也是艺术的不朽功能。有位美学家说过，审美有三层境界，第一层是悦耳悦目，第二层是悦心悦意，第三层是悦志悦神。以此观之，《英雄》最大限度地做到了悦耳悦目，但还不能很好地悦心悦意，离悦志悦神的境界更是相差甚远。《英雄》让我惊讶，却不能让我心动；让我叹为观止，却不能让我久久萦怀。

更进一步说，一部电影，如果不能唤醒人的心灵，那么眼睛和耳朵的唤醒也是不完全的、不长久的，可以说并非真正的唤醒。一次的冲击是享受，连续的冲击是疲劳，无休止的冲击是麻木。把最美最壮观的场面连接在一起只是摄影的拼贴，并非电影的本质。在《英雄》的观摩过程中，有的人硬着头皮甚至昏昏欲睡，这是不争的事实，只是在铺天盖地的叫好声中，他们羞于承认。

在高科技和好莱坞的操控下，电影正在异化。它不再致力于对观众心灵和情感的抚触，而一味追求感官刺激。场面越来越浩大，形式不断被张扬，只有想不到，没有做不到，但就是情感苍白、灵魂失血。诸如《星球大战前传》《木乃伊》《珍珠港》，莫不如此。相比之下，《蜘蛛侠》这种洋溢着普通人的爱情和亲情的影片（尽管其善恶对垒的模式老套无比）就算是凤毛麟角了。那种体现深度人文关怀的影片则更是几乎绝迹了。这些降低我们的审美趣味、格式化我们的心灵的好莱坞烂片被某些人视作电影的极品反复引进，这不能不说是中国电影的悲哀。

平心而论，我不愿将《英雄》与那些好莱坞烂片相提并论。《英雄》毕竟承接了东文美学的神韵，也闪烁着一个优秀导演的灵光。但就我对电影美学的体认而言，我不能掩饰对这部影片的失望。

（《三湘都市报》2003 年 1 月 9 日）

庄从谐出，妙趣横生

——评花鼓戏《老表轶事》

花鼓戏《老表轶事》讲述的是一个并不复杂的故事：新中国成立之初，一位穷酸潦倒的旧文人得知新中国的领袖毛泽东竟是他的老表时，百感交集，在众人的撺掇下，他提笔给毛泽东写信，欲谋一个“建设厅长”当当。毛泽东派毛岸英回乡考察，得知他并无其能，予以婉拒。这似乎是一个荒诞的故事，但却源自真实的历史。毛岸英的回信至今在韶山还可见到。唯其真实，才有力量。

《老表轶事》又是一个生动的故事，将一段看似简单的史实演绎得细腻、丰富、生动。它在众多毛泽东题材的文艺作品中别具一格；它并不把毛泽东当作主角，而将视角集中在老表文有章及其周围的众街坊身上；它也并不关涉毛泽东的丰功伟绩或宏图大略，而将题旨集中于他如何处理亲情与原则这样一个侧面。这是一个小题材，表达的却是大主题。它的特色是小中见大或“大题小做”。

《老表轶事》在戏曲方面达到了较高的高度。呈现在我们面前的是满台鲜活生动的人物，满嘴诙谐幽默的语言，满场妙趣横生的戏曲身段与动作。它以强烈的市井气息释放着平民式的欢乐与梦想，又以载歌载舞的戏曲语言体现了花鼓戏的天然魅力。

全剧对主人公文有章心理及行为的把握十分准确，对其心态的变化过程，表现得相当真实而细腻。文有章作为一个饱读诗书的旧式知识分子，既有清高自守、斯文为重的主流，也有幸遇明主、一展抱负的幻想；既本分胆小、安贫乐道，又梦想出人头地、飞黄腾达。当他得知毛泽东是他的嫡亲老表时，他喜不自禁，但并未想得太多。在郑大妈及众街坊的怂恿与刺激下，他才写信求官。这里既有“一人得道，鸡犬升天”的思想作怪，也有“天生我材必有用”的自负。他既不长于房屋桥梁建筑，又不熟悉水利建设，仅仅因为在旧中国受过“建设厅长”的欺侮就想谋此官，确实幼稚得可以。奇妙的是，文有章的每一个行动，都可从传统的处世为人格言中找到依据。即使是非常矛盾的行为，在传统格言中也可找到佐证，从而呈现一种自我调适、自我确认的功能。如文有章确信命运将会因毛泽东而改变，是“黄河尚有澄清日，岂可人无得运时”；羞于伸手要官时，想到了“不自恃而露才，不轻试而幸功”“达人须知命，君子要安贫”，但读书人即使“不名一文”，也要“心忧天下”，官还是可以要；求官不成，古训早有言在先：“命里有时终须有，命里无时不强求”……剧中大量准确生动的格言，加上饰演者出神入化的表演，使一个迂腐而善良、可笑又可爱的活生生的“老表”形象立在舞台上。应该说，这是该剧最大的成功之处。

剧中的郑大妈，是一个极有光彩的角色。这是一个在许多传统戏曲中出现过的类型化人物。她伶牙俐齿，嫌贫爱富，善于见风使舵，自解自嘲，是小市民的典型、泼辣货的班头。她插科打诨，上蹿下跳，是全剧的味精，台上的笑料。剧中她对文有章的态度经历了若干变化：先是嫌其穷酸，当文有章的老表身份被确认后，她马上一百八十度大转弯，对文有章又吹又拍，主动表示愿将女儿玲玲嫁给文的儿子汉成……郑大妈的所作所为，典型地代表了深受旧思想和世俗风气影响的一类人。剧中，当众人满心以为文有章的“厅长”当得成时，纷纷向他预支帮助：有的要承揽工程，有的要安排亲属，有的想打赢官司……聒噪之声不绝于耳，弄得“文厅长”头痛欲裂。这样一种群体心理，就是在今天，不也令我们深思吗？

（《文艺观察》2003 年 6 月 16 日）

革命主题·人文关怀·艺术创造

毫无疑问，《毛泽东去安源》是一部表达鲜明的革命主题的影片，这不禁使人对它怀着一丝担忧，这是合乎时宜的吗？

当时代进入21世纪，当时代主题由血与火的革命转变为和平与发展，再来重温这样一段历史，叙述这样一个故事，是必要的吗？

一些人有这样的疑问。但是，如果我们不是割断历史，如果我们依然承认历史唯物主义的合理性的话，我们就得承认：青年毛泽东以及青年刘少奇、李立三的这一段革命经历，对中国革命、中国工农运动具有特殊意义，与今天的时代也并非毫无关联。中国共产党成立伊始，即忠实代表广大劳动人民的根本利益。在20世纪20年代初，当中国的工人、农民处于极端受压迫的社会最底层时，当资本原始积累表现出空前的残酷与血腥时，党代表广大人民根本利益的方式只能是发动罢工、领导农民运动、开展阶级斗争，以至进行暴力革命。80年后的今天，中国发生了深刻的变化，党代表最广大人民根本利益的方式，已经转变为以经济建设为中心，加快发展，实现中华民族的伟大复兴。这是历史的嬗变，也是历史的进步，这不意味着我们要否定前人，当然也不意味着我们要因袭前人。

事实上，在20世纪上半叶的众多历史事件中，安源大罢工是有其特殊性的。它是中国工运史上第一次“未伤一人、未败一事”，以和平签订协议而取得完全胜利的大罢工。《毛泽东去安源》也着力表现了这种特殊性。影片没有刻意以阶级意识和阶级斗争诠释这一事件，而是灌注以深厚的人文关怀。安源矿工悲惨的生存状态，对任何时代的文艺来说都是值得关注的。胡老三的麻木懦弱使人“哀其不幸，怒其不争”，毛紫云最初的“帮闲”乃至“帮凶”也令人可叹可恨。对祝小连、谢华德两个疾恶如仇的矿工简单地将革命理解为绿林造反似的“割命”，影片也给予了善意的调侃与批评。

在影片所描述的罢工酝酿及实施过程中，罢工领导者不是为革命而革命，也并非嗜好暴力，更未驱使工人当作实现自己或党派私利的工具。毛泽东他们的全部目的是为工人争生存权、劳动权等权利，只要达此目的，以和平的方式最好。当然如果矿方顽固不化，他们也作好了暴力革命的准备。而资方的几个代表，也不同于传统革命题材中的反面人物：中方矿长林之轩乃谦谦君子，一派儒雅风度，他对毛泽东、李立三等青年才俊的激赏是发自内心的，由于熟知中国历史上历次农民起义的根本原因，他一直不主张激化矛盾。德方代表苏泰虽然有笑里藏刀之嫌，但他并不起主导作用，且面对罢工工人的浩大声势，他也知难而退。李立三、刘少奇这一方，虽然提出了十八项复工条件，但一经林之轩解释其中三项确非其权限所能决定，也就未再坚持。完全可以说，协议是在和平的气氛中签订的，双方互谅互让，实现双赢。《毛泽东去安源》对这一点的敏锐把握和着力呈现，是它在重大革命历史题材中创新的一个重要方面。这在以前拍摄同类题材时是无法想象的。

《毛泽东去安源》在艺术上也是有着独特追求的。影片场面宏大，电影语言运用到位，蒙太奇技巧驾轻就熟。这些都是其长处，但它给人印象最深刻的，还是对毛泽东、刘少奇、李立三形象的成功塑造。毛泽东的睥睨一切、舍我其谁，刘少奇的沉稳老练、严谨精细，李立三的倜傥风流、才情洋溢，都表现得淋漓尽致。在 20 世纪的中国，毛泽东横空出世，令对手自卑，令敌人胆寒。影片中毛泽东脱长衫当旗帜，泼墨其上，几乎以一人而制服青帮头子陈世仪、挫败屠夫省长赵恒惕，令人为其风采所迷醉。而毛泽东、刘少奇、李立三三位湖湘才俊的风云际会，默契合作，在一个舞台唱戏，在一个脚盆洗脚，于谈笑间领导千军万马走向胜利，又令人心生无限感慨。

在毛泽东同志 110 周年诞辰的时候，《毛泽东去安源》的推出正当其时，令人欣慰。

（《文艺报》2003 年 12 月 25 日）

一部内涵丰富、式样独特的儿童木偶剧

——《石三伢子》三题

用木偶戏的形式表现革命历史题材，《石三伢子》不是第一次，用木偶戏的形式塑造老一辈无产阶级革命家，它也不是第一部，但毛泽东的形象出现在木偶戏中，《石三伢子》绝对是头一回。这既使我们产生浓厚的兴趣，同时也不无疑虑：木偶能成功地完成这一使命吗？看完《石三伢子》，我们就可以放心了。这的确是一部成功的作品，是革命历史题材戏剧艺术的新突破。

伟人之初

《石三伢子》表现的是一代伟人毛泽东走出乡关之前在韶山的少年时光，因此，少年毛泽东塑造得如何，是这部木偶剧能否成功的关键。剧中我们看到了一个立体丰满、真实自然的农家少年形象。他在封闭而秀美的自然山水中长大，在私塾里接受传统中国人普遍接受的启蒙教育。在许多方面，他都和其他农家子弟一般无二：一位心地善良的母亲，一位精打细算、勤扒苦作的父亲，一份虽非困窘但也决不富裕的生活。在这样的家庭与文化背景下，少年毛泽东很难说就一定是一个注定要干一番大事业的角色。然而毛泽东之所以能成为一代伟人，与其从小的性格、志趣、经历毕竟又有关系。成年毛泽东是少年毛泽东长大而成的，因为种种因素的共同作用，少年毛泽东毕竟又有不同于其他农家子弟的地方。

心地善良、扶危济困是他的第一个特点。一方面受母亲的深刻影响，另一方面出于对父亲过于苛吝的逆反，毛泽东从小就培养起同情贫弱、仁厚为本的胸怀。剧中，他与穷人的孩子五满结下深厚的友谊，对之呵护有加；他主动开仓借粮，让贫苦人家度过饥荒；他放着自家的谷子被雨淋湿，帮助毛四阿婆收谷子；他受不了小牛过早地被父亲训练拉犁，批评先生嘲笑残疾人缺乏仁厚胸怀……所有这一切，都较好地提示了少年毛泽东的情感基因，这也正是日后毛泽东为把穷苦人民从灾难深重中解救出来而革命一生的性格基础。匡扶正义、疾恶如仇是少年毛泽东的第二个特点。正因为有着对劳苦大众的深厚的爱，他才会如此痛恨人间的不平，如此强烈地反抗旧社会的恶势力。剧中，毛泽东与父亲爆发的激烈冲突绝不仅仅是性格上的不同，更重要的是对事物的理解、人生的追求不同。毛顺生一直想把毛泽东打造成像他那样亦农亦商的标准的种田人。在 19 世纪末的韶山冲，在资源十分贫乏、天灾人祸不断的情况下，要获取成功，就必须像毛顺生那样省吃俭用、精打细算、铁石心肠、一心为己，而这恰恰不是毛泽东所追求的。少年毛泽东对父亲威权的反抗一如他日后对压迫势力的反抗，决绝、激烈、持久且充满必胜信心。当然他从体力上不是父亲的对手，但在精神上他的头颅是高昂着的，他甚至不惜以死来威胁父亲。父亲不得不让步，感叹“我早知道你不是个作田崽”，从而将他送出乡关。年少时对《水浒传》的热爱影响了毛泽东一生的人生观与文学观，以至于他后来多次引用小说中的故事和人物，以此为参照来思考现实与文艺。志存高远、不甘平庸是少年毛泽东的第三个特点。不可否认，与浑浑噩噩的乡亲们相比，与懵懂无知的同龄少年相比，毛泽东确实从小就有着鸿鹄之志。死气沉沉的生活使他厌倦，脸朝水田背朝天的命运对他毫无吸引力。他渴望如大鸟一样一飞冲天。出身不能改变，但立志全在自己。当宾老倌嘲笑“鸡窝里也能飞出凤凰？”时，毛泽东偏不信命中注定。传为毛泽东作的《咏蛙》诗和抄录日本人西乡隆盛的《出乡关》诗，虽都并非毛泽东亲笔，但诗的境界与毛泽东的人生境界极为吻合，以至于很多人都当成是毛泽东自己所作。除了这三种特质外，剧中还表现了毛泽东的领袖气质、博学之资和特异之才，这使他与同龄人相比，确实显得鹤立鸡群、卓尔不凡。

总的来说，这部木偶剧对少年毛泽东的把握是准确的、真实可信的。

童年之趣

木偶剧是给少年儿童观看的，吸引少儿观众的注意力是第一要务。如果说那些现代科幻题材靠奇思妙想、神秘场景和高科技手段来做到这一点的话，那么《石三伢子》这样的传统题材，就必须在童真童趣上狠下功夫。在这一点上，这部木偶剧干得不错。

剧中精心塑造了石三伢子、五满、幺妹、民伢子（毛泽民）、秋丝瓜这样一个少儿群体。石三伢子是这一群体的领袖，自不必多言。五满作为穷人家的孩子，没有饭吃，父亲因造反被砍头，其命运令人同情，然而他的愚钝又让人好笑。一部《论语》，他觉得如同“讲梦话”，怎么也背不出几句。秋丝瓜是革命历史题材中一个创新的形象。作为地主少爷，他有着优越感、霸道、喜欢告状等毛病；但作为涉世未深的少年，他又不无纯朴，与毛泽东的友谊也是真诚的。他养尊处优而不学无术，又渴望融入以毛泽东为中心的这个群体。总之，他决不是一个过去同类题材中那种令人讨厌的人物。幺妹的天真、胆小、善良，毛泽民的乖巧、听话，也都丰富了这个群体的不同性格侧面。可爱的小牛，终于展翅高飞的大鸟，则不但是道具，更成为少年生活中不可或缺的组成部分，同时也是对主题的隐喻与暗示。

这是一个故事不断、其乐无穷的少年群体。他们一起玩语言和身体的游戏，一起游泳，一起捉弄先生。他们用捡来的鸟蛋孵化心愿，放飞希望。他们燃起大火，熏得老天爷下雨。虽然贫困像梦魇一样纠缠着五满等人，虽然出身、境遇的不同带来连绵不断的冲突，但他们仍不缺乏童年的欢乐。他们的游戏方式比起用金钱堆砌的当代儿童的游戏方式来也许过于简陋，但就其趣味的程度和快乐的含量来说，可能并不逊色。在共同的少年生活中，他们结下了深厚的友谊，当毛泽东外出求学时，他们无一不难舍难分，他们用萤火虫、小鸡崽、咸鸭蛋、打狗棍表达对伙伴离去的惜别之情。少年毛泽东也真正被感动了，“真想有只大口袋，让我背走，生我养我的韶山冲”。

我相信，只要对乡村生活稍有了解的观众，就会被该剧的情节吸引住，并勾起难忘的童年记忆；而对乡村少年生活的这种充满情趣的表现，也会让城里的孩子感到新奇有趣。弥漫于全剧的童真童趣，对孤独的当代少年是一种很好的慰藉。

民俗之美

民俗的加入是木偶剧《石三伢子》一个引人注目的现象。浓郁的乡土气息弥漫全剧，独特的民风民俗随处可见，琳琅满目。古老的劳作山歌不时响起，脆生生的童谣挥之不去。童年的游戏有着强烈的湘中特色。先生“朝思肉，晚思酒”的自白让我们想起传统花鼓小戏《讨学钱》，民伢子珠算“羊十八、兔三斤”的情景在算盘被计算机淘汰的时代只能是过去的风景……

这些民俗是真实的。必须强调，出现在剧中的民间歌谣、民俗仪式都是真实的，绝不像某些文艺作品所制造的伪民俗。凡是三十年前在湘中一带生活过的人，都不会对这些民俗场景感到陌生。这些民俗场景在农耕时代的中国十分典型，直到改革开放以后才逐渐消失。正是这种消失使剧作家产生了失落感，产生了要让之复活的冲动。没有对二十世纪八十年代以前湘中农村生活的熟悉，是写不出这些民俗场景的。同样，没有强烈的文化怀旧感，也是不会想到要这么集中地表现这些民俗场景的。

这些民俗是必要的。近年来，影视戏剧中玩文化、玩民俗成了一种时髦。有玩得好的，也有许多刻意为之之作。在这些作品中，民俗与剧情毫无关系，生拉硬凑；或让剧情停顿下来，静止地表现民俗，使戏剧成为民俗的展览与形式的拼贴，而缺乏观赏的流畅性。《石三伢子》虽然也玩民俗，但并不过分，并无外加之感。这是因为民俗是剧情发生的真实环境，在许多时候甚至就是剧情本身。当然，因为民俗的地域性与时代性，当代一般的城市观众（尤其是小观众）可能有陌生感，从而产生审美阻隔，因此，我认为剧中的某些民俗场景可以适当削减，而民谣、儿歌的运用也可更为节制一点。

这些民俗是美的。美感的产生，在于民俗集中体现了民间文化的精髓，包括民间的精神、民间的情绪、民间的音调、民间的语言，它们质朴清新，千锤百炼，独一无二，散发出泥土的芳香，表现出劳动的快乐。例如剧中反复出现的劳作山歌，幽远缥缈，似吟似唱，令人神往。石三伢子等少年群体玩的语言接龙游戏，也充满了谐趣，同时它也是学习语言的好办法，至今仍在儿童教育中运用。作为一部儿童木偶剧，《石三伢子》之所以表现出如此与众不同的丰富性与观赏性，我认为与此不无关系。

（《艺海》2003 年专页）

一座城市的文化符号

——读叶梦《乡土的背景》

十余年来，叶梦寓居长沙，却孜孜不倦、乐此不疲地写着关于她的故乡——益阳的文字。那里的人情风俗，那里的喜乐哀愁，那里的大人物与小角色，那里的历史与现实，都流泻于她的笔端。《乡土的背景》，便是这一写作路向继《遍地巫风》后的又一结晶。这是真实的故乡，也是想象中的故乡；是活着的历史，也是记忆中的图景。以叶梦对于益阳的这种熟悉、这份情结、这么全方位的言说与表达，我们完全可以说，她成为益阳的文化符号、益阳的文化代言人。一如贾平凹之于西安、方方之于武汉、冯骥才之于天津、何立伟之于长沙。这些作家与这些城市的关联，并不仅仅是一般的游子与故乡、叙述者与表现对象的关系，而是一种打断骨头连着筋的血肉关联，是彼此不可或缺的存在，是精神的无间契合，是冥冥上苍的绝妙安排。

在《乡土的背景》中，叶梦以感性的方式解读益阳。叶梦的地域散文，区别于一般的文化散文。肇始于二十世纪九十年代初的余秋雨，而大兴于近十年的文化散文，无论写人、状物、述史，总以表达历史的理性、文化的思考为旨归。叶梦的散文，却不以理性见长，或者说不以理性的揭示为目标。她的散文，并没有许多理性的命题、理性的思索、理性的话语，而主要来源于作家从小到大对益阳的感性经验和心灵体察。那些人物，那些女子，都是她魂牵梦绕的，刻骨铭心的。周扬，这位现当代文艺理论史上的大人物，其思想与生平遭际，有多少话题可以言说，有多少经验值得总结，叶梦却以《七坛甘草梅》为题，有意写他与一位益阳女子的半世情缘。周立波，二十世纪卓有成就的作家，叶梦却从“好人”着笔，写了两个好人（周立波与姚陵华）曾经美好却最终并不美满的姻缘，于其他方面所涉不多。这并不是书中的两个孤例，而是叶梦散文的一个普遍特点：给她留下最深印象从而欲将这种印象传达给读者的，永远是那些益阳人物独特的形象、个性、气质和他们的哀乐人生。自然，说这些散文不以理性见长，并不意味着叶梦没有理性的底蕴。恰恰相反，叶梦是一个颇为智慧的女人，她对人、人性和社会的观察，是独到而深刻的，这使她的散文经常有理性的火花闪现。但总的来说，我们获得的愉悦和满足来自她的感性部分。

在《乡土的背景》中，叶梦以女性的视角发现益阳。作为一位女性作家，叶梦有着强烈的女性意识，这在她的“创造系列”中表现最为明显。而《乡土的背景》，显然延续了这一点。人们在言说益阳人物时，一如言说别的地域中的人物，女性往往是不在场的。叶梦一反这种传统。那些长期为男性话语所忽视的女性，为男权社会所遮蔽的女性，一一在叶梦的笔下复活起来，灵动起来。在研究周扬、周立波的论著中，人们几乎不知道他们在家乡还有结发妻子。通过叶梦，我们得以与一年腌制一坛甘草梅、苦苦等待周家少年回家的吴淑媛，与知书识礼、忍辱负重的姚陵华相遇，认识到在外扬名立万的大理论家、大作家背后的美丽女性。在写这些的时候，叶梦的文字十分平和，并无兴师问罪或鸣冤叫屈姿态，然而我们仍为这些女子而深深感动。至于因一湾浅浅的海峡而与丈夫几十年不通音信、最后天人永隔的崔鹏飞，有着黑油油的长辫子却殉情而死的肖彩云，其悲剧性命运更令人唏嘘感叹。喝着羞女山泉水长大、沐浴着资江河水生活的益阳女子，大多美丽、温婉而多情，然而在旧时代和不那么旧的过去，她们的命运太多不幸。生亦何欢，死亦何苦。是叶梦，让我们发现了益阳生命群像中“三周一叶”外的另一半，那不可或缺、不能忘记的另一半。

在《乡土的背景》中，叶梦还以怀旧的情绪唤醒益阳。位居资水中游的益阳，是一座千年古城，历史上出过若干大人物，曾经是重要的水陆码头和物资集散地。然而时移世易，益阳似乎从湖南的经济版图、文化版图上消失了。这是令每一个益阳游子不无焦灼和失落的。叶梦的散文，从文化上唤醒了益阳、复活了益阳，使一座渐被人忽视的城市，鲜活在每一个读者面前。此其一。其二，对于那些益阳的游子来说，它唤醒了他们的童年记忆，使之陷入回忆、陷入沉思、陷入恍惚之中，使之产生一种亲切得令人怅惘、欣喜中夹杂辛酸的感觉。旧时风物、经典情感、老派人物，在大规模的城市改造中，在令人炫目的生活变化中，逐渐消失了，变味了，不可逆转，却令人惆怅。叶梦的努力，让我们重温失落的童年世界，增添了人生的厚度与丰富度。

叶梦是写人的高手。她的家庭，是一个美术之家，她对美术有敏锐的感觉与深厚的素养。在叶梦的散文中，她运用中国美术的造型功夫，勾勒人物，简约而醒豁，朴实而传神。例如“透明的水晶人”吴淑媛，孤苦的守寡人崔鹏飞。崔鹏飞在悲剧命运的打击下，由一个坚强的女性而变得脆弱、琐碎，在老年之后她反复唠叨一句话：“我怎么会以为卫道京是一条街呢?”只此一句，就把她祥林嫂似的孤苦心境表达出来了，令人心酸心痛。其他如孙泉、波胡子、罗肯荪、易德甫、二爹……这些叶梦笔下的人物，无不以其与众不同的形象而活在我们面前。

叙述的从容、语言的散淡也是这本散文集的一大特色。叶梦信笔写来，不拘一格，不堆砌、不啰唆、不做作，行于当行，止于当止，运用之妙，存乎一心，有绚烂之极归于平淡的笔力。当然，个别篇什似有随意之感，或不无重复，或匆匆结尾，言犹未尽，使人不尽满足。

这些年来，叶梦于相夫教子、养疾去病之余，蛰居长沙河西，笔不停挥，开设数个专栏，文章络绎不绝地发表，著作一本继一本地出版，其创作之勤、用功之深，令人感佩。我期待着她更多更美的文字。

（《理论与创作》2004 年第 4 期）

国企改革与人生命运

——简评楚荷小说《苦楝树》

《苦楝树》(《当代》2005 年第 2 期)是一部值得关注的小说。它写的是一个国有工厂的兴衰史、一个(群)普通工人的生存状态、一场国企改革的悲剧性结局。不同于那些宏大叙事或全景视角的改革小说,《苦楝树》采用的是彻底的底层视角。

从理论的角度或流行的观念来说,国企改革的必然性、合法性是毋庸置疑的,而且总的来说也是成功的。但是具体到一个个案,具体到这个个案中的每一个人,情况就远非这么简单。小说中这个有着数千工人的工厂(我们始终不知道它叫什么名字,造什么产品,不过这无关紧要),有着其他国企的通病:人浮于事、作风懒散、效率低下、奖罚不明,应该说到了非改革不可的程度。雄心勃勃的市长要求改革,在电工技术上处于"一哥"地位的吴满也希望改革,而且是"真改真革"。不改革他这个"一哥"拿的就是比行管人员低得多的工资,连女儿上中学的钱都拿不出。但是按市长的设计，改革就是减员增效，就是端人饭碗。作为现实生活中的改革，这常常意味着巨大的利益调整与命运转折。因此这不是发几句指示或作一场报告那么简单。因为听到要下岗，“梅毒”不惜出卖肉体，“瘦妞”要从天车上跳下来，“太岁”拿着起子行凶：这些每时每刻都在上演的人间悲剧让心如磐石的吴满也为之动情，更让本来就不想改革的王厂长左右为难。最后，出人意料的是，改革以年龄画线，最不应下岗（“内休”）的吴满下岗了，而应该下岗的男男女女们都长吁了一口气，并且以道德优胜者的姿态开展了对吴满的救助行动。这太不合理论逻辑了，但又太符合生活逻辑了。这是改革的不幸，但却是文学的大幸，因为文学要的就是这种戏剧性的效果，就是这种匪夷所思。可见，底层视角的改革、民生视角的改革，与指点江山式的改革是完全不一样的。《苦楝树》由于对底层视角的坚守，展开了改革年代社会生活最真实但又最容易被人忽视、最平凡但有时又最戏剧化的一面，让我们感同身受，无法逃避。这是它的与众不同之处。一段时间以来，批评家们对当前“底层意识匮乏”的文学十分不满，而在我看来，《苦楝树》正是一篇底层意识充盈而且坚定的小说。

这部小说给人的阅读感觉是苦涩的，但又是余味悠长的。小说中，吴满、苦楝树、工厂有着一种性格的同构和命运的同步关系。吴满是一个卑微的小人物，他的一生让我们想起《简·爱》中的一句经典名言：“人生下来就是为了含辛茹苦。”的确，吴满的一生是含辛茹苦的一生：进厂时因满脸的麻子，差点找不到师傅；37 岁了好不容易娶妻、生女，几年之后妻子却死于非命；干了几十年电工

（还是“一哥”），存款只有几千块；盼望着借改革的东风大干一场，想不到最终下岗的是自己；女儿考上一中，居然借债无门……吴满的苦命真如苦楝一样苦。也因此，吴满与苦楝树成了一对沉默寡言却又心心相印的朋友。他每天一大早都要走到苦楝树下，与之交流对话；他想方设法不让苦楝树被砍掉，给它浇尿浇酒，向它倾诉，感知它的花开花落、一荣一枯。他想拯救它，却终于无可奈何地看着它叶黄、叶落、枝枯、树死。而这也正是小说中工厂的命运。当然，人之所以为人，就在于他（她）不是被动的物。人是万物的灵长，人可以主动地抗争。吴满的命运与苦楝树、与工厂还是有不同。树死了，厂垮了，吴满却在他乡找到了一份薪水不低的工作。尽管 50 岁了还要背井离乡，抛家别女，可他的人生毕竟展开了新的天地。这不是虚假的亮点，不是伪浪漫主义，这是吴满们应该有的美好结局。吴满虽然卑微，但他活得有尊严。他在技术上是“一哥”，多少年无人能撼动；他敬业爱岗，连细节也不放过；他在人格上有操守，决不因小恩小惠或感情攻势而放弃原则；他善良而仗义、沉默而坚忍……他就是你，就是我，就是改革年代大多数普通中国人的缩影。他是民族的柱石，社会的基座。而改革，如果我们承认它是以人为本的话，那么它怎能让这样的柱石和基座垮掉呢？

表面上看，《苦楝树》是一部其貌不扬的小说，因为它的尚不出名的作者，因为它的题材，因为它的叙述方式，甚至因为它的篇名。但它绝不是一部平庸的小说。在这样一部小长篇里，有不动声色的幽默，有令人心酸的命运，有让人感喟的荒诞，有泪湿眼眶的真情。我们见到了平实的文字、老到的叙述。作者结构故事的能力是出色的，对人性的体察是深刻的，对节奏的把握是恰到好处的。因此，就作者而言，他虽然还不是一株大树，但绝对是值得关注的一棵好苗。

（2006 年 1 月）

“我执”与“悟空”：当下中年男女的生存之惑

长篇小说《菩提无树》（晓秋著，春风文艺出版社出版）是一幅当下中年男女的生存状态图，也是一部中年男女的生活沉思录。

在转型期的当下中国，中年男女的生存状态是颇为独特的：一方面他们有着丰富的人生阅历和成熟的生活智慧，在各个领域均较为成功；另一方面他们又存在某种先天不足和结构性欠缺，时常会有力不从心之感。一方面他们正满怀信心朝人生的顶峰冲刺；另一方面韶华易逝，岁月催人老，他们又时时深怀退出舞台中心的忧惧。一方面他们沉稳内敛，早已过了青春冲动的年龄；另一方面，抓住青春的尾巴的心态又使他们会不时放纵自我，及时行乐。古人云：人到中年万事空；今人说：人到中年万事忙。20 年前，谌容的一部《人到中年》曾让多少人潸然泪下，然而那仅仅是写了有着崇高理想与纯正品格的中年知识分子的生存之累、负担之重。今天，《菩提无树》则从更为广泛的社会与心理层面解读着中年男女的所为与所思、所爱与所欲、所欣与所悲。

小说的人物并不多，主要写的是乔家三姐妹亚珂、杜鹃、乔安和围绕在她们身边的男人们。三姐妹身世坎坷：父亲早逝，母亲皈依佛门，老大亚珂三岁即丢失，直到最后才揭开身世之谜而姐妹相认；老二杜鹃小时即送人领养，命运还算顺利，有着所谓的家庭优越感；老三乔安由保姆带大，从小孤寂而敏感，生活平淡而辛苦。她们三人本身的联系倒不算多，亲情也并不浓，但因为众多的男人而产生了复杂的纠葛：亚珂从小到大阅人无数，她的情人梅又平是杜鹃的丈夫；杜鹃因与梅又平的婚姻挫折而失忆，后又嫁给萧旭彤；梅又平是乔安丈夫龚坤宇的好友，龚坤宇因找了舞厅小姐古丽雅做情人而与乔安劳燕分飞……小说中的这群中年男女，焦躁不安，心理失衡，性格脆弱，敏感多疑。所有人都在一起觥筹交错，每个人又都在提防或嫉恨对方。每个人都在偷情，每个人又都在忍受丈夫（或妻子）偷情带来的痛苦。每一次偷情都只是短暂的欢娱与满足，之后便是漫长的苦涩与失望。业未立而家不宁，情不深而意踟蹰。他们并非少不更事，但为何一次次咽下苦果？他们并非初出茅庐，但为何总是心无所依？小说在时代转型与人心浮动相交织的背景下对中年男女生存状态的把握是极为准确而细腻的。

小说中存在众多的叙述主体和时空维度。乔家三姐妹和梅又平、龚坤宇、萧旭彤等每一个人都是一个叙述主体，他们交错登场，波浪式展开。从时空维度来说，则有三重：童年时代、插队时期、当下。当下是主要的叙事时空，但处理上因为有前两个维度的存在，而使故事得以延展，厚度得以增加，更有助于对人物行为与心态的把握。这是一种典型的复调式叙述。小说在诸多主体与时空中自由出入，人物也呼之即来，挥之即去，体现出作者创作意识的不羁，但也给阅读造成了一定的障碍。

小说又有着浓重的心理现实主义痕迹。作者的述说欲望相当强烈，心理语言充沛而饱满。少量的现实行动中总是穿插有大量的心理活动。它并不是一部意识流小说，行动仍然是主干，但主干只是主干，构成斑斓茂盛的风景的却是枝干上的树叶与花朵，即内心独白和作为心理外化的议论。这些议论当然并不是干巴巴的说教，而是作为一位女性作者对中年人生的感悟与思考。如果有足够的耐心，读者会发现，这些感悟与思考不乏精到之语，如关于爱情："爱是这样一种东西，当她来的时候，如火如荼，你挡都挡不住。而当她消失的时候，你除了转身离去，没有更好的方法。"关于变革与转型："旧的像肥皂泡般噼噼啪啪地破灭，新的如合成细胞还不能马上成型。"关于高干子女："像这般被娇养大的孩子，他们是不懂得真正用心去关心体谅别人的，对别人付出的关爱和照顾，他们总以为是理所当然的。"关于当今时代："一个忙碌的时代。一个孤独的时代。虽然朋友聚会欢欢喜喜，卡拉 OK 热热闹闹，但是，完全以情感为维系的朋友关系，现在到底有多少？"关于情感："多少人守着电视去爱恨情仇，真正的情感世界却寂寞清冷得凉白开般。"关于欲望："然而'要'，是动力，是竞争。人类的罪恶缘于此，人类的进步也缘于此。"还有"她想讨人喜欢，却因此更不讨人喜欢"；"谁的心里都有对爱的渴望，但是这种渴望常让人遍体鳞伤"；等等。这些内心思绪体现了小说中的男男女女在深陷感情旋涡和人性沼泽时尚能有某些超越追求。他们在庸常的生活中还有反思的渴望。他们堕落，但也困惑、质疑，渴望能领悟和提升（以乔安为代表）。然，他们的反思并不深刻，并未达到彻悟的程度。因此，我肯定作者的形而上追求，但客观地说，就作品中男男女女的精神境界和思维能力来说，他们可能并未达到作者的预期。他们虽然有的失忆，有的离婚，有的身陷囹圄，这也可以说是“我执”的困局，但以乔安或其他人的感悟力，似尚未达到“悟空”的程度。经过与寺中高僧的对谈，乔安悟出的是什么呢？“真实的世界是怎样的，我们不知道。我们只知道我们心中的那个世界。但世界是真实的。真实的世界在每一个人的心中。世界投影在一个人身上，一个人就是一个世界。我们徒费心力要找到生活的真谛，但生活的真谛就是生活本身。”这段话似乎深刻，但有老调重弹之嫌，与“菩提本无树，明镜亦非台，由来无一物，何处惹尘埃”似的清明澄澈相去甚远。如果悟到了这一点就是大彻大悟，就是“悟空”，就是“菩提无树”，那只能证明从红男绿女和庸常生活中是无法产生真正的形而上思考的。这种与时代背景颇为吻合的感觉至上和个性主义不正是小说中诸多人物的行动哲学吗？换言之，他们自以为“悟空”，其实还在“我执”中。这是一种深深的困惑。也许，中年男女的身上原本就存在这样无可破解的困惑。

（《文学报》2006 年 3 月 23 日）

社会文化思潮之变与《超级女声》

关于《超级女声》，应该把它放到当前社会文化思潮的大势中来审视。客观地看，从 20 世纪 90 年代以来，我国社会文化领域出现了若干显著的变化，形成了一些新的社会文化思潮。

多样化。当下中国，马克思主义意识形态仍具有强大的主导力，在这一意识形态的主导下，已经出现了先进文化与健康有益文化、精英文化与大众文化、高雅文化与通俗文化、本土文化与西方文化、传统文化与时尚文化共生共存、博弈竞争的局面，精神文化领域已经形成了百花齐放、千帆竞秀、万壑争流的态势。社会文化的多样化乃至多元化是一个不争的事实，并且这种趋势还在加速，格局还在调整。多种文化之间有分有合，有重叠有差异，有互补有竞争，但并未产生水火不容的隔绝和你死我活的较量，它们动态地处于一个文化共同体中。这与当年那种一花独放而百花萧索、唯我独尊而万马齐喑的局面相比，无疑是一个令人鼓舞的变化。

普泛化。曾经，什么是文学，什么是非文学，什么是艺术，什么是非艺术，有着严格的界定，并且似乎只有纯文学、纯艺术才算文学艺术。而今，文学与非文学、艺术与非艺术的界限正在打破，文艺的范围正在扩大，文艺的边界正在延伸。从今年（2006 年）以来的“韩白之争”和“馒头血案”这两个轰动一时的文化事件就可看出这一点。当白烨宣布“从文学的角度来看，‘80 后’写作从整体上说还不是文学写作，充其量只能算是文学的票友写作”，韩寒“进入了市场，尚未进入文坛”时，当陈凯歌虚幻的精英主义话语被胡戈剥得一丝不挂以至恼羞成怒地斥责“人不能无耻到这种地步”时，他们已经多么地昧于大势而迂腐可笑。事实上，传统写作是文学，博客写作也是文学；《无极》是电影，《一个馒头引发的血案》也是电影；传统戏曲是文化，歌厅文化也是文化。从而，文艺走出了狭窄的天地，获得了无限的可能性。

平民化，也即大众化。从上个世纪前期开始，大众化就是中国文学的一个梦想。从 30 年代的“大众语”运动，到 40 年代的文艺民族化论争；从 1958 年的“大跃进”诗歌，到“文革”中的工农兵写作，中国文学一直在进行着大众化的不懈努力。但是，在一个前现代社会里，当人们的社会身份被打上了先天的烙印并被严格约束、当全民的文化水平普遍较为低下、当温饱成为最大的追求而职业的写作并未真正出现、当意识形态控制还过于严格，真正的文艺大众化是不可能实现的。而现在的情况已有极大不同，文艺不再是上流社会的专宠，而为广大的平民百姓所共享；创作不再只是专业作家艺术家的专利，而成为有文化有创意的普通大众均可一试的爱好。专业与业余的概念已为职业与非职业的概念所取代。网络写作的发展使许多人都可以圆文学梦，卡拉 OK 的普及、各种平民化歌会的举办使许多人都可以一展歌喉，过一把明星瘾甚至一不小心就成了明星。DV 的流行、Flash 的便捷甚至使许多人成了很不错的影视导演和动漫制作者。

这些现象的出现，源自改革开放以来我国在政治、经济、文化、科技等各方面的巨大进步，源自人民群众特别是草根百姓所迸发出的巨大创造精神，同时它本身也标识着中国社会的历史性进步。我想，任何一个不怀偏见的人都是会承认这一点的。

从这样一种历史大势来分析和评价《超级女声》，我们当可获得一种比较理性和客观的结论。尽管《超级女声》有这样那样的缺点，尽管作为一种大众娱乐文化，《超级女声》还需要主流文化和精英文化的警示、引导与提升，但从整体上说，《超级女声》以“想唱就唱，唱得响亮”为口号，顺应了社会文化思潮的变化，为普通女性提供了平等竞争、自我实现的机会，满足了大众的文化需求，产生了积极的社会效果，是应该给予充分肯定的。无论是它的零门槛、原生态，还是它的参与性、互动性，都是在积极吸收国外电视节目优长、认真进行受众心理分析后的产物，是一种可贵的文化创新。正因为如此，它制造了 2005 年中国电视短信投票量、收视率、广告额的神话。它的运营模式，也为同类电视节目所模仿。2006 年央视的《梦想中国》，其节目形态，与《超级女声》毫无二致。

进而言之，说《超级女声》有利于和谐社会的建设也不为过。

一个社会要达致和谐，首先要有尽可能多的自我实现途径，其次要有更多的自我宣泄方式。就前者而言，对众多的做着明星梦的女孩来说，光有“CCTV青年歌手电视大奖赛”显然是不够的，它门槛太高，脱颖而出太难，而“超女”则反其道而行之，只要你够胆量，便可一圆舞台之梦（尽管并不是什么人都可一夜成名）。就后者而言，当前，面对社会上的一些不公正、不平等现象，许多人有不满情绪；面对快速的工作节奏和生活节奏，许多人有紧张感、疲惫感。这些情绪如不加以疏导和缓解，就有可能成为影响社会稳定的定时炸弹。如何疏导和缓解？光靠《天鹅湖》、靠交响乐显然不够。因为其一，“我们想高雅，但口袋里没钱”；其二，交响乐芭蕾舞离大多数中国人的粗糙心灵太远、太隔，起不到宣泄的作用。而《超级女声》不一样。当你投入地观看《超级女声》及类似电视娱乐节目时，你至少可以暂时平衡焦虑的心态，宣泄紧张的情绪。我想，无视这一点而指责“超女”毒害青少年，和指责胡戈“无耻”一样，都有独断主义之嫌；因为提倡高雅艺术而否定《超级女声》，也有不够宽容之弊。我们应该与时俱进，努力涵养一种宽容、平和的文化心态。在建设中国特色社会主义文化的总框架下，只要不违反宪法和法律，各种文化样式、文化形态都应该有自己的生存空间，可以博弈、竞争，但不能党同伐异、唯我独尊，更不能产生恨不得“灭此而朝食”的心态。

此外，考察“超女”在主流文化的警示和引导下的演变过程也是一件饶有意味的事情。最初的《超级女声》，至少有三大问题遭致广泛批评：报名不设年龄门槛，以致出现大批中学生逃课报名的现象；不加剪辑的原生态展示，以致许多选手出乖露丑；评委用尖刻语言酷评选手，以致让人无法下台。这些问题经过网络的集中与放大后，引起有关主管部门的高度关注，使“超女”差一点遭致封杀。奇怪的是，被主流意识形态严重关切的这些问题，在精英知识分子那里却根本不算一回事。许多学者为“超女”的原生态叫好，认为“有人爱现，有人爱看，碍着谁了?”，甚至认为适度的现丑满足了选手的表现欲和观众的窥视欲，是无伤大雅的事情；评委的酷评也无关紧要。尽管如此，在主流文化的强大压力下，“超女”被迫作出了调整：报名安排在周末，以避免学生逃课（2006 年更将年龄限制在 18 岁以上）；过分的镜头和低俗的画面被剪掉；评委不再以伤害选手自尊的方式进行评点。相反，“超女”中的自信、乐观、拼搏、友爱、单纯、真诚等品质得到刻意强调。进入总决选以后，更是将节目中原有的粗糙的质感和草根的朴拙一扫而空，而是刻意走精致化和温情主义路线。废旧工场式的布景没有了，代之以精心布置的演播厅；选手不再孤独无依地面对评委，而是在一种爱与友谊的氛围中登场。无数人的眼泪在飞，无边的温情在弥漫。经过改造后的“超女”，基本得到官方的认可，也为大众所接受。可以说，这是大众文化向主流文化的靠拢，是各方共同妥协的产物，也是在现有体制下的最佳选择。可是，这一调整却使精英分子倍感失望，并遭到他们的猛烈抨击。最有代表性的是朱大可。他在《乖女孩的哭泣性狂欢》一文中写道：“参选者身穿统一的衬衫、领带和裙子，看起来颇似校园制服；歌曲的选择大多是传统老歌，曾被央视反复演唱；‘后宰门’式的扭捏的儿童伴舞，拿腔拿调，弥漫着矫饰的气息；更令人吃惊的是，整个现场到处是出局者的眼泪、评委和主持人千篇一律的劝慰、父母的殷切寄语、两代人之间的彼此感谢和勉励，如此等等。”他把这看成是“老套的国家主义煽情模式”，演绎出的是一种古怪的“哭泣性狂欢”。以致“一场青春女孩自我表现、张扬个性的赛跑，无力地瘫痪于‘乖孩子’的底线上。在‘超女’表演的盛大舞台，到处投射着妥协和暧昧的阴影”。总之，精英分子欢呼的是前卫的、另类的、反叛的“超女”，而不是人见人爱的乖乖女。这种精英主义的呓语它完全脱离了当下中国社会的实际，是一种典型的精英幻象（有趣的是，曾经为“超女”而欢呼的朱大可，如今却认为它构成了一种“柔性暴力”和“听觉公害”，从而彻底暴露了他精英主义的立场）。说到底，先锋与前卫当然容易令人侧目，但发行量最大的还是有着“国家主义煽情模式”的《读者》。从“超女”的演变及各方的评价，我们可以清楚地看出主流文化、大众文化、精英文化三者的各自立场及其博弈互动的态势。

（《理论与创作》2006 年第 4 期）

舞剧《南风》的魅力

湖南省歌舞剧院排演的大型舞剧《南风》晋京演出，引起较好反响，成为岁末京城舞台的一个话题。

“南风”是自然之风。“南风之薰兮，可以解吾民之愠兮；南风之时兮，可以阜吾民之财兮。”传为舜帝所作的这首《南风歌》，是对春夏间和煦宜人的南风的传神写照。没有在酷暑中经受南风吹拂的人，是体会不到它爽到骨子里的感觉的。但“南风”又远远不只是自然之风。

“南风”吹来的是仁德之风、和谐之风。舜帝本名姚重华，“舜”作为称号是“孝顺友爱”之意。在漫长的历史演绎中，经由儒家学派的阐释和草根民众的想象，舜已成为大仁大德的象征，垂衣而治、德被天下的典范。舞剧撷取了舜帝南下洞庭、巡狩九嶷这一段传说故事，展开充分的想象空间，着力渲染舜帝的仁者无敌、大爱无私、大美不言，歌颂一种古今罕见的博大渊深的帝王之风。

他驱象为耕，铸剑为犁；箫韶九成，百兽率舞。尽管剧中有征战，有杀伐，这使这台舞剧显得热闹绚烂，但真正彰显全剧核心价值的，还是舜博大的人格力量。从孔子的“德治”到孟子的“王道”，从内圣外王到修齐治平，中国的儒家知识分子对于君主的最大诉求和最大崇敬一直是道德人格方面的。舜帝正好符合儒家知识分子的这种想象。《史记》说：“天下明德皆自虞帝始。”从史传所记载的舜帝的言行中，我们可以鲜明地感受到这一点。他的《南风歌》由南风吹拂联想到不但可以解民暑热，还能带来物阜民丰，就是由自然而人事的仁君情怀的流露。这种忧民爱民、富民安民的情怀，也正是历代圣君贤相所追求的。今天中国共产党人提倡以人为本、以民为先，其中的一个源头，正在于此。舜帝还有一段著名的话描述海晏河清的太平景象：“股肱喜哉，元首起哉，百工熙哉。”没有博大的人格力量和举重若轻的治国艺术，是实现不了这种和谐境界的。

“南风”也是英雄之风。在上古传说中，舜似乎仅仅是一个仁德之君，而没有多少赫赫功业。实际上，在那开辟榛莽的蛮荒时代，在那崇尚力与美的原始时期，如果没有超凡出众的力量与威服四方的事功，是难以成为人人称颂的古之圣君的。舞剧《南风》根据舞台艺术的特点，合理展开想象空间，浓墨重彩地展现了舜帝的英雄气概与烈烈事功。传说，舜帝南巡是在他 100 岁时进行的，而且不久就“崩于苍梧之野”。舞剧却把这一故事提前到舜的盛年时期。他身披大氅，威风凛凛，降服象怪，辟土拓疆。他的这些英雄事迹，由英武俊朗的舞者表现出来，由狂野恣肆的音乐表现出来，由绚丽繁复的舞美表现出来，由惊心动魄的情节表现出来，使整台演出成为视听的盛宴、英雄的传奇。

“南风”还是爱情之风。在三皇五帝中，有着令人向往而又凄美无比的爱情故事，只有舜。从屈原到毛泽东，历代诗人都对舜与娥皇、女英的爱情吟咏不已，而草根百姓更是将其物化为斑竹泪、二妃墓、娥皇峰、女英峰等实实在在的东西。总的来说，《南风》中的爱情舞蹈，形象是美的，情感是真挚的，但由于古今情势的不同而带来的心理阻隔，给创作者所追求的感天动地的艺术冲击力造成了一定的障碍。

闻韶乐，聆南风，览九嶷，越洞庭，使我们既回到远古的英雄时代，又深深地感怀着当今现实。这就是历史的力量、艺术的力量。

（《人民日报》2006 年 12 月 14 日）

《同一个月亮》：走向经典之途

在湖南的戏剧舞台上，音乐剧《同一个月亮》的出现具有标志性的意义。在我的印象中，它在湖南戏剧中第一次把农民工进城及其引发的冲突与融合作为故事的核心和表达的主题。过去我们写农民的戏有，写城市的戏有，写农民进城创业的戏也有，但没有《同一个月亮》这种跳出农村或城市的单一视角，站在更高层次反映和思考农民工与城市关系的戏。

古人说，“天无私覆，地无私载，日月无私照”，太阳和月亮之下，人人都应该是平等的。然而由于历史的原因，中国在相当长时间内都处于城乡二元社会中（现在有所好转，但仍未彻底改变）。城市占有国家大量的优势资源，享受着国家大量的公共投资和财政补贴。而农民，除了拥有少得可怜的土地的承包经营权外，其余几乎一切都要自费。农民和城里人不但在物质上不均衡，在精神上也不平等。无疑，这引发了农民持久的进城冲动，也是当今中国城市化浪潮的根本动力。农民西生和凤英，正是在这一大背景下，和伙伴们一起，“告别村口的歪脖子树，告别屋前藤绕的篱笆”，坐上汽车，又转火车，来到城市，“啥都不问，打工挣钱”。全剧第一场的这段进城歌舞，相当准确、生动地描述了农民进城打工的生态和心态。

社会舆论对农民工，一般有两种态度，一种是只看到他们的不文明、不卫生、土气乃至不良的一面，在心安理得地享受着他们带来的城市面貌变化的同时，并不把他们当自己人看待。这在生活中司空见惯。另一种是以民粹主义的视角，赋予他们以纯朴、真诚、勇敢等美好的品质，而将城市看作罪恶的渊薮。这存在于一些知识精英身上。我以为，对农民的妖魔化和理想化都不符合他们的实际情况，也无助于人们客观看待这个群体。《同一个月亮》抛弃了这种简单思维，力图超越城市 / 乡村的简单对立，而从构建和谐社会的角度，描述一种新型的城乡关系，表达一种新的文化愿景。“乡村的故事变为城市的童话，乡里的纯朴化为城市的真诚……同一个月亮同一片清辉，同一种专注同一份深情”，主题曲中的这些歌词已经清晰表达了作者的这种立场。我们看到，西生和凤英固然是一对纯朴的乡村青年，作为城里人的乐子、侯子及他们的妻子或女友，也是一些善良之人，侯子对凤英的爱情也是真诚的，并没有始乱终弃的轻薄。当然，或许是受传统的乡土文学的影响，或许是对城市病的反思，剧作者对来自乡下的打工者仍有些理想化，对城里人的塑造仍有些脸谱化。凤英一进城就成为歌舞厅的台柱，每晚唱一首歌就可获得 5000 元的报酬：她有那么高的音乐天赋吗？她能如此快速而顺利地融入城市吗？这不能不让人怀疑。另一方面，城里人却成为嘲弄的对象，侯子总让人觉得滑稽，乐子也迂腐得有些做作。最后，酉生和凤英以相当城市化的方式确证了他们的爱情，而侯子只能在歌舞厅的灰烬中踽踽独行。这种处理方式可能符合某些观众的心理预期，却未免流俗。

从总体上看，《同一个月亮》有成为一部经典音乐剧的基本要素：爱情、艺术、诱惑与回归、忠诚与误会、城与乡的冲突、传统与时尚的依违……它让我想起美国现代歌舞剧《西区故事》。它的人物非常简单，有名有姓的只有六个，但却具有很大的涵括性。它的舞台呈现简洁而现代，有些舞蹈很有视觉冲击力（如进城舞）。但如果以经典的标准来要求它，则还有一些深层次的问题需要探讨。它触及了许多问题，预设了许多引子，但并未充分展开。最关键的是，如果我们深入观察当代中国的现实，如果我们要追求现实主义的力度，那么酉生、凤英、侯子三人之间的关系演变和情节设置就不能如此简单。从和谐与和解的主题出发，不把这个戏写成一个大悲剧是对的，但结局的可接受并不意味着过程中的冲突不能尖锐一些。凤英能否因受诱惑而更“堕落”一点？侯子能否更“坏”一点？酉生因失恋而生的绝望能否更深一点？城市对农民工的误解、拒斥伤害能否更令人痛心一点？只有把这些写透，最后的火灾也好、和解也好，才更顺理成章，更打动人心。

（《湖南日报》2007 年 2 月 2 日）

一个“红色青春偶像剧”的范本

随着中国影视的日益活跃和向纵深发展，人们越来越认识到“类型”对影视剧的重要性。类型决定了一部影视剧的叙事策略、影像风格、受众群体乃至市场前景。在当前的影视创作中，“红色经典剧”（或曰重大革命历史题材剧）和“青春偶像剧”是两种类型。如果说一部影视剧既“红色”而又“青春偶像”，这是可能的吗？

“红色”意味着革命，意味着热血，意味着主旋律；“青春偶像”意味着俊男靓女、人气偶像，意味着青春冲动、爱情缠绵，意味着时尚甚至前卫。从表面上看，它们不太搭界。特别是在传统观念看来，“红色”作为革命叙事就必须凝重、惨烈、豪言壮语，“青春偶像”则一定是小资、另类，人们无法想象，二者可嫁接在一起。但实际上，它们是完全可以兼容的，而且不乏成功的范例。前有《牛虻》（电影）、《钢铁是怎样炼成的》（电视剧），最近的一个例证，则是央视刚刚热播的23集电视连续剧《恰同学少年》。

在《恰同学少年》中，革命领袖和魅力偶像、主流价值和时尚元素、重大题材和俊逸风格、真实历史和虚构情节进行了较好的嫁接融合，使它既得二者之长，又避免了仅执一端之短；既有别于一些过分滞重粘实的重大革命历史题材作品，也超越于大量浅薄平庸的偶像剧，成为“红色青春偶像剧”的新范本。

在我看来，《恰同学少年》做到这一点，既符合历史的逻辑，也是艺术创新的结果。

从历史逻辑来看，《恰同学少年》表现的是一个特定年代的特定群体，即1913—1918年间以毛泽东、蔡和森为代表的湖南省立第一师范学生和以向警予、陶斯咏为代表的周南女中学生的生活。就大的时代背景而言，辛亥革命后的1912—1927年间（特别是1917年以后），是中国近现代史上一个少有的思想活跃、个性解放的时期，清廷倾覆，王纲解纽，笼罩在人们头上的强大统治力量突然消失，虽则也有复辟逆流，也有军阀逞凶，但此时的中国恰如春秋战国时期，绝对权威的崩溃导致百花齐放、百家争鸣。加上西风东渐，域外的各种思想学说蜂拥进入中国，给社会以极大冲击。在这种内外因素的交叠影响下，古老沉闷的中国在思想的层面上一变而为青春活跃的中国。人们普遍个性得以张扬，激情得以释放。就《恰同学少年》的表现对象而言，此时的毛泽东、蔡和森、萧子升、张昆弟、向警予、陶斯咏均为20岁左右的学子，资质俊秀，才情横溢，个个堪称人中麟凤。正如毛泽东在那首著名的《沁园春·长沙》中所描述的，此时他们的状态是“风华正茂，书生意气，挥斥方遒，指点江山，激扬文字，粪土当年万户侯”，甚至于“到中流击水”，可以“浪遏飞舟”。他们身怀远大理想、救世情怀，才华丰赡，见识不凡，又飞扬蹈厉，追求个性解放。这样的人，正是当时的偶像和时尚。而不管什么时代、什么国家，青春的本质总是一样的，给年轻人的感觉也是一样的。青年毛泽东、蔡和森、向警予一流人物，堪称永恒的偶像和时尚。就故事发生的场景而言，毛泽东、蔡和森等主要活动在湖南省立第一师范的校园。在欧式风格的校园里，在“衡山西，岳麓东，城南讲学峙其中。人可铸，金可熔，丽泽绍高风。多材自昔夸熊封。男儿努力蔚为万夫雄”的校歌声中，一群白衣胜雪、青春飞扬的青年学生，在这里求学、论辩、交友、恋爱，有几分叛逆，也有几分迷茫；有几分甜蜜，也有几分感伤。这不正是青春偶像剧的经典情绪吗？

从以上的分析可以看出，电视剧《恰同学少年》之所以呈现出一种红色青春偶像剧的风格，与其题材类型、故事内容密切相关。换言之，正是该剧内容在重大革命历史题材中的“革命前史、青春版本”的特点，提供将之拍成一部“红色青春偶像剧”的可能。这使它的这种风格建立在扎实的内容基础上，而非导演的勉强为之。

但当然，《恰同学少年》能拍成一部成功的“红色青春偶像剧”，也不完全是自然而然的结果，而是主动选择的结果、艺术探索的结果。这里有许多难关要攻克，有许多禁忌要打破。

探索一，从影像风格上，《恰同学少年》一反重大革命历史题材的凝重、苍凉、悲壮，而刻意追求一种单纯和轻快。人们习见的惨烈的红色不见了，代之以柔性的玫瑰色。童话般的校园、白衣胜雪的青年学子、清秀俊朗的帅男和纯情靓丽的少女，使人宛若置身世外桃源。尽管从历史背景上很难武断地认定这是不真实的，但这仍然带来了一定的危险性：20 世纪的 10 年代，中国社会残破贫敝，军阀混战，民不聊生，电视剧对这些有所回避，而过于渲染王子公主般的校园生活，这是合适的吗？网上出现类似质疑是很自然的。不过如果我们从第一印象中走出，深入到整个剧情中，会发现创作者实际上是观照到了整体现实的，像袁世凯的卖国称帝，汤芗铭的阴险狠毒，刘三爹的含辛茹苦，孔昭绶、杨昌济、徐特立等开明教师的先进教育理念与纪督学的陈腐教育理念之间的激烈冲突等，无不切入当时社会现实的深层面，极大地拓展了《恰同学少年》的历史维度。

探索二，在人物设置上，《恰同学少年》破除了一般革命历史题材的善恶模式。这在两个虚构人物身上体现得非常充分。穷人的孩子刘俊卿被塑造成一个爱慕虚荣、心理阴暗的人，由于心术不正而走上邪路，沦为流氓特务；而富家子弟王子鹏、千金小姐陶斯咏却心地善良、追求正义，成为毛、蔡的志同道合者。这与“穷人的孩子早当家”和“富家子弟多纨绔”的传统观念相去甚远，而这，正是偶像剧的常用手法。它造成的对比与反差十分鲜明，效果强烈。当刘俊卿耻于相认望子成龙心切的贫寒父亲时，我们不禁联想到当代大学校园的类似景象；当秀秀勇敢地向王子鹏吐露情愫时，我们想到了《雷雨》中的周冲与四凤。从古至今，白眼狼似的人物总是绵绵不绝，而王子与灰姑娘的爱情也征服过无数少女的芳心。只不过在传统的革命叙事中，苦大仇深必定根正苗红，而富家子弟必定始乱终弃。发展到后来，走向了“龙生龙，凤生凤，老鼠生儿打地洞”的僵化的血统论，成为人性的桎梏、文艺的桎梏。在《恰同学少年》中，这种僵化的善恶模式被颠覆了，而且颠覆得让人心悦诚服，这是它的一大成功。

探索三，在对青年毛泽东的塑造上，《恰同学少年》既浓墨重彩地塑造了一位未来的革命领袖的所有不平凡的经典故事：刻苦好学探求宇宙之大本大原；以风浴、雨浴、游泳“文明其精神，野蛮其体魄”；组织哲学读书会，征集志同道合之友人；身无分文游学湘中考察社会；开办工人夜学服务人民大众；戏弄汤芗铭，智降北洋溃兵……应该说，这些对于当今的独生子女来说，已是闻所未闻见所未见的“酷”和“爽”。除此之外，《恰同学少年》也大胆涉及了青年毛泽东的诸多不为人知或刻意回避的秘辛：替人代考，严重偏科，狂傲任性，以及和陶斯咏的恋情。不可否认，《恰同学少年》中相继展开的几段恋情（蔡和森与向警予、王子鹏与刘秀秀、刘俊卿与赵一贞）也是其看点之一。至于毛泽东，虽然他在其征友启事中明确要求朋友不谈男女之事，不作俗人之举，但陶斯咏对他产生朦胧的爱情相信是合情合理的（若干回忆录中曾证实这一点）。从表演风格来看，总的说来，在毛泽东的塑造上，《恰同学少年》摆脱了一般重大革命历史题材影视剧的传统模式。在那些影视剧中，领袖人物的表演者一般就是那几个特型演员。另外，则是特别强调表演的规范化，领袖人物特别是毛泽东的身体姿态、动作习惯、话语方式，都形成了固有的难以逾越的模式，这种风格大量重复之后，观众就会从最初的好奇走向审美疲劳，最后走向麻木和厌倦。

同时也给观众一种思维定式，似乎领袖原本如此，从来如此。而对不如此者很不习惯。例如，《恰同学少年》刚播出时，一些观众认为毛泽东形象失真，为什么呢？一是长得不够像，二是不讲方言，三是为考北大回家向父亲要钱，等等，不禁让人哑然失笑。在我看来，这都是中了特型演员特定表演方式的毒。实际上，虽然难说十全十美，但人们普遍认为，谷智鑫扮演的毛泽东清新洒脱、自由奔放，但又并不毛躁和张狂，而是在活泼跳脱中自有一种气象法度。他塑造的毛泽东，有一点点土气，更有很多傲气；有一点点憨厚，更有很多倔强；有一点点冲动，更有同龄人少有的沉稳大气：这与历史真实中的青年毛泽东无论个性还是为人处世都是非常吻合的。

（《理论与创作》2007 年第 3 期）

通向和谐之路

——《我们这个家·2006中共湖南省委宣传部家书》读后

2007年新春伊始，我读到一本好书——《我们这个家·2006中共湖南省委宣传部家书》(湖南人民出版社出版)。

这是一部颇为别致的书。书中，省委宣传部几乎每一位干部职工，无论是部领导还是聘用人员，无论是老同志还是借调者，都拿起了笔，将2006年一年中最值得回顾的所作所为、所获所得、所思所想、所感所悟，形之于笔墨，见之于文字。尽管并非篇篇都是精品，句句都是名言，但记录的都是真实状态，抒发的都是真情实感，则是毫无疑问的。蒋建国同志在他那篇既有真性情又有大境界的代序中对书中文字是这样定位的："心之所至，文也随之"，"题材体裁不限，有感有思即可。既可壮士回眸、反顾过去，又可英雄登高、展望未来；既可叙说家事人生之事，又可抒发心声金石之声；既可畅谈理想信念，又可倾诉亲情友谊；既可书飞觞之豪气，也可记飞泪之悲戚。文笔风格或朴实或优美或端庄或诙谐，不拘一格。总之，只要是真情实感、真话实语，均无不可”。通观全书，我以为是很好地体现了这一组稿理念的。

作为一个在省委宣传部工作多年的人，我兴致盎然地读着这本书，甚至一篇也不愿意遗漏。我兴致盎然，因为这些文章的作者都曾是我的领导老师、同事朋友、兄弟姐妹，见字如见人，见人格外亲。我兴致盎然，因为我太熟悉他们所描绘的那种工作状态，阅读中常常产生“忆往昔峥嵘岁月稠”的感慨。当然我并不只是因为熟悉才来推荐这本书的。

从这本书中，我们可以看到一群鲜活的人，窥见他们的生存状态与精神世界。忙碌——为工作而“白加黑”“5 加 2”——是他们的共同状态，忠诚——忠诚于党的宣传事业——是他们的共同品质，自豪——为工作成就和个人进步而自豪——是他们的共同心态，感动——感动于领导关心、同事帮助、亲人理解——是他们的共同体验，珍惜——珍惜工作、珍惜现在、珍惜亲人——是他们的共同愿景。但共同之中有不同，共性之外有个性。如有的叙述当“写手”的苦与乐，有的幽默当“代理处长”的甜与酸，有的在“冬日阳光”中“感悟平淡岁月”，有的在“陪读”中“和女儿一起成长”，有的退休了感觉“还在路上”，有的刚进部里便检视着“一个新人的成长足迹”……呈现在我们面前的是一个五彩斑斓的世界，一个性情各异的群体。我相信，这本书的面世，对于人们近距离地感受、了解宣传干部是不无裨益的。

然而，如果你仅仅以为这只是一部机关干部自我展示、自娱自乐的玩票之作，那无疑是小看了该书的价值。在我看来，读此书，最给人以启发的，是它反映出省委宣传部在以打造团队文化为切入点加强和谐文化建设方面，作出了极为珍贵极为有益的探索。

当前，“和谐”已成为中国社会的主旋律、文化建设的关键词。可以说人人都在谈论和谐，个个都在追求和谐。然而，和谐从何而来？达致和谐的路径是什么？在这方面似乎抽象的理论多，具体的实践少。和谐当然首先是个体的和谐，但在中国这样一个“单位”社会，单位的和谐、团队的和谐至关重要。因为单位（团队）是个体与社会的联结点，是个人作为一个社会人最主要的活动空间。

传统中国一直是一种家国体制。家如同国，国也就是家；家是缩小的国，国是放大的家。在漫长的农业社会中，家一直是中国人最具亲和力、最有安全感和归属感、最能让人放松和流露真性情的地方。因此，儒家文化一直强调以一种由家而国、移孝作忠、由血缘伦理上升为国家伦理的模式来治理国家（所谓“孝弟也者，其为仁之本欤”“其为人也孝弟，而好犯上者，鲜矣”），士大夫的人格培养也是以修身齐家治国平天下的模式来递进的（所谓“事父母，能竭其力；事君，能致其身”）。在中国努力迈向现代化的今天，建诸宗法社会基础上的家国模式固然有其弊端，而且在家与国之间也早就发育出了一个新的中介层面：单位、团队、社区……但在对单位（团队）的管理上，大多数成功的主事者与管理者都沿用着治家的模式：强调要“亲如一家”，要组成一个“革命的大家庭”，“不要求团结得像一个人，但要团结得像一家人”，等等。如今在职场中，谈论团队文化似乎很时髦。实际上，这并不是一件新鲜事，中国共产党的团队文化建设就是极有特色极为成功的，而它正是来自对中国传统文化的借鉴。在团队文化的建设中，我们应有文化自信，应更多珍视自己的传统，西方企业的那一套模式并不一定就是最好的。文明的多样性注定了社会文化建设模式的多样性。在当前的和谐文化建设中，中国人“家—国—天下”的文化心理结构并非一无是处，恰恰相反，它也许还是治疗后工业社会冷漠病的良方。一个除自我之外、于家于单位于团队没有忠诚度和归属感的社会是不健康的，而社会和谐也正是建诸家庭和谐、单位和谐、团队和谐的基础之上。尽管现在的自由职业者为数不少，跳槽现象与日俱增，但大多数中国人还是希望找一个好“单位”，有一份稳定的职业，这正是建设和谐的团队文化进而建设和谐社会的心理基础。在《我们这个家》中，我们看到，省委宣传部的干部职工，不论身份如何、工作性质怎样，都对部机关有一种依恋感，对职业成就有一份自豪感，对领导和同事有一番感激心，这样一种良好的团队意识和机关氛围，正是省委宣传部事业兴旺、人才辈出的基础，也是值得各种大大小小的机关、团队学习效仿的。

阅读本书，我还有一个强烈的感受：只要有合适的环境和土壤，人人皆可为尧舜，为圣贤。在一个和谐的团队里，人性中优秀的因子被激活，人们普遍追求人格的自我完善，境界的自我提升，这样反过来能促进团队的和谐；而在一个人际关系糟糕的团队里，潘多拉的魔盒被打开，人性中不良的因子可能会肆虐，团队的气氛会更恶化。这样的例子在现实生活中屡见不鲜。在这本书中，我感受到几乎所有文章作者那种强烈的向善冲动和完美人格追求。我们当然不会认为他们都是圣贤，但他们在思贤慕贤学贤，见贤思齐，见不贤而内自省也。“身是菩提树，心如明镜台。时时勤拂拭，勿使惹尘埃”。我从许多文章中都看到了作者勤于擦拭心灵的明镜、去除思想的尘埃的努力。书中许多文章从个体经验出发，总结了许多弥足珍贵的人生感悟，诸如：“人生无非两个字：‘生死’而已。生的时间不在长短，死的轻重在乎意义”（《圣诞节，想起毛羽》）；“身体要健康，思想也要健康；生活要快乐，工作也要快乐；自己要健康快乐，同事也要健康快乐”（《什么最重要》）；“人生如船，总有一天会摆渡到彼岸；人生如路，终归有一天会走到路的尽头；人生如烛，不可能烛照千秋，它总有熄灭的一天”（《还在路上》）；“珍惜现在，善待自己，努力工作，为了爱你和你爱的人，为了帮你和需要你帮的人”（《感悟生活》）；“因为我相信，爱不仅使爱者高贵尊严，而且使被爱者高贵尊严”（《感悟平淡岁月》）；“积极的人，就像太阳，照到哪里哪里亮；消极的人呢，就像月亮，初一十五不一样。一个人的想法决定着一个人的生活态度，有什么样的想法，就有什么样的未来”（《致我亲爱的女儿》）；“我发现，前行的道路不管是宽广还是曲折，在经历了一段风风火火之后，都需要刻意地放慢节奏，或者暂时地停靠。因为我们或许需要一点时间回望，或许需要一些空隙调整，或许需要一点工夫选择……”（《幸福像花儿一样》）；“有些事情本身我们无法控制，只好控制自己。尽力改变能改变的，接受不能改变的”（《冬日的阳光》）；“心为物累，情因欲伤，太烦琐、太紧张，不轻松、不自由”（《三“九”慰泰》）。书中，类似这样的句子比比皆是。在我看来，它们一点也不比《读者》之类杂志上那些刻意为之的励志散文逊色。最为精彩的，当数《我的家书·我的家园》一文，它确实是一篇情深意长、感人肺腑的美文。

由此看来，《我们这个家》的最大意义，也许并不在书本身，而在它运作过程中所释放的那种积极的效应。一本书的组织发动，能让人在年终盘点时激活人性中的善良面光明面，去除夹在袍子里的“小”处，使团队成员的精神境界得到很大的提升，这不正是它最大的成功吗？推而广之，如果团队文化建设中的每一个行动都能取得这样的效果，不是真的可以做到人皆为尧舜吗？团队的和谐乃至社会的和谐不是指日可待吗？

（《新湘评论》2007 年第 4 期）

重塑湘西的美好文化形象

曾经一段时期，湘西给人的印象，一是愚昧落后，二是匪患不绝。即使有沈从文先生笔下的翠翠，有号称中国最美的两座县城之一的凤凰，有黄永玉的画、宋祖英的歌，似乎也难以改变人们的这种印象。这种对湘西的误读，极大地困扰着人们的心理，甚至影响着当地的发展。由湖南电视台独家制作并首播的长篇电视连续剧《血色湘西》，以全新的视角和丰富的视听语言，打破了人们的思维惯性，重塑了湘西雄强、神奇、美丽、多情的人文精神与地域形象。

雄强是剧中湘西人最突出的性格特征。正如剧名所标识的，血色是这部电视剧的底色，因为血性是湘西人的底性。无论是九弓十八寨的筸民，还是沅江上的排帮，都是敢爱敢恨、快意恩仇的雄强之人。龙舟夺锦，遇劲敌而无畏；天坑赌命，临深渊而不惊。从明朝的将军到清朝的总兵，从八十岁的老翁到十八岁的妹伢，湘西人的血脉中，流淌的从来就是一股不服输、不怕死的血性。言必信，行必果，“已诺必诚，不爱其躯”，在湘西人身上，保存着古代墨家及其他侠义之士的宝贵精神。这种精神，在平时的恩怨情仇中，可能有其狭隘性、盲目性、破坏性，而一旦面临民族大义的考验，则会爆发出惊人的能量。《血色湘西》便在抗日的宏大背景（涵盖了长沙会战、常德保卫战、雪峰山会战等发生在湖南境内的重大战役）下，讴歌了湘西人民毁家纾难、同仇敌忾的英雄气质。他们平时虽有恩怨，但一旦外敌入侵，便箪民与排帮联手，军人与山民并肩，演绎了一出出悲壮惨烈的活剧。于是我们看到，为保卫雷达站，三太公抱着他最心爱的重孙子跳了天坑，瘫子龙耀武与被他骂为“骚货”的月月一起搏击到流尽最后一滴血，青溪书院院长瞿先生舌战冢口血溅屈子像前，文弱书生龙耀文从死人堆里爬出来投入战斗，直到又一次战死，大扛把子石三怒带着对穗穗无尽的爱死不瞑目，更多的人与雷达站共存亡……这种与天壤而同久、共三光而永光的浩然正气、血性精神，确如屈原在他那首传唱千古的《国殇》中吟咏的，乃是“诚既勇兮又以武，终刚强兮不可凌；身既死兮神以灵，魂魄毅兮为鬼雄”。唯其如此，湘西才在中国的精神版图上不可或缺；唯其如此，中华民族才能五千年绵延不绝，迎来伟大复兴。

神奇是这部电视剧所要着力渲染的湘西印象。男十八戴耳环女十六拜梯玛的成人礼，龙舟赛前的祭屈仪式，傩公主持下的天坑赌命，女子的哭嫁，女人出轨后男人蒙黑布女人下天坑的习俗，九弓十八寨的寨约，排帮的帮规，牛角刀与绣荷包……剧中呈现了丰富而神奇的湘西民俗。这其中有许多是真实存在于湘西社会中并流传已久的，有的可能是编剧的艺术虚构。湘西是一座民俗的宝库、众多非物质文化遗产的集聚地。充分利用湘西的民族特性和地域特性，大打民俗牌、地域牌，这既是《血色湘西》的一种艺术策略，也是它的一种市场策略。从全国同时段排名第二的收视业绩来看，这种策略无疑取得了预期的效果。当下，无论在旅游业中，还是在影视产品中，民俗、历史、宗教都已成为不可或缺的重要元素。试看近几年的好莱坞大片，从《指环王》《星战前传》到《哈利·波特》《达·芬奇密码》，无不如此。尽管这些元素的滥用，使有些影视只有奇观而无人性人情，反而让人不满足。中国的影视创作，应该既学习其巧用之长，又克服其过度之弊。

美丽多情是《血色湘西》塑造的湘西形象的另一个重要特质。这里的山是美丽的，水是美丽的，音乐是美丽的，人更是美丽的。穗穗一如《边城》里的翠翠，美得天真无邪，美得令人心悸。剧中大部分场景，在红石林、栖凤湖、里耶等风景名胜地拍摄，比较充分地表现了湘西的山水之美、民居之美。而大量的山歌、民歌等湘西民族民间音乐的运用，又使全剧于血腥之气和杀伐之声中，平添一抹柔情，能触动观众心中最柔软的部分。美丽是与多情联结在一起的，多情既是指这里的人民纯朴热情好客，更是指剧中的男女青年缠绵悱恻、历久弥深的爱情。“情不知所起，一往而深，生者可以死，死可以生”（汤显祖语），“问世间，情为何物，直教生死相许”（元好问），“人生自是有情痴，此恨不关风与月”（欧阳修语）……古往今来，文人墨客咏吟了多少痴男怨女、多少爱情传奇！爱情作为一个主要元素，在《血色湘西》中被用到极致，以至于有的地方我们都觉得多了——例如在穗穗身上，她爱的和爱她的，就有5个之多。在这方面，有时节制一点是否更好？但不管怎么说，电视剧对穗穗与石三怒的贯穿始终的爱情，还是表现得十分成功的。一个雄强刚猛的汉子，一个柔情似水的女子，从端午那天电光石火的相遇，到漫长的苦恋，到成亲在即却为龙老太爷所阻，到在抗日的烽火中先后觉悟、进步，最后石三怒以身殉国，穗穗为他合上双眼，展开了一场轰轰烈烈、一波三折的爱情传奇。尽管中间有龙耀武的诱惑、龙耀文的苦追、锁云超的加入，但两人始终不能忘情，不能舍弃。这正是该剧的动人之处。在爱情的处理上，该剧从古今中外的大量文学经典中广为借鉴，为我所用。例如耀武、耀文同恋穗穗而耀武主动放弃，就有《边城》中大佬、二佬与翠翠故事的影子；石三怒与穗穗的爱情遇合中有罗密欧与朱丽叶的痕迹，月月与耀武、耀文的关系描写也明显受到现当代文学的影响。

《血色湘西》在重塑湘西文化形象方面所作的探索，给我们许多启示。党的十七大要求我们努力提升国家文化软实力，在组成文化软实力的诸多要素中，文化形象十分重要。大步走向现代化、实现民族复兴的中国人，越来越重视文化形象的塑造。一百多年中的积贫积弱，使中国的国家文化形象和一些地域的文化形象长期被矮化、被歪曲，甚至被妖魔化。随着我国综合国力的上升，是到了增强我们的文化自信，提升我们的国家形象和地域形象的时候了。而文学艺术在提升国家软实力、塑造良好形象方面责无旁贷，任重道远。

（2008年1月6日）

一花一世界

我虽然从事着文学工作，业余也写点文艺评论，但对小小说接触不多，对湖南的小小说作家更是不甚了了。此次，《天津文学》刊发湖南小小说专辑，鑫森先生命我写点什么。鑫森先生是我极为敬重的作家，文带禅意，人有古风。我是不能不从的。

于是我试着进入小小说世界。一见之下，大吃一惊，原来小小说世界是这么繁华热闹。《百花园》《小小说月刊》这样的小小说刊物可以发行几万至几十万册，小小说网站人气很旺，作品很多；小小说之外，一种500字以内的“蚂蚁小说”也十分火爆。原来湖南的小小说创作也极为活跃，名家辈出，写手众多。何立伟、聂鑫森这样的名家是我所熟悉的，白旭初、王琼华、伍中正这样的实力派作家是我所不熟悉的，他们的一些小小说名篇，如《心事》（王琼华）、《旮旯羊事》（伍中正）、《夫妻舞伴》（白旭初），让我有相读恨晚之感。活跃在小小说领域的众多湖南作家，构成了一支实力不容小觑的小小说湘军，撑开了一片葱茏的文学天地。

我不知道，收于这一专辑中的六篇小小说，是否可以代表湖南小小说创作的最新成果。但是，这六篇作品，确实勾起了我很浓的阅读兴趣，并让我产生了相当的阅读快感。它们以各个不同的故事、各个不同的人物、各个不同的风格，具体而微地反映着、折射着大千世界，芸芸众生。可谓一花一世界，一叶一菩提。

这世界有光明、有温暖，也有阴暗、有病象。针砭时弊，讽喻乖谬，向来是小小说的长处。何立伟的《老吴来电话》和白旭初的《病》就是两篇这样的作品。老吴这样的人，生活中太常见了。他们是集功利目的、表演才能和炫耀心理于一体的人。他们怀着向上爬的功利目的而表演，通过多年如一日的迎合和表演达到出人头地的目的，稍有进身后便迫不及待地炫耀，通过炫耀实现心理的平衡与满足。只要是身在官场，除了少数人以外，谁多多少少没有一点老吴的心理呢？古今中外的官场，什么时候没有老吴这样的人呢？只要等级秩序和人身依附现象不消失，老吴这样的人就会不断地孳生，不断地“来电话”。《病》则揭示了另外一种社会病：建筑行业的腐败。楼盖起来了，人却倒了，这屡见不鲜。但要是没有一定的触媒，楼房背后的黑幕是不会自动揭穿的。人们感知着、猜疑着，但却无法明言，于是只好像老董那样诅咒“楼房垮了才好”，诅咒苟局长早点被抓起来。热热闹闹搬新家，却巴不得房子早点垮，这太不正常了，难怪老董的儿子儿媳会认为他有病。然而究竟是老董病了，还是苟局长病了、这社会病了呢？

当然除了病象，世道人心中还是有善良、有持守、有温情。聂鑫森的《玫瑰花园轶事》延续着他一贯的风格，以充满温情甚至是偏爱的笔调写了一对贫贱夫妻的故事。强子、秀子夫妇，两个因拆迁补偿而住在高尚社区的保洁员、拾荒者，没有别人那么聪明（甚至有些傻）、那么有钱，似乎是“贫贱夫妻百事哀”，但他们循良心做人，靠劳动吃饭，依祖训生活，日子过得踏实而自在。而那些有钱的聪明人，却被骗得血本无归。王琼华的《MOTHER—母亲》，深情地回忆了母亲的点点滴滴，她的苦难、她的辛劳、她的无我、她的清白，讴歌了中国劳动妇女的伟大和母爱的崇高，伍中正的《紫桐》也是写人性之善的，尽管这篇小说给我们一股飕飕的冷意：冷梅的名字冷，故事也冷，但在一片冷意中，紫桐这个补鞋匠还是让我们有些许暖意。他暗恋着冷梅，却不愿做不伦之事，为了不打乱冷梅的生活，他远走他乡。他身上体现着人之为人、人之不同于动物的光辉。在所谓卑贱者身上，这样的光辉如寒夜星空，闪烁不止。

从艺术上来说，这六篇作品各不相同。《老吴来电话》非常老到，于娓娓道来中传神勾勒了某一类人的嘴脸，带有契诃夫、欧·亨利的某些特点，很有典型性。《玫瑰花园轶事》精心塑造了两个底层人物，对于他们的生理、语言、心理、行为的描摹和环境的营构都十分到位。《病》则富有戏剧性，一直围绕着老董的病在设置悬念，虽然到后来悬念已经不悬了。《MOTHER—母亲》是一篇很别致的作品，你也可以把它看成一篇散文，它用拆字的方式，把母亲之为母亲的关键点一一道出，结合自己的亲身经历，简洁而完整地诠释了母爱。《紫桐》是一篇用功很深的小说。这种无背景无时代的小说，如戴望舒的《雨巷》，如苏童80年代末90年代初的作品，可能少了一点人间烟火气，但男女主人公的紧张关系、环境的渲染、意境的营造，都是十分精心的。像“松开紫桐，冷梅眼前的天就黑了，眼前的秋天悄无声音地就完了”；“冬天来了，洁白的雪在镇上下着。紫桐摆摊处，冷梅身上的雪，落了厚厚的一层”，都极有韵味，意境悠远。如果你联想到作者伍中正自称在湘北农村耕田耘地，他写出这样的似乎离泥土很远的小说，就更有意味了。《1982年的校园生活》叙述了一个过去的故事，尽管这可能只是二十多年前，却恍若隔世。与两个人赌饭相比，更富有时代性、更能见证人性的是“我”面对那夹在墙缝中的一斤饭票的心理挣扎。这在改革开放30年后的今天读来，更为令人感叹。

当然，从我个人的阅读感受来看，这一组小小说作品有一个共同的缺陷：不够新，不够原创，因而也不够令人兴奋。在这样一个同质化的时代、克隆的时代，小说要创新很难，何况是小小说，但我们仍然特别希望看到别出心裁的、令人眼睛为之一亮、精神为之一振的作品。这需要有对生活的独到发现，以及更强的表现力。我欣赏这样一句话：“读扩展世界，写创造世界。”期望湖南的小小说作家，为我们创造一个更为新奇、更为丰富的世界。

（《天津文学》2008年第9期）

《乡音乡情》序

去永州采风时，鸣笛先生将一摞厚厚的书稿交给我，嘱我写点什么。回来后，长时间处于汶川大地震所带来的冲击中，很难集中精力。后来，我抱着随手翻翻的心态打开它。没想到这一读竟不能放下。

为什么?

因为我从这本书稿中读到的是一个历经沧桑的中年人的童年记忆，是一个终于跻身城市者的乡村情感，是快速工业化的当代中国的前尘往事。而这种记忆、这份情感、这段往事，于我是十分熟悉和亲切的。虽然我生于湘中，鸣笛先生居于湘南；我生于60年代，鸣笛先生乃50年代中人，但乡村的生活方式、情感方式，大约总是相通的。不独是读鸣笛先生的书稿是如此，在刘勇先生回忆童年的作品中，在韩少功先生的《马桥词典》《山南水北》中，我一再感受到这一点。

在鸣笛先生笔下，无论是废圮的老屋、一点一滴平整出来的麻园，还是当年火红映天的老窑、放牛砍樵摘野果打野兔的老木冲，都牵动着难以磨灭的童年记忆。大江里的排篙、郭家岭上的烧炭翁、吊竹园驱赶野猪的“梆声”，都是农业社会的特有景象，如今已基本消失不见。九牛坝的“四古”（古桥、古亭、古码头、古街），作者少年时代亲历的五则故事，也都使人兴味盎然。而最打动我的，是那一组写父亲、母亲、奶奶、姑姑、弟弟的文章。在生活的重压下，作者的这些亲人们，大都活得辛苦，死得凄离：祖父在沉重的劳动中摔死，母亲因风湿性心脏病而早逝，小弟尚未成婚就对生活绝望而自尽，就是父亲和奶奶享了一点福，也算不上高寿。真可谓生亦何欢，死亦何苦。我们不能忘记，为了生存、为了种族延续，我们的祖辈、父辈，是如何在恶劣的环境下勤扒苦做，煎熬岁月。如果说历史的进步是以巨大的痛苦和牺牲为代价的话，我们的祖辈、父辈以及没有走出乡村的同辈就是受苦的一代、牺牲的一代。无论何时，我们都不能忘记他们，都应在他们的生灵或亡灵面前肃然起敬。

为什么清明节出城的车辆排起了长队，挂山的鞭炮响个不停？为什么修坟续谱之风盛行于世？不都表明走向富裕的中国人没有忘记先人吗？

我理解，正是这个原因，人到中年的鸣笛先生，不但频频回忆起这些逝去的亲人，而且萌发了一种强烈的宗族意识、寻根意识。他反复叙述家族源流，甚至发起寻访周氏后裔，召集周氏宗亲会议，续修周氏族谱，维修周氏宗祠，表现出认祖归宗的强烈情感。

在一个日益零散化、机械化的工业社会，那代代赓续的家族传统，那割不断的血缘亲情，无疑是一个人的精神寄托和心灵皈依，是化解工作压力和超越庸常生活的最好手段。

写下这些，不敢称序。

（2008 年 12 月）

生命对生命沉痛而炽热的歌吟

——读谭仲池诗集《敬礼　以生命的名义》

一

法兰克福学派哲学家泰奥多·阿多诺说过，“奥斯维辛之后，写诗是野蛮的”。如今我们要说，作为一个诗人，汶川大地震以后，不写诗是可耻的。

一场大地震，把诗人震醒了，让诗歌复活了。

1990年以来的中国诗坛，是如此的平庸乃至堕落。诗人在杀人后自杀，诗歌在意淫后自淫。诗人放纵了自我，自外于社会，于是社会和大众也抛弃了诗歌。写诗的人比读诗的人还多，诗歌刊物印数寥寥无几，有几个写诗的人为圈外人所知晓？试看近几年的诗坛，除了因赵丽华的口水诗而泛起的喧嚣，除了因裸体诗朗诵而爆出的丑闻，还有什么能引起我们的注意？

当然，客观地说，一个日益程序化、工业化的社会，与诗歌是格格不入的。在当下中国，多少人在梦想诗意地栖居，却过着毫无诗意的生活。经济平稳发展，生活波澜不惊，缺乏足以拷问灵魂和撕裂精神的重大事件，也是诗歌低迷的重要原因。

汶川大地震改变了一切（也包括此前的南方冰灾）。这一场生命的浩劫、这一幕人间的惨剧，对于罹难者、受伤者和他们的亲人，对于我们这个民族和我们这个国家，无疑都是不幸的。但是，“国家不幸诗家幸，赋到沧桑句便工”。愤怒出诗人，苦难是文学最好的助产士。人们不希望灾难发生，但在另外一个意义上，既然灾难发生了，如果它不能让文学产生震撼，从而有所行动，从而结出一批果实，那灾难真可以说白发生了，甚至可以说是一场更大的灾难。

说奥斯维辛之后，写诗是野蛮的，是要保持对生命的敬畏，纳粹大屠杀对生命的践踏容不得诗人去浅斟低唱。同样，说汶川大地震后，不写诗是可耻的，也是要表达对生命的尊重，数万生命的瞬间毁灭和拯救生命的巨大努力，需要诗人站出来发声。

正是在这个意义上，我们欢呼汶川大地震后如火山喷发般的诗潮，我们欢呼谭仲池诗集《敬礼　以生命的名义》的出版。

二

在我的印象中，谭仲池虽然长期从事着毫无诗意的行政工作，但他是一个从不缺乏诗意和诗情的人。这些年他陆续出版的近 20 本诗集、散文集、长篇小说和数十首歌词可以证明这一点。当那些专业作家都不再谈文学也不再弄文学时，他仍然保持着对文学初恋般的炽热追求，仍然利用一切公余时间，随时随地从事写作，实在是太难得了。

即便如此，谭仲池也承认，“这些年来，我很少写诗”。而地震的撞击将他的诗情激活了，使他的诗性复苏了。尽管面对巨大的灾难，诗人经常哭泣，经常无语：

读诗的人哭了
听诗的人哭了
写诗的人哭了
诗也哭了
……
我真不知道
如此巨大的悲痛
该如何倾诉
如此壮阔的救援
该如何表达
如此顽强的生命
该如何祈祷

——《诗在哭泣》

尽管他知道“写这种素材的诗　怎么写／也会苍白　浅薄”（《生命的印记》），然而，“总有一种心情在寻求表达”（《大爱无疆》）。如果诗人不能前往灾区救援，那就写诗吧，用写诗来做一个志愿者，用写作来参与一线抗灾工作。“诗歌也是一种表达感情的方式，但此时的表达，也许可以记录今天的中国人在自然灾害面前是如何的不屈和挺立”（《悲歌一曲动地来》）。他每天读报、剪报、写诗。写心中的悲痛，心中的震撼，心中的感动，心中的振奋，心中的祈祷，心中的思考，心中的祝福，从 5 月 12 日到 5 月 28 日，短短 16 天时间，他竟创作了 72 首以地震和救援为题材的诗歌。这些带泪带血的诗歌，甚至被他看成“一生中真正的诗的心声”（《悲歌一曲动地来》）。

这是一种宝贵的担当意识，一种令人肃然起敬的入世情怀。从屈原的“长太息以掩涕兮，哀民生之多艰”到杜甫的“穷年忧黎元，叹息肠内热”；从于谦的“但愿苍生俱饱暖，不辞辛苦出山林”，到艾青的“为什么我的眼里常含泪水？因为我对这土地爱得深沉”，关心民瘼、积极入世从来就是中国诗歌的伟大传统。谭仲池的这一次诗歌行动，继承并光大了这一传统。

三

这是心灵对心灵的倾诉，生命对生命的歌吟。贯穿整本诗集始终的，是强烈的生命意识。

如果说以人为本是当代中国的主流价值，那么以生命为本就是以人为本的核心；如果说文学是人学，那么文学也是生命学、情感学。正如作者在一首诗中所写的，“有什么比生命重要 / 更比用生命拯救生命伟大”（《生命的印记》）。

“为生命歌吟”，这是谭仲池的题签。用全部心血，灌注整个情感，为逝去的生命唱一曲沉痛的挽歌，为不屈抗争的生命和拯救生命的生命唱一曲炽热的赞歌，构成了整本诗集的基本追求。

这种生命意识，首先体现在对生灵涂炭的悲悯。汶川大地震是中国自唐山大地震以来遇难人数最多的一次自然灾害，近 9 万遇难者和失踪者使它在世界灾害史上也排在前列。这些如同我们父母兄弟姐妹朋友的同胞遭受如此浩劫，怎不让人痛彻心扉。“亡者的灵生者的魂，带血的身躯破碎的心”（《生活还在继续》），怎不让诗人触目惊心。“我们在黑色和痛苦的时间里倾听，我们在焦急和惦念中遥想守望”；“祖国　我们不哭／我们要挺住／一定不能哭／一定能挺住／祖国啊　我们能不哭吗”（《祖国，我们不哭》）。作为一个坚强的人，我们不能哭；作为一个脆弱的诗人，作为一个热爱生命的人，我们又怎能不哭？

他描述一对母女，作为“孩子的妈妈”和作为“妈妈的孩子”双双遇难，“今天妈妈和女儿都突然去了／去得那样匆忙悲怆／就连倒在地上呻吟的砖瓦／也在颤抖　哭泣”（《孩子的妈妈》）；他记住了废墟下的一双眼睛：“废墟下的水泥板／残酷地压着／一个女学生／女学生睁着／一双明亮的眼睛／在望着倾斜的／世界　充满渴望／充满惊恐”，“这双眼睛／在慢慢暗淡／直到消失了最后／一线光芒”（《那双眼睛》），这样的美的毁灭的场景让诗人心如刀绞。他以一个幸存母亲的口吻，询问逝去的孩子天堂冷吗：“你走了／你的爸爸也走了／只剩下妈妈这盏孤独的灯／微弱的光闪耀在倾斜的家”（《孩子，天堂冷吗》）。他也写到在村口守望亲人整整 7 天后倒下的张海英老人，写到失去了父母的小女孩的哭泣。看到如此多幼小的生命被震魔掠夺，他发出了代替他们赴死的祈愿：

孩子　我愿替你走

我不怕鲜血滴红土地

肩膀上再压一层石块沙粒

因为　我也曾踏平坎坷荆棘

……

孩子　我愿替你走啊

是因为是因为

是因为你的人生应当更美丽

孩子　我愿替你走

——《我愿……》

这是真实的高尚，这是来自人性深处的光辉，因而它也具有打动人心的力量。

这种生命意识，并不仅仅停留在悲天悯人的层面，它很快就深化为对地震中生命伟力的歌颂。灾难猝然降临，死亡无可回避，但人性之所以高贵，在于人可以选择面对死亡的态度，可以在最大限度上向死而生。诗人为地震中一个遇难学生从废墟中伸出的那只手所震撼，这只手皮肤皴裂发黑，指甲里装满污垢，但紧紧握住一支笔，“整个身子被切割了 / 可就是无法使你松开五指 / 让那支带伤的笔坠落”（《震撼人心的那只手》）。他从那个被困三天，自己砸腿喝血生存，最后亲手锯下右腿获救的女人龚天秀身上感悟良多：“这个女人　让我又一次 / 阅读了一本关于生命的学说 / 这个女人

让我又一次 / 验证中国人对死的态度 / 这个女人　让我又一次 / 感悟诗人应当怎样写诗”（《不忍读的报道》）。他赞美为救护四个学生而献出生命的谭千秋老师（《灵魂　壮烈地飞翔》），赞美用尽最后一丝气力给孩子发出爱心短信的妈妈（《妈妈留下的信息》），赞美陪伴在废墟中的女友身边不离不弃的男子（《废墟外　他柔情似水》），赞美那个虽然双手流血双腿失去而依然在废墟下露出灿烂微笑的高莹同学：

你的笑　让多少
流泪的眼睛
放射出希望的光芒
让多少牵挂焦虑
的灵魂　有了
片刻的安慰和宁静

我相信　你的笑
会刻在哭泣受伤的
土地上　滋润
鲜花盛开
绿叶满枝
会留在人们心里
温暖流动的岁月

——《世界上最美的微笑》

正是这些微笑，这种力量，给逝者以安慰，给生者以勇气。诗人敏锐地发现，灾区并没有被压垮，在雨露的滋润下，它获得了重生：

一夜的雨　一夜的愁
在清晨停止了
割断了
疏枝的绿叶上
露珠睁亮了眼睛

它在瞭望哭泣过的世界
水灵灵地接受太阳光
的抚慰
倾听帐篷里传来
婴儿的哭声

——《灾区的早晨》

正像人们常说的，无论遇上多大的灾难，生活还在继续，因此，“为了生命 / 创造生活 / 我们要向前进发 / 向前进发 / 在这个家园被摧毁的时刻”（《生活还在继续》）；因此，我们要加油，要雄起（《雄起　一个共同的声音》）；因此，莫心酸，让我们去收割麦子，“收获对生命重生的信念 / 收获对战胜灾难的坚强 / 收获对重建家园的渴望／收获永远不变的乡情”（《莫心酸　去收割麦子》）。

这种生命意识，还体现为对地震大救援的宏阔场面的描写和对参与救援行动的个体的讴歌。地震发生后，中国政府和社会各界立即开始了十万火急、规模宏大的救援。从党和国家领导人到十多万解放军战士，从灾区的干部群众到来自四面八方的志愿者，从专业救援队、专业医疗队到记者、摄影师，从国内的献血捐款到异域遥远的祝福，从最初的救援到后来的安置重建……这样一种和平时期绝无仅有的史诗般的壮丽场景深深感染了诗人，也一一成为他澎湃诗情的喷发口。在这其中，特别打动我的是对那些救援个体的感人细节的捕捉。一个灾区的民政局局长失去了儿子和 15 位亲人，却争分夺秒救出了 12 条生命，连哭泣的时间都没有，“他知道自己追不上儿子／但他知道一定要追上时间”（《你能给我时间吗》）；飞行员余志荣家在汶川，与家人一直联系不上，却在一天之内飞了四趟映秀；老教授在手术台前一台接一台地做手术，虽然极度疲劳却仍在坚持：这些感人场景都在诗人笔下得以定格。白发的老将军战斗在最前线，既要指挥千军万马又要亲力亲为，诗人忍不住心疼地劝说：“将军，你该歇一会”：

将军　你该歇一会

你帽檐下拱出的白发

告诉我　你已是我父亲的年龄

将军　你该歇一会

你刚闯过凶猛的泥石流

浑身上下灌满潮湿的沙土

将军　你该歇一会

你把干粮给了被困的乡亲

已经整整一天没有吃一个馒头

——《将军　你该歇一会》

而那兄弟俩历经 13 个小时，轮换上千次，终于把受伤的母亲背出险境的故事，不正典型地反映了中国人民孝老爱亲生死相依的传统美德吗（《一千次的轮换》）？

四

直抒胸臆，有感而发，是这些诗歌最大的特点，这里没有任何的矫揉造作，也很少人为的雕章琢句，一切顺乎自然，质朴、浓烈、真实，具有打动人心的力量。正是由于作者强烈的生命意识，整个创作中充满对生命的痛惜、尊重、呼唤、礼赞，因此尽管诗中也用了许多政治话语，但并不虚假，并不令人反感。由于作者始终从人物出发，从细节入手，以情感统摄，以形象感人，因此诗歌语言不浮泛、不概念化。很多时候，作者把抒情主人公“我”也摆了进去，“我”的行动、“我”的经历、“我”的思想、“我”的回忆、“我”与灾区的关系、我和妻子的反应，等等（《无语的诗人》《想起北川县长》《眼泪绣出一朵心花》《人人都是规划师》等)，使诗歌更为亲切、更为真率，更让人感同身受。

难能可贵的是，尽管是在短短的十几天中创作的，是真正的急就章，但这些诗却不粗糙、不单调。在诗歌体裁上，虽未刻意为之，但抒情叙事、长歌短章、急管慢板，也错落有致、丰富多彩。除大量抒情性的诗章外，也出现了《悲壮吟》《挺进壮曲》《雄起一个共同的声音》这种具有战斗风的进行曲，短促有力，朗朗上口，堪称这本诗集的一大特色、一大收获。作者虽不刻意炼字造句，但佳言锦句随处可见，除前面已引述的外，像“严峻　让我们懂得严峻 / 抗争　让我们学会抗争”（《大救援之歌》）；“告别　曾经炊烟如缕的生活 / 告别　曾经鲜花如云的街市 / 告别　曾经书声如铃的学校 / 告别　曾经雨露如乳的乡土”（《封城》）；“它的火焰飞到了汶川 / 在如丝如缕地慰藉 / 天堂安息的亡灵 / 它的火焰穿越在汶川 / 在低语轻言地抚慰 / 受伤的父老乡亲姐妹兄弟”（《圣火　在心中燃烧》），等等，都给人留下深刻印象。

（《理论与创作》2008 年第 4 期）

重现名旦风采的《芙蓉》

2008 年的《芙蓉》，以其中道的办刊路线、纯正的文学趣味和雅致的装帧设计，吸引了读者，成为如林的文学期刊中令人爱不释手的一种，隐然重现当年四大名旦的风采。在我看来，《芙蓉》之所以出现这种喜人的态势，是因为很好地处理了三个关系：

一是立足本土与面向全国。一份地方性文学期刊，如何处理好扶持本土作者与刊发外省名家作品之间的关系，是很费思量的。本土稿件，尤其是质量一般的稿件太多，刊物难以走向全国；外省作家太多，本土作家会有失落感，也会影响刊物在本土的凝聚力。《芙蓉》很好地处理了这个关系，它用超过 60% 的容量刊发残雪、阎真、王跃文、陈启文、聂沛、田耳等本土中年实力派和青年作家的作品，与本土作家建立了良好的互动关系，又组来了杨少衡、麦家、曹乃谦等外省作家的好作品，使刊物既立足本土又面向全国，既扶持青年又保持水准。

二是坚守文学与适应市场。在一些文学期刊纷纷转向或为赞助而放低身段的情况下，《芙蓉》坚守文学的精神家园，不发广告文学，不作广告，走着中道的办刊路线。它既不过分先锋前卫、遗世独立，不食人间烟火，又不走过分通俗甚至媚俗路线。它的趣味是中国主流社会的趣味，它的主流读者是中国的中产阶层。真正纯正的、持久的、牢固的文学爱好，在这一阶层。同时，市场经济时代的文学期刊，不能不考虑如何吸引读者，占领市场。2008 年《芙蓉》在这方面做了有益的尝试，和一些畅销书做了书刊互动，所发长篇小说《红袖》《因为女人》，中篇小说《比铁还硬》，吸引了不少读者。这对提高刊物的影响力有很大帮助。

三是办好刊物与开拓发行。一份文学期刊，如果没有一定的受众面和市场占有率，即使办得再好，也谈不上影响力，谈不上社会效益，也很难可持续发展。文学期刊界不乏好编辑，但缺少发行高手。有许多人只管埋头编刊，不管有无读者。《芙蓉》不是这样。一方面它在组稿、编刊上非常用心，无论是其长、中、短篇小说，还是随笔、对话、诗歌，都颇为可读；另一方面，编辑团队又在下市州跑发行、向外省铺刊物上下了很大功夫，使刊物发行量节节上升，目前已突破万份。这种可贵的敬业精神，值得省内期刊界学习。

（2008 年 12 月 22 日）

性情其人，真诚其文

——读刘克邦《金秋的礼物》

认识克邦的人都说，他是个很性情的人。他从事着与文学相距遥远的工作，却偏偏喜欢文学，而且不加掩饰。毛泽东文学院举办中青年作家研讨班，他既可以是坐在主席台的嘉宾，又可以是坐在底下的旁听生；湖南作家网一干不甘寂寞、自得其乐的网友中，他是颇为活跃的一个。在他那张质朴的中年男人脸上，看不到领导干部的矜持，也看不到权势部门的傲慢，有的只是诚恳、率真甚至不无羞涩的表情。他不动声色地支持着文学，关心着文友，也正因此，他成为文学界的朋友。

于本职工作之余，克邦也执笔为文，加入全民写作的队伍。于是有了这本《金秋的礼物》。

文如其人。克邦的文章，也许不那么优雅，不那么老到，但处处透着一种真诚的气息、质朴的芳香。

他笔下张扬的是那些善良的人性和美好的心灵。岳母的邻居六媄驰，一个风风火火的热心肠，在雨水中和他一起穿过街又上山，将临产的妻子抬进医院（《六媄驰》）。芙蓉路上的擦鞋女，夫丧子幼，公公重病，却谨守本分，捡到他的钱包原璧奉还，不接受一分一厘的感谢（《芙蓉路上的邂逅》）。差旅途中的一位美丽女子，出手解了他和同事的燃眉之急，却留下假名假地址飘然而去（《无法归还的借款》）。

这种人性之善和心灵之美，也体现在克邦本人身上。在生产队劳动时，他曾在寒冷的冬天奋不顾身救两个稚童于没顶，自己差点淹死（《生死之间》）；出差路上，他目睹一起惨烈的车祸，立即带领大家发动乡亲就地施救，在交警、医生赶来之前将伤者从深沟抬上公路，为其治疗赢得了宝贵的时间（《难忘的一次经历》）。他带队下乡，真诚地与基层干部交朋友，为村民办实事，送水、办电、拓荒，赢得乡民的赞誉，被称为“土改式的好干部”。我也是从农村长大的，我知道这个称呼意味着什么——意味着你真正和他们打成一片，成为他们中的一分子（《下乡记》）。

在和克邦交往和读他的作品时，我常想，他为什么能这样做？为什么他表现得和我们常见的一些官员不一样？为什么他写下这些，我并不觉得是虚伪或炫耀？我想，这来自他纯良的本性，来自他慈母的教诲，来自他所受的传统文化和民间社会的熏陶，也来自他逆境中的奋斗和这种奋斗所获得的回报。

他的母亲，一位湘西偏远山村的小学教师，在丈夫横遭厄运的艰难环境下，将他含辛茹苦地拉扯到十岁，教给了他善良、独立、坚强。“好孩子，勇敢点，自己爬起来吧！”这是早逝的母亲留给他终身受用不尽的遗训。在以后几十年的人生奋斗中，他以一个仅有小学经历的农民身份考上中专，后来又参加函大学习，以 5 年时间完成 28 门课程的学习，且门门优秀，顺利完成论文答辩，取得了大学本科学历和经济学学士学位。在这一过程中，他也逐步成长为财经领域的专家和领导干部。他的成功，真实地诠释了有志者事竟成的人生哲学，也印证了好人自有好报的古训。

文贵情真，性本良善。当你读多了那种华丽精致其表而猥琐阴暗其里的文字，你也许会喜欢克邦的文章。一如吃多了光鲜漂亮但常含有害物质的大餐，会想吃点乡野土菜；看多了人造的景观，会想体验一把自然山水。

这本《金秋的礼物》，带着秋色，带着芳香，成为我人生的一份礼物。

（《理论与创作》2009 年第 1 期）

《猫庄史》序

2000 年以来，湖南五位生于 1970 年代的青年作家在全国文坛崭露头角，被称为“文学湘军五少将”，怀岸是其中之一。2007 年我们和中国作协创研部联合举行“文学湘军五少将”创作研讨会时，我第一次见到怀岸。他精瘦、落拓，有着农民式的朴实，也有着漂泊者的孤独与沧桑。他和另外四位“少将”不同，那几位或者有一份体面而稳定的职业，或者在家乡过着自在的生活。怀岸生于湘西农村，高中毕业后就一直在外漂泊打拼，为了改变自己的命运，也为了追寻文学的梦想，他至今仍在广东某杂志社打工，生活是不无艰辛与沉重的。他的创作虽然也有十多年历史，也受到一些选刊和评家的注意，但并没有大红大紫，也从未处于舞台中央。

我是格外关注他的人之一。

自古英才多磨难。我想，诗礼簪缨之族、锦衣玉食之家，固然可以造就优游倜傥的风流才子，但若论人生体察的深刻，文学表现的硬度与质感，还是要数那些生于社会底层、游走于人生边缘的寒士，那些起于草莽而渴望跻身上层的拉斯蒂涅。《断魂岭》《夜游者》《远祭》《一粒子弹有多重》，光是从怀岸作品的这些篇名上，你就可以嗅出冷、硬的气息。他的作品，基调孤独、清醒而深刻，冷峻的叙事里燃烧的是生存的悲情。他笔下的人物多有痛苦、愤怒和对命运的抗拒，但绝无谄媚屈服，相反我们可以从他悲凉的文字里读出底层人物的慷慨、粗豪和含泪的欢悦。在华丽、轻飘、玄幻、时尚的80后90后充斥于媒体和书店旺角的今天，怀岸们是多么与众不同啊。

怀岸是湘西永顺人。湘西，这样一个土家苗汉杂处、湘黔渝交界的中国大陆腹地、崇山峻岭深处，用沈从文研究专家凌宇教授的话来说，有着千年的孤独，千年的悲情，注定是一个出故事出文学的地方。谁读懂了湘西的历史与文化、土地与人民，谁就有可能创作出有关湘西的大作品。沈从文是写过这样的大作品的，但遗憾的是，这样的大作品还不够多，沈从文之后，我们还没有看到一部《百年孤独》《尘埃落定》式的作品。迄今为止，有关湘西的叙述，不少是一种汉族中心主义和国家意识形态的产物，它们遮蔽了湘西真正原生的、鲜活的历史。文学，有责任还原真实、生动的历史面貌，探求隐匿于历史深处的人性之光。

我理解，怀岸在《猫庄史》中，正是做着这样的努力。这部以猫庄为原点，以20世纪前50年历史为背景的长篇小说，隐隐然有着宏大的文化抱负。这种宏大的抱负实现得怎么样，明智的读者自有评论。但至少，湘西动荡的百年历史、独特的地域文化、悍勇的民族特性，在小说中得到了较为充分的展示。人们不难看出这部小说的史诗性追求，尽管这种追求的文化开掘还可更深入一些。

不管怎样，作为怀岸的第一部长篇小说，这种努力已经难能可贵，它所取得的成绩也是令我欣喜的。我期待，以此为起点，怀岸和其他湘西之子们，为我们重现湘西的英雄世界，重建湘西的神圣与尊严。

（2009 年 2 月）

现实精神·英雄情结·人性视角

——读长篇小说《钢铁是这样炼成的》

20世纪90年代中期以来，资源类和重化工行业的许多国有企业，经历了陷入困境—解困—红火—再陷危机的轮回。我们都记得当年国有企业是何等的困难重重、濒临绝境，都记得它们经过体制改革、资产重组和技术改造后在21世纪初的黄金五年中是如何的欣欣向荣。而今，由于国际金融危机的冲击，这些企业的产品需求锐减，价格猛跌，又一次面临生死存亡的严峻考验。风水轮流转，经济周期的残酷，令人触目惊心。

在这样的背景下读贺晓彤的长篇小说《钢铁是这样炼成的》，正是别有一番滋味在心头。

这部小说所展开的图景，仿佛正在生活中重现：工厂停产，工人失业，负债累累，流动资金紧缺，人们的信心陷入低谷。因此，毫无疑问这是一部有着鲜明的现实主义精神的小说。小说创作的缘起，来自几年前作者回钢铁厂“娘家”所受的触动；小说的主角，是当年的工友后来的钢铁厂厂长；小说所着力表现的内容，正是这家钢铁企业由被宣判“死刑”到起死回生、重振雄风的艰难历程。小说的结尾，也隐约涉及市场疲软、产品跌价后许港钢铁厂的选择，不过市场很快回暖，企业因为陈大富厂长准确地预判形势、逆市扩张而更加红火。这是生活的真实，也是文学的创造；这是行进着的历史，也是想象中的现实；是作家的耳闻目睹，也是作家的福至心灵。作家是如此深深地感动于现实中所发生的这一切，以至于她在极短的时间就以充沛的热情完成了这部近50万字的长篇小说。生活的原型和小说的主角仅一字之差，而故事情节与生活真实的高度契合也使人时有恍惚：这究竟是小说，还是报告文学？读完全书，人们应该不会怀疑，这是一部货真价实的长篇小说，但它的精神追求与内在气质，却与那些拥抱生活介入现实的报告文学无异。

在文学的视野早就从大地、乡村、工厂、矿山转到帝王将相、才子佳人、职场恩怨、悬疑世界的今天，还有人深情注目于那一炉钢水、那一片烟雾缭绕的厂区；在文学的重心早已转向内心、身体乃至下半身的今天，还有人执着于钢铁的冶炼、企业的挣扎和产业工人的痛哭；在文学的形式早已青睐于现代性、象征性、空灵化的今天，还有人用传统的现实主义手法写长篇，你不能不在有所疑问的同时肃然起敬。而如果你了解了这个题材的独特性和作者创作冲动的缘由，你那点疑问也会荡然无存。

只能如此，必须如此。小说完成后呈现的整体面貌，它所达到的人物的典型性、情节的鲜活性，特别是贯穿始终的现实主义情怀，让我们认识到，用传统的现实主义手法，也是可以写出一部好小说的。

与此相关的是，小说传导出一种强烈的英雄情结，这个英雄就是许港钢铁厂厂长陈大富。这是一个几近完美的男人。他有英雄的担当精神。由于不忍心看到一个曾经红火的大型国有冶炼企业破产倒闭，一帮工友沦落到捡菜叶度日的境地，他毅然舍弃在省城的舒适生活，回任厂长，开始了悲壮的起死回生的努力。他像老黄牛脚踏实地。他以厂为家，不但白天全身心扑在工厂里，每天晚上都要到厂区去转一转，硬是让停工的高炉一座座冒烟。他神通广大善机谋权变，在资金困难的情况下，说动老朋友赊矿石，银行行长给贷款，盘活了整个工厂。他是个天生的改革家，富于开拓精神，他开展人事制度和分配制度改革，实行末位淘汰，不拘一格提拔人才；他抓住机遇，上马 75 吨转炉，采用股份制方式建成轧材厂，生产螺纹钢，使许港钢铁厂在新一轮钢材涨价之时抓住了机遇，赚得盆满钵满。他像圣徒般清廉如水，从没报过任何费用，没有领过一分钱的加班费和任何补贴（尽管每天工作十几个小时，从未休过节假日和周末），连清明节去乡下扫墓都搭长途汽车去。他有着传统儒者的宽厚善良。捣蛋分子尹湘东将老工人打伤，他一方面严肃处理，撤职扣工资，责令其赔偿损失；另一方面劝说老工人一家撤诉，以免尹家毁人囚。这个尹湘东后来又纠合一些人诬告他，使他无故遭受纪检部门审查，他也在问题搞清楚以后劝大家放尹一马。对楼顶等原厂里的腐败分子，他虽厌恶，但也施以人文关怀。他关心民生，一上任就解决了食堂问题，赚了钱之后又给大家修房子改善居住条件。他忠于家庭重视友谊。即使不乏追求者，对夫人俞悦的感情也仍坚贞不渝，堪称楷模；与党委书记郝明海互相体谅，配合得天衣无缝；对困境中帮过自己的朋友始终记恩报恩……总之，他是一个智勇双全、德才兼备、表里如一的优秀领导干部，是一个全才、一个完人。在没读这部小说之前，如果说有人告诉我一部作品中塑造了这么个人物，我一定会认为他虚假、苍白、不可信，是新的高大全。奇怪的是，当我读完这部小说，我却从内心里接受了陈大富，并不觉得他虚假或过分。我始终认为，我们的现实生活中是存在这样的英雄人物的，尽管也许只是少数，否则你怎么解释虽然有那么多好端端的国有企业被糟蹋了，而许港钢铁厂等一批国企却能死中觅活呢？怎么解释虽然人们对社会上的腐败现象深感失望，我们国家还是以惊人的速度在发展在前进呢？

之所以小说充满了英雄情结又给人以真实感，归根结底，是作家遵循了生活的逻辑和人性的逻辑，将作品写得丰满、生动。作者决不是从理念出发，用“三突出”之类的方式来塑造英雄人物的，而是从生活出发，从人性出发。陈大富虽然有着超强的意志力、抗打击力，但面对省冶金厅岳帆厅长的吹毛求疵、打击陷害，他也满腔怒火，公开对抗，这是其人性表现。他虽然以厂为家不徇私情，但对妻子、对儿子，也柔肠百转，这同样是其人性表现。小说中郭明、黄为民、刘得旺、马奔阳、俞悦、汤园园、陆小莉一干人等，也都塑造得有血有肉、有情有义。小说中有许多夫妻生活、儿女情长的场景，体现了一个女作家对生活的细腻感受和心理脉动，这些，使这部以男人为主、“钢性”十足的小说不时涌动着女性的温婉与柔情，大大增强了小说的可信度与可读性。

（2009年4月2日）

在行走中追问，在凝视中沉思

回想起来，中国 2008 年令人郁闷得几乎喘不过气来的种种灾难、不顺，就是从当年年初的那场雨雪冰冻灾害开始的。在此之前，是 2002 年以后的黄金五年，是 GDP、财政收入、外汇储备的飞速增长，是各项事业的蒸蒸日上，是普遍弥漫的乐观情绪，以至于开始有了“盛世”的比较与谈论。

雨雪冰冻灾害以来的天灾人祸、内忧外患，将这种乐观情绪、盛世感觉一扫而空。这种大喜大悲、大起大落，无疑值得我们深深铭记并长久思考。因此，尽管时过境迁，尽管关于南方冰灾的各种速成的纪实报道性的书出了不少，陈启文先生这部发表于 2008 年底而出版于今年（2009 年）初的长篇报告文学《南方冰雪报告》，仍具有不可轻忽的重大意义：在如林的同类题材中，这本书少有地以深沉的理性观照、以“笔锋常带感情”的散文化笔调来叙述那一场 50 年不遇的灾难、那惊心动魄的抗灾行动、那灾难与抗灾背后的世道人心、天理伦常，从而在灾难叙事中独标一格。

这是一本抵抗遗忘的重现之书，也是一本拒绝浅薄的沉思之书。该书的采访、写作，既缘于湖南省作协的安排，同时也源于亲历灾难后的内心召唤。一次灾难可能是偶然的、暂时的，但灾难背后的许多东西却是普遍的、共同的。因此，不能因为灾难已过而忘却，也不能因为有了《抗冰图》似的作品就放弃回望与思考的努力。

读完全书，浮现在我们眼前的图景是：一个孤独但并不颓丧的行者，在雨雪冰冻灾害过后的春天，背起行囊，重返抗灾现场，凝视、回想、凭吊、追问、思考，这既是身体的在场，更是精神的在场；既是情景的再现，更是思想的脉动。整部报告文学就以这样一种线索展开，由此它也获得了相较于同类作品所独有的一种自由：自在地行走，自由地思索，自如地书写。

在 A 部中，作者书写了雨雪冰冻灾害的场景以及灾难所带来的后果。在这里，他并未用紧张的文字和冰冷的数字，而是尽量诉诸亲历者事后从容不迫的追忆。由拉尼娜现象而引发的这一场雨雪冰冻灾害，使 2008 年初的中国南方千里冰封，漫天皆白，地平线消失，车辆寸步难行，飞机无法降落。由于人类猝不及防且恰逢春节，于是机场、车站、道路无处不堵，有的人甚至只能拿命来换一条回家的路。当然，作者的重点在 B 部，即抗击灾害的浩大而又悲壮的过程。虽然并非机械地全景式展开，他仍然尽可能全方位地展示了抗击雨雪冰冻灾害斗争中那一个个了不起的群体：从共和国总理到唐山十三农民，从省委书记到电力工人，从解放军战士到被叫做乡镇干部的公务员；那一幕幕惊心动魄的场景：从总理专机的强行降落到子弟兵赶赴现场的生死时速，从千里大破冰到跨省大分流，从广州火车站几十万人的疏散到对冰灾寒极中的郴州拯救。所有这一宏大历史事件的关键性元素，在这部书中都有。另一方面，作者格外关注的是细节，是基层：献给“温老爷子”的诗、张春贤在春节晚会上的眼泪、黑暗中新生儿的出世、一个又一个倒在岗位上的普通人……在做这些叙述时，他思考着灾难、生命、英雄、价值、责任等宏大而具体的命题，这些命题既关乎英雄主义，关乎传统道德（“上有苍天，下有黄土，中间有良心”），更关乎以人为本的普世情怀。他深深为发轫于抗冰、彰显于抗震中的“生命高于一切”的理念而激动，甚至写下了这样的文字：“中国人在这一年里所表现出来的对每一个生命的尊重、捍卫和在生死关头涌现出来的纯粹而高贵的人格，这其中的每一个细节，都应该铭刻在一座无形的人民英雄纪念碑上。”

书中，这样的生发于抗灾图景的思考比比皆是，在C部“涅槃与重生”中达到巅峰。在不长的篇幅中，陈启文集中思考了灾难中的人性、人与自然、人与人等一系列问题。灾难考验人性，“你在灾难中表现出来的是勇敢，还是怯懦；是坚强，还是软弱；是选择爱与受难，还是本能暴露出自己最极端的自私——你都很难想像平素那样掩饰和伪装”。的确，这一规律不但在冰灾中体现出来了，更在不久之后的汶川大地震中显露无遗。灾难不全是坏事，正如温家宝总理反复引用的名言：“每一次灾难都是以历史的进步作为补偿的。”天佑中华，多难兴邦。如果对灾难有足够深刻的反思，对救灾有足够全面的总结，灾难就可以转化为财富。在雨雪冰冻灾害中，大量新的生命在一片黑暗中降生，更丰富的思想的生命也在诞生、成长、繁衍。2008年以来，中国人在思想上所收获的，应该说远远大于那些风调雨顺的年份。因此，中国的思想史当记住2008，中华民族的复兴史也当记住2008。

这部报告文学，呈现的是典型的陈启文式风格：散文化、絮语式，既感性又理性，既热情似火又并不虚张声势。陈启文先前除了写作过传记文学《宋美龄》外，并不专攻报告文学。他的散文写得很漂亮。他的那些长篇散文，如写澳门的《谁先看见澳门》，写湘江的《漂泊与岸》，写崀山的《梦入丹霞烟水中》，都擅长在行走中追问，在凝视中沉思，人在具象中，神游八极外。用陈启文自己的话来说，是"从日常中提升出神性，让事实本身焕发出光辉"。他极力追求的是把文字从悬浮中有力地拉回叙事现场，拉近文字与它想要表达的对象的距离。于是行云流水的文字与无拘无束的思维，生动感人的细节与细节背后的感悟，非常自然地契合在一起，形成一种流动的复调式叙事韵律。当然，读这一类作品需要耐心，需要澄明的心境，需要跟上叙述者的节奏。

而《南方冰雪报告》中的叙述者是一个什么人呢？他是一个行走者、一个打量者、一个思考者。你也可以说他是陈启文，也可以说他是一个人格化的思想符号。从更辽远广阔的文学史角度来看，把这个人看成是诗经时代摇着木铎的采诗官或西方中世纪的吟游诗人，也是可以的。在卢梭的《一个孤独的散步者的遐想》或梭罗的《瓦尔登湖》中，我们同样可以见到这个人。因此，虽然《南方冰雪报告》是一部灾难题材的报告文学，但它继承并光大了中外散文的伟大传统，形成了灾难叙事的独特风格，理应引起文学评论界的关注与重视。

（《文艺报》2009 年 5 月 16 日）

文学叙事的另一种可能

——以《命运》为例

以对纯文学的挑剔眼光和完美主义追求来看，长篇小说《命运》或许不那么令人兴奋。在这本书中，你嗅不到唯美的气息，不太能领略到结构的魅惑、语言的魔力，也难以找到探索、先锋的痕迹。

然而，十五万册的销量又是实打实的数字。它取得这样的成绩仅仅是因为题材的缘故？出版社的炒作？似乎都不足以说明问题。那么是读者品位不高？恐怕更不能说。

由此我还想到与陆天明类似的几位作家：张平、周梅森……都是执着于重大现实（反腐）题材，都是快手，都有很好的销量，他们的作品改编成电视剧后都有不错的收视率，甚至成为街谈巷议的热点。他们成功的秘诀是什么？

以《命运》为例，恐怕主要是以下因素。

题材吸引力。这是不可否认的。身处伟大变革中的中国，大多数读者于风花雪月、宫闱秘闻、玄幻奇侠、搞笑无厘头之余，总希望在文学中看到对我们这个时代的主流生活、重大事件的书写和映像。如果他们不能在现实中参与进去，他们就更希望在想象中置身其中，一窥堂奥。高层决策、改革进程、风云人物、生死较量，这些所谓的宏大叙事，的确有其魅力所在。《命运》写的是深圳特区拓荒、崛起的故事，浓墨重彩地书写了其命运起伏中的几个关键节点，折射的是共和国 30 年来改革开放的历程。出现在书中的人物，上自邓小平、叶剑英、胡耀邦，中至广东、深圳、蛇口的主要负责人，下至转业军人、大学毕业生、公司文员。故事场景从庙堂之高到荒村之远。这是地地道道的重大题材、主流生活、宏大叙事。由于深圳的标本意义和符号意味，当改革开放已走过 30 个年头、当中国模式被广泛谈论于学界、当中国力量不可阻挡地崛起于世界，这样一本具有高度纪实性的极富典型意义的书受到人们的欢迎，就是再自然不过的事了。

全景叙事。面对一段真实的激动人心的历史，陆天明有一种托尔斯泰式的雄心，要对这个时代作百科全书式的描写。他是否做到了这一点另当别论，但这注定了他不可能只从一点、一侧面、一人或几人、一个短时段来展开故事——尽管从艺术上那更易驾驭、更有文学味。在《命运》中，陆天明是芸芸众生的俯视者、生活万象的观察者、历史活剧的叙述者，从高层政要到贩夫走卒，从真实人物到虚构形象，从外在事件到内心风云，他无所不知、无所不晓……不要认为这很老套，平民百姓还就好这一口。相反，那些在叙事上挖空心思创新出奇、在艺术上苦苦追求不阿流俗的作品，反而有可能难以卒读而无人问津。当然，这绝不意味着我就不认同后一类作品，或者认为陆天明式的叙事就是最好的。

影视风格。这些年，影视对文学的影响越来越明显，特别是对那些不以文学文本为唯一追求的作品而言。《命运》之前，陆天明有很多作品改编成影视作品后大获成功，如《苍天在上》《大雪无痕》。我猜想，这使他的文学写作自觉或不自觉地向影视靠拢，带有明显的影像化风格。在《命运》中，场景在大与小、高层与底层、客厅与旷野间的适时切换，色彩的不断变化，对话的大量进行，甚至一些出场人物无名无姓，以“那个领导”“那个工作人员”“那个业主”“助理”等泛名化，成为呼之即来挥之即去的道具，就明显是电视化的手法。这种手法是个双刃剑，一方面可以大刀阔斧、随心所欲地将叙事进行下去，加快叙事节奏；另一方面确乎使作品的文学性、细腻性受到影响。不过我们看到国外近年来书卖得很好、影视票房又高的作品，诸如《哈利·波特》《达·芬奇密码》，哪一部又不是这样呢？是要纯而又纯的文学，还是易于接受的叙事，这的确是一个不易兼顾的难题。与其费力地两头讨好以致两头不讨好，还不如抓住一头。《命运》及其类似作品，为文学叙事提供了另一种可能。

（2009 年 7 月 3 日）

但愿苍生俱饱暖

为袁隆平拍一部电影，一直是湖南电影人的一个梦想。尽管袁隆平现在大名垂宇内，荣衔遍全身，知道的人很多，写他的书不少，但他究竟是个什么人，杂交水稻是怎么一回事，许多人仍不甚了了，甚至充满误解。

世界上为伟大的科学家立传的优秀电影不少，如《居里夫人》《伽利略传》；近有《美丽心灵》，一部以曾患精神分裂症的美国经济学家纳什为主角的电影，可谓感人至深。但在中国，这样的电影却不多。

袁隆平，“杂交水稻之父”，当代中国最杰出的科学家之一。他的坎坷经历和丰富心灵，他那造福人类的伟大发明的艰辛历程，太需要一部出色的电影来表现了。然而这部影片的难度是如此之大：且不说“不育”“三系”“二系”“自交”“侧交”“回交”这些科学名词让人一头雾水，袁隆平这样一个其貌不扬的农校老师日复一日面朝黄土背朝天的试验过程，能吸引人吗？

而如今，几经努力，这部影片终于出世了——这就是潇湘电影集团等单位拍摄的《袁隆平》。

影片《袁隆平》最大的成功，恰恰是真实、立体、生动地塑造了袁隆平的形象。他面孔黧黑，皱纹深布，形如老农，貌若老土，与其说是“刚果布”（同事给他起的绰号），不如说是“亚洲铜”（语出海子同名诗歌，是中国大地、中华民族、中华文化的颜色）。但他有着多么丰富的心灵啊：他热爱音乐，总是用小提琴诉说心声。他喜欢在水中搏击，寻找征服自然超越自我的感觉。他崇尚自由散漫，无拘无束。他爱美，懂得欣赏美，懂得接受和表达爱情。他深深地爱着“董婕”——一个崇拜他愿意亲近他的女学生，平时他毫不显露，一旦爆发，可以直接从篮球场上把她拽出，让她嫁给他。他爱父母，但因为研制杂交水稻不能为老父送终，只能跪在海南的土地上，朝着北方重重地磕头。他热爱生命，在心爱的试验禾苗被无情地摧毁后，他瘫倒在泥水里悲恸欲绝：“这也是生命啊！”他不知道在那荒唐年代里人的尊严与生命都可踏倒在地，何况一株禾苗。他天生乐观，性喜诙谐，在去三亚的列车上因怀揣种子而被人怀疑患有血吸虫病，他却说是怀孕了……诸如此类的镜头，让我们看到了一个有血有肉、摇曳多姿的袁隆平。毫不刻板，更不做作。

更重要的是，影片把袁隆平清醒的理性精神、执着的科学追求、但愿苍生俱饱暖的人本情怀深刻地揭示出来了。影片所告诉我们的是，从 20 世纪 50 年代开始，不管旁人多么狂热，时局多么混乱，他决不说假话，决不趋时求荣。即使只有一个人听课，他也要一丝不苟地讲下去。嗷嗷待哺的小女孩、大饥荒中饿殍倒地的惨状，使他立志研究杂交水稻，从此矢志不移。他头顶烈日，脚踩烂泥，冬去三亚，夏在湘西，数十年如一日，苦中能作乐，寻常中能觅奇。在这中间，他经历了多少失败，被多少同行和所谓“权威”冷嘲热讽，他却从不动摇，从不退缩。即使在离大面积成功只有一步之遥时，仍有“权威”抓住“杂交水稻草秕谷多”来否定他。如果他不是个意志坚强的人，杂交水稻就可能胎死腹中，半途而废。

这样一种科学精神，这样一种科学人格，在声情并茂中、在鲜活的画面中立起来了，传导出来了，而且让我们感奋着、回味着、思索着：这不正是一部科学家题材电影的最大成功吗？

所以我认为，这部电影做到了为科学立传，为艺术铸魂。而且它主演出色，形神兼备；故事生动，注重细节；音乐动人，极富感染力。一部科学家传记影片能做到这一点，我们还能要求它什么呢？当然，如果能在画面剪辑上更为精心和流畅，在一些镜头的展开上更为大气和跳脱，那就更好了。

（《光明日报》2009 年 7 月 4 日）

繁荣 活跃 多样 互渗

——关于 2009 年文学创作的阅评

2009 年，高速行进的中国尽管也被全球性金融危机撞了一下腰，但在党中央的坚强领导下，经过全国人民的艰苦努力，经济最早复苏，风景这边独好。“文变染乎世情，兴废系乎时序”，受此感染，中国文学也出现了生机勃勃的景象。奥运成功所迸发的民族自豪，新中国成立 60 周年的宏大庆典，关于 G2 时代的种种描述，都进一步激发了中国人民的文化自信和创造激情。文学创作生逢其时，也呈现进一步繁荣、活跃、多样的生动景观。

主流创作气象阔大，主调鲜明

五千年的文明历史，一百多年的不屈抗争，六十年的艰苦奋斗，三十年的改革开放，给当今的文学创作提供了丰富的题材资源和坚实的精神内核。长篇文学创作数量繁多，质量上乘。阿来的《格萨尔王》，以恢宏的气势，重述了藏民族伟大英雄的不朽神话；

张翎的长篇小说《金山》，以经典现实主义的深厚笔力，叙述了海外华人 100 多年前颠沛流离、艰辛奋斗的历史；苏童的长篇小说《河岸》、艾伟的长篇小说《风和日丽》，不约而同地将镜头对准革命烈士和革命前辈；王树增的长篇纪实文学《解放战争》等一批有着新中国成立 60 周年献礼元素的作品，让人回到共和国诞生前夕那惊心动魄、激动人心的岁月；长篇小说《蛙》（莫言）、《天行者》（刘醒龙）、《问苍茫》（曹征路）、《大平原》（高建群），报告文学《守望天山——一个老兵 24 年的感恩故事》（党益民）、《南方冰雪报告》（陈启文）、《巨灾对阵中国——汶川大地震一周年祭》（朱玉）、《点亮生命——赵广军和他的志愿事业》等，从工人、农民、老兵、民办教师、志愿者、助产士等普通中国人的视角切入昨天的历史和今天的现实，展开了一幅幅生动多彩的图景，揭示了中华民族历经磨难而不倒、筚路蓝缕铸辉煌的精神本色，以鲜明的形象性和深深的感染力，诠释和推广了社会主义核心价值观。

总的来说，2009 年的主流文学创作气象阔大，主调鲜明，决定了中国文学的基本面貌。它们普遍有较高的思想艺术质量，但尚缺乏震撼人心的经典之作。文学的高原，虽然群峰竞秀、万山来朝，但还没有耸立起众所公认的文学昆仑。

流行文学新旧杂陈，缺乏突破

社会生活的多样发展，文化市场的不断发育，文艺政策的日趋开放包容，都推动了文学创作的多样化趋势。主流文学之外，流行文学、市场文学十分活跃。形成热点的主要是两类创作：一是历史小说，二是官场文学。由于当年明月的《明朝那些事儿》的巨大成功，历史小说创作群起仿效，《×朝那些事儿》之类的图书络绎不绝，进一步推动了历史热。官场小说烽烟再起，《苍黄》（王跃文）、《驻京办主任》（王晓方）、《党校同学》（杨少衡）等长篇小说的出现，使官场写作、官场阅读再一次成为热点。此外，前些年早已出现的各种悬疑小说、反特题材、玄幻小说、盗墓笔记之类流行小说依然层出不穷，占据了书店的显眼位置。

以上各类创作，从某些侧面反映了当下的生活现实和精神现实，满足了一部分读者的阅读欲望，个别作品达到了一定的水准，但大多数思想贫弱、题材重复、跟风赶浪、原创力不足，无论是精神的维度还是文学的功力都很不够，注定只能流行一时。

网络与纸媒互渗，青春共期刊飞翔

随着中国成为全球网民人数最多的国家，网络文学也持续扩张，呈现出与主流文学双向互动、合流共进的态势。中国作协相关报刊与盛大文学公司的合作，鲁迅文学院网络文学中青年作家高级研讨班的开办，都加速了这一趋势。一大批传统写作者选择在网络上发布作品以扩大影响，一大批网络写手从网络走向纸媒，从虚拟走向现实。发轫于 90 年代末新概念作文大赛的青春文学写作持续走红，并且都善于利用网络媒体。韩寒、郭敬明、张悦然等既网络又青春的作家拥有大量粉丝，既在网上具有广泛影响力，又在文学期刊、文学图书市场呼风唤雨，创造财富神话。韩寒的杂文影响巨大，其新浪博客总访问量超过 3 亿，成为中国第一博客，被《南方周末》评为 2009 年度人物；郭敬明的长篇小说《小时代 2.0 虚铜时代》发行 120 万册，其主编的杂志《最小说》期发量超过 100 万册。韩寒也即将推出文学杂志《独唱团》，预示更多青春文学、网络文学作家将纷纷进军文学期刊。与此同时，《人民文学》也以文学特刊的方式，向青春文学敞开大门。但总的来说，当前的网络文学良莠不齐、泡沫太多，还不足以代表文学创作的水平和标高。青春文学如何走出个人的玩酷与自恋，走出浮词丽句的象牙塔式营造，走向广袤的大地、人间的烟火，追求更阔大的气象和更高远的境界，也是值得严重关注和亟待解决的课题。

（2010 年 1 月 17 日）

一个“木卵”和时代的冲突与妥协

——莫美小说印象

2009年，莫美出版了他的第二本小说集《生活的寓言》，内收16篇小说，长短不拘，内容各异，风格也不尽相同。读完后，我眼前浮现出一个鲜明的形象：木卵。我以为，莫美的这些小说，主要写的是各式各样的“木卵”们与他们所处时代的冲突与妥协。

何谓“木卵”？“木卵”是中篇小说《木卵》中别人对主人公梅迎春的称呼，意思是“呆头呆脑、笨手笨脚的人”。梅迎春其实既不呆也不笨，是个很聪明很有才华的人。他的呆和笨主要表现在他不愿溜须拍马、弄虚作假，即使这样做马上能得到提拔。混迹官场多年，有的大学同学都已官居副厅级，他却还只是个乡镇书记。即便是这个书记职务，也因为他不愿在计划生育问题上弄虚作假而被撤掉了。他是官场上一个名副其实的“木卵”、呆瓜、郁郁不得志的人。

这样的“木卵”，不止梅迎春一个，《野味》里的夏雨，《难忘今宵》里的路平，《大火》里的哈喜，《鬼日菩萨》里的陈刚等，也可归为“木卯”一类。

这些“木卯”们，有原则有操守，不吹不拍不作假不送礼，不会转弯不合时宜，因而处处碰壁，时乖运蹇。作为官场中人，他们所处的是一个什么时代与环境呢？吃喝嫖赌（《野味》）、假冒伪劣（《西国纪游》《一路顺风》）、是非颠倒价值错乱（《幸福它是个什么东西》《鬼日菩萨》）。“除了假话是真的，其他都是假的”，正常的变得不正常，不正常似乎很正常，合理的其实不合理，不合理的又很有道理，充满了荒诞感、乖谬感。无论是官场还是社会，都出现了诸多病象，而且病得不轻。在这样的时代环境中，一个坚守理想和操守的“木卯”，是很难得到升迁的，相反，那些吹牛拍马弄虚作假送礼行贿的人却平步青云。就像《木卯》中的张镇长劝梅迎春的，要想提拔，就要“吹点牛”“送点礼”“做点假”。梅迎春不以为然，想凭自己的“兢兢业业干出的成绩”获得升迁。结果，他不但升迁不成，反而受到处分，而他那成绩平平却善于钻营的堂弟梅喜春，却当上了县纪委书记。为此，“木卯”悲愤莫名，心灰意冷。

“木卯”和时代的深刻冲突，无疑具有强烈的现实性。90 年代以来中国社会诸多领域的大面积溃败，是一个众所周知的事实。从官场到商场到文场，从经济领域到教育界、知识界，都乱象丛生，病象迭出。莫美的小说，主要揭示的是官场中人的冲突与挣扎。这是莫美小说的现实意义所在。但是，莫美的小说，并非只有浅近的现实性。“木卯”和时代的冲突模式，其实是文学的一种经典模式，一个永恒主题。坚守理想人格的高洁之士与时代的格格不入和剧烈冲突，是中国文学的一大传统。“举世皆浊我独清，众人皆醉我独醒”的屈原，“不为五斗米折腰”的陶渊明，不也都是一些著名的“木卵”吗?

但是，与屈原的怀沙自沉和陶渊明的归隐田园不同，莫美笔下的“木卵”们，尽管也理想不泯，却最终选择了与现实的妥协，选择了对官场规则的投降。梅迎春赋闲后，通过个体老板刘平平的一番运作，他最终当上了县委常委、宣传部部长。在这一过程中，起作用的并非梅迎春的德和才，而是其他一些非正常因素。洁身自好的梅迎春，虽非主动而为，却也心安理得地接受了这种“被安排”。《印象》中的王镇，在阴差阳错中得到提拔。《幸福是个什么东西》中的“我”更为已甚，完全是在和魔鬼般的吴博士签订了出卖灵魂的协议后才得以飞黄腾达的。不管是主动也好，被动也罢，一旦“木卵”们接受了官场的安排，也就意味着他们接受和认同了这种官场规则和官场文化。浸淫既久，甜头越多，也就难免不会由被动而主动，由半推半就而心安理得，由不屑一顾到欲罢不能。多少贪官就是这样炼成的，多少消极腐败现象就是这样产生的。

这正是莫美小说的独到之处、深刻之处。如果仅仅对官场发一通牢骚，来一番谴责，可能会让人解气，却不会有多少新鲜感。再来一部《离骚》也只是《离骚》，再多一个陶渊明也只是陶渊明。莫美的独特性，是写出了在一定的现实土壤和文化背景下，屈原有可能向小人投降，陶渊明有可能变成和珅。这不是更令人震惊，更让人心情沉重吗?卑鄙战胜了高尚，堕落战胜了操守，劣币驱逐良币进而把良币改造成劣币。这样一种现实，正在小说中也在生活中上演。

这种现实让莫美忧心如焚。他把这看得很严重。严重到什么程度？莫美在小说中用了两个隐喻。一是《木卵》里的泰山崩。梅迎春被提拔后，天天晚上净做噩梦，梦见的是泰山崩塌：“忽然，泰山崩了，我们便逃，可我们逃到哪里，山便崩到哪里，仿佛非把我们压在山底不可似的。”另一个是《鬼日菩萨》里的“硬不起来”。陈钢由乡镇书记提拔为县委常委、组织部部长，明明是正常升迁，可是无论是张乡长、组织部李副部长，还是妻子，都不相信他没有送礼或者“走门子”，都认为不如此那就是“鬼日菩萨”了，意思是太阳打西边出来了。这让正在与妻子亲热的他“一下子软了，不管怎么努力，再也硬不起来……”。这是两个意味深长又令人心惊的隐喻。劣币对良币的驱逐和改造，灰色潜规则对正义、理想的亵渎和招降，所导致的不只是某个人的堕落，甚至也不只是吏治的腐败，而是泰山的崩塌和人的力量的丧失，是整个文化的堕落与崩溃。这种可怕的后果，绝不是危言耸听，而是现实的、活生生的危险。顾炎武认为古有亡国者，有亡天下者，所谓天下，其实不是指地理意义的世界，而是指文化。顾炎武是把斯文的丧失、文化的灭亡看得比亡国还严重的。泰山的崩塌和雄性力量的丧失，不正是这样一种“亡天下”的可怕前景吗？

莫美的作品并不多，质量也不很整齐，但他的小说中有新鲜的生活经验和强烈的批判意识，有洗练的语言和流畅的叙事，更有基于良知与责任的深深忧思和重重警示，这是一般官场小说所没有的。

（2010 年 1 月 23 日）

《冒险小王子》的三个表征

今天，首都评论界特别是儿童文学评论界的专家们聚集在一起，为我省儿童文学作家周艺文的《冒险小王子》举行研讨会。我认为这是一件很有意义的事情，是对湖南儿童文学创作的重视和鼓励。

周艺文的长篇多卷本新童话作品《冒险小王子》，于2009年6月第一季问世，推出的时间并不长，但已引起不小的反响，获得了很多荣誉。写得很流畅，很有想象力，很贴近当代儿童的生活与心理。我认为周艺文的这个作品称得上是当前儿童文学领域的一个现象。这个现象的第一个表征是，它受到了儿童读者的喜爱，在市场上走得很好，不到一年时间，第一版已是第八次印刷，每次超过20万册。这个现象的第二个表征是，在文本内容上，《冒险小王子》似乎糅合了当代中国童话、《哈利·波特》、日本动漫的许多元素，而成为一种新的童话样式。故事主人公是地道的中国孩子，他们的冒险经历类似于《哈利·波特》里的三个小孩，他们身边的那些小精灵，其原型应该来自日本动漫的宠物小精灵，也是这些年好莱坞动画片中所常见的。这个现象的第三个表征是，在装帧设计、通关环节、编读互动、营销策略等方面，这套书都很有市场意识，很懂得抓住儿童读者的心理，这也是它在市场上热销的原因之一。个人以为，仅从这些方面看，这套书都值得引起我国儿童文学创作界、出版界、研究界的关注。当然它不可能没有缺点，周艺文的这种童话写作是不是可以称为新童话，而且“主义”“新童话主义”的内涵又是什么，那也是见仁见智的事情，不必忙于下结论。

在中国作协和全国儿童文学界同仁的关心扶持下，新世纪以来湖南的儿童文学创作取得了令人鼓舞的成绩，出现了像汤素兰、皮朝晖、邓湘子等儿童文学实力派作家。但我内心一直有一个愿望，就是面对铺天盖地的《哈利·波特》和日本动漫，希望湖南出现一两个儿童文学的畅销作家，不说比肩 J. K. 罗琳，能够追步郑渊洁、杨红樱也是好的。如今，周艺文的童话作品似乎已经具备了畅销的气质，这是我非常高兴的。我衷心希望，在在座专家和全国儿童文学评论界的指点帮助下，周艺文先生能推出更多更好的儿童文学作品，既学习西方童话的优长，又更凸显中国气派和中国元素，更富有核心原创力，不但畅销而且常销，不但有市场而且得到全国儿童文学界的充分肯定。

（2010 年 7 月 18 日）

女性心灵的赞美与讴歌

首先，衷心感谢中国作协创研部、人民文学出版社牵头主办薛媛媛长篇小说《湘绣女》研讨会。我以为，这样一个高规格的研讨会，不仅是对薛媛媛小说创作的关注与重视，也是对整个湖南文学界的关心与鼓励。在过去这些年里，我们一次又一次感受到了这一点。

薛媛媛是湖南 1960 年代作家群的重要一员。她是一位特别重视生活经验、特别能吃苦、特别朴实也特别勤奋的作家。她曾经长时间在长沙的中小学挂职体验生活，写出了《我是你老师》《六三班的成长报告》等教育题材的长篇小说；她曾深入湖南湘绣研究所及许多湘绣企业考察学习，写出了短篇小说《湘绣旗袍》和长篇小说《湘绣女》；目前她正在云南西双版纳橡胶农场自费深入生活，准备创作一部再现 50 年代湘人到西南边陲开荒种植橡胶的艰苦岁月的长篇小说。正如有的论者指出的，薛媛媛没有陷入所谓“基于性别立场的意识形态话语实践”，没有追求所谓“女性主义写作”，没有沉湎于把女性作为欲望主体的叙事。她深入到了生活之中，把生活变为了艺术。薛媛媛这种深入生活的劲头和潜心创作的精神，也感动了方方面面，中共湖南省委宣传部、湖南省作协、长沙市委宣传部、长沙市文联等单位，都对她的创作给予过很多支持。中国作协创研部、鲁迅文学院及国内出版界、期刊界更是对她的成长倾注了心血。

薛媛媛也是一位很有才气的作家，她的《六三班的成长报告》获得了湖南省的“五个一工程”奖；《湘绣旗袍》被广泛转载，获得第 13 届《小说月报》百花奖；中篇小说《你要去北京》《雕花床》也很优秀，后来都被长影买走改编权。她的《城域外的呐喊》是一部介绍欧洲美术大师的个人化的艺术随笔，这足以证明她具有广博的知识视野和良好的艺术感悟能力。

在我看来，长篇小说《湘绣女》可以说是薛媛媛集半生心血于一体的一部力作。在这部作品中，她以简洁流畅的笔触、温婉含蓄的风格，叙述了一个湘绣女多灾多难、不屈不挠的一生，浓缩了从抗日战争到 20 世纪末的中国南方数十年的历史风云。咫尺绣品中寓人生悲欢，不动声色处含惊心动魄，个人命运后隐时代沧桑。她的文字中汩汩流淌的是对故乡桃花江、对湘绣、对美丽善良坚韧高贵的女性心灵的赞美与讴歌。对我来说，阅读《湘绣女》，产生的是亲切、愉悦、兴味盎然这样一些感觉。当然，或许是因为第一次写作具有如此跨度与难度的长篇小说，作者也表现出一些不够圆熟、不够细腻、不够严密的地方。

（2010 年 8 月 6 日）

江河万古，诗意长流

随着《万行长诗湘江颂》的出版，由长沙晚报发起的这一大型诗歌创作活动落下帷幕。庚寅中秋之夜，我参加了在湘江诺亚游轮上举行的该书首发式及“湘江颂”诗歌朗诵活动。是时也，舱外细雨霏霏，星月潜隐；船内灯火通明，笑语盈盈，丝竹管弦间，是朗诵达人们或慷慨或低回的吟诵。船在江流中缓缓移动，我的思绪也在一点点荡开。久违了，如此多的诗人，如此富于主题性的活动，如此单纯明朗的情绪。

那之后，我一直在重新思考一个问题：诗歌与大地的关系，诗歌的个人性与群体性、主观性与社会性的关系究竟为何？

湘江是三湘儿女的母亲河，也是一条诗歌之河。从屈原的“宁赴湘流，葬于江鱼之腹”到毛泽东的“问苍茫大地，谁主沉浮”，从杜子美的“亲朋无一字，老病有孤舟”到秦少游的“雾失楼台，月迷津渡”，一条湘江，从古流到今，从五岭流到洞庭，诞生了多少名篇佳句。代表了古典诗意巅峰的“潇湘八景”，除“洞庭秋月”和“渔村夕照”是有关洞庭湖和沅江的外，其余六景均在湘江之畔。所以陆游说“挥毫当得江山助，不到潇湘岂有诗”。我曾听过一首古琴曲《潇湘水云》，那种空灵沉郁，让我久无一言。然而遗憾的是，到了当代，这条诗歌之河似乎度过了她的丰水期，枯瘦了，濒临断流了。工业文明的改造，现代人忙碌的生活，物质化的生存，让大河之上的诗境消失，诗意枯竭，诗情不再。古老的“潇湘八景”湮没无闻，名存实亡，那种古典的诗意之美永远不可复现了。至于前两年媒体宣传的所谓“新潇湘八景”，除了利益驱动下的广告推销，看不到多少诗意性和经典性。由是，在我看来，“湘江颂”诗歌创作活动，是一场诗歌的寻根运动，一次现代人心灵回归的尝试，是对过度工业化物质化时代的诗意反拨。它超越了单纯的爱国爱乡主题，而回归到诗歌的本源与本性。于是，我们在这本诗集中，看到了对湘江之源的探访，对湘江之景的吟咏，对湘江之神和湘江之灵的亲近，对湘江之风和湘江之韵的感悟，还有对湘江之火的激情颂歌和对湘江之梦的苦苦追觅。当然，也有对湘江之变的打量与思考。

诗是诗人内心情感的表达，诗歌的个人性在所有文学体裁中大概是最强的。对于诗人来说，独处是必需的，孤独感是常在的。太喧嚣出不了好诗，太功利出不了好诗人。因此，对这次如同行为艺术的诗歌创作秀活动的实际效果，有人可能会产生怀疑。但是，古往今来，大量优秀诗歌，也产生于诗人的酬唱赠答之时，产生于对社会某一重大事件和重大主题的关注之中。在经过了一段过分个人化、内心化的时期以后，当代诗歌应该重新回到社会、回到群体之中。借助互联网的传播，2008 年的南方冰灾和汶川大地震，催生了一批脍炙人口的诗歌。可见形式无关紧要，关键是作者的诗情和诗才，是诗人的写作态度。虽然在某种意义上，“湘江颂”是一次命题作诗，一次集体创作活动，或者就是一场“诗歌秀”，但众多参与者并未以轻薄游戏的态度为之。他们或对这条河流敬畏有加，“对于一条河流的赞颂／我迟迟不敢动笔”（谢午恒）；或“以书写一部湘江史诗的态度进行着创作，收集资料的时间比创作的时间还要长”（远人）。正因为如此，这本诗集尽管从整体上来看还称不上经典，但其中不乏优秀的篇章，更有许多精彩的诗句。

（《长沙晚报》2010 年 10 月 21 日）

女性叙事与官场叙事的结合

和大多数人一样，我对阿满也就是满慧文女士并不太熟悉。只知道她是陶少鸿先生的夫人，在常德市委机关工作，也喜欢写小说。2006 年，我在《芙蓉》上读到阿满发表的中篇小说《花样女人》，眼睛为之一亮，小说叙事的流畅、技巧的圆熟老到、观察机关生活的细腻与深刻，还有那种不事张扬的叙事风格，都远远超过一般的写作者，超过一般的所谓官场题材。收到作家出版社出版的这本《双花祭》后，我读了其中的大部分作品，对阿满的小说有了更多的认识和思考。

在我看来，阿满的小说叙事，是女性叙事和官场叙事的结合。其关键词，我认为可以用“花、双花、机关花”这样一组词来表达。首先，阿满的小说主要是写女人，写花样年华的女人。她的小说的题目，多有花字，《花蕊》《花样女人》《双花祭》《机关花》，这鲜明地标识了她的女性叙事倾向。其次，阿满很少写单个的女人，她一般是写两个女人，如《双花祭》写的是两个有着同性恋倾向的女军人，《花蕊》写的是妇产科医生刘利和女主持人乔曼之间既为医患又是同性朋友的关系，《花样女人》的主角黄娟子和乔娜娜，也是两个女人；《四十后》尽管写了中年女人和男人之间的复杂关系，但其叙事主体是“我”和欧阳这对好姐妹。有时候，阿满也会写到多个女人或多个男女，但我发现，在多个男女中仍然有构成对位关系的两个主要女性，如《带爱相的女人》里的秦小琴和陈大花，《一室两人》中的“我”和老妇人，《机关花》中的刘一萍和徐彩云。更进一步，阿满写的不是一般女人，而是机关女人，那些漂亮、精致、颇有内蕴、充满渴望同时又处于弱势地位、不无失落的机关女性小职员。

很难说阿满的小说是官场小说，但她涉及了官场的一个群落、一个侧面。她对机关女性的生理与心理、性格与命运给予了持久的审视与深切的忧思。在她笔下，女性的宿命，离不开她们的性别特征。《旮旯》叙述了女性童年时因懵懂无知而玩的性游戏和遭受的性侵害；《一室两人》从“我”12 岁时女性性征的出现和对之的恐惧写起，通篇贯穿着对女性生理与性别角色的思考；《花蕊》更是以一个医生的视角，大篇幅地、反复地写到女性的生理器官。但是，阿满并不是一个热衷于身体写作甚至于下半身写作的作家，她更关注的是女性在党政机关这样一个男权主义世界的卑微命运。她的许多小说，都揭示了这样一种现实：在官场这个男性世界，一个女人，如果不向男人——准确地说是男上司——投怀送抱，如果不在这种投怀送抱中打败作为同类的女人，就只能永远做一个小职员，只能永远“将同一片钥匙插进同一个锁眼”，做着“千篇一律周而复始的工作”（《一室两人》）。就在这样的纠结和蹉跎中，女人逐渐繁花褪尽，年华老去。用小说中男上司刘主任的话来说就是：“其实，你是个很不错的女性，可惜了，唉。”这一句话，道尽了阿满笔下机关女性命运的无奈与悲伤。正因如此，这一句话，让“我”止不住泪流满面。

阿满的小说，干净，简洁，凝练，没有一般所谓官场小说的揭秘癖和喋喋不休。她的写作状态，安静而从容，优雅而内敛。她和她的先生少鸿，都热爱文学，钟情写作，在这个浮躁的年代过着充实的内心生活。这是一种低调的生活，也是一种诗意的栖居。孟子说：“充实之谓美，充实而有光辉之谓大。”在我看来，阿满和少鸿都是这种既美且大的人。

我祝愿阿满在创作的道路上不断取得进步，祝愿她和少鸿在“充实而有光辉”的人生追求中不断找到自己的快乐。

（2010 年 11 月 27 日）

一部宏大的抒情性颂歌

毫无疑问，《东方的太阳》是一部长篇政治抒情诗，而且是一部颂歌体的政治抒情诗，我称之为抒情性颂歌。

颂歌在中外文学史中都广泛存在。中国最早的诗歌总集《诗经》中就有“颂”这样一种诗体，汉代的赋虽有讥刺与劝诫，铺排的也主要是煌煌功业与浩浩威仪。西方的宗教性颂歌以其肃穆庄严，表达了对上帝的虔诚和对永恒的礼敬。中国古代的政治抒情诗有着悠久的传统，从屈原到李白，从杜甫到苏东坡，关心民瘼、心系君王、寄托政治抱负一直是流贯在中国诗人身上的强大因子，不过是“刺”多于“美”，幽怨多于歌颂罢了。到了 20 世纪，随着新的力量也即新的抒情主体和抒情对象的出现，政治抒情诗更趋发达。现代政治抒情诗萌发于 20 世纪二三十年代，如瞿秋白、田间；大兴于五六十年代，如胡风的《时间开始了》、郭小川的《向困难进军》、贺敬之的《放声歌唱》，衰落于 80 年代。新时期文学开始后，政治抒情诗盛景不再，它那种过于空疏的抒情模式和标语口号化的语言表达，与个性解放、思想启蒙、语言探索的时代潮流格格不入。到了90年代以及新世纪，政治抒情诗似有一种复苏的迹象。围绕邓小平、长征、改革开放、新中国、抗洪、抗冰、抗震救灾等重大题材，桂兴华、胡丘陵、谭仲池、梁平、许雷等都创作了不少诗歌。谭仲池先生这部以中国共产党为歌颂对象的长达6000行的《东方的太阳》，则是当下政治抒情诗的新收获。

当代政治抒情诗的盛衰轨迹，与时代变迁、国运兴衰、对执政党及其事业的社会评价起伏、大众的集体心理波动密切相关。《礼记・乐记》早就说："治世之音安以乐，其政和；乱世之音怨以怒，其政乖；亡国之音哀以思，其民困。"近年来，具体来说是从新中国成立60周年到中国共产党建党90周年，我国出现了一种抒情性颂歌的总体社会氛围。到处都在唱红歌，影视机构拍了许多歌颂共产党、歌颂毛泽东、歌颂中国革命的影视作品，排演了许多大型舞台艺术和综艺晚会。电影《建国大业》《建党伟业》不就是一种政治抒情电影吗？《延安颂》《五星红旗迎风飘扬》《开天辟地》《中国1921》不就是一种政治抒情电视剧吗？至于大型音乐舞蹈史诗《复兴之路》、电视专题片《旗帜》，更有着浓烈的政治抒情意味。

这样一种文艺现象不是偶然的。这样一些献礼作品，这样一种红色浪潮，不能说没有组织没有推手，但并非全是遵命文艺，主要也并非虚情假意的应景之作。从根本上说，它的出现，与中国人对这个党、这个国家、这个民族，与我们正在实行的这个制度和正在走的这条道路的重新发现和伟大自觉分不开。一个简单而明显的事实是，随着经济的持续高速成长、社会事业的显著进步和综合国力的增强，当前中华民族的文化自觉、制度自信、道路自豪也空前高涨。回首 20 多年前，许多国人还处于极大的文化迷茫和文化自卑中：《丑陋的中国人》让人们觉得生为中国人无可救药，一些人声称长城是中华民族的悲哀，“黄色文明”必将被“蓝色文明”取代，西方现代主义思潮席卷大学校园，港台风刮遍大陆，考“托福”“GRE”出国成为大学生的首选……1990 年后，《历史的终结》畅销一时，《谁来养活中国》令人寝食难安，“中国崩溃论”让人心情沉重，对中国的政治制度、社会模式的攻击无以复加，甚至让部分中国人自己都心虚气短、灰心丧气。相信这样的景象凡是那个年代的亲历者都记忆犹新。然而不知不觉间，20 余年过去，风向为之一变。除了极少数仇华反华分子外，严肃的西方学者都在认真思考中国的成功，并将之与中国独特的政党政治、制度安排和道路选择挂起钩来，从而修正原来的偏见。福山公开承认“历史并未终结”，奈斯比特从写作《未来大趋势》转而写作《中国大趋势》。近年来，世界上许多历史悠久的大党老党都丢失了政权，中国共产党仍然是一个风华正茂、生机盎然的党，德国汉学家南因果说，“破中国之谜，先破中共之谜”。60 多年前，中国共产党以建立新中国，让中国人民彻底站立起来而获得了执政的合法性，以其全心全意为人民服务的宗旨而获得道德的崇高性；30 多年来，中国共产党又以成功实行改革开放政策，让人民富裕幸福而巩固了执政地位。中国的制度与道路被称为中国模式，中国人感受到前所未有的尊严与自豪。对于当代中国人来说，和平崛起，民族复兴，不再是一个遥不可及的梦想，而是望得见桅杆的一艘航船，是躁动于母腹中的一个即将分娩的胎儿，是一个正在行进的现实。今天的中国人，越来越以生为中国人而自豪，以拥有五千年的文明史而骄傲，为中华民族光明的前景而欣悦不已……

看不到这一点，就无法理解为什么那么多人乐此不疲地唱红歌，也无法理解谭仲池先生为什么要写作《东方的太阳》这部抒情颂歌。正如他在序诗中引用意大利未来主义画家翁贝特·波丘尼的一句话："让我们宣布：整个感觉到的世界必定会加快步伐朝我们走来，和我们融为一体，创造出一部只受到创造性本能支配的和谐。"他在尾声中又引用了法国社会学家和历史学家托克维尔的一段名言："有多少道德体系和政治体系经历了被发现、被忘却、被重新发现、被再次忘却、过了不久又被发现这一连续过程，而每一次被发现都给世界带来惊奇，好像它们是全新的，充满了智慧。"在我看来，这两段引语是解读谭仲池先生为什么要写作和基于什么情绪写作《东方的太阳》的钥匙。第一段引语的关键词是"感觉到的世界"，第二段引语的关键词是"重新发现"。那么诗人"感觉到的世界"是什么呢？他重新发现的道德体系和政治体系又是什么呢？无疑就是我前面所指出的，是伟大的中华民族、伟大的中国共产党，中国人民 19 世纪以来所进行的艰苦卓绝、可歌可泣的伟大奋斗，以及这种奋斗所积淀而成的宝贵精神成果。贯穿全诗六章 6000 行的，就是曾经被遮蔽被忽视被歪曲而今天又被诗人和中国人民重新感觉和发现的这些历史过程与精神价值。

《东方的太阳》，体现了政治抒情诗的几个鲜明特点：

丰沛的激情。激情恐怕是颂歌体政治抒情诗的第一要素。蕴含在《东方的太阳》中的激情是什么激情呢？这种激情既是政治的又是艺术的。这部长诗所处理的本身就是一个政治性题材，对一个政党、这个政党的领袖、这个政党所走过的90年历史的讴歌，没有发自内心的政治激情、没有出于血肉的政治人格，是不可想象的。但光有政治激情，那可能只是个政治家，不一定能成为文学家。要成为文学家，他一定还要有艺术激情。谭仲池先生是一个公认具有高度的、持久的艺术激情的人。几十年中，他政务繁忙，但仍不断写长篇、编剧本、吟诗写歌，创作了几百万字的文学作品，不是视为余事，附庸风雅，而是当成生命，劳心苦志；不是挂名牵头，而是亲力亲为，字字己出。就在出任湖南省政协副主席以来的短短三年间，他就写了电影剧本《袁隆平》、诗集《敬礼　以生命的名义》、长诗《东方的太阳》，这样的创作精神，这样的创作实绩，连许多以创作为唯一志业的人都不能达到。

这种激情既是大我的又是小我的。政治抒情诗的诗歌美学，要求抒情主人公不仅仅代表他个人，而且要代表人民、民族或某一阶级、阶层而立言，而放歌，这在贺敬之、郭小川的诗歌中表现得十分明显。《东方的太阳》显然继承了这一美学传统，诗人对共产党，对中华民族，对中国革命、建设和改革开放的歌颂代表了大多数中国人的心声，也是一种主流价值观的表达。但大我之外有小我，理性之外有感性，价值体认之外有情感诉求。这部长诗，深深打上了谭仲池的个体烙印，带有他个人对历史的寻觅、感悟与认知。在他身上，有着对世界的横溢的持久的爱：“爱我所爱，爱我所忧，爱我所恋，爱我所敬，爱我所亲，爱我所梦”；有着愈久愈深的赤子情怀和诗人本色：“悄悄地满怀敬意地推开你的心灵之门，带着婴儿般的圣洁，月光般的深邃，磐石的坚挺，宇宙的壮阔和鲜花般的柔美与你相遇”；有着对政党、祖国、人类和自然万物的浑然一体的感恩之心：“我感谢共产党，感谢祖国，感谢父母，感谢人民，感谢阳光、空气，乃至树木、花草、雨露、泥石、蝶影、雷鸣、蛙声”（以上均见“后记”）。所有这些，不正是大我与小我的完美结合吗？

这种激情既是宗教性的又是世俗的。谭仲池是一个有宗教情怀的人，《东方的太阳》是一部有着宗教的庄严、崇高色彩的诗歌，请听诗人的自述：“我要歌唱心中的太阳，东方的圣母。因为她已经不光是物质的灿烂和温暖，更是心灵的灯塔，宇宙的灵魂，上帝的意志和旋转不停的光之罗盘”（后记）。这里用了如此多的宗教性语言，清楚地表明在诗人看来他所要讴歌的对象具有一种宗教性的力量。诗人并不避讳这一点，这和新时期以来致力于解构、弑神、宣布“上帝死了”和追求去中心化的一些诗歌大异其趣，甚至可以说是大相径庭。如何评析这一现象是一件棘手复杂的工作，但我想，这些年的社会现实表明，“文革”似的狂热造神固然不对，90年代以来的无法无天、不知敬畏也弊端甚多。宗教性的礼敬和世俗的情感并不天然矛盾。西方的基督教崇拜和科学主义、世俗生活早就在互相融合，中国台湾的星云大师也一直在倡导“人间佛教”。《东方的太阳》也是庄严与世俗、唯一性与“万物有灵论”的结合。诗人既歌唱中国共产党，歌唱毛泽东，歌唱马克思主义，将之都比喻为“太阳”，但他也歌唱祖国、大地、人民、党员，以及万物花开。

宏观的把握。作为一部宏大叙事的诗歌，《东方的太阳》以中华民族五千年的历史为背景，以 19 世纪以来中国的沉沦与抗争为前奏，以西方的镜像为参照，着力描述中国共产党诞生 90 年来的奋斗历史与光辉成就，抒发的是主流情感，弘扬的是核心价值，追求的是史诗品格，有着一种高调姿态和勃勃雄心。这样一个重大题材，这样一种叙事方式，如果没有对中华民族史、中共党史、中国革命史、建设史和改革开放史的整体把握与宏观驾驭能力，是难以想象的。而且，作为一部文学作品，除了对历史脉络的正确梳理和具体史实的恰当取舍外，更重要的是要灌注一种历史感、命运感、沧桑感。这种历史感不是理论，不是技术主义的操作，而是一种略带神秘感的，可意会不可言传的，宜悄悄流贯而不宜公开宣示的大感觉、大胸怀。有了它，诗歌才不同于历史读本，才有了气韵与神采，才有了分量与冲击力。《东方的太阳》是有这种历史感、命运感、沧桑感的，也是有气韵、神采、分量与冲击力的。

艺术的呈现。从诗歌艺术的角度，《东方的太阳》糅合了郭沫若的《女神》、胡风的《时间开始了》、郭小川的《向困难进军》、马雅可夫斯基的《革命颂》《列宁》等中外政治抒情诗的特点，诗情奔放，文气连贯，想象丰富，辞句华美，形式自由。尽管某些章节辞句比较堆砌，个别诗材又不太考究，但这终究是一部优秀的诗歌，带有鲜明的谭式风格，例如有的地方比较跳跃，有的地方比较口语化，通常不讲究押韵，特别喜欢响亮的、色彩鲜艳的辞藻，等等。

从以汶川地震为题材的《敬礼　以生命的名义》，到《东方的太阳》，谭仲池先生在政治抒情诗的写作上，越来越达到了“从心所欲，不逾矩”的境界。

（《理论与创作》2011 年第 4 期）

《湘江北去》：激越风格演绎毛蔡风神

在我看来，《湘江北去》是一部用激越风格讲述毛泽东、蔡和森、何叔衡等湘籍建党群英们，在90年前那个激荡年代的激情人生的电影。

那是一个激荡或者说激进的年代。《湘江北去》所覆盖的时间，是1918年夏天到1921年7月，正是毛泽东、蔡和森们从湖南第一师范毕业到党的一大召开的三年。五四运动前后的这三年，被公认是中国现代史上最为新旧激荡、狂飙突进的时期。新文化运动的勃兴开启了民智，打开了禁锢的闸门；十月革命的炮声给中国的未来树立了暴力革命的范式；一战虽赢犹败、日本步步紧逼的现实深深地刺激了进步思想界；普通国民的暮气沉沉又令人绝望。凡此种种，无不加速了各种思潮的激荡。影片从多方面表现了这种思想激荡：新旧思潮的激荡，如陈独秀与辜鸿铭；马克思主义与改良主义的激荡，如陈独秀、李大钊与胡适；社会主义与无政府主义的激荡，如毛泽东与萧子升；暴力革命学说与教育救国论的激荡，如毛泽东、彭璜与陶斯咏；也表现了理性的革命与激进的盲动之间的激荡，如毛泽东与彭璜。当然这一时期种种思潮的激荡，主要还是处于论辩的阶段。但随着论辩的深入，群体的分化，现实的前行，一个伟大的政党终于诞生，思想的激荡终究要转化为行动的展开，武器的批判终究要为批判的武器所取代。应该说，影片对五四运动前后时代脉搏的把握是十分准确的。

那是一群激情四溢的青年。“济济新民会，风云一代英”，以毛泽东、蔡和森、何叔衡、彭璜、萧子升、陶斯咏为骨干的新民学会，聚集了一代潇湘群英。他们中流击水，傲立潮头；他们星光熠熠，活力四射，时间的流逝遮不住他们卓然的风采。影片中，他们打铁、雨浴，“文明其精神，野蛮其体魄”；他们北上筹备赴法勤工俭学，“隆然高炕，大被同眠”；他们回湘开展驱张运动、湖南自治运动，搞得风生水起，震动全国；他们写文章，办刊物，发传单，呼应全国的思想潮流；他们由追求“革新学术，砥砺品行，改良人心风俗”而立志“改造中国与世界”，成立中国共产党早期组织，在党的历史上写下了浓墨重彩、光照千秋的一笔。而毛泽东，无疑是群英之首、人中麟凤。既是鼓动家又是实干家，上可与陈独秀、李大钊、胡适探讨世界大势，下可深入矿山、乡村了解国情。他在《体育之研究》上倡导的体操图式让李大钊都操练不止；他在《湘江评论》上的创刊词振聋发聩。他懂得何者当因，何者当革，张弛有度，开合自如；他于不疑者疑，于当取者取，顺势而为，与时俱进。影片通过典型的人物传记式影像语言，将青年毛泽东的横溢才华、领袖气质、魅力人格比较充分地表现出来了。

这是一部风格激越的作品。激越，来自对激荡岁月和激情人生的准确把握，也来自对电影的浪漫主义和诗学的追求。许多人都感到，这是一部动感十足的电影、荷尔蒙气息强烈的电影。除了杨昌济的炉边谈话、杨开慧的雪中守望、毛泽东面对何叔衡关于母亲的深情忆述等少数几个片段外，影片大多数时候都处于高频率的、持续的运动之中。片中的青年人似乎无时无刻不在奔跑之中，不在情绪的亢奋之中。也许，与同类题材影视作品比，这部影片少了一点从容，少了一点沉静。但从总体上看，慷慨激昂的情绪，激越高亢的调性，与那个狂飙突进、壮怀激烈的年代，与那群指点江山、激扬文字的青年，是十分合拍的。

（《金鹰报》2011 年 6 月 24 日）

电视文艺晚会的美学追求

在“七一”前后全国多台以庆祝中国共产党成立90周年为主题的晚会中，湖南卫视2011年6月28日直播的《风华正茂——湖南省庆祝中国共产党成立90周年文艺晚会》，是一台极富特色的晚会。它不仅赢得了现场观众的交口称赞，而且据央视索福瑞调查，当晚收视份额进入全国前十，在24岁以下年龄段观众中份额第一，可以说实现了引导力、影响力、专业性、收视率的较好结合。

这台晚会能做到这一点，与它独特的美学追求密不可分。

电视手段对剧场风格的强势介入。传统的室内文艺晚会（特别是主题晚会）是剧场性的，大屏幕顶多只是辅助性工具；舞台文艺节目是其主体，解说和采访是辅助性的。而《风华正茂》却发扬了湖南广电此类晚会一以贯之的电视化传统，实现了电视手段对剧场风格的强势介入，或者说新闻、纪实元素对文艺风格的强势介入，追求抒情性、叙事性、政论性的有机结合。舞台艺术的距离美学和现场采访的纪实风格的交错使用，剧场效果与电视优势的双剑合璧，使晚会取得了良好的效果。这种追求，突出表现在晚会多达5个VCR的运用上。《风华正茂》中5个VCR的面貌、功能各有不同。第一个《追忆》，完全是历史的讲述，虽为旧闻，但故事性很强，能有效地把观众带入90年前的历史现场。第二个《青春无悔》，以历史追述为主，但已经有当年的历史参与者出现，很好地完成了对老一代建设者奉献精神的致敬。第三个《湘江新韵》，完全是对当下湖南省以长株潭两型社会试验区为核心的“四化两型”“四个湖南”战略的专题性展示，以政论为主，辅以其后的歌曲《热土潇湘》，极富冲击力和现实感。第四个《你在我身边》，是对“我身边的优秀共产党员”蒋孔吉的实地采访，故事性和情感性都很强，异常鲜活，感人至深；而蒋孔吉的现场告白和两个朴实老农的提篮送鸭，更将现场气氛推向高潮，对普通优秀党员的礼赞做到极致。第五个《祝福》，借用了春节拜年的形式，通过前期拍摄传达各界人士对青年时代的追忆、对党的伟大的认识、对党的未来的由衷祝福，由此产生了远比新春祝福更新鲜的感觉和更强烈的冲击。

新闻、纪实元素的介入，还包括音诗画《血染湘江》中感人舞蹈配以动人旁白，歌曲《英雄赞歌》演唱时对中国革命标志性画面的再现，《怒放的生命》对湘籍“双百”人物的一一闪现，《时代的强音》演奏之前对党的领导人握手故事的娓娓讲述，等等。在这台晚会中，讲述从来不是单纯的讲述，而音乐舞蹈也绝不是简单的唱唱跳跳，它们总是你中有我，我中有你，有机组合，无缝对接，共同为实现一台主题性晚会的功能服务。

湖湘情怀在全国视野下的鲜明表达。一台庆祝建党 90 周年的晚会，必然要有全国视野；作为卫星频道，在晚会中也决不能只表现地域性的人物和事件。但完全是全国视野，就会与央视晚会雷同，从而无法满足本土各界的期待。这似乎是一个两难。《风华正茂》恰到好处地处理好了这个两难。从“峥嵘岁月稠”“一万年太久”“数风流人物”（分别对应中国共产党成立后的革命、建设和改革开放三个时期）的晚会构思，从党的领导核心的突出，从串台词将“风华正茂”作为晚会关键词的贯穿，无不标识出编导宏观、深入的全国视野。而在全国视野下是灼热的湖湘情怀。这种情怀，完全不能只用湖南元素这样的客观语言来概括。它是贯穿晚会的主要内容线和情感线，是全国视野的具体化、形象化。在《追忆》之后，是主持人对毛泽东、何叔衡、刘少奇等湘籍创党、建军、开国精英的缅怀；在表现中国革命惨烈、悲壮的典型事件长征时，编导选取的是陈树湘（湖南人）率红 34 师的“浴血湘江”；在讴歌“两弹一星”精神时，编导从原子弹研制基地青海“金银滩”勾连到原材料（铀）采矿基地湘南“金银寨”；在唱到那些“怒放的生命”时，大屏幕上出现的是毛岸英、罗盛教、雷锋、郑培民等十多个湘籍英模；在讲述党的领导人握手的故事时，胡锦涛握的是袁隆平的手，地点在湖南；在向党表达祝福的诸多人士（有党员也有非党员）中，黄伯云、卢光琇、李自健都是湘籍人士……更不用说直接反映湖南现实生活的《湘江新韵》《热土潇湘》《你在我身边》了。

最能体现既有全国视野又有湖湘情怀的人物是毛泽东。晚会自始至终将毛泽东作为灵魂来贯穿，作为主脑来树立，包括了“风华正茂”的主题，三个篇章的命名，毛泽东和宋庆龄的握手，《浏阳河》的怀旧旋律，青年毛泽东艺术雕塑的深邃目光，电视剧《风华正茂》主题曲的宏大演唱等。

时尚元素对主题宣传的成功包装。《风华正茂》是一台主题晚会，其主题的严肃性、庄重性、宏大性是其主调。但这样的主题晚会是不是就只能高台教化、慷慨激昂？可不可以进行时尚化的包装与改造？从《风华正茂》的实践来看，是完全可以的，而且干得漂亮。就主持风格而言，何炅、曹颖抛弃了此类晚会最容易采用的朗诵体、话剧腔，而改用口语化、平民风的表达。就节目类型而言，既有悲壮凝重的《血染湘江》、正气凛然的《英雄赞歌》、激情洋溢的《湘江新韵》，也有活泼轻快的情境歌舞《我们共产党人好比种子》《学习雷锋好榜样》《挑担茶叶上北京》、动画风格的故事《追忆》、歌舞《热土潇湘》。从出场演员来看，既有毛阿敏、吴碧霞这样的女高音名家，也有韩红、汪峰这样的流行歌手，还有张杰、谭维维、黄英、翟孝伟这样的青春偶像。从舞美来看，主体设计大气、亮丽、时尚，辅助设计活泼可喜。总之，编导调动了多种手段，将一台主题性、政治性很强的晚会打造得时尚华丽、美轮美奂，不但悦耳悦目，而且悦心悦意，让人在热烈、愉悦的观赏中受到感动，获得教益。

（《文艺报》2011 年 7 月 20 日）

宫廷童话与青春白日梦

——新《还珠格格》观后

新《还珠格格》，其精神气质、其艺术风格，一如老版，堪称一部中国式的宫廷童话，或青春白日梦。在重重深宫中演绎的，是大胆想象的历史传奇；借阿哥格格们之口倾吐的，是一切时代的少男少女们都会喃喃念出的疯话、傻话、情话。但如果耐心一点，你将会在这部梦幻般的电视剧中，看到如此多的美丽、纯真、善良，看到自由的天性、平等的意识、美好的人性和感天动地的爱情。不管一些情节多么不可思议，剧中有两点是抓住了青少年的成长烦恼和心理渴求的。一是对严格规范的抵制、对压迫力量的反抗；二是对纯真爱情的追求。

小燕子误入宫廷，那自由不羁的天性是无论如何不会被消解和同化的，她对礼教秩序、森严等级的蔑视与反叛也是无论如何不会束手就擒的。在这样一种语境下，小燕子的一些可气又可笑的习性，便也是可以宽容和付之一笑的了。叛逆绝不只是小燕子一个人的性格，它是一切青年、弱势者、底层人物的共同特质。剧中表现的是群体性的、大范围的叛逆：小燕子、五阿哥、尔康、尔泰、班杰明，乃至温柔敦厚的紫薇、晴儿。他们抗皇权，违礼教，闯禁区，劫法场，亡命江湖，到最后有的人彻底弃绝宫廷，安身民间。凡此种种，尽管有时如同小孩的把戏，但仍然契合大多数人的青春记忆。至于爱情，这古今中外最难言说的神秘情感，更是该剧的核心情节。“情不知所起，一往而深。生者可以死，死可以生”（汤显祖）。爱情是不可以用理智、常规、世俗来约束的，至少在青春期是如此，至少在其第一次降临时是如此。身为皇室贵胄的五阿哥会那么不可救药地爱上大大咧咧的还珠格格吗？即使爱上，他会为她抛弃极有可能继承的皇位而远赴彩云之南吗？生于深宫的晴儿会死心塌地地跟着孤傲乖戾的箫剑男耕女织吗？身为老外的班杰明会君子般默默心仪小燕子但绝不逾越尺度吗？剧中表现的爱情，是其最美好的一面：纯洁、无私，面对责任勇于担当，面对危险挺身而出，面对误解无怨无悔，面对情敌磊落光明。于是，你也可以把新《还珠格格》看做一部古装言情剧。

需要特别指出的是，剧中的皇阿玛是一个琼瑶笔下的，或者说大多数青年人心中理想的父亲形象。他既严厉又慈爱，既要维护秩序与身份，又要保全那一群无法无天的孩子。他时时要讲妥协、搞平衡，但他本质上是慈爱、宽厚、善解人意的，是一个完美的父亲形象。剧中皇阿玛与紫薇、小燕子的亲情演绎，也是一个极大的亮点，其动人处，甚至超过爱情的表现。

为新《还珠格格》增色的，还有它美不胜收的画面和赏心悦目的服装。一直以来，画面的唯美和服饰的精致都是韩剧的优长，而成为国产电视剧的短板。但新《还珠格格》的出现，一洗一些国产电视剧的随意和不讲究，将画面、服装、影调的追求做到极致，与韩剧相比也毫不逊色。

总而言之，在新《还珠格格》中很难找到深刻的历史正义和宏大的史诗品格，但千万别把它看成胡编乱造的历史肥皂剧。它借古人的衣冠，演今人的情感；以虚幻的方式，折射人性的方方面面。面对生活的压力、成长的烦恼、爱情的折磨，人们，特别是青少年，需要这样的童话，需要这样的传奇，也需要这样的白日梦。因为，它引人向善，它给人抚慰，它养眼养心，它给人轻松与欢乐。

（《光明日报》2011 年 8 月 8 日）

填补空白，再现传奇

电影《通道转兵》的价值，至少体现在三个方面：

一是填补了红色题材创作的一个空白。随着重大革命历史题材影视剧的推进，中国革命史上的大部分重要历史人物、重大历史事件都陆续得到表现，有的还是反复的、多侧面的表现。但如此伟大、如此富有传奇色彩的中国革命，总有激动人心的历史时刻和历史现场还沉睡在那里，等待我们的艺术家去唤醒。“通道转兵”就是这样的历史时刻和历史现场。也许有关通道转兵的许多细节还有待历史学家去深入讨论，但恭城书院的那次中革军委会议可以作证，会后那封“万万火急”的电报可以作证，在 1934 年年底，在湖南通道，在中央红军生死攸关的历史时刻，的确发生了一起足以改变红军乃至中国革命命运的重大事件——通道转兵。这是地理的通道，更是历史的通道。没有通道的关键抉择，中央红军从瑞金走不到遵义，更走不到陕北。将这一事件搬上银幕，在全国重大革命历史题材影视剧创作中具有填补空白的意义，也进一步丰富了我省重大革命历史题材影视艺术的长廊。

二是为毛泽东的艺术形象再添新韵。在毛泽东的影视艺术形象中，数张克瑶、唐国强、古月、王霙等人的扮演比较成功。特别是唐国强在电视剧《长征》中的表演，形神兼备，耳目一新，为三四十年代的毛泽东形象的塑造树立了一个标杆。《通道转兵》中王晖扮演的毛泽东，虽然尚未达到唐国强的高度，但也把一个政治上处于低潮而忧心党和红军命运、虽疾病缠身心境沉郁但敢于挑战权威且极富军事洞察力的毛泽东形象表现出来了。片中毛泽东的所思所言、所作所为，无不标识出这是一个潜伏的伟人、一个注定要带领党和红军走出困境走向光明的领袖。无论对于毛泽东还是中国革命，一切的磨难都是暂时的，也是值得的，一切的苦难都导向了辉煌。

三是为通道作了一次艺术的推广。不可否认，地处雪峰山麓的通道县，犹如养在深闺人未识的少女，至今都并不太为人所知。电影《通道转兵》的拍摄，掀开了她神秘的面纱，让通道这个名字传遍中国，让通道在长征中、在中国革命史上的地位得以进一步彰显；同时，更通过多彩的影像语言，将通道的自然风光、独特民居、侗族习俗呈现在世人面前。借助电影的翅膀，一块大山深处的土地，得以灵动起来。无论如何，这都是一件有意义的事情。

（2011 年 8 月 5 日）

一个“弹孔”带来的惊喜

电视剧《弹孔》已经看了一段时间了，但它带给我的惊喜和享受如同醇香老酒，一直未曾消散。

这是一部谍战剧，这是一部红色谍战剧，这是一部很不一样的红色谍战剧。

不一样在哪儿？首先它一反近年来流行的红色谍战剧中我在暗处敌在明处的模式，变为我在明处敌在暗处。不是共产党打入敌人内部（剧情一开始也有打入敌人内部的，但旋即被破坏了），而是敌人打入红军内部；不是敌人疑我防我，而是我防敌人，且防不胜防；不是我地下党危机四伏险象环生，而是敌特身处险境如履薄冰。主客易位，攻防之势异乎寻常。这就让人有新鲜感。其次，它不是密室潜伏型的谍战剧，而是野外流动型。密室潜伏当然是谍战的常态。在这样一种类型的电视剧中，场景是相对单一而封闭的，要么是在敌人的首脑机关，要么是在特工总部，顶多再加上秘密联络点和住所，我特情人员与敌日日周旋，斗智斗勇。这样的影视剧当然有紧张感，能够抓人，但看得多了，似曾相识，也容易让人厌倦。《弹孔》却不一样，它将场景从敌特密室转换到了长征路上，从静态的重复性的室内周旋转换为大自然中流动性的殊死较量。不但画面丰富了、鲜活了，而且增加了大量可资利用的元素，可以移植的桥段。虽然移到野外，但由于石破天、宋英杰率领的这支部队是一支脱离了大部队的小分队，任务相对单一，行军线路也不复杂，所以它还是一种典型的戏剧环境，便于展开情节，层层推进。作者的这种设计，使我想起前南斯拉夫的著名电影《桥》。两者是一样的情节环环相扣，悬念自始至终，矛盾无处不在。真假难辨的身份追踪，明暗交织的力量抗衡，命悬一线的重重陷阱，让人高度紧张，欲罢不能。可以看出，编剧具有良好的戏剧功底和高明的编剧技巧，别出心裁而不逾法度，厚积薄发又竭力创新。

《弹孔》不但情节抓人，更成功的是塑造了一群如雕刻般个性鲜明的人物，尤以我方的石破天、宋英杰让人印象深刻。这是高度用心设计的一对人物，石是经历无数枪林弹雨的战神，有些野性，不按常理出牌；宋是地下斗争中成长的英杰，谍战经验丰富。他们一个团长一个政委，一武一文，一个勇猛彪悍豪放不羁但粗中有细，一个文质彬彬心细如发但柔中带刚，两人堪称绝配。但这一对绝配一开始却充满了矛盾。个性的差别，风格的迥异，来部队时间的早晚使他们的磨合无比艰难。更要命的是他们爱上了同一个女人——红星团军医春苗。面对战场与情场、敌情与爱情，他们既要在凶险的征途中互相扶持，又要在爱情面前各自维护尊严。但最终，他们尽释前嫌，高度默契，联手上演了一出荡气回肠的除奸保电台的大戏。《弹孔》中，不但我方的人物塑造得十分成功，其他如敌特头子徐恩铭和“青蛇”邢子玉，也都有棱有角，极有看头。

情节的奇巧和人物的出彩，这还只能让一部戏好看，真正让一部戏立于天地之间的是它的魂。《弹孔》有魂，这魂便是伟大的长征精神，便是共产党人的坚定信仰和高尚人格。为什么一支孤悬于外、外有敌人围追堵截内有特务暗下毒手的红军队伍能战胜重重困难追上大部队？为什么在艰苦卓绝的环境下红军能将本是国民党士兵、投降不投心的老魏感化过来？为什么深爱同一个女人的两个男人最终都在竭力成全对方？没有理想、信念、高尚的人格和博大的胸怀，他们如何能做到这一点！这种理想、信念、人格与胸怀，早已超越特定的意识形态，成为全时空、全人类的一种共通价值、普遍价值。从这个意义上说，《弹孔》已经超越了一般的谍战剧、商业剧，上升为一部有着崇高价值追求的主流大剧。

（2011 年 9 月 18 日）

乱花迷眼，喜忧交集

2011 年，中国影视处于新一轮增长周期的勃发期，像野草般疯长，像精力旺盛的青少年般冲动，像一柄磨光了的大刀四处飞舞，寻找削铁如泥的对象与感觉。但是，荷尔蒙冲动的结果，不全是快感，也有迷惘与困惑。可谓兴盛与危机同在，票房与泡沫齐飞。

电影继续着 2010 年的高歌猛进。全年出片 791 部，票房 131.15 亿元。新建影院 803 家，银幕 3030 块，是 2010 年新增数的两倍。但是，漂亮的数字掩盖不了真实的问题。一方面总票房迭创新高，另一方面没有几部影片赚钱，“二八”魔咒继续显灵：国产电影只有 20% 进入院线，上档国产片只有 20% 赢利，特别是大量主旋律影片和艺术电影票房惨淡；一方面影片产量全球第三，另一方面没有几部电影让我们打心眼里喜欢、佩服。2011 年有什么电影可以载入史册、可以让中国人产生荣誉感呢？没错，主流电影有《建党伟业》，艺术电影有《钢的琴》，小成本的《失恋 33 天》创造了票房奇迹，大制作的《金陵十三钗》也显出了那么一点国际范。但也仅此而已。大量平庸乃至低劣的影片充斥市场。总有一些影片在忽悠，但除了多赚三五两银子之外又获得了什么呢？总有一些人在各种电影节的红地毯上走秀，他（她）们走啊走啊，但除了自娱自乐外又走出了什么名堂呢？时下中国电影在国际上的声誉，甚至比不上 20 世纪 90 年代举步维艰之时。这其中人性人情的缺失、故事的支离乖谬、表演的苍白是主要原因。一些影片甚至构成了对观众智商情商的侮辱。

电视剧的情况与此类似，但又稍有不同。得益于各电视上星频道对剧类资源的血拼和视频网站急于取电视而代之的野心，电视剧的制作迎来了真正的黄金时代。海量的资金在进场，新的公司在不断诞生，做了三五年就想上市，但上市就要把量做起来，把业绩做出来。于是电视剧的产量猛增。2011 年超过 16000 集，比 2010 年多了 2000 集以上，继续保持全球电视剧生产第一大国的地位。到年末，因为“限娱令”的实施，多家卫视新开剧场或增加电视剧的播出量，估计 2012 年电视剧的产量还将大幅增加。与此相应的，是电视剧价格的飞涨，编剧、导演、演员片酬的飙升。泡沫就此形成，陷阱已然挖好。2011 年，各种类型剧争奇斗艳，各擅胜场。谍战剧传递着《风声》《风语》，翻拍剧充满《回家的诱惑》，穿越剧《步步惊心》，宫斗剧天天演绎着《美人心计》，家庭伦理剧最后总是《幸福来敲门》。当然，还有一大批红了或者没红的“红剧”。乱花迷眼的图景，显示的是电视剧从业人员旺盛的制造力和快速的应变能力。但如同全球开花的中国制造一样，繁殖能力虽强，创造力却不够，特别是原创严重不足。当然，尽管有这样那样的问题，不可否认的是，如今电视剧越来越好看了，制作水平越来越高了。假以时日，打退韩流，壮我“华流”，将不是单纯的梦想。

只是，无论影视，要想成为经典，征服人心，还得树立雄心壮志，尊重规律，苦练内功，提高品质。

（《金鹰报》2012 年 1 月 20 日）

一部向历史和伟人致敬的好电影

在当下的文化语境中，《毛泽东与齐白石》的调性与气质是独特的、稀有的。在票房的重压下，当下的中国电影已经大举沦陷。物质、欲望成了最大的主题，浮华、俗艳成了最鲜明的调性，技术、形式成了最大的价值。不少烂片，在资本、传媒、院线的联合操作下，一炮而红。烂到地老，红到天荒。烂片在狂欢，真正的艺术却向隅而泣。1980—1990 年代主流片、探索片、商业片多元发展的景观一去不返，只有市场片的一统江湖。在这样的背景下，《毛泽东与齐白石》的出现让我们有着完全不同的观影体验。这样一部主流艺术片，它的气质是从容、沉静、深情的。它没有奢华的服饰、玄幻的场景、古今中外的穿越、三观尽毁的台词，更没有雷到外焦里嫩的剧情。它只是在安安静静地讲述毛泽东与齐白石——两位同出湖南湘潭的巨人的相交、相知、相惜。

它不是“致青春”，而是一部向历史和伟人致敬的作品。

毛泽东、齐白石二人，一位是大政治家、大思想家、大军事家，也是大诗人、大学问家；另一位是诗书画印无所不工的大艺术家。此前他们虽为老乡，但一个九死一生闹革命，一个衰年变法搞艺术，其人生并无交集。在 1949 年前后这个中国现当代的特殊时期，在千年古都北平，却有了密集的交往。对毛泽东而言，作为一个雄才大略的领袖，与齐白石的交往，不可否认有天下归心的愿望，但也体现了敬老尊贤的传统哲学、与最杰出人物进行高端对话的人生快感。这在毛泽东率朱德、郭沫若宴请齐白石的一场戏中表现得何等精彩。齐白石用来包裹印章的一张废作，一牛、一枝叶茂盛的李树、树上五只鸟而已，却被毛泽东视为宝贝，精心收藏。展读之下，郭沫若读出了画中的“上五”之意，认为应该归他（郭沫若字“尚武”），毛泽东读出了“李德胜”（毛泽东转战陕北时的化名）之谐音，而当仁不让。最后毛泽东郭沫若二人联袂在画上题诗“丹青意造本无法，画圣胸中常有诗”（这又是临时化用苏东坡、陆放翁的诗句而用之）……似这等机锋迭出，急智频生，言笑晏晏，诗酒酬唱，端的是惠风和畅、宾主尽欢。我以为古之所谓兰亭雅集、曲水流觞，令后世心向往之的指数，也不过如此。对齐白石而言，一开始以画匠自视，相信共产党不会拿一个耄耋之年的老翁怎么样，但向来钱财看得紧的性格、国民党的挑唆，又使他对共产党是否会“共”他的产心怀疑虑，以至于深夜命人挖地窖藏宝。毛泽东对此心知肚明，但也并不着急，他派田汉、艾青、田家英传递信息，派徐悲鸿剖心交底，派工作人员为齐白石修缮漏屋，最后亲自出面，设宴于中南海丰泽园。一番倾心交谈，春风化雨，终于使齐白石疑虑尽消，认识到新中国的成立，不是一般的改朝换代，而是一个新的时代来到了，一个清明世界朗朗乾坤出现了。他是真正发自内心地认可了、接受了新政府和新领袖（当然未始没有得遇“明君”的传统文人心理），这才会有“已卜余年见太平”之感，才会送毛泽东“普天同庆”画作和“海为龙世界，云是鹤家乡”条幅，才会心甘情愿地把曾勒石宣示“凡吾子孙，不得与人”的上好砚台送给毛泽东。

这就是毛泽东与齐白石的交往，直接的见面虽然只有一次，书信往还和诗画馈赠却不曾间断，而心灵的接纳与交融更岂能以数量计。影片最后浓墨重彩地渲染了齐白石、毛泽东均晚年丧子的悲痛与惺惺相惜。齐白石一直远在老家的长子齐良元和毛泽东远赴沙场的长子毛岸英都在1950年去世，两人同时陷入巨大的悲痛之中。而毛泽东不但要隐忍自己的悲痛，还要关心、排解齐白石的悲痛，引导他从悲痛中走出，重新投入艺术创作之中。齐白石也的确在他生命的最后几年，达到了艺术与人生的新的高峰。

虽然《毛泽东与齐白石》是一部红色主流片，它的核心价值却一点也不是狭隘的革命，而是关乎平等、尊重、理解、和平、亲情这样一些普遍价值。它的艺术质量一点也不粗糙。不但唐国强（饰毛泽东）、刘子枫（饰齐白石）的表演是内在的、大师级的，片中的小人物也都表演得自然舒服。在摄影上，虽然全片基本上是人物不多的小场景戏，但拍得恢宏大气，影调与光线的处理极为细腻，富于节奏感和层次感：当新旧政权交替、齐白石前途未卜之际，影调是偏暗的、凝重的，一当共和国的阳光普照大地，影片的色调就明亮起来、轻快起来。影片的结尾也极富意味，从丧子之痛中走出的齐白石笔走龙蛇，两只和平鸽跃然纸上，它们与无数只和平鸽一起振翅翱翔于古老的紫禁城上，翱翔于千年古都北京。

翱翔的岂止是鸽子，也是两颗虽已远逝却永令我们怀念的伟大心灵。

（2013 年 7 月 15 日）

60 载沧桑史，三代人邻里情

——评广播连续剧《长沙人家》

对于当下的中国城市来说，急速变化的脚步已经让许多传统、美好的东西渐行渐远。其中特别明显的是两个，一是历史记忆，二是邻里情感。就前者而言，大规模的城市改造，不断的翻旧为新，已经让不少城市面目全非，城市的格局被重组，城市的记忆被打断。不要说几十年前的人找不到北，就是离开个三五年，再见时也有恍若隔世之感。当然对此我们很难做出简单的是非判断，它纠结着现代化与老传统、开化与保护、进步与守旧等多重矛盾。就后者来说，持续的拆迁，居住方式的改变，让过去办公居住合一的“单位”越来越少，几十年比邻而居的街坊也风流云散了，代之而起的是各种楼盘组成的社区。社区是天南地北的聚合体，典型的陌生人社会，即使门当户对，也可能从来不通姓名，老死不相往来，更谈不上亲如一家的邻里情了。

湖南广播电视台金鹰 955 电台播出的 12 集广播剧《长沙人

家》，就是一部在这样的背景下，记录并呼唤城市的历史记忆和邻里情感的作品。它以一条老街三户人家的三代生活为载体，展示了作为历史文化名城同时也是市井社会的长沙的多个侧面，呈现了流动而亲切的长沙记忆。在街道、建筑方面，有北正街、坡子街、中山路百货大楼、南门口、蝴蝶大厦、三角花园等；在市井民俗方面，有臭豆腐、童谣、牙粉、湘剧、长沙弹词等；在流行风尚方面，有二十世纪五十年代的《志愿军战歌》和《社会主义好》、六十年代的挖防空洞、“文革”和知青上山下乡、七十年代末的摆地摊、八十年代的喇叭裤和南门口夜市、九十年代的歌厅文化、新世纪以后的湖南卫视和“超女”现象等。很少有虚构文艺作品像《长沙人家》这样将所有故事发生的场景都标注为真实的地名。全剧既肯定了长沙的发展变化，又体现了对历史的尊重和留恋。剧中的第三代湖南大学建筑系学生溜溜要用摄影扫街来留住老长沙的记忆，伊伊用一曲咏唱长沙小街小巷的歌曲《长沙人家》参加快女比赛而晋级。所有这些，都反映了创作者在大变动时代里的文化定力和历史自觉。

邻里情感更是作者苦心经营的重点。王云成和邱云霞、华阳和聂维玉、老吴和于细芳，老一代的三对夫妻，自 1949 年就在一个单位工作（中山路百货公司），在一个院子生活（北正街吴家公馆），彼此之间有着复杂的情感纠葛、多样的个性禀赋，还有因出身、职位、思想认识不同而带来的诸多矛盾，但他们都有传统中国人一颗善良仁厚的心。他们磕磕碰碰几十年，有真诚关心，也有小算盘；有各种误会，也有冰释前嫌；有欢笑，也有泪水。但没有恶斗，没有分崩离析。他们的后一代，经历了“文革”的磨难和七八十年代的“人艰不拆”，分分合合，恩恩怨怨，也终究维系了小院子传承的那份情感和友谊。虽然外面的高档楼盘一个接一个冒出来，北正街最后也免不了要拆迁，但他们都舍不得离开这里，舍不得老街坊。

这样的邻里生活虽然基本上不可能再现，但值得永远留存在我们的记忆里；这样的邻里情感虽然并不是完美无瑕，但在越来越陌生化、功利化的当下，将越来越显现它弥足珍贵的价值。

在艺术追求方面，《长沙人家》继承了《茶馆》开创的伟大传统，用小人物命运反映大时代变迁，以小场景矛盾聚焦大世界风云。剧中三个家庭三代人物，尽管有南下干部，有资本家后代，有造反派司令，有电视台导演，但说到底，都不是什么大角色，也没有干出惊天动地的大事业，相反更多的是普通的商店营业员、摆地摊的、炸臭豆腐的，但他们身上，折射了共和国从长沙和平解放到新世纪头十年这六十多年的历史变迁，举凡抗美援朝、公私合营、思想改造、蒋介石“反攻大陆”、“文化大革命”、上山下乡、思想解放、全民经商、台胞回归、旧城改造等共和国历史上的重大事件，几乎都有体现。这些重大事件的体现，并不是外在的、生硬的，而是融入每个剧中人的经历和命运中，集中到百货公司和吴家公馆这两个主要的戏剧场景中，呈现出鲜明的长沙特色。这种家国同构、人与时代合体的创作路数，体现了作者的艺术功底和创作雄心，也使全剧产生了极大的戏剧张力。在二度创作方面，该剧十分注意环境氛围营造，演播者对角色把握到位、处理细腻，让我们不知不觉走进了老长沙，沉浸到剧中人的生活场景与情感世界。

尽管与《茶馆》《四世同堂》《芙蓉镇》《乔家大院》这些同类型名著相比，《长沙人家》在细节的展开、情感的铺陈等方面，还让人不太满足（特别是后半部分），但它终究不失为一部带有经典意味的优秀作品。

（2014 年 6 月 11 日）

因为失魂，所以招魂

——杨蔚然小说《失魂记》读后

杨蔚然是个资深的文艺青年，也是湖南文艺圈的达人。他玩音乐，搞策展，拍电影，写小说，保持了对文艺、对创作持久的热情，也释放出一波又一波的活力和创造力。2014 年他出版的长篇小说《失魂记》，就是这种创造力的一个新佐证。

这部小说在三个层面上抓住了我。

首先是故事。小说有悬疑、有商战、有情爱、有凶杀，有谜中谜、局中局、案中案，有一部畅销小说的几乎所有元素，非常抓人。前面的节奏稍微差一点，读到后面叙事的节奏、火候的把握越来越好，让你欲罢不能。显然杨蔚然不再像他以前的创作那样玩虚的，耍文艺腔。他写的是一部有卖点的书，想让人读下去的书。

其次是它的叙事。我读到了何顿式的叙事，读到了很多网络小说的叙事，书中有很多世俗的狂欢、浮世的描绘；我也读到了一些先锋小说的叙事，还有那么一点村上春树的味道，特别是到后面，故事之外的哲思和带有痛感的宣叙经常会击中你。你会觉得它的叙事有点酷，但这是精心营构下的漫不经心；有点冷，但是冷的下面有颗热心肠。我很喜欢这样的叙事。

最后，也是最重要的一点，是这部小说的意味。悬疑只是它的壳，叙事也只是表象，悬疑性叙事后面的社会、人生、人性才是它真正要表达的。

小说描写的是 2001 年到 2010 年这一时期长沙社会的某一种生活，里面主要的东西我们都非常熟悉，那些酒店、宾馆、酒吧、歌厅、餐厅、茶楼，那些男欢女爱、商海求生、钩心斗角，一个个公司办起来又都垮掉，一对对男女泡在一起又反目成仇。这样的事情我们见得很多。但这并不是它的核心，它的核心是写了一个失魂落魄的时代、一群失魂落魄的人，这才是它真正要表达的，也是真正打动我的。

小说人物不多：主人公刘友友，香港来投资的老板庄学忠，依附这两个男人的葛曼丽、莎拉，还有那个杀人犯阿球。这群人，表面上很亲密，经常一起吃吃喝喝，谈情说爱也谈生意经，但实际上，充斥其中的是泡与被泡，玩弄与被玩弄，算计与被算计。他们天天人五人六、忙前忙后，实际失魂落魄。小说中有个细节让我印象深刻：一次刘友友、庄学忠、葛曼丽、莎拉吃喝之后，刘提议在酒店开房休息，但只开两间。那时刘和莎拉已经在一起，庄苦追葛而不得手。四个人开两间房，地球人都知道那意味着什么。葛不愿意，向刘友友求救，做出嘴巴一张一合的动作，刘读出那是在无声地呼喊“我怕，我怕……”，但刘为了与庄合资开餐馆，赚庄的黑心钱，故意装作不懂，等于眼睁睁看着葛掉入火坑。是夜，庄终于得手，葛成了他的二奶，最后终于招致杀身之祸。而刘友友尽管后来良心发现，可他一开始也不是什么好东西，他对女人薄情寡恩，遗弃患有残疾的亲生儿，处心积虑赚不义之财，葛曼丽的死他要负很大的责任。用小说中一个小标题概括的，这是“凌乱的社会凌乱的人”，也就是长沙话所说的，“稀下的社会稀下的人”。

刘友友等人的失忆、失魂是一个隐喻，是 20 世纪 90 年代到 2010 年前后整个中国的缩影。这二十年是当代中国发展最快速的时期，也是最眼花缭乱的时期，最欲望爆炸的时期，最无耻无畏、无底线、无操守的时期。这二十年，是如狄更斯所说的“最好的时代”，也是“最坏的时代”。现在回过头来想，这二十年成就很辉煌，发展很快速，但是很多的规则、底线、节操几乎都失守了。很多的官员，很多的商人、男人、女人在这个时代都迷失了，灵魂都丢失了，失魂落魄了。这是改革开放以来贪腐盛行的时期，如果中国社会按照这一段时期的状态发展下去，它会是什么样子？十八大以后，新的执政团队断然出手，先以一种强启动的方式定规立制，继以渐入但决绝的方式刮骨疗毒，改变了中国社会的走向，形成了完全不同的新常态。反腐、八项规定、群众路线教育实践、核心价值观、依法治国，次第展开，取得了看得见的成效，使我们对比此前的中国，有恍若隔世之感。《失魂记》在价值层面上，和中国主流社会的努力方向是一致的。习近平总书记要为失魂落魄的中国找回灵魂、找回价值。这部小说以文学的方式，为刘友友这样失魂的人喊魂、招魂，呼唤魂兮归来！所以这是一部非常有批判性的作品，非常有理想、有价值、有人文关怀的作品，它呼唤人性的价值，价值的回归！

当然《失魂记》并非完美无缺。有些叙事特别是语言过于粗糙，缺乏打磨；有些情节设置不够合理，展开不够；用了太多长沙方言，又怕读者不懂，只好用浅近的语言去解释，似乎不是最佳选择。但完美的作品难求，《失魂记》的批判性和理想主义让它在当今的长篇小说之林显露出独特的价值。

（《创作与评论》2015 年第 14 期）

最是深情能动人

关于《大地颂歌》的成功可以从多个维度去解读。在我看来，真挚、深厚、浓烈的情感性，是这部作品最显著的特征之一。几乎每一个观看过该剧的观众，都会情难自抑、热泪盈眶，并且在走出剧场后还久久不能平复。

《大地颂歌》深度表现和开掘了多重情感：

共产党人对贫困群众的感情。以龙书记为代表的扶贫干部，扎根在十八洞村等穷乡僻壤开展脱贫攻坚，一待数年，没有对老百姓的真情实意、深情厚谊，是坚持不下去的。精准扶贫，本来就是共产党以人民为中心理念的具体体现，是人民至上情怀的生动实践。无论是“我要努力改变这里，我要改变贫穷往昔”的“使命”，还是“有我一把米，就有乡亲们一碗饭！我们大家有福同享，有难同当”的“承诺”；无论是带领大家“跟贫穷干一仗！搞起！”的奋斗，还是自己垫钱支付工程款、关心小雅学习、救治小雅奶奶身体的点滴行动，都强烈地灌注着共产党人对贫困群众发自内心的深情。为了扶贫，他们在“毒辣的太阳，刺骨的寒风”中一刻不停，在“颠倒的昼夜、轮转的季节”中一刻不息，即使面对“冻烂的手指、虚弱的心脏”也毫不在意。什么是共产党人？共产党人就是看不得老百姓受苦、一条被子要剪一半给老百姓的天使，就是“一句承诺，白首不移”的赤子，就是贫困群众一起奋斗、不脱贫不脱钩的实干家。

人民群众对扶贫人、对共产党的感情。百姓心中有杆秤，人心是被焐热的。付出多少真情，才会得到多大认同。剧中的龙书记，作为共产党人、扶贫干部的代表，在十八洞村经历了一个从隔膜、质疑、误解，到被接纳、信任和敬重的过程。为了脱贫攻坚，他熬白了头发，苍老了容颜，但也收获了乡亲们最深切的爱。正如石大姐所说，“一晃七年了，你和扶贫队把这里当成了自己的家，操了多少心、受了多少委屈啊！你把命都差点交到这里了！我们全村老老少少都记在心里啦。”正是因为人民群众对龙书记、黄诗燕、王新法、蒙汉等无数的共产党人的信任与感激，剧中最后一幕《吃水不忘挖井人》的歌声才那么自然感人：“从小爷爷对我说，吃水不忘挖井人，曾经苦难才明白，没有共产党哪有新中国。从小老师教我唱，唱支山歌给党听，几经风雨更懂得，跟着共产党才有新中国。”这是一首老歌，更是一个巨大的隐喻，其基本句式是可以复制下去的：没有共产党哪里有脱贫攻坚的伟大成就！跟着共产党才能有幸福山歌的汩汩流淌。

艺术工作者对扶贫干部、对人民群众的感情。以情动人永远是艺术创作的不二法门。创排扶贫戏剧，首先当然要有对党的扶贫政策的了解、对扶贫案例和数据的收集，但这是远远不够的。创作者必须怀着对投身于贫困山村的扶贫干部和努力改变自身命运的父老乡亲的深厚情感，才能写好戏，排好戏，打动人。先感动自己，才能用艺术的方式感动观众。《大地颂歌》剧组先是到十八洞村等扶贫一线深入生活，亲近扶贫干部，俯身大地山河，他们显然是被火热、生动、悲壮的脱贫伟业感动了，又竭尽所能将这种感动传递给观众。这集中体现在《大地赤子》《幸福山歌》《夜空中最亮的星》等幕戏中。《大地赤子》是一曲真正的扶贫人颂歌，是全剧的情感爆发点。要奋斗就会有牺牲，脱贫攻坚这场前所未有、世罕其匹的伟大奋斗，是多少人的牺牲铸就的，这样的牺牲应该铭记、值得歌颂。全幕用牺牲者亲人深情的告白加“大地赤子”的主题合唱予以铺排、渲染，使人潸然泪下、深深共情。“等到山花烂漫，我会看到你；待到燕子归来，我会看到你”“等到冬去春来，我会看到你；待到繁花似锦，我会看到你”的反复吟唱，让人们的情绪达到高潮。这是灵魂的洗礼，这是神圣的庄严。在《夜空中最亮的星》一幕中，创作者们用一曲纯粹动人的儿歌旋律和变化多端的动作组合，表达对留守儿童的怜惜与呵护。留守儿童的心灵，纤细、敏感、脆弱，很多时候，他们孤独无依、退缩不前，需要“夜空中最亮的星”来指引他们，给他们坚强和勇气，给他们希望和力量，让他们勇敢地长大，无畏地前行。无论是龙书记还是王老师，就是这样最亮的星星。在《幸福山歌》一幕中，脱了贫的男女青年们憧憬着美好的爱情和幸福的生活，他们用《马桑树儿搭灯台》的婉转、

《思情鬼歌》的奔放和《苗岭连北京》的喜悦——这是湖南几首著名的民歌代表作——尽情释放着爱情之美、劳动之美和生活之美，表现了从自在到自为、从蒙昧到解放的人性之光。从这样的美与光中，我们能感受到编导演员们和脱贫乡亲们的心灵相通和情感共鸣。脱贫攻坚最显著的效果，不仅是生活的提升，更是心灵的自由与解放。

最是情深能致远，最是深情能动人。

现实题材的主题性创作打动人心不容易，为什么《大地颂歌》能做到这一点？这是因为该剧的组织者、创作者们懂得并且尊重艺术规律，具有高超的艺术手段。面对扶贫题材的诸多要求和规定，他们坚持不做概念演绎，而是塑形传神；不去照搬生活，而是艺术提炼；不搞铺陈罗列，而是聚焦于人——人的情感、人的命运。作为一部综合舞台艺术作品，创作者们运用包括舞蹈、歌曲、讲述、视频、字幕等多种手段，来实现以形传神、以情动人的艺术效果。特别是音乐，是全剧中最为出彩的。《故土难离》《根在土地》《做个好梦就回家》《夜空中最亮的星》《一步千年》《来不及说爱你》《大地赤子》《万语千言》……仅从标题上，我们就能感受到创作者对土地、儿童、扶贫干部、人民群众的深情，更不用说那些深沉优美的旋律、一唱三叹的歌咏，辅之以走心动情的表演、美不胜收的舞蹈和美轮美奂的舞台，使这台演出达到了近年来主题演出的罕见高度，堪称名副其实的优秀大型史诗歌舞剧。

（《湖南日报》2020 年 10 月 16 日）

《大地颂歌》：舞台艺术创作的重大创新

以脱贫攻坚伟大实践为叙事主体的大型史诗歌舞剧《大地颂歌》，于2020年9—10月在湖南演出多场、获得重大成功后，近日晋京演出。这部人人为之感动并交口称赞的作品，是近年来湖南乃至全国舞台艺术的一部重大创新之作。

创新之一：聚焦与发散的完美统一

《大地颂歌》开宗明义，以湘西花垣县十八洞村为主要表现对象。作出这样的选择是必然的。这不但因为十八洞村是习近平总书记“精准扶贫”重要论述首倡地，还因为7年来，十八洞村的精准脱贫实践极具特色，其脱贫效果在全国十分突出，真正蹚出了一条不栽盆景造实景、可复制可推广的脱贫之路。剧中，扶贫工作者的代表龙书记、老村长，脱贫群众代表廖天保、田二毛等重要角色，都可以在十八洞村找到原型；种植猕猴桃的产业扶贫探索、脱贫又脱单的欢快场景、欢送扶贫队长参加新中国成立70周年庆典的喜悦时刻，都是十八洞村发生过的真实故事。但是，如果舞台上仅仅限于十八洞村，又是远远不能反映这场史无前例的脱贫攻坚的复杂性、丰富性和壮阔性的。因此，该剧大胆地把笔墨从十八洞村荡开来，把场景和人物从十八洞村移开去，讲述了发生在湖南其他地方许多富有样本意义的扶贫故事。例如，第三幕《夜空中最亮的星》表现的是泸溪县的教育扶贫经验；第四幕《一步千年》的易地扶贫搬迁图景主要不是发生在十八洞村；第六幕《大地赤子》歌颂的是倒在脱贫攻坚战场上的炎陵县委书记黄诗燕、石门县薛家村扶贫义士王新法、沅陵县委书记蒙汉——他们是全国1000多名扶贫牺牲者的代表。令人称奇的是，《大地颂歌》的这种叠加与杂糅，一点也没有生硬感与违和感。

以湘西之事讲湖南、以湖南之事讲全国，《大地颂歌》的大胆尝试，使全剧既深深开掘了十八洞村这口深井，又宏观展示了中国扶贫伟业的波澜壮阔；既有特定性，又有广谱性，实现了点与面、聚焦与发散、浓缩与展开的完美统一。

创新之二：多种艺术手段的自由运用

舞台艺术本来就是综合艺术，视听时代的舞台艺术创作，有着更多的艺术手段和媒介形态可以运用。在这一点上，《大地颂歌》不拘一格，综合运用了多种舞台艺术手段：它有话剧的底子，剧中的台词非常多而且颇见功力；它有音乐剧的追求，剧中的许多唱段十分精彩，《夜空中最亮的星》和《大地赤子》两幕还用了多形式的轮唱和繁复的咏叹来强化表达；它有舞剧的风格，既有功能性鲜明的群舞，又有抒情性强烈的艺术化舞蹈。它借鉴了电视的优长，巨大的液晶屏幕的使用，让舞台天幕呈现出苍山如海、大地辽阔、苗寨古朴等具有极高清晰度和冲击力的美景，使人不能不对美丽的祖国心生热爱和感动，产生一种崇高感。恰到好处的视频和字幕，也增强了舞台的表现力。

《大地颂歌》还有一个显著的特点，就是既新创作了不少艺术水平很高的歌曲，又大量采用了脍炙人口的湖湘音乐经典。前者如合唱《故土难离》《根在土地》《奋斗之歌》、主题歌《大地赤子》、咏叹调《万语千言》；后者如《又唱浏阳河》《马桑树儿搭灯台》《思情鬼歌》《苗岭连北京》。这些湖南人耳熟能详的音乐经典，极大地艺术化了本来有可能比较工作化、政策化的戏剧内容，丰富了舞台色彩，带来了沉浸式效果。此外，《我们共产党人好比种子》《在灿烂阳光下》等经典老歌的运用，也十分贴切，焕发出新的生命力。

博采艺术精华，广纳八面来风，是《大地颂歌》迈向艺术高峰的重要保证。

创新之三：文化湘军的强强联手

这是在艺术创作组织上的重大创新。在中共湖南省委宣传部的强力统筹下，《大地颂歌》集聚了文化湘军的优势资源，形成了强大的核心支撑与后援力量。湖南省演艺集团、湖南广播影视集团、湖南出版集团等各路“湘军”，历史性地为了一部舞台艺术作品而深度汇聚在一起，有人出人，有钱出钱，有力出力。从北京到湖南，从湖南广电到湖南演艺，一批顶流的艺术精英，遵从内心的召唤，投身到这一足以载入史册的艺术创作中。为了让这部作品经得起实践、群众和历史检验，组织者和艺术团队深度体验生活，多方征求意见，反复修改打磨，精益求精，使其日臻完善。值得一提的是，湖南广电充分发挥头部优势，不但为这部作品贡献了一位总导演，而且把何炅、谷智鑫、张凯丽、万茜、廖佳琳等这些影视明星和流量担当吸引进来，既厚实了演员阵容，确保了演出质量，又有效扩大了该剧的吸引力，提高了社会大众的关注度，使一部舞台剧产生了破圈和外溢的效果。

可以说，《大地颂歌》的成功，不仅是舞台上的成功、艺术上的成功，更是新时代舞台艺术精品创作理念、组织方式的巨大成功。

（《文艺报》2020 年 11 月 9 日）

02 第二辑

“我将把一生献给马克思”

——北大教授董学文的信仰追求

夜阑人静。

一位来自燕园的年轻人，握着家住城里的老学者陆梅林的手，在分别时庄重地发誓：“我将把一生献给马克思！”

他叫董学文。其时：1978 年初秋。

董学文祖籍河北，1945 年出生于白山黑水间的吉林市。对他们这代人来说，其成长史几乎就是年轻共和国的历史。他们与共和国一道欢欣、奋进，一道狂热、哭泣，也一道反思、成熟，如今人到中年，可谓百感交集。但是，儿时的记忆难以忘却，五十年代的乐观、明朗和奋发向上，成了他们一种不可重复但也无法抹掉的原始记忆，给他们的一生打下了深刻的烙印。对马克思主义的信仰，对中国共产党的感激与崇敬，对理想的追求与献身，成了董学文的人生基调。

1964 年，董学文以优异成绩考入北大中文系。他以坚韧、无私、勤劳和务实的精神，圆满完成学业。

“文革”后期，已经留校任教的董学文带学生到北京门头沟煤矿进行写作和实习，结识了一位采掘队长。他是个共产党员，憨厚朴实，没日没夜地忘我工作，可他家里一贫如洗，连块炕席也是破的，这给了董学文极大刺激。此前不久，他为写《张思德》一书，曾带学生去陕北农村采访，见到了一位村党支部书记。这是个老红军，当初如果随大军过黄河，只要没牺牲，如今肯定是高干。可他留了下来，在基层一干就是几十年。他穿着足有几十块补丁的衣服，以一盆煮土豆招待这些来自北京的“作家”。嚼着那缺油少盐的山药蛋，董学文强烈地感受到了中国农村依然存在着的贫困现象，也感受到了一个真正共产党人的精神。许许多多刺激使董学文产生了一种憎恨，一种鄙视。他憎恨官僚主义和腐败现象。他痛恨那些以权谋私、挥霍人民血汗的人。他鄙视的是学术界个别人的贵族意识、“精英”气质。在他看来，当全国绝大多数人为温饱而苦斗、为小康而奔波时，一些人以贵族主义的冷淡与傲慢远离人民与生活，玩文学、玩学术、玩人生，不啻丧失了创作良心与学术良心。与此相反，他经常自觉地以工人阶级意识和党员标准来改造、要求自己。

董学文确立了这样一种学术精神：为人生而学术，崇实去虚，不做名士，不谈玄理，不当“精英”，不赶潮流。

1979 年，已过而立之年的董学文考取北大一级教授、我国老一辈文艺理论家杨晦先生和当时中文系文艺理论教研室主任吕德申先生的研究生，开始系统攻读马克思主义经典作家的著作，立志深入钻研马克思主义文艺学。三年期间，他通读了《马克思恩格斯全集》《列宁选集》，广泛涉猎梅林、拉法格、普列汉诺夫、卢森堡、蔡特金、卢卡契等人的著作，对康德、黑格尔等德国古典美学家的著作，欧文、圣西门、傅立叶等空想社会主义者的著作，以及亚当·斯密、大卫·李嘉图等经济学家的著作都细细研读。他的硕士毕业论文《马克思的“艺术生产”概念及其理论》，是我国文艺学界第一篇系统研究“艺术生产”理论的论文，发表后被收入多种马列文论教材和论文集。他的二十多万字的专著《马克思与美学问题》被列为北大“文艺美学丛书”首种，出版后，以其海水煮盐式的深入开掘、独特的视角与充满激情的文字，引起美学同行的广泛重视，该书荣获北京大学首届科研成果著作二等奖。至此，人们终于发现，马克思主义文艺理论研究队伍中的一颗新星已经冉冉升起。研究生毕业后，董学文一直担任马列文论、西方当代文艺思潮和马克思文艺理论发展史等课程的教学工作，同时，孜孜不倦地继续钻研马克思主义经典作家的文艺美学思想，陆续发表一批高质量的学术著作和论文。董学文以理论实绩吸引着越来越多人的目光。

董学文为什么选择了走研究马克思主义文艺学这条道路呢?

马克思主义作为一种科学理论，一种真理体系，曾经激励、启发了旧中国无数进步知识分子，更成为新中国一代人的精神支柱。而今，怀疑马克思主义几乎成为某些人的普遍心态，经常有青年学子怀着各种各样的心情同董学文探讨马克思主义的真理性及对待它的态度问题。董学文的回答是沉稳、坚定的：信仰马克思主义，宣传马克思主义。经历、教育和思考都使他作出这样的回答。为此，他和他们常常争论得面红耳赤。这些学子离开他家时都说："他真信！"是的，马克思在董学文那里不是一种招牌、一种权宜之计、一种猎取名声的护身符，而是一种理性的选择、精神的追求。

1986 年，董学文联络北京理论界、批评界、音乐美术界的部分中青年学者和艺术家，成立了"马克思主义美学沙龙"。1991 年 3 月，他又和其他几位同志发起成立"首都高校中青年马克思主义研究会"，以军团的势态，大张旗鼓地宣传马克思主义。

在他的学生们眼中，董学文是信仰坚定、身体力行、一以贯之的共产党员。

时间已证明董学文当年的誓言并不是一时冲动。董学文现在是中国作家协会会员、全国马克思主义文艺理论研究会理事、北京大学校务委员、全国哲学社会科学"八五"学科规划组成员。他以成果丰硕、著述如林（五百多万字的著译），成为全国瞩目的年轻教授，被授予国家级有突出贡献的中青年专家，并获全国高校优秀思想政治工作者称号。

1991 年，董学文还荣幸地受到中共中央总书记江泽民的邀请，参加了在中南海举行的文艺界知名人士座谈会。

（《支部生活》1992 年第 12 期）

粉墨中青春常在

——访湘剧演员贺小汉

初寒时节，贺小汉带着改编传统戏《白兔记》和折子戏《拜月》《双下山》来到北京进行专场演出。这位湖南省湘剧院的中年演员从艺近30年，创造了十余个脍炙人口的角色，戏路宽广功底扎实，德艺双馨。在近日举行的贺小汉演出专场座谈会上，记者采访了她。

记：开个玩笑，你的名字多少有点像男性，而你的言行举止，也确有男孩子气，这不禁使我联想到了你的舞台形象……

贺：很多人都注意到了我的这个性格特点。事实上，我小时候曾经像个假小子，上树捉鸟，下河摸鱼，在男孩子堆中厮混，很少有传统意义上的闺秀气。也许因为这个原因，后来我学戏时便主攻花旦，兼习刀马，进而饰演娃娃生，总之大都是那种聪明伶俐、活泼调皮的角色。我塑造这些“少男少女”，力图把握住他们共同的特质：善良可爱，富于正义感和同情心。但可爱又有不同的表现形式，像

《白兔记》中的小将军偏重于表现其天真无邪和至善之心，《拜月记》中的蒋瑞莲侧重于机灵顽皮，《断桥》中的青儿则主要是疾恶如仇，把握了这些具体的性格特征，才能塑造出栩栩如生的人物形象。

记：1986 年到香港，你和左大玢、李开国主演的《拜月记》曾引起轰动，这次又知难而上，饰演“小将军”。据我所知，“小将军”唱主角的“打猎”“回书”，在昆曲等南戏剧种中都是名折，湘剧也高手辈出，你是怎样接受并塑造这一角色的？

贺：首先，因为我演娃娃生较多，又天性好动，导演觉得我是“小将军”刘承佑较合适的人选；其次，正因为那么多前辈先师塑造过“小将军”一角，成为南戏的经典形象，才更有必要继承整理，使之重现光彩。湘剧从李芝云到吴绍芝、从陈剑霞到王玲芝等，都曾以各自的精湛技艺，创造了一个又一个“小将军”，倾倒了一批又一批观众。我有幸受过陈剑霞先生的指点，但考虑到自己的身体条件，我在饰演这一角色时着力突出他的“小”字，重新组织和提炼自己所掌握到的各种演技，把他在不同人物关系面前的喜怒哀乐予以“娃娃化”，并且有意识地加进一些话剧表演手法，让观众有新的审美印象。

记：你这种选择很聪明，可谓扬长避短。但这样一来，是否会影响严谨的古典戏曲表演规范呢？

贺：你说的有道理，在表演功夫方面，我的确赶不上前辈。不过我对规范有一点自己的理解。我觉得艺术创造主要还是应从人物的性格和情感出发，掌握程式又超乎程式，而不可过于拘泥。许多前辈创造角色时都有其特定条件，我们为什么不可以根据自己的特点探索新的表演方法呢？我饰演的“小将军”，不以纯粹的功夫取胜，而是抓住人物性格，加强情感表现，因而拨动了观众心弦，获得了观众的认可。

记：在这次带来的几个戏中，你饰演的似乎都是配角……

贺：我觉得，主角、配角也只是一般意义上的，其实好多戏配角起了很大作用，有时虽然场次不多，给人的印象反而比主角深刻。例如《拜月记》中的妹妹，是使全剧在舞台上生动起来的关键，观众都反映她和姐姐王瑞兰都是主角。何况就演技而言，主角、配角的区别是无所谓的。

记：看得出来你是个有思想有追求的演员。听说你 1990 年曾进入中国戏曲学院导演班学习，这次又担任了新编历史剧《唐太宗与魏徵》的副导演，能谈谈你这样做的动因吗？

贺：几十年演员生涯，使我认识到高度的文化修养和深刻的表演理论对一个演员是多么重要。过去有些演员仅靠传帮带，演技很好，可惜文化修养太低，于表演理论也所知甚少。我下决心摆脱这种状况，在领导的支持下，我于 1990 年开始学习导演，从李紫贵、朱文相等先生那儿学到了许多东西，从话剧导演那儿也受到不少启发。担任《唐太宗与魏徵》的副导演，也是为了更好地学习导演技巧和表演理论。不过，我总觉得舞台艺术是年轻人的艺术，一代观众需要一代演员，舞台上需要让青年演员冒出来，他们代表了戏剧的未来。

（《求索》1992 年第 6 期）

走出城市

——读 1992 年湖南省青年文学奖得主王开林

走出城市，回到岛上，

小憩或者沉思。

——《远方的岛》

散文的复苏是九十年代中国文坛最引人注目的现象之一。在这股勃然而兴、汹涌而至的散文潮中，现代名篇佳作的朝花夕拾、港台及海外散文的持续鼓荡、大陆新锐的异军突起，构成三种主体景观争奇斗艳，各擅胜场。其中，潇湘秀士王开林以其空灵的意境和深邃的运思独标一格。经过多年艰苦的修炼，他已豁然出道，从嫩箨香苞，而郁郁成林。

二十余年前，王开林出生于湘楚名城长沙，这似乎预示着他必将以屈原般的忧怨和贾谊般的才调驰骋文坛。不幸，因为出身问题，三岁那年，他就随父母和两个姐姐下放到湘北苦寒之地——华容。在那里，他度过了苦难的童年，缺吃少穿，风侵雨袭，家境凄惶；父亲一无所长却又脾气暴躁，邻舍孩子很不友好，恶狗也参与其中：六岁时他曾被咬得奄奄一息……在这样的肉体和精神皆被放逐的黯淡岁月中，母亲的慈爱是唯一的慰藉，可是天道不公，连这样的慰藉也不能长久。九岁那年，母亲年刚五十，就此撒手归西，这猝然来临的灾难给他带来了巨大的打击和无法磨灭的创伤。他描述当时那种天塌地陷般的痛苦，“我大恸不止，竟至哭昏在她的坟头”（《雨雪霏霏》）。在以后踽踽而行的人生苦旅中，母亲成了他无时不在的倾诉对象和守护之神。

正是这种怆痛的童年记忆使王开林染上了一份深深的忧郁与孤独。尽管他后来回到了长沙，接着又考上了未名湖畔的那所著名学府，毕业后成为《湖南文学》的编辑，学习写作并小有名气，可是生性忧郁、雅好沉思的个性特征已经铸就，再也无法改变了。正是这一点，使他在散文创作中，以相当多的篇幅展开了对城市生活的批判。

随着商品经济大潮的到来，我们的社会似乎进入了一个实利主义时代。人们忙忙碌碌，东奔西走，仿佛目的就是获取钱财。物质欲望追逐冲击着终极关怀。城市化似乎成了不可逆转的趋势，不少人带着淘金梦来到城市，却在城市中沉沦。开林曾经强烈渴望回到城市（《雨雪霏霏》），他也的确成了一个城市人，但他为此深感痛苦。他深居简出，只在夜阑人静时独登高楼，眺望城市的阑珊灯火，只有在这时他才心如止水，才能开始运思与批判。这种运思与批判在如下三个方面展开。

首先，城市人在某种程度上不由自主地卷入了利益追逐之中。“在城市里，正有激烈的角逐和畸形的世态演化到无法收拾的地步。参与者是不幸的，见证人是痛苦的。人类在生存和生活的旋涡中挣扎，侥幸上得岸来，也仍是惊魂不定。”（《远方的岛》）面对这种情况，城市人欲罢不能，物质的车轮飞旋，虽使你如牛负重，却也维持着你的运转。这是一种陀螺般的生活，你诅咒着头顶的鞭子，同时又祈福于头顶的鞭子，因为它一旦停下来，你就会很快失去生机，消失在某个角落里。

其次，比起乡村生活的天人合一，城市生活确乎有更多的疏离与掩饰。“我生长在城市，远离真实的大自然，虚伪的气息使我的心灵日渐萎缩，难以舒展。”（《远方的岛》）人们似乎都戴上了面具，在一场巨大的假面舞会中走来走去，虽然摩肩接踵，但互不交往。他们“将自己装在套子里，将套子装在盒子里，将盒子藏在箱子里”。这样一种现代套中人的生活，使作者陷入了深深的困惑与自责，他毫不留情地反思自己：“从何时起你开始戒备，开始设防，开始构筑一座深深的城府？真情流失了，你不再可惜；朋友走散了，你不再痛心。你嘴角多了几撇世故的冷嘲，你在面具下生活，阳光已无法透射到你的心底。”（《握住自己的手》）

再次，城市生活也是机械的公式化的。“我每天顺利地进入公式化的生活程序：走上楼梯又走下楼梯，躺倒又起来。离开与返回之间，只有岁月匆匆流失。”（《远方的岛》），人们只要凭着聋子一般的经验和瞎子一样的熟练，便可重复单调的工作。在这样的生活中，人沦为芸芸众生中的一分子，毫无独特性可言，也毫无诗意可言。

开林对城市生活的批判或许有其偏颇之处，事实上，从历史主义的角度来看，人们有理由认为城市生活优于乡村生活，城市化也终究是一种进步现象。中国的现代化尤其需要加速城市的发展。尽管如此，“知我者谓我心忧，不知我者谓我何求”，开林的批判有助于我们认识城市自身的缺陷，从而创造一种更有活力、更加合理的城市生活。

正是因为深感城市生活中的负面因素戕害人的性灵，毁灭人的创造性，开林才喷薄而出一股创造的激情。岁月无情，人生易老，“‘总该创造什么！’这个意念强烈地呼唤我的性灵”（《远方的岛》），唯有创造能使我们的心灵死灰复燃。怎么创造？开林大声疾呼：“走出城市，回到岛上，小憩或者沉思。”（同上）

岛在王开林的散文中是一个原型意象，或者说王开林有一种孤岛情结。除了《远方的岛》外，《青春备忘录》《湘江夜泛》《慧悟》《断翅的云》等都写到了岛：“踞坐在江边的石头上，你我唯有一种心情，将那岛子望成一个被放逐的流浪的朋友。”（《青春备忘录》）“真的情爱遁迹于深心，这心，就是生命的孤岛。”（《歌者》）“在一座远离人世的孤岛上，你只有一间草寮……”（《断翅的云》）……在这里，岛与城市构成了一种尖锐的二项对立，如果说城市代表了现实、物质欲求、公式化的生活、逼仄的空间、爱情的死亡和雷同的人群的话，那么岛则代表着理想、精神归属、有创意的生活、自由的心灵、爱情的萌生和活生生的个体。激进主义者所猛烈批判的孤岛意识，在作者那里恰恰成了求真求善求美的意识，当物质像洪水一样泛滥开来时，精神却只有退回到孤岛才能守住自己的家园，并拓展自己的天地，这一困扰着卢梭以来所有先哲的二律背反同样降临到王开林的头上，而他的选择也正是卢梭曾经做出过的选择，复归自然。

在岛上，作者沉思的是一些最寻常但也最深奥的问题：身为何物？身在何处？身欲何求？生命的意义是什么？究竟怎样才能实现创造性的生活？对这些问题的解答哲人们寻觅了几千年，却依然镜花水月，似是而非。作者徜徉于岛上，用体验作出了自己的回答。在岛上，我们虽只有一间草寮，仍觉快乐无限，这是一种返朴归真的快乐。深深地吸入一股新鲜空气，看天上的流云聚散东西，沉到水底的窒闷的心儿又渐渐地浮动起来（《慧悟》）。“我们可以感激清晨的鸟语，可以感激黄昏的夕阳，也可以感激午夜的月光。我们自觉是一尾鱼，只要像鱼儿一样质朴而且纯真，我们就可以永葆一份自由和快乐的心情”（《可以溶解的鱼》），这种从内心生长出来的禅余般的豁达安详消解了原来的焦虑和愤世嫉俗。的确，不能自已地翻腾于生活的旋涡中固然是一种不幸，过分的超脱与理想化也没有益处。我们不能也不必要一味跟在时间后面穷追，却也不可漠视时间的存在。真正彻底走出城市几乎是不可能的。“走出城市，越过栅栏，如同一块铁要超脱巨大的磁场一样艰难。”（《慧悟》）就是作家本人，因为生计所迫，无法放弃那份职业，也不能总是嬉游于岛上。短暂的放松之后，他又将回到城市，汇入人流，投入下一轮生存竞逐。这也是绝大多数人的选择。在这种情况下，岛在多数时候只是一个精神上的故乡罢了。

不但是那些写岛的散文，那些写郊野写乡村、写山魂写月魄、写梦境写游历的散文，都或多或少表达了超越世俗、复归自然的渴望。岛作为一种美好的存在，作为城市的对立物，是一个总象征。

开林是一个真正意义上的文学卫道士。他不可能离开长沙，像高更那样生活在塔希提岛上，但他却决计不去深圳，尽管那里不乏发财的机会。当许多的文人开始没顶时，他却依然守在孤岛上，享受风与阳光的沐浴，不自轻自贱，不自怨自艾，不自暴自弃。开林苍白而文弱，但绝不缺乏棱角与雄强，正是这一点使他的散文拥有内在的力量，并逐渐为越来越多的人所认识与激赏。《远方的岛》获第四届《十月》文学奖，他还曾获台湾《中央日报》文学奖。1992 年，他以无可争辩的实力荣膺湖南青年文学奖。我们无须期待什么，开林的文学之旅虽然孤独，却将淡泊、宁静，并且扎实。

（《理论与创作》1992 年第 2 期）

文化的尊严与戏剧的定位

——余秋雨教授一席谈

当理想的灵光渐渐消退，实利主义的时代宣告开始，文人已经没顶，而文化似乎正在沉沦。多少人疾首蹙额，多少人茫然失措，多少人如蝇逐臭。焦虑与忙乱的迷雾遮掩了精神的太阳。而此刻，在图书馆简朴的大厅里，面对三湘文化界几百双饥渴的眼睛，余秋雨手捧一杯清茶，侃侃而谈，滔滔不绝，不疾不徐，不温不火，其儒雅与潇洒一如羽扇纶巾、谈笑间樯橹灰飞烟灭的周郎。于是，你真正感受到了文化的尊严与自信，感受到作为一个文化人的荣光与自在。

在这几年飘然独行的文化苦旅中，余秋雨万水千山走遍。他越来越强烈地意识到，一个没有文化的国家，不能称之为现代国家。我们所苦苦追求的经济增长，如果没有繁荣的现代文化与之匹配，就将黯然失色。文化是社会的良知，是心灵的慰藉，也是中国人血脉相连的纽带。承传五千年的悠久文明，是当代中国人无可推卸的责任。文化，一个神圣的词语。

但是，文化格局正在发生整体性的转换。一些传统的文化样式节节败退，而新生的文化形态却步步逼近。那么戏剧，这个曾经唯我独尊和无限荣耀的文化样式，又将何以自处呢?

余秋雨并不悲观。他深知戏剧作为一种文化密码，积淀了人类的某种古老而隐秘的情感，这种积淀已进入人类的心灵深处，化作他（她）的血肉生命。戏剧虽在退缩，却不会消亡。为了振兴戏剧，余秋雨大声疾呼需淡化评奖意识。他断然认为，靠评奖造就的繁荣是虚假的繁荣。因为戏剧必须面对观众，许多评奖活动恰恰忽视了观众。余秋雨认为，当前最紧要的是给戏剧一个恰如其分的文化定位。这就需要运用质朴思维方法，抓住事物的根本。戏剧（曲）是什么，需要用减法而不是加法来界定。以地方戏曲为例。首先，它作为一种剧场文化，和电视这种便利文化不同，它具有某种仪式效应，能唤起积淀已久的人类情感；其次，戏曲与话剧不同，话剧是一种示范文化，面对的是少数精英观众；戏曲是一种普及型文化，面对的是平民百姓，抒发寻常情感，追求美视美听。再次，地方戏曲须明确自身的地域文化特点。铁板铜琶、高亢苍凉的秦腔是大漠文化孕育的果实，黄梅戏是山野吹来的风，花鼓戏是俚巷流传的调。不同的地域文化大体规定了地方戏曲的整体风格与表现程式，并为当地人民所耳熟能详，正因为如此，地方戏曲仍将有强大生命力。

余秋雨对戏剧的繁荣提出了两个重要标准：明星的出现；剧目的传之久远。

余秋雨一向是以学者的形象名世的。这位上海戏剧学院的前院长，以《艺术创造工程》《文化苦旅》等高质量的学术著作与高品位的文学著作蜚声中外。

（《湖南广播电视报》1993 年 4 月 20 日）

清风梦谷中的黑夜之灵

——叶梦印象

当我第一次见到叶梦时，面对这个沉静的女人，不免暗自惊讶。叶梦，一个名字如此婉约多姿的女人，一个美丽文字自胸中汩汩而出长流不断的女人，竟然极少江南女子的纤弱柔媚。引人注目的是她那突出而宽阔的前额，这在女人中比较少见。更为少见的是叶梦散文中那率真、洒脱、傲岸、聪慧的女性叙事和抒情主人公形象。这个形象贯穿于叶梦的全部散文，无话不谈，无所不在。

叶梦的散文，写于1982年的《羞女山》便以对虚伪道学和庸人自扰的大胆批判及强烈的女性自我意识而轰动文坛，并以此成名（该文数十次入选海内外各种散文选本）。之后一段时间，她漂流于湘西和洞庭湖一带，从奇山秀水中汲取精魂，创作了大量俊逸洒脱的写景散文，寻找萦绕于她心中也纠缠于湘人心中的遥远之梦，并且寄托自己各种各样的人生况味。谈婚论嫁、生儿育女之时，她的《不要碰我》《今夜，我是你的新娘》《创造系列》等接连出世，直裸裸地展示女性初潮、婚媾、生产、哺育等生命节律与生命活动，将男女两性从心理到性征都放于完全平等的位置上加以审视。这类散文，无论是文字的暴露还是数量的频密，在女性散文中都是极为难得的，难怪有人称她是新时期女性散文中开始得最早也走得最远的女性之谜及人性之谜的探索者。

中国社会从来便是男性中心社会，中国文学也一直是男性中心文学。从李清照、柳如是到冰心，中国并不缺乏女作家，但缺乏严格意义上的女性文学。过去女作家笔下的女人和女性情感，大多是娇媚的、柔婉的、脆弱的，有意无意地迎合了男人对于女性的理解，因而也博得了男性中心社会的认可与赞扬。叶梦从一开始就背离了这种女性文学传统，在两个层面上发动了对男性中心社会和男性中心文学的反叛。首先，是毫不掩饰、毫无媚态地开掘女性生命文化这块蛮荒之地。自有女性散文以来，还从来没有人对女性的种种生命活动和细微感受作如此狂野恣肆、率真自然的展示与宣泄。因为女人认为这很羞耻，最好秘不示人，而男人在公开场合则认为它很肮脏。但是这并不是叶梦散文的全部意义，叶梦决不是一个乖戾的色情作家，叶梦散文也决不是色情文学，甚至不能认为是自然主义文学。叶梦的可贵之处在于，她从对女性生命现象的展示，迅速上升到对女性傲岸灵魂的揭示和独立不羁的人格精神的弘扬。这一点使她脱离了低级趣味，成为一个在精神上完全与男性平等的女性代言人。在这方面，丁玲早已做出了榜样，叶梦接过她的大旗，将之挥舞得更加猎猎作响。尽管叶梦说她是以女人平常心，写女人平常事，但恰恰是这种随随便便漫不经心的态度，更显得不同凡俗。

在叶梦身上，同时拥有纯洁的白衣女人和复杂的黑衣女人两种成分。作为白衣女人，叶梦是极细腻温柔、极敏感多思的，她并不乏柔情满怀、幽怨自艾的时候，属于女性的一切她都有。从生理到心理，她都是一个地道的、完整的女人。她丝毫没有男性化倾向，更不是一个阴郁乖僻的女权主义者。尤其是结婚、生子之后，她的女人的天性更是暴露无遗。有位知名的演员说过一句话：女人只有做了母亲之后才更有女人味。而叶梦在对儿子陈墨用地道的京腔京韵喊了声“我的儿哟”之后，也感叹“我与人世间所有的已为人母的女人殊途同归地有了同样的感觉”。也许这正是女人无法逃避的命运。正因为如此，一些读者（尤其是女性读者）感觉到了叶梦对男性中心社会的某种妥协而心存不满。她们强烈希望叶梦永远反叛下去，决不回头。

作为黑衣女人，叶梦偏爱黑夜、梦境与月光，具有一种神秘的预感和莫名的巫性直觉。这种巫性直觉可能与她出生并生长于神巫文化气氛浓厚的古城益阳有关。《灵魂的劫数》和“巫城系列”袒露了她的童年经历和心路历程。她从小失眠，全靠安定才能入睡。她“常常在幻想里游戏，灵魂常常出窍”。在漫漫长夜中，她睁大双眼，竖起双耳，警醒地捕捉着黑暗中的一切。无边的黑夜使她的思维格外活跃，心灵倍感充实。若是黑夜的声音突然止息，她便会“感到莫名其妙地跌落在一个黑洞里……这时灵魂会发出一种无望的挣扎”。叶梦似乎是一只黄昏时分上下翻飞的蝙蝠，能嗅出空气中死亡的气息。有一次她告诉我一位我们都认识的散文学者去世的消息后说，一年多前，她曾在山东泰安火车站给这位先生把脉，先生的一手滑脉和眉宇间隐约可见的衰兆使巫医兼通的她甚为不安，如今不幸而验证。我听了不禁毛骨悚然，生怕她将此种预感运用到我的身上。我想，这就是她被称为“潇湘巫女”的原因吧。或许，叶梦散文中种种梦幻、异秉、瞬间感受和挥之不去的死亡意识，便是这种巫性直觉发散的结果。她甚至宣称：“死亡给我的感觉是一种黑甜的暖意，一种具有淡淡香味儿的诱惑。”

叶梦的意义不仅在于她个人，她还是一个女性群体的代表，一种文化现象的表征。这个女性群体是潇湘女性，这种文化现象是湘楚文化。自古以来，湘女给人的印象似乎只是“多情”，但是，叶梦、残雪，也许还有丁玲、白薇，她们的存在，打破了我们的这种固有观念，促使我们以更复杂更全面的眼光审视潇湘女性。事实上，在许多潇湘女子身上，除了似水柔情之外，还有刚烈之气与洒脱之举，其奇伟勇猛不让须眉。另外，她们身上往往有一种若隐若现的神巫之气，这是因为沅湘之间自古便多巫俗，好祭祀。女性本来就敏感多思，直觉思绪发达，再沾染上这种代代相传的巫俗和山川奇气，便越发怪异。潇湘女性的这些群体性特征，有别于江浙女子的柔媚纯情和中原女子的朴质敦厚。

多年来，仅初中毕业的叶梦以其天赋才华和不倦努力潜心散文创作，其道路也艰难，其成果也丰硕。她的散文近百篇被转载、推介。美国《国际日报》特辟叶梦散文专栏，连载二十余篇；在一年之内国内四家出版社竞相推出叶梦散文，《湘西寻梦》《灵魂的劫数》《叶梦新潮散文选》《月亮·生命·创造》先后出版。可以说，散文界已刮起一股叶梦旋风。叶梦散文，摒弃了矫揉造作，也一反港台女性散文的甜腻滥情，而别具一种放达与洒脱。叶梦散文的语言朴素、简洁，但极富内蕴与张力，有一种磁铁般的魅力。因此，叶梦散文在内地获得极高评价，被誉为“到目前为止新时期女性散文的最优秀部分，是先声夺人的超前努力”。北师大刘锡庆教授在《文艺报》撰文评价叶梦散文“标志着旧散文的结束，新散文的开始”。

叶梦曾经说过，活着最好的事就是生育和写作，因为两者都是创造。“除了创造，生命中任何东西都不能给我永恒的快乐。”唯有创造才能使心灵充实，唯有创造才能体验到生命的自由与超越，也唯有创造才能使人类的精神之火与文明之光层层积累、代代承传。叶梦是个将生命的创造力发挥到极致的女人。她并非没有俗世的困扰，但她弃诸脑后。现在，叶梦一边精心抚养她的小男子汉陈墨，一边继续孜孜于散文创作。继“湘西系列”“创造系列”之后，她又推出了“巫城系列”。小陈墨在一天天长大，叶梦的集子也在一年年增多。清夜扪思，她一定欣慰无限。而我，作为叶梦的老乡、朋友和读者，除了欣喜之外，更多的是祝福，祝福她生命的创造之花永远蓬勃茂盛，葱郁葳蕤。

（《理论与创作》1993 年第 5 期）

天下谁人不识君

——李琦印象

一幅《主席走遍全国》，一幅《我们的总设计师》，使李琦先生两度耸动京华，名满天下。

李琦，一位忠厚长者，一位平和的艺术家，当他在初次相识的我面前娓娓叙述这两幅画以及《公仆》《永远活在人民心中》《“我们在一头”》等画作的创作过程时，我不免略感惊讶：这就是盛名远播的李琦教授吗？我没有感受到丝毫的霸气和俗气，而这在其他一些自我感觉良好的艺术家身上是常常可以见到的。李琦，使我又一次体认到了中国传统知识分子那种“谦谦君子，温润如玉”的气质。

李琦专画人物，且侧重领袖人物。几十年间，共和国的缔造者们的形象，在他的画笔下迭次推出。《毛泽东》他先后画了九次，这在全国是独一无二的。以水墨丹青再现领袖风采，对于李琦来说是一种极为自然的选择。他九岁到延安，算是斯诺笔下的“红小鬼”之一。后来他加入文工团，无忧无虑。在延安的周末舞会中腾挪闪耀，在那些日后必将成为参观对象的伟人窑洞中随意进出，无数次亲炙领袖们的翩翩风采。这一段日子，成为李琦刻骨铭心的童年记忆。五十年韶华易逝，毛泽东、刘少奇、周恩来、朱德早已作古，当年的总角小儿也已两鬓飞霜，可是精神的家园却无法忘怀。延安，是李琦永恒的动力之源和创作主题。

李琦画如其人，不媚俗，不趋时。李琦因为画而受青睐，又因为画而获罪致咎，可他宠辱不惊。他从不讳言自己的艺术范型，也从不讳言自己的政治信仰。

李琦的领袖画像具有一种深厚的平民主义精神，无论是手拿草帽的毛泽东、慈眉善目的邓小平，还是双手微托的周恩来、与小兵在一起打篮球的朱德，都透出一种平民风范。他们都不是威严的天神，而是人间的领袖。朴实亲切如同凡人，却又伟人魅力毕现。也许，《公仆》中刘少奇对掏粪工人时传祥所说的一段话最能体现李琦先生的艺术精神：“你掏大粪是人民的勤务员，我当主席也是人民的勤务员，这只是革命分工的不同……”这句轰传一时的名言如今已无人提起，可是它所表达的那种真诚的平等精神不仍然令人感动吗？在经济分化日渐剧烈而某些特权阶层贪赃枉法的今天，重温此言尤令人感慨万千。

（《湖南广播电视报》1993 年 11 月 22 日）

生命的成熟与困惑

——对近年来陈健秋及心态的一种考察

对于我来说，选择这样一个题目无疑是极大的冒险，因为无论是人生阅历、创作成就还是艺术观念，陈健秋都具有一般剧作家所没有的丰富、成熟和完整。要进入陈健秋的世界，需要巨大的勇气、充分的准备和深透的艺术把握能力，而我，无论哪一方面，都深感底气不足。但是，写一写陈健秋，又是我长久的愿望和遏制不住的冲动。因为我觉得，陈健秋不仅仅是一个剧作家，也是一种极富意味的现象，是一种无法回避的存在。陈健秋的剧作，和历史、和时代、和人民紧紧地联系在一起，正如有的论者指出的，他的身上浓缩了“一代人的生命之路”。他的成熟，在某种程度上标志着湖南戏剧的成熟；而他的困惑，也源自我们时代的深刻矛盾。这使我们对陈健秋的探究具有非同一般的意义。需要说明的是，本文只涉及陈健秋 90 年代以后的作品。

一、深情与忧患：体察生活的两个支点

陈健秋的个人经历注定了他对人民大众，特别是对土地上的农民怀着一种无法割舍的深厚感情。他生于危机四伏的30年代初，童年即由于日寇的入侵而遭受离乱之苦。虽然小学、中学在远离战火的大后方成都度过，但民族的苦难仍在他幼小的心灵里打下了深深的烙印。新中国成立后，陈健秋在经历了一段短暂的军旅生涯后回到了民间，据其自述："这期间，当过医生、代课老师、供销社营业员、文化馆干部。家住城关外的一条尘城乡的街上，加上以后一年多参加'四清'工作，'文革'中下放锻炼以及深入柘溪水电站建设工程、韶山灌区建设工程……这些都为我感受湖湘风情、农民生活提供了机会。在农民艰难的生活状态面前，我隐隐有种负罪感。"（《四十年回眸》）由于触目所及多是生活的艰难和民间的疾苦，陈健秋在艺术创作中逐渐形成了坚定而持久的人民性立场。心系大众，直面人生，感受痛苦，分享艰难，剧作家的心和那些朴实善良、勤劳坚韧的老百姓的心一起跳动。可以说，出身于旧式知识分子家庭的陈健秋，是自觉回应了毛泽东在《在延安文艺座谈会上的讲话》中对作家、艺术家转移立场情感的呼唤而不后悔的。在他身上，看不到那贵族式的虚伪和文人式的自命不凡，而这些，在新时期以来的某些作家身上是能明显感受到的。

更进一步看，陈健秋人民性立场的养成，决不仅仅是由他的个人经历决定的。它也是中国传统知识分子的一贯立场，是中国古典文学的固有传统。从屈原的"长太息以掩涕兮，哀民生之多艰"，

到杜甫的“穷年忧黎元，叹息肠内热”，中国的文人文学中从来就不缺乏真诚地站在人民的立场，为大众立言、为百姓鼓呼的作品。这些作品，历千百年而仍闪烁着熠熠光辉。

对人民大众的深情，最根本的一点是对他们艰难生活的感同身受和真实反映。这集中体现在获曹禺戏剧文学奖的话剧《水下村庄》中。这部堪称移民题材经典之作的话剧，以其鲜明的人民性立场和现实主义的深度而震撼人心。1991 年我初读剧本时就受到强烈的冲击，为写作此文而重读该剧时仍禁不住心弦颤动、五内翻腾，可见其魅力并不因时间的消逝而衰减。在这个剧本里，移民们对故土的眷恋，初到丝茅洲时的苦不堪言，留守库区者们所面对的贫瘠，都极其真实地呈现在读者面前。而这一切都是为了表现移民们为社会进步所作出的巨大牺牲，都是为了歌颂中华民族生生不息的民族伟力。20 世纪以来，中华民族对苦难的忍受能力，为摆脱贫困所作的巨大努力，在苦难中所表现出的乐观与坚毅，在世界上都是首屈一指的。这些也都深刻地体现在这个剧本中，体现在柳耀堂、谭德秀、宋有庚、柳湘涛们身上。

正因为饱含着对哀乐人生的深厚感情，剧作家就更容易发现潜藏于普通人身上的美好品德，更能用一种诗意的温柔胸怀去善待生命。我们注意到，在陈健秋的近作里，那些普通人无一例外都闪烁着人性的光辉，他们善良、宽厚、善解人意，即使有这样那样的缺点，但决不大奸大恶，决不令人厌憎，相反，随着剧情的推进，他们总能克服自身的局限，使人生的境界得到升华。《水下村庄》里的柳庆爹、许秋菱、宋有庚是如此，《粉墨情痴》里的许一萍、颜文迈、李文歧、易云芳也是如此。电视剧《粉墨情痴》写的是剧团评职称的事，由于名额十分有限（仅一名），申报的人又多，这就构成了矛盾。摆老资格的有，自认业务拔尖舍我其谁的有，钻山打洞的有，寻死觅活的有。在现实生活中，这样的矛盾经常激化到鱼死网破的程度，可是在陈健秋那里，这样的情景并未出现，反而由于各自的忍让、牺牲而得到缓和。他们虽各有各的小算盘，但并不无理取闹，面临重大抉择时又都能体现出中国传统知识分子的良知与风度，从而把痛苦埋在心里，把烦恼抛到脑后，痴情于粉墨，执着于舞台。

但是，作为一个严肃的艺术家，仅仅在作品中注入情感是远远不够的，那样很容易成为一个廉价的浪漫主义者。陈健秋决不愿意当这样的廉价浪漫主义者。他继承了中国古代士子感时忧国的传统，秉承着湖湘文化忧国忧民的情怀，充满了强烈的忧患意识和清醒的批判精神。忧患，成为陈健秋体察现实的另一个强有力的支点。对社会前进中的弊端，对人性根深蒂固的弱点，他总是怀着深深的忧虑。特别是 90 年代以来，中国社会由传统的农业社会向现代的工业社会转型。在这样的转型期，一切都似乎生机勃勃，充满希望；一切又都似乎混乱驳杂，令人沮丧。传统的伦理道德，包括马克思主义的集体主义道德和中国数千年的儒家伦理，受到猛烈的冲击，而先进的现代文明又远未形成。思想失落，价值崩解，道德失范，良知沉沦，丑恶现象沉渣泛起，暴力行为骇人听闻；贪欲在吞噬正义，无耻在招摇过市，大众中弥漫着普遍的浮躁情绪，社会中充斥着短期行为；安分守己的人生计艰难，胆大妄为的人却左右逢源……凡此种种，无不令每个正直的中国人产生深深的忧虑和困惑。陈健秋在许多场合都表达过他的这种忧虑。他对那些商店招牌中充斥的“豪”“霸”“帝”“王”之类字眼十分反感，对市场经济中“简单地将所有道义、亲情和公民责任一起泼掉，剩下的只有赤裸裸的厮杀和毫不赧颜的背叛与欺诈”（《又是一篇雾溪故事》）的现象忧心忡忡。知识分子的良知使他不能保持沉默，于是，在话剧《水上饭店》中，在昆剧《偶人记》中，在皮影童话剧《缺心眼儿在多心国》中，他以或直截了当，或隐晦曲折的方式，表达着自己的忧患意识。《水上饭店》是一部集中批判“伪”市场经济的力作，它借用的是克里斯蒂的酒杯，浇的是陈健秋胸中的块垒。剧中的柳旺年，担任着“豪霸”集团的老总，一身名牌西服，手持大哥大，密码箱里的钞票仿佛时刻多得要蹦出来。有漂亮的“小蜜”伴着，有才华横溢的写手为他树碑立传，可谓风光无限。这样的人自然不是陈健秋的杜撰，他们实实在在地生活在我们周围。他们无文化无信仰无原则无操守，可他们财源广进志得意满。如果市场经济造就出来的英雄都是柳旺年般的人物，那么我们的国家我们的民族又有什么希望？这正是《水上饭店》通俗的形式下提出的重大主题。

由于对人民力量的认同，由于对人性良善的信心，陈健秋式的忧患并不引向绝望和虚无，相反，最终总是正义战胜了邪恶，良知唤醒了偏狭，社会在艰难中走向进步。《水下村庄》中，丝茅洲最终好起来了，而雾溪也充满了希望；《水上饭店》中，柳旺年暴亡了，而宋满贞、杨愓吾、多爹这样的普通劳动者还坚实地活着；《缺心眼儿在多心国》中，多心国的居民在熊猫二傻的帮助下去掉了多心，回复了亲和善良的本性。这些都体现了剧作家的乐观主义信念。

二、平和与沸腾：创作心态的两条轨迹

考察陈健秋近年来的创作心态，我们会发现有两种非常矛盾的心态同时并存，一种是平和的、淡泊的、宽厚的、温情的；另一种是沸腾的、严厉的、疾恶如仇的。前一种心态，是陈健秋乐于公开承认的。在《走不出中庸》一文中，陈健秋把他的这种心态描述为“中庸”，并且分析了造成此种心态的人生渊源：“从小家道中等，未受高深教育与家学熏陶，但又读了些启蒙课业。因时代变迁，虽有顺逆，但生活至今，却无大起大落，暴富暴贫。凡此种种，养成一些习性，如调和、安协、将就、无大志，难得于人前说个不字。”这当然是一种自谦的说法，实际上，深受传统文化熏陶和儒教浸染的陈健秋，从小就养成了一种温和宽厚的性格，冷静处世，善待生命。随着人生阅历的丰富，艺术见解的成熟，陈健秋的心态更趋平和，对世事人生的观察更为透彻，人生态度也更为通脱圆融。耳顺之年的陈健秋，的确以其成熟与通达而显示出一种儒者风范，一种艺术大家的气度，而这是一种自然的境界，靠人为的修饰与做作是达不到的。

这种境界，体现在戏剧创作中，就是返璞归真，大巧若拙。陈健秋的近作有一些特点：讲究内蕴，不事张扬；追求意境，力戒直白浅露；情节流畅自然，很少大开大阖、奇峰突兀；能设身处地为笔下人物着想，寻找其行为的合理性，不作简单的是非判断和美丑

归类。正如陈健秋自己所说："以这样的人生态度来写戏，自然无惊世骇俗、振聋发聩、黄钟大吕的力量，连大善大恶、大悲大善都不善于描摹。"（《走不出中庸》）从某种意义上说，陈健秋的这种创作指导思想，既是对"文革"中戏剧"三突出"和两条路线冲突模式的反动，更是社会变迁在艺术上的必然反映。随着阶级斗争意识的淡化，随着"文革"式的猜忌、陷害、打击、提防等人际关系状况的改变，人们更多地趋于一种平稳的、健康的生活环境之中。虽然仍有穷凶极恶的歹徒，有性格孤僻的怪客，有你死我活的冲突，有匪夷所思的巧合，但毕竟，还有大多数人都只是在辛勤地工作、平静地生活，波澜不兴，平淡无奇。这样的生活现实，如果再沿用那种强烈的戏剧冲突模式去表现，无疑会显得造作虚假。陈健秋对那种动辄"热泪盈眶"的矫情，对那种丈夫给妻子行军礼的假模假式，对那种号称前卫的故作狂放，都敬而远之。

因此，陈健秋的剧作，朴实自然，淡雅温情，言近而旨远，语浅而思深。这样的剧作，适宜于品味，适宜于感悟，不一定在剧场中有疾风暴雨般的冲击力，但离开剧场后有回味的余地，如《偶人记》、木偶剧《绿色日记》、小品《林子里的狗》。陈健秋的影视作品，更有此种特点，如《粉墨情痴》《一梦三百年》《刘少奇的 44 天》(任艺术顾问)。

当然，这样的戏剧风格，如果走到另一个极端，忽视剧场性，过分淡化戏剧冲突，有时可能会导致剧情平淡，影响作品的可视性，同时，也制约着剧作的思想深度。这种现象，在陈健秋的个别剧作中也确实存在。

但是，如果你以为陈健秋仅仅是一个谦谦君子或老好人，那你就错了。陈健秋是一个有着鲜明个性的、正义感十分强烈的剧作家，在他温和儒雅的外表下，潜藏着沸腾如火、疾恶如仇的禀性。社会上的丑恶现象使他愤慨，是非不分、寡廉鲜耻的道德现状使他忧虑。记得三年前与他一起在益阳看花鼓戏《大决堤》，坐在我们前排的几个小青年本就行为不端，当看到剧中日本兵强奸中国妇女时竟然鼓掌喝彩，此等无耻行径当即遭到陈健秋、范正明两位的高声怒斥。面对二老的浩然正气，我不禁想到了闻一多的拍案而起，而对他们肃然起敬。在大是大非面前，在事关民族气节、为人准则方面，陈健秋的态度极其鲜明，感情十分外露。还有一次，陈健秋出访俄罗斯，被几个俄罗斯人认作日本人，他觉得受到莫大的侮辱……陈健秋的这种性格，和中国传统文化对人格、气节、操守的重视是一脉相承的。在陈健秋的某些作品中，这样一种沸腾如火的个性和血脉偾张的人格精神，尽管遵从艺术规律作了最大限度的抑制，仍然不时显露其锋芒。如《水上饭店》对柳旺年的批判，就凝聚了陈健秋对经济大潮中投机钻营的暴富者的全部愤怒，因而火力格外猛，言辞格外激烈。

三、坚执与游戏：艺术追求的两种走向

陈健秋的人生态度和艺术追求，执着于现实主义。正视苦难，直面人生，不虚美，不隐恶，不作无病呻吟的虚假伤感，不搞远离现实的云中漫步。他在创作中，坚持高扬自己的人生理想和审美理想，不遗余力地呼唤美，呼唤善，呼唤社会的进步，呼唤人与人之

间的沟通与理解。他的剧作，是大地上生长出来的结实的乔木，是盛开于人生土壤上的艺术之花。他的《水下村庄》《水上饭店》《粉墨情痴》，无疑是现实主义的；就是象征、隐喻较多的《偶人记》《马陵道》，其艺术精神也仍然是现实主义的。但是，我也注意到，最近两年来，陈健秋的创作中凝重、扎实的成分似乎有所减弱，而游戏、玩味、唯美的趋向似乎有所加强。我想，这既与他的创作心态有关，也与他的艺术观念有关。

近一段时期来，陈健秋除创作话剧和影视作品外，还花了相当一部分精力涉猎戏曲：如昆剧《雾失楼台》《偶人记》、湘剧《马陵道》。戏曲的创作使他获得了难得的创作快感，似乎进入了一个奇妙的艺术王国，因而连呼“写得过瘾”。他甚至把写昆曲当作“写戏生涯的最高理想”，“这个理想也就是追求昆曲的雅致和意蕴的隽永”（《〈写偶人记〉三愿》）。《偶人记》一出，引起广泛好评（该剧获 1996 年度曹禺戏剧文学奖的提名奖），有人甚至把它看作陈健秋的巅峰之作。我认为，单从剧本的文学性来看，《偶人记》的确达到了很高的水平，其构思的奇巧、语言的优美、意蕴的深远、结构的完整，超过了陈健秋的许多作品。但从个人兴趣来说，我更喜欢《水下村庄》这样的现实主义作品。这样的作品因其对现实的关切、对生命的深情而有一种直指人心的力量。而《偶人记》虽寄寓了许多人生况味，却没有这么强的力量，它可以让你把玩，让你赏析，却很难让你强烈地感动。而且我始终认为，过分追求语言的雅致和音韵的优美，有时反而会削弱、损害作品的思想的力量。

陈健秋曾自述他写《偶人记》时的想法：“我不想这个戏有多么沉重的负载，更不可能有多么恢宏的气势”；“如果有人把这个戏当成什么小摆设，把玩一番，我也无多少不平之感”（《写〈偶人记〉三愿》）。他有感于一些剧作家写戏时想“剧”的时候多，总想着如何结构，如何设置、强化矛盾冲突，铺排场景，往深度上开掘，但往往把一个“戏”字淡忘了，因而反其道而行之，只想以游戏的心态写一点轻松的、好看的戏，满足观众娱耳悦目的要求。他之所以迷恋昆曲，并撰文赞许《乾隆判婚》这类轻松的喜剧，即基于此。应该说，这是抓住了当前戏剧创作尤其是历史剧创作中的某种弊端而有意矫正的举动，它有利于戏剧回到它自身。

但是，陈健秋之转向戏曲，我以为还有深刻的文化—心理因素在内。自古以来，中国文人以“达则兼济天下，穷则独善其身”作为自己的人生理想，深受儒教影响的陈健秋，自然也离不开这种人生理想的支配。作为戏剧家的陈健秋，所谓的“兼济”，即是以强烈的忧患意识，以沉重的使命感和责任感，反映现实，关怀人生，鞭笞丑恶，张扬正义；所谓的“独善”，则是以游戏的姿态笑看人生，精心营构美丽的幻觉舞台，既以自娱，亦以娱人。为什么会发生这种由戏剧而戏曲、由“兼济”而“独善”的转变？我认为，这与陈健秋一些反映现实的戏在搬上舞台时遇到的这样那样的挫折有关（这也许就是所谓的“穷”吧，虽然无论是人生还是事业，当前陈健秋都正处于旺盛期），也与他步入耳顺之年后心境的转淡有关。这既标志着一种成熟，也带来些许遗憾。对于我这样的观众来说，希望更多地看到关切现实的作品，而不希望他完全进入雅致而生命活力不足的偶人世界中去。

当然，我们不必被陈健秋的宣言所迷惑。事实上，游戏似的作品在陈健秋的创作中只占极少的部分，他自己也说，“并不把这个作品作为我唯一追求的样式和风格”（《写〈偶人记〉三愿》）。而且如前所述，即使是这些作品，也并非真正沉迷于唯美的象牙塔中，而是以隐晦曲折的方式折射着现实人生的影子。在这些年的作品中，现实主义的、坚执于人生与社会的作品始终是陈健秋创作的主流。《水上饭店》对市场经济负面因素的激烈批判，《房顶上》对当下干群关系的思考，《林子里的狗》对几十年如一日孤身守护山林者的歌颂，甚至《马陵道》对畸形人格的剖析，都表明陈健秋是如何地不能忘情、不能割舍于活生生的人生世相。至于大量的影视作品，更是剧作家观察生活、关怀人生的产物。

陈健秋，戏剧园地中勤奋的耕耘者，他已经取得了丰硕的成果，以他目前的写作状态，我们有理由相信，在未来的岁月中，他将拿出更多更成熟的作品。陈健秋，一如他的名字，在步入生命之秋时，将会更加健朗、丰润。

（《艺海》1997 年第 4 期）

蛰居中的坚守

——我眼中的残雪夫妇

五年前，残雪夫妇迁居北京。

不是因为对湖南的厌倦，不是因为对京都繁华的向往，也不是出于文学上的考虑，仅仅是一个原因：身体。

从小体弱的残雪，近年得了一种罕见的疾病：怕湿、怕冷、怕温度变化。对温度、湿度的极度敏感使她无法在冬冷春湿夏热的长沙生活，于是她只能选择到气候干燥、室内气温比较平衡的北京生活。

严重的疾病限制了残雪的自由。两年来，她未踏出小区门一步，甚至都难得下楼。偶尔，喝上一杯酒，让自己全身发热，从头到脚裹得严严实实，到楼下围着小区里的树转上几圈，然后迅速上楼。稍有不慎，就会大病一场。

这个深受卡夫卡影响的女人，如今的生活，一如卡夫卡笔下的《地洞》，或者《变形记》。

然而糟糕的身体和幽居的生活，并没有击垮她的神经。2006年，我曾两次造访她家，当她跟我谈起这些时，神态平静，面露微笑，没有丝毫怨艾。9月，她当选湖南省出席全国第七次作代会代表，尽管会场只有咫尺之遥，她还是平静而坚决地把名额让给了别人。

糟糕的身体也阻挡不了她创造的激情。她每日早起，上午写作两个小时，下午写作两个小时，晚上上网、看新闻、写博客。这个以实验小说名世的女作家，如今是小说、散文、评论、翻译四面出击。她的小说仍然是“残雪式”的，但脱去了过分晦涩的外衣；她的散文重现了她的成长史；她的评论、读书随笔尖锐而直率，坚守着知识分子的理想与责任；她的博客，是新浪名家博客中影响较大的博客之一。仅在最近两年间，她已出版《双重的生活》（小说）、《灵魂的城堡》（评论）、《最后的情人》（长篇小说）、《斯大林晚年离奇事件》（翻译）、《天空里的蓝光》（小说）、《传说中的宝藏》（小说）等多部作品。她马上要出版《残雪文学观》（评论集）、《边疆》（长篇小说）等作品，今年（2007年）在国外要出版五本书。

看到残雪，我想起普鲁斯特，这个因严重哮喘而长期蜗居在家的法国作家，在斗室中追忆逝水年华，神游想象中的乐园。无论是身体还是写作，残雪与普鲁斯特是如此相似，生命的脆弱与精神的坚韧，环境的狭小与想象的丰盈，在他们那里奇妙地统一在一起。面对这一切，我除了感叹生命的力量外，只有无语。

只说残雪是不公平的。我要说一说她的丈夫。这位身体健康性情温和的中年男人，厮守在残雪身边，为她打理着一切。丈夫、秘书、保姆、采买者、联络员……日复一日，年复一年，他一身数任，里里外外，无不周详。当年，他和残雪一道做裁缝，用缝纫机编织着生活之梦；如今，他放弃了自己的一切，让病弱的妻子安心用文字构筑着精神的殿堂。我猜想，与其说他有一种充当名作家守护神的伟大的使命感，不如说他有对妻子最深切的爱，有对生活最透彻的认知，和基于这种认知之上的牺牲精神。涸辙之鲋，相濡以沫。有一首歌中说，“最浪漫的事，就是和你一起慢慢变老”，我想，平淡如残雪夫妇的生活，绝不浪漫，“一起慢慢变老”需要的也不是浪漫，而是定力。

蛰居北京的残雪夫妇，没有漂泊，只有坚守。对人生的坚守，对文学的坚守，以及对彼此的坚守。

（2007 年）

怀念陈健秋

2002年7月23日接到健秋先生病危的凶讯时，我正在外省。在忧急不安中度过了一晚。那一晚我噩梦连连，几次惊醒。梦的内容虽然并不关涉健秋先生，但在我是极为少见的，是否这就是冥冥之中的感应？第二天一早就惊闻他去世的消息。我无法描述得知这个消息的心情，只记得健秋先生的面容一下子浮现在我面前，伸手可及，栩栩如生，而且此后几天一直萦绕在我的眼前，久久不曾离去。

太快了。假如半年前有谁说健秋先生将在几个月后离开人世，我相信不光是我，文艺界谁都会认为这是不可思议的。然而这样的事偏偏发生了。从发现身罹绝症到辞世，仅仅两个多月时间。这么一点时间，就可以使一个生命力如此旺盛、创作正处于井喷状态的人消失吗？这是一个令人痛苦而又不得不接受的事实。

在参加工作之前，我负笈京城，因而并不认识健秋先生，甚至不知道有这么一个人。不过我对湖南文艺界的感性认识是从他开始的。1991 年夏天，我来到这个城市工作，同事告诉我，陈健秋先生的一部话剧《水下村庄》，由于种种原因，刚刚排演便流产了。紧接着，我到省文化厅参加新编历史剧《唐太宗与魏徵》的讨论会，在那里第一次见到健秋先生。现在我还清晰地记得对他的第一印象。他高大、魁梧，可以说仪表堂堂，有一种大家风范和令人景仰的气质。言谈之中他对《水下村庄》话剧的停排仍有不平之意，神情颇为郁郁。回来后我即找到《水下村庄》的剧本，一气读完，泪流满面。我是一个自认颇为冷静的人，自从过了少年时期的迎风流泪、对月伤怀后，我就难得动一回感情了。这些年看的作品也不少，但要动情却不那么容易，在别人都眼含热泪的地方，我却心如止水。但是读《水下村庄》时，我却不可抑制地流泪了，为剧中移民遭受的苦难与对苦难的抗争，为剧作家对民生的体认与关怀。这种体认与关怀，只有一个真正具有大悲悯大关爱的现实主义作家才能做到。此后我又多次阅读该剧，每次都心潮难平。后来《水下村庄》话剧终于得以搬上舞台，成千上万观众为之倾倒，它也成为近年来湖南戏剧舞台上一部不可多得的撼人心魄之作。

我以为，《水下村庄》是我省现实主义戏剧的一座高峰，而《马陵道》是我省历史剧创作中继《曹操与杨修》后的又一座高峰。这两座高峰，巍然耸峙，由此也奠定了健秋先生在湖南戏剧史上大师级的地位，他也因此长期跻身于全国戏剧界一流的剧作家之列。在二十世纪九十年代以来的十余年时间里，陈健秋先生以耳顺之龄，却凌云健笔、意气纵横，写出了包括《水下村庄》《马陵道》

《偶人记》《阿弥石》《宰相刘罗锅》等一大批思想深刻、艺术娴熟、文辞华美的戏剧名作及影视作品，给湖南剧坛乃至全国剧坛带来一次又一次惊喜，这不能不使人肃然起敬。而且至他去世为止，健秋先生的这种创作势头并无消减之势，以至到处都在谈论“陈健秋现象”，有关部门也早已准备举办他的创作研讨会。我知道他一直在酝酿一部叫作《茶客》的话剧，因为他每天早晨几乎风雨无阻地到附近的一家茶馆喝茶，结识了各色人等，与那些拖板车的、擦鞋的、炒股的、遛鸟的无拘无束相谈甚欢，积累了丰富素材，沉淀了时代风云与历史沧桑。三年前当他谈到这个题材时，我便两眼放光，兴奋不已，我几乎先验地认定这是一部与《茶馆》同属一个精神谱系的作品。此后，我每次见到健秋先生，都要询问其进展情况。可能他想酝酿得更成熟些，一直没有动笔，就在一个月前我去医院探望他时，他还主动谈到这一创作计划，似有遗憾之意。我知他病重，不忍相问，然而我心里是多么希望他能顺利康复，以便完成这部剧作呀。如今人已去，愿未了，这不论对他，对戏剧界，对我们这些陈氏戏剧爱好者，都是一个巨大的遗憾。我强烈地感到，健秋先生的辞世，是湖南戏剧界一个不折不扣的重大损失，它所造成的空白与失落，将在一段长时间内存在着。

一盏多么明亮的戏剧之灯熄灭了，仰望星空，我们将会长久地怀念它的温暖。

我与健秋先生并无深交，但我一直对他心存敬意，并且试图走进他的精神世界。1998 年，在一种不可遏止的冲动下，我写了一篇研究健秋先生的文章——《生命的成熟与困惑》，这是我毕业后用力最勤的一篇作家论。我不敢说这篇文章写得多么好，但至少它了却了我的一个心愿。为写这篇文章，我向健秋先生求援，他将有关自己的一些资料找齐，骑着他那辆文艺界几乎人人皆知的木兰，亲自给我送来。那是一个阳光灿烂的下午，我在约好的地方等他，心中无限感慨。他骑车离去的背影清晰如昨。只是木兰犹在，人已成灰。在我那篇文章的结尾，我曾表达了对他的祝愿："陈健秋，一如他的名字，在步入生命之秋时，将会更加健朗，丰润。"可这才四年过去，就良愿成空。

我因公未能参加他的告别仪式，听说他遗嘱不放鞭炮，不奏哀乐，不留骨灰，以《好一朵茉莉花》陪伴灵魂的安息。我想这真正体现了他的高洁品格与文人情怀。我不敢谬托知己，不知能否准确地把握健秋先生的精神与心态。我始终认为，在健秋先生身上，有两种看似矛盾实则统一的心态：散淡与执着。他钓鱼、喝茶，对物欲看得很淡，对功名并不汲汲以求，在他的作品中也绝少刀光剑影、你死我活、大悲大喜。他对各种取向的人生都怀抱一种宽容，一份温情。但这并不意味着他是一个无锋芒无棱角的人。他疾恶如仇，甚至不无偏激，是一个不可救药的理想主义者。对人世的不平，他愤愤然；对社会的进步，他欣欣然。散淡，是因为历经沧桑，参透人生；执着，是因为使命在肩，情怀依旧。他取得过太多的成就与荣誉，也遭受过不少的挫折与误解。对此，他苦恼，他无奈，有时还要委屈自己，而我也暗暗为他着急、不平。我坚信，他的价值终将为所有人所认识。而在目前，与其创作成就相比，他所产生的影响完全应该更大。因此，怀念他的最好方式，是演出他的作品，研讨他的人格与创作，从中汲取丰厚的营养，推动湖南戏剧的继续发展。

在这篇文章即将结束的时候，请允许我引用《水下村庄》的一段唱词，以表怀念之情：

一肚子的话，
还没出口，
匆匆忙忙你说走，
丢下我你就不回头……

（《湖南日报》2002 年 8 月 14 日）

癸未之痛

2003年12月31日，癸未之末，我接到了著名导演张建军去世的讣告。尽管生老病死乃人之常情，尽管对一个卧病多年、周身插满管子的人来说，死也许是一种解脱，可是我仍为这消息而黯然。

世界各地的人们都在迎接新年，而他，却没有新年。

我也没有新年。在这个冬日寒冷的夜晚，我守在家中，一遍又一遍地放着何纪光先生新鲜出炉的DVD。“洞庭曾醉渔歌美，天阙犹飘茶叶香。”斯人已去，歌留人间。当舞剧《边城》中何纪光先生的动人配唱从渺远处传来，当翠翠孤单的身影在大雪中、小船上抖索，我已经泪流满面。

仿佛是魔咒，在2002年农历除夕，“蔡九哥”走了。从年头到年尾，从春节前到元旦前，湖南花鼓戏舞台的两位大师级人物，一位表演艺术家，一位导演艺术家，先后离我们而去。一出《打铜锣》，一出《补锅》，使湖南花鼓戏走向全国，带给人们多少欢乐、多少记忆。而它们的主要创造者，却永远地成为我们的记忆。

从壬午到癸未，陈健秋、何纪光、钟增亚、凌国康、张建军，五位文坛艺苑大师陨落，三湘震动。他们高大的身影后，是一段长长的空白。“死者长已矣，托体同山阿”，而生活仍在继续，人们依然前行。只是，我为什么一再怅然若失？

癸未年，我参与了湖南文艺界许多热闹而成功的活动，但我却在热闹中寻觅什么，在成功中遗憾什么。当湖南艺术节的锣声敲响时，我感到了陈健秋的缺席；当省歌舞剧院、省花鼓戏剧院相继欢庆五十华诞时，我在舞台上寻觅着何纪光、凌国康的身影；当钟增亚的画展一路巡展到省美术馆时，浮现在我眼前的依然是他那长发飘飘、清癯生动的脸……我在想假若他们依然在世，这些活动该是多么圆满啊。缺了他们，仿佛缺了主角，缺了灵魂。每一次寻觅与回忆，都是一次心底的痛。这种痛，似乎延续了整个癸未年。

癸未年，一种从未有过的紧迫感、焦灼感，驱使人们想到要为他们做点什么。在领导的重视与支持下，人们为张建军出了书，使他的导演生涯有了一个小小的总结；为何纪光出了精美的 DVD、CD 和纪念册，使省歌舞剧院院庆有了最好的礼品；为钟增亚举行了从北京到深圳、从衡阳到长沙的巡展，使他笔下的那些不朽的山水女子又灵动在我们的眼前；陈健秋的文集也正在收集整理之中……是谁说，一个民族最大的悲哀不是缺乏大师，而是不能珍惜大师、善待大师。我们已经失去了许多大师，但我们还有很多活着的大师，他们仍在各自的领域为民族文化的宝库书写着传奇与辉煌。

不要让我们的眼睛被浮尘遮蔽，不要让我们的精力被琐事耗费，抢救大师，留住经典，这是一件值得一为的事情。为此，我们需要更多地为他们做点什么。

但愿，甲申之年，痛苦会离我们稍稍远些。

（《三湘都市报》2004 年 1 月 3 日）

郭敬明错在哪里

郭敬明《梦里花落知多少》涉嫌抄袭庄羽《圈里圈外》的官司一打3年，前不久终于尘埃落定：郭敬明和春风文艺出版社被判败诉，并被要求赔款、停止发行、道歉。人们以为事情终于可以告一段落，然而新的故事正是从这里开始的：钱是赔了，但郭拒不道歉："我会执行法院判决的赔偿和停止销售，那是出于我对法律的尊重。但我不会道歉！金钱、名声，这些东西，真不是那么重要，我都可以给予，唯独道歉，哪怕只是简简单单的一句话，也决不会迫于压力而放弃了自己的原则……"对郭的态度，有人欢呼（粉丝），有人生气（张悦然等），有人无奈（庄羽），这迅速成为一个新的网络文化事件。

在这一事件中，我们可以看出郭的自相矛盾：既然声称尊重法律，为何钱可以赔，对同是法律判决之一的道歉拒不执行？可以看出郭的色厉内荏：他承认受了《圈里圈外》的影响，至于影响多大，“我自己也说不清了”；可以看出郭的有恃无恐：不管法院怎么判，别人怎么说，“新书照样卖，照样签很高的版税”，你能怎么着？可以看出郭的强词夺理：“要是他一不小心画了白鸽和橄榄枝，是不是要告他抄袭了毕加索？你有没有脑子啊？”就这样，郭敬明通过一系列混乱的逻辑，将自己描绘成一个悲情者、一个受害者、一个恩赐者、一个坚守“信念”的英雄、一个挑战世俗的先锋性人物、一个鄙视对手悲悯众生的奥林匹斯山上的神。在这里，极度的自恋、膨胀的虚荣、莫名的傲慢混合在一起，将一个本来十分简单的、是非分明的问题复杂化了、“酱缸”化了。

我一直在思考，是什么造就了郭敬明式的人物？为什么他这么嚣张？

他嚣张，因为他有“才华”。在接受《南方周末》记者采访时，郭敬明反复念叨的是他的“天赋”“才华”“出名”。什么“上天给了你天赋，社会给了你机遇，让你成名了”，什么“当你一下子太突出时，所有人都以你为目标”，什么“随着时间的推移，你有没有才华，你能不能写，最后这些都会真相大白”，等等，自我感觉无比良好。我们承认郭敬明确实有些才气（其实有熟悉郭的人指出他的才华不是原创之才，而是模仿、组合、复制之才）。但有才就是硬道理？有才就可以不遵守游戏规则？有才就可以不顾及别人的利益和感受（郭甚至放言庄羽的“金钱、名声”是他给予的）？自恋、自负、以自我为中心，像郭敬明这样的人，带有这个时代被宠坏了的独生子女的典型特征，打上了吹捧式教育的深深烙印。我一直认为，一味只讲孩子好话的吹捧式教育，固然可以培养孩子的自信心，但也极可能造成他们的自恋、脆弱、敏感，只听得进表扬听不进批评，只习惯顺境不适应逆境，并且根本不懂得以充分尊重对方的方式与人相处。一位于郭有知遇之恩的责任编辑，仅仅因为发了有夸奖、有批评也有中间立场的评论，就收到了郭的谩骂短信，这种农夫与蛇式的故事令人寒心。

他嚣张，因为“他是我们的小四”。在郭敬明事件中，他身边的助手、经纪人起了恶劣的误导作用。“抄袭”事件是郭的一次公信危机，有危机就有危机公关。对于名人来说，危机并不可怕，只要应对得当，完全可以化解甚至向利好方向转化。例如德国世界杯期间的黄健翔“解说门”事件、齐达内“顶人”事件，均通过当事人的道歉而让更多的人理解了他们、喜欢上了他们。郭敬明也许太过年轻，经验不足，这就需要他身边的人提出忠告，进行正确的危机公关。然而实际上这些人是怎么做的呢？据报载，本来出版人李寻欢已经提出双方皆可接受的和解方案，但春风社“帮他（指郭）找了最好的律师，律师说肯定能打赢官司”，于是郭就按春风社的建议打官司去了。官司输后，郭的经纪人杨柳还声称：“郭敬明从没有说过要接受这个判决！”我怀疑，这些人是不是故意出馊主意煽风点火来害郭敬明的。身边人如此，粉丝又如何呢？在郭敬明的博客里，充斥着的是粉丝们的热昏的胡话和可笑的呓语。“剽窃，哼。你剽得出来吗你？”“誓死保卫郭敬明，有本事你也抄，嫉妒啊”“就算他是抄袭，我也一样喜欢他”。连韩寒也看不下去了，说这些人“就像脑袋扎粪坑里了一样”，这话有点让人挂不住，但一针见血。

他嚣张，还因为文艺界道德他律机制与纠错机制的缺位。这可能不光是文艺界的问题。我们在宣传“八荣八耻”，在开展“三项学习教育”，在表彰“德艺双馨”，然而这些对郭敬明们似乎不起作用。道德算什么，剽窃又如何，“新书照样卖，照样签很高的版税”。媒体报道小心翼翼，主流文学批评置身事外，集体失语，倒是“80后”自身在开展清理门户行动。我并不赞成封杀郭敬明，但在法律诉讼之外，如何开展必要的纠错行动让郭认识到自己的错误，为知错不改强词狡辩付出一定的道德乃至其他代价？主流文学圈、主流媒体乃至于作协组织能不能给予必要的谴责和说理的批评？这些都是值得我们思考的。

（2006年7月19日）

心香一瓣祭周年

倏忽之间，任光椿先生辞世已近一年。他夫人邱湘华大姐于酷暑之中奔走于长沙城中，筹备出版纪念文集，嘱我著文。论公职，光椿先生曾任省作协副主席、名誉主席，而我现在在省作协供职；于私谊，光椿先生乃我尊敬的长者。因而于公于私，我都应该写点什么。

我20世纪90年代初参加工作后才得识先生，真正有所交往，乃是在1992年中国作协创研部与省文联、省作协在北京举办的“任光椿历史小说研讨会”上。我作为会议工作人员，得以一睹先生风采。先生为一恂恂儒者，骨骼清奇，从容淡定，谈吐不俗。当时先生因先后出版历史小说《戊戌喋血记》《辛亥风云录》《五四洪波曲》，正名满天下，风头极盛。我以一初出茅庐的大学生，于会前会后偶或向先生请教，先生极为诚恳、谦和，知无不言，语多精警，使我深感获益良多。此后遂成忘年交，但交往也并不算多。这主要是因为我为人内敛，不善外交。先生曾赠我以画作，但因为办公及居家场所几次搬迁，一时竟无法找到。读了陈建功先生在悼念文章中对任光椿画作及款识的分析（《此别无声亦有声》，该文载于《文艺报》），我更感惭愧及懊悔，实在有负先生的美意。此后几次文艺界迎春座谈会，见到先生，我均趋前问好。先生住院期间，我也曾陪同省委宣传部魏委女士看望。记得最后一次去医院，但见先生气喘如牛，坐卧不宁，心下戚然，感叹岁月之无情，人生之无奈。

先生笔耕一生，著述宏富，多才多艺，名播宇内，自不必我来缕述。我的感慨是，正像巴老去世后，中国文坛的大师级人物已难再寻觅，从而给我们留下巨大的空白一样，自近几年的陈健秋、何继光、钟增亚、任光椿等陆续辞世后，湖南文艺界老一辈堪称大家的人物也已越来越少。任先生工诗、善文，能译事，精书画，在多个领域均有高深造诣，卓然成家。先生经历丰富，识见超拔，乃真名士，腹有诗书气自华。如此宏博、有深度、能历久的人物，确是文艺界的宝贵财富。当他们在世时，我们虽然尊崇，但可能并不特别以为意；但当他们遽尔离去时，我们方倍感失落，倍觉可惜。因此，为了不留遗憾，在他们健在时，我们当倍加珍惜，珍惜这一脉精神的薪火，珍惜这一缕芬芳的菊香。

（2006 年 7 月 21 日）

人生的宽度与高度

在丙戌岁末、花甲之年，周克臣先生在这里举办他的书法摄影展，这是一件喜事、雅事、盛事。

在六十年的人生道路中，周克臣先生不断攀登，不断精进，也不断给我们以惊喜。我最初记住他的名字，是因为他是《体坛周报》的第一任社长。对于我们这些狂热的足球迷和《体坛周报》发烧友来说，周克臣先生的开创之功、经营之绩是不能忘记的。后来我知道，他是一位优秀的体育记者、出色的体育组织工作者。再后来我又知道，他还是一位颇有造诣的作家、书法家、摄影家。他贯通文体艺，兼修诗书影，显示出他人生令人惊异的宽度和高度，也确证了人的潜能的丰富性和无限可能性。作为湖南省作协的一名工作人员，我为有他这样一位多才多艺的会员而感到光荣。

我以为，周克臣先生之所以取得这样大的成就，既源自他的慧根灵性，更来自他后天的勤学苦练和积极修为。他以“腹有诗书气自华”自励，读万卷书，行万里路，积万日功，不为无益事，常做有心人，不断向人生的未知领域拓展。正因为如此，他才由一个仅读完初中的农家子弟，而在文艺、体育两个领域均登堂入室，成就斐然。他的经历和精神，都给我们许多启示。

（2006 年 12 月 30 日）

科学精神，人民情怀

（一）5 月的中国，水稻秧苗正在分蘖发叶，茁壮生长。田野上满目绿色，一片葱茏。一生荣誉无数的袁隆平，正式就任美国科学院外籍院士后载誉归来，又一次成为媒体报道的焦点、街谈巷议的中心。

一个杰出科学家的传奇人生，在我们面前徐徐展开；一项伟大研究的不朽意义，越来越深入人心。深刻认识袁隆平的价值，学习袁隆平的精神，成为社会的共识和大众的心声。这一活动的深入开展，必将极大地促进科学发展观的落实，推动创新型湖南、创新型国家的建设。

（二）作为一名科学家，袁隆平身上最可宝贵的，是他既有着伟大的科学精神，又有着深厚的人民情怀。这使他真正走入了科学大家的行列。

袁隆平身上的科学精神，是一种视科学为生命的精神。一个真正的科学家，都是视科学为生命的人，都是能在科学研究中找到最大乐趣的人，都是以科学为灵魂的居所的人。科学不是敲门砖，不是猎取名利的工具，不是因为热门而导致的选择。袁隆平是一个纯粹的科学家，从 20 世纪 60 年代开始杂交水稻研究，他就心无旁骛，矢志不移。在他那里，科研虽然有着最现实的动因：为人类解除饥饿的威胁，但他不是一个功利主义的科学家。在数十年的杂交水稻研究中，大多数时候他虽然艰苦寂寞，却乐在其中。如今他已然名满天下，却仍专注于田畴。

袁隆平身上的科学精神，是一种将自主创新进行到底的精神。从雄性不育性的研究到“野败”的发现利用，从“三系法”到“两系法”，从一般杂交稻的成功到超级杂交稻的试验，超级杂交稻从一期二期再到三期……袁隆平的路，是一条将自主创新进行到底的路。这种自主创新，源于袁隆平的不迷信书本，不盲从权威。袁隆平坚信爱因斯坦的一句话：“让每一个人都作为人而受到尊敬，而不让任何人成为崇拜的偶像。”在袁隆平的研究之路上，破除了多少教条和所谓的权威：从苏联李森科、米丘林的无性杂交学说，到“自花授粉作物无杂种优势”的权威论断，才最终获得全世界震撼的成功。

袁隆平身上的科学精神，是一种实践为本的精神。袁隆平说得好：“真正的权威永远来自实践。”他对实践的重视和坚持在科学家中是罕见的。他坚信，“书本上种不出小麦，电脑里种不出水稻”。正因为如此，在杂交水稻研究的关键时期，他每天或者头顶烈日、脚踩烂泥，或者栉风沐雨、浑身透湿，用自己的黑如木炭换来稻米的白似珍珠，用自己的精瘦换来稻种的饱满。即使在享有世界声誉之后，他仍坚持下田，每天不是在家，就是在试验田；不是在试验田，就是在去试验田的路上。

袁隆平重视实践，但并非一个狭隘的经验主义者，他是同行公认的战略科学家。他重视实践，但并不漠视科技的最新进展。他对分子技术、转基因技术等兴趣浓厚，表现出与时俱进的可贵品格。

袁隆平身上的科学精神，是一种领袖团队又融入团队的精神。现代科研，既离不开领军人物的“头雁效应”，也离不开团队的精诚合作。协作精神是科学精神不可或缺的要素。杂交水稻的成功，既是袁隆平个人的成功，更是在他指导下全国协作攻关的成功。在研究和推广杂交水稻的过程中，袁隆平从不搞技术封锁。正因为如此，中国的杂交水稻界才风云际会、精英辈出；中国的杂交水稻研究才捷报频传、成果迭出，遥遥领先于世界其他国家。

（三）袁隆平不但是一个有着真正的科学精神的科学家，也是一个人民的科学家。他与人们印象中那种沉湎于科学王国，似乎不食人间烟火的科学家截然不同。他来自人民，来自田野，为人民而研究，也从来都生活在人民群众之中。

人民是他从事科学研究的出发点和最高目标。科学的宗旨是造福人类，爱因斯坦说：“关心人的本身，应当始终成为一切技术上奋斗的主要目标……用以保证我们科学思想的成果会造福于人类，而不致成为祸害。”对于袁隆平来说，造福人类更有着切身的感受和现实的意义。年轻时候，五个饿殍在天灾人祸中倒毙于田间地头的景象深深刺激了他，人民的痛苦使他寝食难安。他毕生的追求是让所有人远离饥饿。这既是一个科学家的崇高职责，也是一个中国知识分子的道义担当。“天地之大德曰生”，人本的思想、济世的情怀深深融进了他的血液，使他的科学研究具有极大的人文精神、人本意义。

人民也成为他科学研究的永恒动力。因为袁隆平的伟大贡献，人民（特别是农民朋友）发自内心地尊敬袁隆平、感激袁隆平，给予他巨大的荣誉。在解决中国的吃饭问题上，人们把他和邓小平并列。一个农民给他塑了有形的像，千百万农民给他塑着无形的像。从市长到农民，都将热情的诗歌献给他，更有众多网友提名他为诺贝尔和平奖候选人。人民给他的荣誉，不但让他无限欣慰，更成为他进一步追逐“超级水稻梦”的无穷动力。袁隆平与人民的这种良性互动、鱼水深情，达到了科学的最高境界，也体现了科学家的最大价值。

袁隆平不但是人民科学家，也是人类科学家。他将人民情怀和人类关怀完美地结合起来，将祖国情结和世界胸怀完美地结合起来。他热爱人民，热爱祖国，但绝非狭隘的民族主义者，他总是从人类的角度、世界的视野来思考粮食问题，将“发展杂交水稻，造福世界人民”作为晚年最大的心愿。袁隆平的思想，已经远远超越国家、种族以及商业利益，而上升到人类的高度。他是中国科学界的诺尔曼·白求恩。

在袁隆平那里，科学精神与人民情怀互补共生，双位一体，统一于一个伟大科学家身上，统一于他漫长的科研历程中。

（四）认识袁隆平，学习袁隆平，对于贯彻落实科学发展观，加快实施创新型国家战略和人才强国战略，具有重大意义。

袁隆平的方向，体现了科学发展观的方向。科学发展观，是以人为本，全面、协调、可持续的发展观。袁隆平毕生的实践，鲜明印证着科学发展观的精神。杂交水稻是“绿色水稻”，杂交水稻研究是人类的第二次“绿色革命”；杂交水稻的思路，是充分利用自然资源而不掠夺自然资源，顺应自然规律而不违背自然规律，改善自然环境而不破坏自然环境；杂交水稻的成功，极大地缓解了中国乃至世界的人地矛盾、人口膨胀的压力，等于增加了土地或减少了人口。袁隆平的杂交水稻之路，把科技进步同自然环境协调起来，同人的全面发展统一起来，同社会的可持续发展一致起来，走出了一条科技、自然与人文相结合的文明新路，这对于贯彻落实科学发展观，无疑具有示范性意义。

今天的中国，经济高速成长的同时，资源消耗过快，环境趋于恶化，生态系统脆弱，已经引起全社会的忧虑。解决这一问题，需要大力贯彻落实科学发展观，在全民中普及和弘扬科学精神。只有科学发展观，才能引领我们从人与自然、环境、资源的矛盾中走出来，从后发国家所面临的重重困境中走出来。而科学发展观的落实需要科学的支撑，需要科学精神的支撑。

袁隆平的精神，刻写着建设创新型国家的精神。建设创新型国家，需要大力弘扬袁隆平的精神品格，特别是他的既勇于探索、敢于创新，又脚踏实地、埋头苦干的精神。

袁隆平的杂交水稻研究，是中国人完全依靠自己的智慧、自己的力量完成的，并且创造了多个拥有自主知识产权的杂交水稻品牌，被称为中华民族的新四大发明之一。在建设创新型国家的道路上，自主创新最为宝贵。实践证明，以市场换技术的思路、以引进代替自主研发的思路是行不通的，在关系国民经济命脉和国家安全的关键领域，真正的核心技术、关键技术是买不来的。由于没有自主知识产权，我们在许多领域都只能仰人鼻息，受制于人。我们长期处于国际产业链的下游，投入巨大的劳动力资源，获得的只是一点微薄的加工收入。“中国制造”在国际上俯拾即是，“中国创造”却凤毛麟角。有鉴于此，中央反复强调，要把自主创新能力作为衡量一个地方核心竞争力和可持续发展能力的重要指标，坚持走中国特色的自主创新之路。这是建设创新型湖南、创新型国家的关键。

自主创新，空喊无益，需要像袁隆平那样心无旁骛，埋头苦干。当前，社会上浮躁功利之风日甚，科研造假、学术腐败事件屡有发生。有的人动机不纯，投身科研和学术不是为了国家进步、社会发展和人类福祉，而主要是为了个人私利；有的人定力太差，总想走捷径，图虚名，于是投机取巧，弄虚作假，制造学术泡沫和学术垃圾；有的人作风漂浮，热衷于人际应酬和媒体走秀，“端酒杯多于端实验杯，上电视多于上讲台”。这样一种风气，是建设创新型国家的大敌。克服这种风气，袁隆平当为楷模。

袁隆平的人格，标识着德学双馨的大家人格。一位伟大的科学家，也必定是一位人格健全、情趣健康的人。“人就像一粒种子。要做一粒好的种子，身体、精神、情感都要健康。”袁隆平自由不羁，率性自然；充满爱心，富于童趣。他有着化繁为简、言近旨远的本事，善于用简洁朴素的语言讲出深刻的道理。他布衣蔬食，粗茶淡饭，在平常的生活中追求最大的乐趣。他懂英语、通音律、爱运动，有着深厚的人文修养。所有这些，都构成一个伟大科学家人格不可或缺的组成部分，成为他创造力喷薄而出、源源不断的源泉和动力。

拥有袁隆平，是中国之幸。造就新的袁隆平、更多的袁隆平，是当代之责。

科学兴国，人才强国。无可否认，在创新型国家建设中，我们培养了一大批优秀的人才，但人们总感到，社会上还存在着人文精神缺失、创新能力不强的现象，那种既有着巨大的专业成就又有着高尚品格的大师级人物渐行渐远，那种人中麟凤似的巨匠越来越难以复现。这给我们的社会提出了一个严峻的课题：我们如何从观念、制度、文化等各个方面，造就大批将科学精神与人民情怀、专业素养与道德操守、事功追求与社会责任完美统一的大师、巨匠似的人物，如何营造一种尊重科学、尊重创造和有利于创新型人才脱颖而出的社会氛围和体制机制，以使我们的创新型国家建设具备更为扎实的人才基础？在这方面，袁隆平及其成才之路，可以给我们恒久的启示。

（《新湘评论》2007 年第 7 期）

一个四川人与一片湖湘文脉

你越是了解张栻，就越会对他肃然起敬。

公元 1165 年，32 岁的四川人张栻出任岳麓书院主教，代行山长职事。此时，多年前毁于战火的岳麓书院刚刚在湖南安抚使刘珙的主持下重建。1169 年，同是在刘珙推荐下，张栻除知抚州，离开岳麓书院。短短的四年时间，张栻如同一颗光芒四射的流星，从岳麓山上空划过，在湖湘文化的史册上留下了不可磨灭的印迹。

是他，将兴而复废、废而再兴的岳麓书院重振旗鼓，创制了新的讲学规制与范式，他也因此成为书院史上的中兴名师。正是因为他作为“东南三贤”（另两人是朱熹、吕祖谦）的巨大号召力，岳麓书院才出现“道林三百众，书院一千徒”的盛况，成为“潇湘洙泗”“道南正脉”，湖湘学术才极一时之盛。

是他，将既重学理探究又重经世致用的学风传于岳麓，扎根湖湘，成为湖湘学人最根本也最宝贵的精神传统。张栻，平生以“怀古壮士志，忧时君子心”自许，完全不同于那些皓首穷经的腐儒，也不同于那些“平时袖手谈心性，临危一死报君王”的绣花枕头。年少则“慨然以奋伐仇虏，克复神州为己任”；为官则敢于犯颜直谏，不看皇帝脸色行事；为学则强调格物致知、躬引实践、知行互发；主教则启发学生以实用为贵、以空言为耻，以天下为公、以私利为轻，求得道德和学问的同时长进。这样一种人生理想和学术理念，奠定了湖湘文化的核心价值。

是他，恭迎朱熹讲学岳麓，成就了朱张互讲的千古佳话。遥想当年，34 岁的张栻和 37 岁的朱熹，并肩而坐，侃侃而谈，头顶是朗朗青天，面前是从各地闻讯赶来长跪而坐的熙熙学子。不见刀光剑影，但闻唇枪舌剑，“三日夜而不能合”。这是中国文化史上一次伟大的高峰论坛，是中国儒学史上一次炫目的麓山论剑，是中国高等学府一场影响千年的辩论赛。在两个多月的时间里，湖湘学和闽学的两位绝世高手，在这里一展平生所学。然而，“文无第一，武无第二”，会讲的结果，不是争个你高我低甚至你死我活，而是互相启发，彼此获益，共同推动儒学的发展。讲学之余，两人泛舟湘江之上，振衣麓山之巅，把酒临风，诗词酬唱，尽显惺惺相惜之友谊，留下朱张渡、赫曦台为证。两个月匆匆而过，在朱熹即将离湘之际，两人又同游南岳，虽值寒冬，但他们兴致盎然，依依不舍，下山至株洲而别，留下“朱亭”遗迹。在京珠高速公路上，当你在飞驰而过的车上瞥见“朱亭”这一路牌名时，请默思片刻，凭吊两位伟大的先贤。

如今，朱熹大名垂宇内，而张栻，除了少数学人外，一般人可能所知甚少，甚至在一些字典和电脑字库中都找不到“栻”这个字。这是因为他英年早逝（48岁），来不及将自己的学术进行朱熹式的综合集成。然而岳麓书院不会忘记，湖湘文化不会忘记，一代宗师张栻的开创之功、立基之德。

（2007年8月9日）

瑶乡的深情歌者

今天，在中国现代文学馆这个高贵的文学殿堂，中国作协少数民族文学委员会联合湖南省作协举办瑶族诗人黄爱平诗歌研讨会，这是湖南省作协之幸、湖南省少数民族作家之幸。

湖南是一个多民族的省份，湖南的少数民族文学有着悠久而光荣的传统。从沈从文到孙健忠，从石太瑞、蔡测海、贺晓彤、向本贵到田耳、马笑泉，20 世纪以来，湖南涌现了一大批优秀的少数民族作家，而黄爱平，就以其坚实的步履，站在这一队列中。

黄爱平生于瑶乡，长于瑶乡，在长期的基层工作中，同人民群众朝夕相处，同生养他的那片土地休戚与共，他的诗歌创作同人民群众、同瑶乡同胞、同广袤田野心息相通、血肉相连。他质朴的诗歌语言中蕴藏着厚实的情感力量，浓郁的乡土特色，深情的理想主义，唤起人们对瑶乡的热爱和对广阔生活的思考。他的灵感深植于古老的民族传统，又能与现代生活自然焊接；既有民族性，又有现代性，可以说在乡土诗的写作上迈出了具有重要意义的一步。他的诗歌题材，既独特又丰富。作为一位瑶族诗人，他深深地爱着瑶山瑶民，大瑶山的草木花鸟，瑶民脸上的皱纹，即将出嫁的瑶姑，父亲的酒盅，母亲的叹息，都汇集到他的笔下，令他诗如泉涌。透过他具有瑶族特色的语言表象，我们读到的是诗人对瑶族文化和传统一往情深的追忆、探源和眷恋。瑶家昔日的苦难历史是诗人心头深沉的伤痛，但他并不止于舔舐伤口，他在诗中表现出的目光是现代和朝前的，胸襟是开阔宏大的。正像他在《磨坊》中表达的那样，望着母亲白白流失的生命，听着磨坊单调的水声，他想到的是“我不相信这世界上 / 仅仅是这么一种单调的响声 / 窗外有松涛 / 远方有雷鸣”。我们从他诸如此类的诗歌中，读到的是一位瑶族诗人对新世纪、新时代、新生活的憧憬与讴歌。他的笔下有大海、有草原、有都市，有他四十多年的人生足迹，有现代人的种种难以名状的情绪。他的诗思诗绪，表面上平静如水，很少做金刚怒目或激昂慷慨状，但充满内在的激情和张力。2007 年底，他以《黄爱平诗选》一书，荣获湖南省第三届毛泽东文学奖，这是对他长期坚守诗歌创作所给予的褒奖。

这些年来，湖南省作协一直比较重视少数民族文学创作。我们成立了少数民族文学委员会，2007 年在湘西召开了全省少数民族文学创作座谈会，邀请了全国一些著名的少数民族文学专家与会。会议对全省的少数民族文学创作进行了回顾总结，也进行了组织发动。在重点作品扶持、会员发展、作品评奖等方面，我们向少数民族作家进行了倾斜。正因为如此，这些年我省的少数民族文学创作一直保持着较好的态势，可以说是新人辈出，佳作不断。除黄爱平、张心平、向启军等中年作家外，一批青年作家崭露头角。在“文学湘军五少将”中，田耳、马笑泉、于怀岸等三人都是少数民族作家。他们正以其独特而充满活力的创作，将湖南的文学创作推向前进。

（2008 年 4 月 2 日）

一朵火焰熄灭了

——怀念彭燕郊先生

一朵火焰熄灭了。

清明前夕，彭燕郊先生走了。我得到这个消息，是在厦门旅途中。2002 年我到厦门出差时，听到的是陈健秋先生——一位我十分敬重的剧作家——去世的消息，这次，是彭燕郊。我不由得产生某种宿命般的感觉。我心烦意乱地在鹭岛的海滨徘徊，在那些高大的榕树下张望，一边想起彭先生当年写的那些《怀厦门》《怀榕树》的诗，想起这位生于福建莆田而大半辈子在湖南度过的诗坛前辈的点点滴滴。

从厦门匆匆归来，时近深夜，我来到彭先生那所朴素的居室，在同样朴素的灵前，深深鞠躬……

我无法描述得到这个消息时的震惊、失落与悲伤。就在春节前，在冰灾最严重的时刻，我来看望他，他身体还是那么健朗，看不出一点病态。尽管一个星期没有出门了，但听说我要来，他和夫人甚至踏着厚厚的冰雪一起到离家几十米的小坡上接我，而我早从另一条小径直接到了他的家门口。我既感动又惭愧，为一位大师如此的谦和有礼、高谊可风。他和我聊他整理书籍时找出来的一些珍贵的旧版图书和名人书信，聊他今年（2008 年）的设想，聊春节的一些安排。一如既往地从容、平和，带着淡淡的喜悦。谁知，这竟是我们的最后一面。

在冥纸燃烧的微弱火焰中，在几个守灵的学生的絮絮讲述中，我凝视着彭先生的遗像，暗暗懊悔春节后为什么没再来看他。

去年（2007 年）9 月他 88 岁大寿时，我们几个朋友为他在长沙的一处餐馆举行了一个简单的生日聚会。我援引文坛故事，举杯向他祝贺："何止于米，相期以茶。"我这不是客套，而是真诚的祝愿，也是自己真实的感觉。在我眼中，耄耋之年的彭燕郊先生虽然文弱，但精神高洁、内心充实、起居有序，是可以活到百岁以上的。他喜爱散步，几次到作协老院子，都是漫步而来。我不免担心，但他毫不在意，我要派车送他，也往往被他拒绝。他对自己的身体很有信心，我们也对他的期颐之年满怀期待。老子曰，上善若水；孔子说，谦谦君子，温润如玉。我一直以为，彭先生就是那种虽然如水般柔弱，但如玉石般坚久的人。

而今，命运竟对我们开了这么大一个玩笑。

一朵火焰，有柔和的光
恬静的，越看越亲切的光
并不摇晃，并不闪烁

可以长久注视的光

这是彭燕郊先生送给朋友的诗句。他正是这样一朵火焰，一朵诗歌的火焰。而今，这朵火焰熄灭了。

回想起来，仿佛一切冥冥中自有安排。2007 年，一向过着恬静的隐居生活的彭燕郊先生，突然发现文坛的几场活动都和自己有关。先是 5 月，湖南省作协、湖南文艺出版社、湘潭大学文学院等单位联合举行了《彭燕郊诗文集》首发式暨创作研讨会。这套堪称彭先生用一生心血集成的书，筹备良久，不无艰难。其间，我和朋友们为书的出版一起做了一点推动工作。那天，彭先生的旧友新知、研究者崇拜者，齐聚湘大，朗诵诗歌，放纵诗情，使春天的校园里弥漫着浓浓的诗意。80 多岁的彭先生参加一整天的活动，毫无倦意。6 月，佛山的《诗歌与人》杂志举行颁奖典礼，把一向授予世界级诗歌大师的“诗人奖”颁给了他。到年底，中国散文诗学会、《文艺报》、中国现代文学馆、河南文艺出版社在北京举行了中国散文诗 90 周年纪念活动，彭先生被授予“终身成就奖”。我支持他赴京领奖，但他思虑再三，终究未能成行。对于历经坎坷而归于平淡的彭先生来说，外在的荣誉或许无足轻重，但对于我们这些热爱并尊敬彭先生的人来说，能为这样一位长期被忽视的杰出诗人做点什么，也算于心稍安了。那么，彭先生是带着内心的安宁与满足走的吗?

坦率地说，我虽然喜爱彭先生的诗歌，但不敢在他面前谎称知己。大学时代，我从“七月”派中知道彭燕郊的名字，也买过他的

《和亮亮谈诗》。后来，我研究过一段时间胡风的文艺理论，对胡风所赞赏和扶植的七月诗人有了更深的了解。这些“热爱祖国，热爱到不能用文字形容”（彭燕郊）的爱国者；这些面对敌人的侵略永不停息地“用嘶哑的喉咙歌唱”（艾青）的歌者；这些“立意在反抗，指归在动作”（鲁迅）、永远充满着“力的战斗精神”（胡风）的战士，曾深深地打动了年少的我。而彭燕郊，在“七月”诗人群中，又是极为独特的一个。他在新四军行军路上的苦吟，他在炼狱中的潜在写作，他归来后的诗歌突围，他 64 岁以后的“衰年变法”，他 70 岁以后推出的重磅之作《混沌初开》《生生，五位一体》（或名《生生，多位一体》），使他的一生，成为不断探索诗歌艺术巅峰的一生，不断超越自我的一生。越到晚年，他越超越一般的诗歌层面，而进入一种哲学的境界、宇宙的境界。以至有论者认为他构成了中国现当代诗歌史上一个独特的“彭燕郊现象”，提出“认识彭燕郊”是摆在我们面前的一个重大的文化和诗学课题。我对此深有同感，但面对彭燕郊，以我辈之愚，很难说能从思想上、美学上完整地把握他。特别是他晚年的思想和作品，不是用几句时髦的话语就能表达的，需要我们用整个的生命去拥抱和感悟。

一朵火焰，平凡的圣迹
在它的每一个斜面和尖端上
在所有的金红的雾霭和阴翳里
殉教者般地发光，但不耀眼，也不刺目

是的，或许彭燕郊先生从来就不是一团熊熊烈火，他只是一朵火焰。既不耀眼，也不刺目。但这是怎样的一朵火焰呢？他不光是诗人，还是战士；不光是诗人，还是文艺理论家、编辑家、出版家、民间文艺家；不光是诗人，还培育了那么多英才……他是中国古典文化和20世纪波澜壮阔的现实生活孕育的有着通才通识的大师级人物。他是平凡的圣迹，永远在殉教者般地发光。这样的人物，在当下中国，已经渐行渐远、凤毛麟角。

人们都清晰地感受到了这种危机。我乐于参加有关彭先生的一切活动，在有限的时间里不知餍足地看着他，聆听他的每一句话语，始终没有一点私心：这样的亲近大师的机会，是一次比一次少了。

在戊子年清明前夕的大雨中，亲近先生的机会，终于永远地失去了。

一位伟大的诗人走了，一朵生命的火焰熄灭了。但他诗歌的火焰、精神的火焰，将永不熄灭。

（《文艺报》2008年7月1日）

金庸来归，云胡不喜

金庸先生加入中国作协尘埃落定。还在其公示时，估计中国作协也没想到，它会成为一个沸沸扬扬的“事件”。其间，意见领袖纷纷登场，拍砖手们板砖横飞，有人痛心疾首，有人冷嘲热讽，将一件再正常不过的事情硬生生炒成了舆论热点。

其实，以平和与理性的心态观之，金庸入会实在是一件两情相悦、两全其美的好事，何乐不为？云胡不喜？

说两情相悦似乎有点那个，但确实就是这么回事。在金庸先生而言，向中国作协主动示好，并且不摆大师之谱，不提特殊要求，即使名满天下，也严格遵守入会程序要求，由好友邓友梅、陈祖芬介绍，中国作协书记处审核批准，媒体公示，与其他申请入会者并无两样。这种谦谦君子的风范、尊重规则的精神，倒真值得我等佩服。在中国作协这边，这些年来一直以开放的、兼容并蓄的心态吸纳会员，网络作家、“80后”、自由撰稿人……越来越多地进入作协大家庭。如今继 20 世纪 80 年代后再次向港澳作家开放，并且能有金庸先生这样重量级的人物加盟，肯定也是一件华枝春满天心月圆的赏心乐事。

金庸虽贵为武侠宗师、文坛泰斗，但他毕竟是一个社会人，是社会人就有归属需求，就有加入社会组织的冲动。你可以独行江湖，也不妨自立门户，但是否也可以理解一位耄耋老人加入祖国文学大家庭的情感需求？说到底，金庸先生加入 1949 年就已成立，茅盾、巴金先后为其主席的中国作协，不但不是什么“失节”，反而足以令其自豪。君不见，如贝利、马拉多纳这样的足坛大佬，皇马、曼联这样的绿茵豪门，不也是在国际足联这样的组织及其开展的活动中获得尊严与归属的吗？

中国作协迎进金庸，可以透过他增强对台港澳及海外华人作家的吸引力亲和力，更为便利地开展内地与台港澳的文学交流；可以增强在广大“金迷”乃至更多年轻的文学爱好者、从业者中的影响力和认同度，从而提升其品牌形象。

人们公认，作家是最为独立、最有个性的。作为中国最大的作家组织，中国作协的工作不是没有改进的空间，但一直以来，它受到了过多的误解和不公正对待，甚至被恶搞和污名化。其实稍微了解内情的人都知道，中国作协这些年来一直秉承“作家为本，服务第一”的理念，真诚地、细致地、持久地做着服务作家、广交朋友的工作。金庸来归，只是这些工作水到渠成的一个结果罢了。

（2009 年 6 月 26 日）

青春的梦，不灭的光

“燃烧着心中不灭的光，让所有远方为我发烫。”一句如此简单的歌词，为什么总是让我怦然心动，不由自主？

这是一个燃烧的夏天，这里摸得到发烫的梦想。2011 年的长沙之夏，烈日当空。2011 年的“快女”，如火如荼，有情有义。

已经七轮，渐入佳境。你方唱罢我登场，有人离去，有人留下。永远不走的是温情与感动。当王艺洁与洪辰在 1000 名大众评审面前终极 PK，结果悬殊，大胜的洪辰在王艺洁怀里哭得像个孩子一样无法抬头，而王艺洁却始终高昂着头颅，安慰着洪辰。那一刻，我的心温暖而潮湿。

而这不只是个案，也不只是我的个人感受。每一轮，每一回合，都有无数的眼泪在飞，有无边的温情在弥漫。8 进 7 那场，“我想念”的主题次第展开，刘忻 7 年的北漂生活，段林希每个月 600 元的酒吧驻唱往事，王艺洁雨林深处的环保梦，苏妙玲那块沉甸甸的田径比赛奖牌，还有那些让她们如此挂念的小桥、小电驴、公交车、丝娃娃、钢琴和听过所有秘密的小河，一一呈现在观众面前。“不知不觉中，我泪流满面，记忆深处的那根弦，它响了。”一位网友在微博中如是留言。

也许，有人会认为这是作秀，是煽情，是催泪。

是的，从“超女”到“快女”，这块绽放梦想的舞台早已不是单纯的赛场，而是一个综合的宏大的秀场；我们所看到的也早已不只是“选秀”，毋宁说是“秀选”。但这里秀的不是嫉妒、陷害、小肚鸡肠、自高自大或自轻自贱，而是在秀才艺、秀个性、秀思念、秀成长，秀的是自信、乐观、拼搏、坚持、友爱、真诚……这样的秀有什么不好呢？这样的秀是心灵暗示，也是人格诱导。由此你可以理解，如此激烈的竞争，没有负面事件；每一个离开的选手，不出恶声。

是的，“快女”的每一场都在煽情。但这里煽的是如酒的亲情、如歌的友情、如诗的爱情，煽的是内心深处的似水柔情，煽的是你我平时被厚厚的茧壳包裹下的真性至情。

“翻山越海，路很长，梦的方向，叫做闯。从来没有回头望，就算我被遗忘，也要唱到最后一场。”主题歌很给力，一扫小女生的弱不禁风。这是音乐的“武装”，也是人生的信念。这是青春之梦，这是励志之歌，这是“少年心事当拿云”，这是生于锦绣之中长于宠爱之手的90后们所应该听到的醍醐之音，所必须经历的人生蜕变。

从2004到2011年，从“超女”到“快女”，7年走过，有变有不变。变的是形式，是包装，或许也有一些理念。曾经被认为有一点叛逆、有一点另类的“超女”，在主流文化的引导与规训下，实现了她华丽的转身。

但“超女”之魂一以贯之。她依然是草根的圣殿，青春的战场，个性张扬的天地，梦想驰骋的舞台。

“燃烧着心中不灭的光。”上帝说要有光，于是就有了光。

上帝就是你我。你我就是上帝。

（《湖南日报》2011 年 8 月 31 日）

瓜熟蒂落，实至名归

看莫言获奖后第一次面对记者，我有两个观察：一是尽管他故作平静，终归掩饰不住笑意，有的媒体甚至用词“狂喜”来描述。二是他确有大家气象，从容不迫，应答得体。莫言有理由高兴，我们为他的高兴而高兴，我更为他的从容大气而高兴。

坦率地说，莫言的作品（特别是后期的）有一些我并没读过，但我至今都还记得20世纪80年代中期莫言的中短篇小说给我的巨大震撼与惊喜。《透明的红萝卜》《红高粱》《爆炸》《白狗秋千架》……这些小说中饱满的色彩、丰沛的想象、流畅的第一人称叙事、充满传奇性的故事情节，像一道道“球状闪电”（莫言一篇小说以此为名），完全把作为文学青年的如饥似渴的我击中了。而且出身乡村的莫言并不讳言，他当兵和写小说都是为了摆脱现实，出人头地。他雄心勃勃，创作力旺盛，作品一部接一部。那时正是魔幻现实主义在全世界爆炸，马尔克斯登陆中国，莫言这些混合了中国经验与魔幻手法的作品的确令人耳目一新。与那些旧式的现实主义作家相比，莫言的想象力是空前强大的；和一味玩实验的新潮派相比，他的本土经验又是无与伦比的。我以为，这就是莫言的独特性所在。这一独特性贯穿始终。

莫言的获奖，也是坚守的胜利。从 80 年代到现在，有才华的中国作家如过江之鲫，写过惊世之作的作家也不在少数。但一直心无旁骛地坚守在文学世界，并且持续不断地有新的创造的作家不算太多，始终保持一流水准的作家就更是凤毛麟角。莫言是其中的一个。在文学评奖上莫言并非一直春风得意。自《红高粱》获全国中篇小说奖后，他的《丰乳肥臀》遭遇风波；《生死疲劳》已经是一部杰作，但与茅盾文学奖擦肩而过；《四十一炮》又是一枚“哑炮”；直到《蛙》，才终获 2011 年的第八届茅盾文学奖。

当诺奖未揭晓时，尽管赔率很高，我们还是很难相信它会给莫言，因为这个奖忽视中国作家已经太久太久。当结果出来后，我的结论是，无论对莫言，还是对整个中国作家，这个结果都可说是瓜熟蒂落，实至名归。

当前，无论是中国文学还是中国文化，在世界上正位正名，此其时也。对于一个正在蓬勃向前的民族，没有什么是不可能的。

（《金鹰报》2012 年 10 月 14 日）

妙语解颐，别有韵致

——《脱口而出》序

古有孔子庄子，今有段子。

段子其谁？巴陵段华也。段华为人幽默，性喜诙谐。眼眨眉毛动，口张笑话来，其喜剧才华不下于古之东方朔，今之赵本山。在岳阳，他是出道颇早的作家、文化教育界的资深官员。但相比起来，他讲笑话的名声似乎更大。无论是座谈、聚餐还是同行，只要有段华在，必定是妙语解颐、笑声滚滚，让人多活一百年。在这方面，他不但名动潇湘，而且声名远播于国内乃至海外。我常想，民间有高人，不要看有的人在舞台上经常露脸，号称名家，但要说起表演天赋和语言才华，不一定比段华等辈高明。收在《张口就来》中的这些故事，我以为入于《滑稽列传》和《笑林广记》也毫不逊色。

称他为“段子”，固为玩笑，然并不过为已甚。

段华有急智，这是让我最佩服的。无论是对对子还是斗机锋，段华皆不假思索，张口就来，且都是绝妙好对，无上机锋。和那些网络笑话和手机段子的二道贩子不同，段华的段子，基本都是原创，都是日常生活的即兴演出，充满了随机应变的快乐和世俗生活的情趣。像“火车失火，救火车救火车；泥船陷泥，挖泥船挖泥船”、《访欧选德》《落到湿（实）处》《张家界》之类，真乃谈言微中，不但足以解颐，亦足以解纷。饶是你学富五车博士毕业，也不一定比得上段华的急中生智和出口成章。

段华有文才，这使他不同于那些一天到晚讲鄙俗不堪的荤段子的人。多年来，段华于小说、诗歌、戏剧、报告文学无不涉猎，且都成绩不俗。他有深厚的文学功底，有对汉语的天生敏感，有达观的生活态度，有一颗永远年轻的诗心。与他交往，你会发现他总是沉醉于汉语言的排列、组合、谐音、双关、通假、歇后语等之中，乐此不疲。岳阳有文脉，巴陵多才子，段华身边有一群才高八斗又情趣相投的文朋诗友，经常诗酒唱和、互相打趣，他又是个极爱朋友、极喜凑兴的人，这才成就了他那些妙不可言的对联、拍案惊奇的题字（词）、匪夷所思的接口。读读书中的《南园题词》《开门庆典》《吻定君心》《茶楼题字》，其文采风流令人神往。古代的兰亭诗会、曲水流觞，也不过如此吧。

段华为人善良，宅心仁厚。每次看到他那张充满喜感的脸，听着那些轻松幽默的笑话，我就烦恼顿消。世上聪明人多，但有些人聪明得刻薄；如今口耳传播的段子不少，但很多透出一股怨毒之气。段华的段子，除了极个别以外，都是无伤大雅的嘲讽、谑而不虐的玩笑、名骂实吹的鼓励。即使是小有不忿的反戈一击，那也只是逞文字之勇、图口舌之乐罢了。

谓予不信，请展卷一读。

（《湖南日报》2012 年 7 月 18 日）

学人典范，湘人翘楚

——我对凌宇先生的认知

如果要我对凌宇先生作一个定位，我觉得可以用两个“人”来概括：一是学人，他是一位具有深刻北大色彩和启蒙精神的学人；二是湘人，他又是一位鲜明体现了湘人血性和济世情怀的湘人。

先说学人。

凌宇先生其学其魂出自北大，他身上有着典型的北大标识。首先是独立精神、自由思想，不曲学，不阿世，独标一格，不从流俗；其次是深厚的学养和严谨扎实的学风，他的著作并非汗牛充栋，却部部有洞见，有分量，能传世。这是大部分北大教授的特点。他不像一些人到处跑场子，追求曝光率，在一堆科研数字和媒体追捧中刷知名度和存在感，而是在书斋中扎实沉稳地做学问。凌宇先生作为学人的第二个标识是他的启蒙精神。他是属于1980年代早期出道的那一代北大学人，“五四”传统的流贯使他们身上奔腾着启蒙的血液，蒙昧已久的荒芜现实召唤他们高擎启蒙的精神火炬，80 年代激荡的思想解放潮流注定他们要挺立在启蒙的潮头。宗奉“德先生”和“赛先生”，反对愚昧和野蛮，是他们终生的志业。他和钱理群、陈平原等一干王瑶弟子，都是正宗的鲁迅传人。正好他研究的又是沈从文——一个终身坚守启蒙立场的五四之子。凌宇先生的著作，无论是《从边城走向世界》，还是《沈从文创作的思想价值论》，都体现了强烈的启蒙精神。他给他的一大批门生，也都灌注了启蒙精神。

再说湘人。

凌宇先生是如假包换的湘人，他身上有着湖湘文化的典型特征：浪漫的性情和瑰丽的想象；霸得蛮，不服周；救世济民的情怀与担当。凌宇先生不是作家而是学者，但他是性情中人，他的浪漫和想象一点也不比作家低，他的文字洗练漂亮，有美感。凌宇先生的著作，公认学术性、历史性、文学性兼具，我认为不下于夏志清。我还记得初读《从边城走向世界》时，被其敏锐的审美感觉和张力巨大的文字功夫所折服。他的《重建楚文学的神话系统》，更是以诗性的语言打开了楚文学的想象之门，影响了一代作家特别是湖南作家，从学理上引领了寻根文学。凌宇先生是湘人而且是苗族，是边地之民，他个性中的霸蛮、倔强、执着，敢为先、不服周，藐视权贵，是我们都有深深体会的。凌宇先生是学者，但不是书生，更不是皓首穷经的腐儒，他深深关心现实，关怀众生，力所能及地用学术推动社会进步。他担任过两届全国人大代表、省政府参事，学者参政，文人经世，经常参与调研视察，咨询审议，为人民代言，为当局建言，担当了一个学者所应担当和能担当的社会责任。

学人、湘人，不是两个人，而是一个人。它们在凌宇先生身上不是单一的、分裂的，而是融合的、互补的。缺了哪一方面，都不是完整的凌宇。他的开阔厚实的学人风范，使他的湘人性格摆脱了粗陋蛮野的层次，去掉了狭隘偏执的弊端；他热烈入世的湘人情怀，使他的学术研究更有个性，更有色彩，更有温度，更接地气。

我无力也不想为凌宇先生画一幅纤毫毕现的油画，只能提供一个素描图样。我觉得以上两“人”之外，还可以用四句话来描述凌宇先生的学术成就和人生地位：从边城走向世界，从书斋介入社会，开风气之先，成一时之盛。从边城走向世界，是借用他对沈从文的评价，既是指他的人生经历和学术视野，也指他的学术影响。他的学术成就不但在国内是公认的，而且是世界性的。从书斋介入社会，是指他的社会职务与贡献，学而优入世，入世而以学为本。开风气之先，是指他 80 年代初从北大毕业回湘后，以新锐的思想和凌厉的文笔，一扫湖南学术界比较沉闷保守的风气，对湖南文学界也产生了相当大的影响。成一时之盛，是指在他的带领下，湖南师大的中国现当代文学研究在很长一段时期内人才济济，成果迭出，其盛况为国内高校所少有。

（《金鹰报》2014 年 8 月 20 日）

写在罗成琰离去周年的日子里

时间过得真快，转眼间罗成琰离开我们已经一年有余了。在这一年里，我有时梦到他，有时和朋友们谈起他。时常我会觉得他并没有离开，仍然会在某一天给我打电话，说他从北京回来了，要小聚一次。

是的，五年前他离开湖南北上后，几乎每次他回湖南，或因公或度假，都会邀集我们小聚。小喝一杯，谈谈彼此的情况。对他的入京高就，我们都由衷地高兴，从来不会写旧体诗的我，也凑了一首五律：“当年罗博士，翩翩气自华。著述称浪漫，为人亦风雅。廿载樟园路，十年艺苑家。此去还旧国，蟾宫折桂花。”到中国文联后的三年多时间，他也的确顺风顺水，凭他的底蕴和努力，获得各方面的认可，称得上人生赢家。偏偏这个时候，他竟突发重疾，一病不起。我们这些朋友，除了感叹命运无常、造化弄人，还能说什么呢。我很少睡不着觉，但得知他不治的那天晚上，我是彻夜难眠。

最早认识罗成琰，是在25年前，那时我刚毕业，到宣传部门从事文艺管理工作，因为自己是学文艺美学的，比较喜欢参加湖南文艺评论界的活动。记得是在一个青年作家批评家对话会上初次见到罗成琰的。那时他三十出头，玉树临风。20世纪90年代初的湖南评论界，一班青年评论家承80年代思想解放之余绪，挟初生牛犊之气势，在凌宇先生等前辈影响下，指点文坛，臧否艺事，互为奥援，顾盼自雄。罗成琰、谭桂林、龚曙光、龚旭东、吴康（也已作古）、聂雄前等都在其列，而罗可以说是他们中的带头大哥。这不但因为他年长几岁，也因为他出道更早，80年代后期即以北京师大现当代文学博士的身份回湖南师大任教，出版有专著《现代中国的浪漫文学思潮》，那时湖南的文学博士真正是凤毛麟角。还有一个原因，在我看来，他身上湖南人的"匪气"较少而儒雅之气更多，所以我说他是"当年罗博士，翩翩气自华"。

2001年，罗成琰从高校调到湖南省文联任党组书记，我和他的交往逐渐多了起来。及至2005年我到省作协任职，就越发密切了。他是大书记，我是小书记，但工作性质、工作对象、遇到的困难和矛盾都差不多。我们都想把工作搞好，都有点文人心性，我经常向他请益，他也会偶尔向我吐槽。原来的文联和作协互动不太多，罗和我都有意加强两个单位、两支队伍的联系和配合，于是一起举办每年的迎春联谊会，一起组织文艺界的采风、笔会、作品研讨会，每年这样的联合行动总有四五次。对此，作家、艺术家是满意的，主管部门也觉得好。在他手上成立了湖南文艺评论家协会，他任主席，我也在协会里面做些工作。协会搞了不少活动，只是相比90

年代初的群英会，市场经济大潮的冲击，各人志趣的变化，使湖南评论界的盛况不再。同一时期，我攻读凌宇先生的博士，他也是导师之一。有时他会摆摆文联领导和博导的“架子”，逞点口舌之快，或在玩牌时计较一番，我觉得这是他的真性情，不但无伤大雅，而且颇有亲切欢乐之感。

2009—2010年间，我们两人的人生轨迹先后面临变化。我自己的情况不必细说，最后是到了湖南广电工作。去留之间，没少与罗成琰交流。罗则是被中国文联相中，以很快的速度办好手续，离开他供职十年的湖南文联，昂首还旧国，打马入京华。我们这些朋友都知道，罗在省文联工作一些年头后，一直想有所变动，但一直都没能如愿。此时以年过半百之身，离开经营多年的湖南，到北京的大机关做个中层负责人，说是荣调晋京，其实也是挑战自我，是需要相当的勇气的。我理解，这是他对改变自己命运轨迹的最后一搏。这个时候，这个纤瘦而文气的人身上爆发了惊人的能量。有人不解，但更多的人是祝福。

在罗成琰身上，糅合了中国传统士君子和湖湘学人的一些特点。诸如“士不可不弘毅，任重而道远”的使命感，“天行健，君子以自强不息”的奋斗精神，“仕而优则学，学而优则仕”的价值选择，温文尔雅、谦谦君子的风范，与人为善、成人之美的品德。我当然不是说他是一个完人，但他做到了孔子所说的“志于道，据于德，依于仁，游于艺”。他五十多年的人生不算太长，但他为学著述等身，为师桃李芬芳，为官政声不错，为艺悟性很高，为人有君子之风。他来到这个世上，求索过，努力过，奋斗过，成就了一番功业，留下了不菲的精神遗产。他的过早离去，是他本人、家人、友人的巨大遗憾。

晋陆机《短歌行》有言：“人寿几何？逝如朝霜。时无重至，华不再阳。”生命的长度很大程度上不取决于自己，但怒放的生命之花将长留于天地之间。我们为罗成琰的英年早逝而悲伤，但他有限的生命所呈现的密度、达到的高度，让他死而无憾，虽死犹生。

（2015 年 11 月 30 日）

03 第三辑

一个不合时宜的人

当你揩干净脚上的泥迹，奔向远方成为一名所谓的大学生的时候，你曾拼命想把自我变成一个跟上时代的人，一个新生活浪潮中的自如者。那时你留起长发，努力学习跳舞，一遍又一遍地听着崔健的摇滚和童安格的歌谣，把熬夜和中午十二点起床视为最好的生活方式。这样你便有一种引领时尚的感觉，并且以此自豪。

然而现在，当商品大潮轰然而至，实利主义的时代开始；当工业文明的发展带来机械复制的盛行，并且肆无忌惮地侵入了精神文化领域；当时尚借着金钱与传媒的力量主宰人心使个人无处逃遁时，你发现，你成了一个不合时宜的人，一个不可救药的保守主义者。

举目四顾，熙熙攘攘的人群都在为捞钱而奔忙，人们在物欲的泥潭中辗转挣扎，欲拔不能，而精神的园地却一片荒芜，无人拾弄。舆论在猛烈地批判着“重义轻利”的传统哲学和“小富即安”

的小农思想。可是你，一个小农的儿子，却实实在在是“小富即安”甚至不富亦安。要命的是，你还常涌起一种“君子忧道不忧贫”的悲壮与清高。在金钱社会里想扮演一个君子，这无疑是极为可笑的。

当卡拉 OK 从沿海风靡至内地最偏远的小镇时，你却始终不能全身心地接受它。你也曾应友之邀步入卡拉 OK 厅，可是那形形色色的三点式女郎的搔首弄姿令你作呕，牛头不对马嘴的画面让你索然寡味，浓烈的充满着肉欲气息的脂粉味使你心情沮丧。更可怕的是，当全城都在唱着同一首歌而你也加入这一合唱时，你油然而生的是一种古希腊式的疑问：“我是谁？我在干什么？”在拒绝了卡拉 OK 的同时，你甚至拒绝了跳舞。

人们越来越理所当然地享受着第三产业蓬勃发展带来的一切好处，而你却无法坦然地坐在一个擦皮鞋姑娘的面前，将里面其实是臭袜子的脚伸向她而自己惬意地吐着烟圈。你宁愿让鞋子沾满灰尘也不愿贸然出脚。尽管这也许恰恰使她失去了赚钱的机会，但那种人格不平等的感觉仍深深刺痛了你，也许这感觉本身就是荒谬的。没办法，感觉就是感觉。同样，你宁愿爬得腰酸腿痛也不愿坐在滑竿上悠然而行。

贫富的分化造成了一方面是夜总会里的一掷千金，一方面是城市贫民的拮据偃蹇和山区少年的缺吃少穿，对此人们习焉不察。嫌贫爱富成为一种时尚。人们告诉你，心要狠，刀要快，事不关己莫挂怀。可是当你看到立交桥下那露宿的民工，当你面对家乡父老那忧愁的脸庞，你便会感到心里一阵阵抽搐，尽管你毫无能力去为他们做点什么。

这个世界是一个世故和灵泛者的世界，一个浇灭理想和热情的世界，可是你，怀抱着古典的理想，坚执着文人的情怀，在一个自足的世界里踽踽而行。你敏感，脆弱，易受伤害。但正是这种柔弱使你变得坚强。

（《湖南广播电视报》1995 年 9 月 26 日）

永远的“五四”

八十年前，当卖国贼章宗祥在学生的痛殴中抱头鼠窜，当赵家楼的火光映红了北京的小半个天空时，谁也不曾想到，一个新的时代就这样诞生了。时移世易，当年的行动已渐渐模糊，但“五四”却成了一个永远的象征。

“五四”是爱国的“五四”。发轫于 1919 年 5 月 4 日的这场运动，有着深刻的社会心理原因，这就是中华民族深深的屈辱感和亡国灭种的危机感。自 19 世纪中叶以来，虽然大清皇帝还在紫禁城里昏昏然做着天子梦，但泱泱中华却已积贫积弱，屡受列强欺凌。一次次的抗争，一次次的失败；一次次试图摆脱屈辱，一次次换来更大屈辱，直至八国联军的铁蹄与 20 世纪的脚步一同踏来。第一次世界大战的结束好不容易给了中国人一种虚幻的胜利感，可那些虎狼之邦连这点可怜的荣耀也要剥夺，于是，积蓄已久的爱国情怀就如同火山一样喷发了。

但“五四”的爱国又是与众不同的。爱国不是自“五四”始，戚继光抗倭，三元里抗英，乃至义和团的“扶清灭洋”，都是爱国的表现。但那些都只是一般意义的爱国，有的还带着严重的局限性和偏狭性。只是到了“五四”，爱国才拥有了新的内容——民主与科学。五四运动和新文化运动开启了民主与科学的闸门，从此，在专制与愚昧中昏睡的中国才真正醒来，向着世界发出怒吼；作为“老大帝国”的中国才真正汇入世界进步的潮流，朝着现代的中国、光明的中国前进。这正是“五四”的青年学生与义和团的拳民们不同的地方。

“五四”是激进的，但“五四”并不只是发泄，而是感怀着深沉的忧患；“五四”并不只是破坏，而是切实探索着救国的道路；“五四”并不是一时冲动，而是经过了长期的准备，并且启动了一次漫长而艰苦的奋斗。“五四”成为中国青年的节日，成为北京大学的校庆，成为千千万万中国人精神的象征，不是偶然的。

“五四”青年所高举的反帝爱国、民主科学的旗帜，后来由中国共产党人接了过去，在中国革命与建设的实践中得以延伸发展。五四运动没有仅仅作为一次街头集会，而是作为一场历时数十年的革命运动的发端载入史册，这是“五四”的光荣。

“五四”精神永恒。

（1999 年 5 月 4 日）

让我们奋然前行

在融融的春日暖阳中，20 世纪全省宣传思想战线的最后一次盛会落幕了。旗帜已经举起，航向已经开辟，目标已经明确，剩下的便只有两个字：行动。

让我们奋然前行。

孔子曰："君子讷于言而敏于行。"作为宣传思想工作者，我们当然不能以讷于言为荣，但我们也绝不能流于空谈而疏于行动。口号再响亮，言辞再动人，如果不能转化成你我的自觉行动，不能融入千百万人民群众的生动实践，那也只是语言的泡沫而已。十九世纪的奥勃洛摩夫在他那张硕大的床上日复一日地幻想，他的想象如此美妙，使任何一个人都不能不为之怦然心动，但最终，他一事无成，连床都没有起来。

工作是美丽的，行动是踏实的。为什么我的眼里常含泪水，因为我对这片土地爱得深沉。为什么我的脚步如此坚实，因为我对这项事业一往情深。

让我们奋然前行。

不管时尚的流行风如何吹拂，不管欲望的霓虹灯如何闪烁，我坚信，我们的工作是有价值的，是值得为之付出心血和汗水的。在这样一个世纪交替的关键时期，在这样一个改革攻坚的关键阶段，能够参加到宣传思想工作和精神文明建设的行列中来，以自己的微薄力量推动时代巨轮的前行，投身民族复兴的伟业，这是你我的无上光荣。有人在赚大钱，有人在进欢场，有人怨天尤人，有人玩世不恭，可你我在默默工作，尽管不为人知，甚至遭人误解，可我们无怨无悔。

让我们奋然前行。

也许我们的条件很艰苦，但只要想想我们的农民兄弟、下岗姐妹，那点苦又算得了什么。也许我们将遇到重重困难，但只要我们胸中有大局，面向是人民，我们将无所畏惧。高举邓小平理论的伟大旗帜，认真贯彻党中央和省委的部署，脚踏实地，知难而进，我们的前途就将一片光明。

在新春的锣鼓声中，玉兔正向我们蹦跳而来。在这里，我们要深深祝福那些辛勤工作、踏实苦干的人们，那些善良而坚强、朴实而高贵的人们，祝愿他们，兔年吉祥！

让我们奋然前行。

（《湖南宣传》1999 年第 4 期）

湖湘文化：千年之交的感悟与思考

一

一千年前，当欧洲尚处于中世纪的黑暗年代时，在湘江边的岳麓山下，一座集知识的吸纳、研究、传播于一体的书院——岳麓书院刚刚建立（公元 976 年）。此后数百年间，由于胡宏、张栻及众多“岳麓巨子”的孜孜矻矻，在号称“蛮荒之地”的湖南，湖湘学派横空出世，湖湘文化大放光芒，历千余年而弦歌不绝，薪火相传。如果说“华夏民族之文化，历数千载之演进，造极于赵宋之世”（陈寅恪语），那么，湖湘文化，便是此时华夏文化的高峰与奇葩。

然而湖湘文化的源头绝不止此。两千年前，当西方许多民族还在穴居狩猎时，湖湘文明就已绚丽多姿、美轮美奂。前有马王堆汉墓的丰富宝藏作证，后有 17 万余片的三国孙吴纪年简牍等待破解。

两汉三国时代，是湖湘文化的又一个高峰。长沙，是这一文化高峰的集中积淀所在。以至于我们可以说，在古长沙城的任何一个地方挖下去，都可能挖到有价值的文物。

进一步上溯，湖湘文化还有更久远的源头。3500 年前的四羊方尊，代表着中国青铜时代的最高工艺水平；7000 年前澧阳平原的城头山，修筑有世界上最早的古城池，栽培着世界上最早的水稻，成为中国南方农耕文化的发源地。

湖南人，就在这样一种地域文化中生长、活动，耳濡目染，心领神会。湖湘文化，融入了湘人的血脉，铸就了湘人的精魂。

二

近两百年来的湖南文化，既是古代湖湘文化的历史延伸，又带有时代的诸多特点，继续在中华文化中扮演重要角色。面对王朝衰落、民族危亡这一“千古未有之变局”，湖湘士子奋袂而起，慨然以天下为己任。从魏源、陶澍、曾国藩、左宗棠到谭嗣同、唐才常、黄兴、蔡锷，无不继承了湖湘前贤的爱国传统，从湖湘文化中汲取精神力量，在各自的思想认识水平上和积极行动中探求民族自救和文化赓续的道路。毛泽东的出现，使湖湘文化找到了最合适的传人和改造者。他既深得湖湘文化的精髓，又以贯通古今、融汇百家的气度改造了湖湘文化与中国传统文化，创造了一种全新的思想文化体系。以毛泽东思想为指导的社会主义文化，使中国文化进入一个新阶段。

三

毋庸讳言，在百余年的历史演进中，湖南经历了一个从文化辉煌到文化失落再到文化重建的过程。20世纪中叶以后，湖南作为一个内陆省份逐步失去了它在全国文化中的领先地位。全国文化中心位移，北京、上海、广州这样的城市显示出无法企及的优越性；加上经济发展速度的相对缓慢和经济实力的相对薄弱，文化建设所需要的经济支撑不够，湖南的文化发展步履艰难。尽管湖南文化在许多方面仍有着独特的优势，但整体上已不是全国的文化中心与文化重镇；尽管湖湘大地仍然人才辈出，在全国各地乃至海外、在许多领域都大显身手，但湖南本土的文化却出现了人才流失、后劲不足的现象。在思想理论领域，湖南甚至一度跟不上全国的步伐。

这种文化失落的尴尬深深刺痛了湘人那颗高傲的心。面对“惟楚有材，于斯为盛”的牌匾，我们除了自豪，恐怕多少有一些无奈、一丝惶惑。那绚丽的湖湘文化流失到哪儿去了？什么时候，我们才能恢复昔日的光荣与尊严？

好在湖湘文化赋予了湖南人一种不信邪、不服输、霸得蛮、耐得烦的“骡子精神”。面对相对落后的现状，当代湖南人没有沉溺于牢骚满腹或自怨自艾中，而是知耻后勇、知难而进，在十分困难的条件下进行着文化创造的大业。文化艺术方面，继20世纪80年代文学湘军、戏剧湘军相继崛起并于近年再度火爆后，出版湘军异军突起，长盛不衰，赢得“湖南人能吃辣椒会出书”的美誉；电视湘军经过多年沉寂后一朝爆发，引发湖南电视现象。而在思想理论方面，湖南人也进行着不懈的努力，以一批中青年学者为骨干的理论湘军初具规模。在文化设施方面，省级十二项重点工程和各市州一批标志性工程的建设，使湖南跻身于全国的先进行列。在新落成的湖南大剧院、田汉大剧院里，一个个省外、国外的一流文化艺术团体你方唱罢我登台，成为湖南人的赏心乐事。

湖南，已重新成为全国的文化亮点之一。

四

“为天地立心，为生民立命，为往圣继绝学，为万世开太平”，这是宋代哲学家张载的名言，它充分反映了古人宏大的文化抱负以及一种文化承担的使命感、责任感。既然古人在严酷的社会和自然环境下可以做到这一点，今人又有什么理由不这样做呢？文化，这人类心灵的创造、精神的结晶，正是因为它的存在，才使我们有别于行尸走肉和经济动物，才使我们的生活丰富多彩。

文化，需要传承，更需要创新和突破。面向 21 世纪，我们必须有文化创造的信心和勇气。当今是一个创新的时代，知识创新、技术创新、理论创新……创新成为社会发展的强大推动力。“我注六经”式的阐释与考据是需要的，“六经注我”式的自创一格更为重要。“六经责我开生面”，面对光照千秋的古人，我们能否勇敢地打出新湖湘文化的旗号，创立哲学、经济学、伦理学、历史学、美学的新湖湘学派呢？我觉得只要不是流于空谈与虚妄，只要是为着真正的学术文化创造，便没有什么可顾忌的。

在新世纪、新千年到来之际，继承发扬湖湘文化的优良传统，面向丰富生动的社会实践，创造光彩夺目的新湖湘文化，这是当代湘人的历史使命和职责所在。

五

在经济、文化全球化趋势日益明显的今天，倡言建设新湖湘文化还有可能吗？在有中国特色社会主义文化体系中，一种地域性文化还有存在的必要吗？

答案是肯定的。文化全球化固然是一个趋势，但任何明智的政治家和学者都不会认同文化的单一化。如果全球化意味着文化个性的毁灭、民族特色的消亡，那将是全球文化的最大悲哀。“和而不同”才是未来全球文化的发展趋势。当前与文化全球化并行不悖的一个潮流是文化的本土化。许多国家都确立了多元文化政策，极力发掘、保护、发展有本土特色和民族特色的文化。在这样的背景下，包括湖湘文化在内的中国文化将会有广阔的发展空间。

从建设有中国特色社会主义文化的角度看，这种文化同样是一元与多样的统一。即在其指导思想上，都是以马列主义、毛泽东思想、邓小平理论为指导，而在其内容、风格、特色上，却可以而且应该是丰富多样的。只有具备深厚的文化根基、鲜明的地域特色和独特的创造性追求，才能在未来中华文化中占有一席之地。

六

自信，是创造湖湘文化新辉煌的精神前提。我们之所以要重复湖湘文化中那些早已为人所熟知的事实，是为了重新唤起湘人的文化自尊与自信。要在未来的世界上占领文化的制高点，确立文化的尊严与自信是极为重要的。

一个长期困扰湖南人的问题是：在一个经济上不占优势、地理上相对封闭的内陆省份，能创造出全国一流的文化吗?

对这一问题，重温马克思、恩格斯的有关论述，也许不无启发。马克思恩格斯认定意识形态受经济基础和上层建筑制约，但他们又清醒地觉察到了意识形态的相对独立性。他们指出，艺术生产和物质生产之间存在着不平衡性。艺术的发展，“它的一定的繁盛时期决不是同社会一般发展成比例的，因而也决不是同仿佛是社会组织的骨骼的物质基础的一般发展成比例的”（《〈政治经济学批判〉导言》）。18、19 世纪经济上落后的德国却演奏着欧洲哲学的第一提琴，政治反动、经济落后的俄国出现了批判现实主义文学的高峰，便是这一论断的佐证。从湖湘文化的发展历史来看，也是如此。在湖湘学派大行于世的南宋，湖南的经济发展并不是全国最突出的。

并非在摩天大楼里就能创造文化。生活过于富足，反而可能会失去文化创造的原动力。因而，尽管湖南经济发展面临许多先天不足，必然给湖南文化发展以不利影响，但我们大可不必自惭形秽，自暴自弃。

七

在建设 21 世纪的新的湖湘文化时，传统湖湘文化将扮演什么样的角色呢?

首先，它是一种宝贵的精神资源。这也是湖湘文化对于今天而言最可宝贵的。千百年来湖湘精神代代相传，已经深深烙进湘人的心头，积淀为湘人的集体意识和集体无意识。无论是经世致用、力行践履的务实风范，身无半亩、心忧天下的爱国情怀，好胜尚气、拼死建功的奋斗精神，还是日新其身、与时俱进的开拓意识，直摅血性、汪洋恣肆的浪漫激情，格物穷理、上下求索的“天问”精神，都是湖湘文化的优秀特质，都使得湖南人在很多时候卓尔不群。建设新世纪的湖湘文化，正需要我们汲取湖湘文化的这些宝贵精神资源，将之发扬光大。

同时，它也是一种重要的题材资源。湖湘文化，源远流长，博大精深。从学术研究的角度，传统湖湘文化是我们重要的研究对象与资源，足以构成一门学科。在这方面，我们还刚刚起步，可以说只掀开了冰山的一角。不论是整体研究还是个案考察，不论是其发展流变梳理还是断代探索，都还有大量工作要做。即使是在古籍整理方面，也远不能说已经尽善尽美。而从文艺创作的角度，湖湘文化又是一种不可多得的题材资源。湖湘历史上波诡云谲的历史事件，灿若繁星的历史人物，乃至湖湘大地浸润着历史文化的一草一木、一砖一瓦，都是文艺创作取之不尽、用之不竭的题材资源。在过去的文艺创作中，我们已经有意识地利用过其中的一些资源，并取得了不错的效果，今后仍应加强规划，充分发掘。

最后，它还是一种富有开发潜力的经济资源。湖湘文化主要是一种学术文化、政治文化，对于经济与科技，它很少涉猎，但这并不意味着湖湘文化不能为经济建设服务。众多的文物古迹、大量的人文景观，作为一种旅游资源，可以创造直接的或间接的经济效益。

而如何增加经济活动的文化含量，发展文化经济，建设经济文化，更是摆在我们面前的一个课题。湖南的文化经济，应该吸收、消化瑰丽多姿的湖湘文化，建立自己的文化品牌，创造自己的文化特色。

八

1999 年夏天，发生了一件对湖南学术文化界来说意味深长的事。在 7 月的绵绵细雨中，由湖南经视、湘财证券和岳麓书院共同策划，上海学者余秋雨登坛岳麓书院。余秋雨讲学的内容已无足轻重，而讲学在湖南引发的激烈反应却令人深思。一些学者或著文，或谈话，对余氏在岳麓书院这一湖湘文化的圣地讲学表示愤怒、伤心或不屑。撇开这一风波的具体背景，我深深感到，一些学者的排拒性反应多少折射出湖湘文化演变至今的一种保守性局限。而优秀的湖湘文化原本不是这样的，它原本是不囿成见、兼容并蓄的。湖湘理学在南宋几大理学派别中是最没有门户之见的。公元 1167 年，两大理学巨擘朱（熹）张（栻）会讲，开不同学派在书院自由讲学之风，传为千古佳话，那是何等的胸襟与气度！相比古人，我们有什么理由不欢迎一个著名的外省学者来湘讲学呢？岳麓书院这空寂已久的千年庭院，为什么不能作为一个论辩讲学之所、而不仅仅作为一个供人观摩凭吊之所而存在下去呢？

确立并弘扬湖湘文化的开放性、包容性气度，打开山门，睁开眼睛，迎纳八面来风，这才是创造新的湖湘文化的正确选择。

（《湖南宣传》2000 年第 2 期）

再上岳阳楼

我曾经多次到岳阳，登楼头，凭栏远眺，吊古怀今。今日岳阳楼，已很难见到浩浩汤汤、横无际涯的巴陵胜状，也并不会让我多么兴奋激动。但每次的登临，温习一遍范公的千古名文，发抒一番思古之幽情，总是难免的。

此次，再上岳阳楼，则是因为旧瓶装新酒，老曲翻新声，岳阳楼扩建了新景区。

巨龙、巨塔、巨鼎、巨型雕塑……说实话，这些年各地新建的景观不少，但大多创意流俗，设计草率，建设粗糙，一无可观而靡费其巨，多是好大喜功的主政者长官意志的产物。它们的存在，往往不但不能让人赏心悦目，反而造成视觉的污染；不但不会真正留存下去，反而只会成为历史的笑柄。岳阳楼新景区落成之初，网上也曾质疑，主要是说其投资不菲，有没有必要，是否是劳民伤财的政绩工程，等等。

千年以前，范仲淹凭一张《洞庭秋晚图》就挥洒出《岳阳楼记》；而今，面对一项不无非议的新工程，我却信奉百闻不如一见。

一见之下，疑虑顿消。新的岳阳楼景区由原来的 71 亩扩展至 210 亩，但仍是以岳阳楼为核心，在此基础上增其旧制，扩其规模，这与滕子京的重修岳阳楼有异曲同工之妙，而与那些异想天开、凭空而建的伪景观截然不同，更不是那些毁掉真文物、炮制假古董的行为所可比拟的。新景区有着坚实的文化理念和很高的文化品位，诗词碑廊、历代岳阳楼模型、双公祠、民本广场、汴河街、瞻岳门、古城墙……这些建筑，创意不俗，营构精巧，既葆有着特有的历史风貌，又延伸了岳阳楼的文化理念，富有意味，勾人流连。新景区由一批文化名人任顾问和诗、联撰写者，诗词碑廊镌刻着自屈原到当代的 130 余首与洞庭、巴陵有关的诗词，一石一首，沿湖边蜿蜒开来，令人不禁想起滕子京重修岳阳楼时的“刻唐贤今人诗赋于其上”，其文脉、其风韵，一以贯之。新景区虽投资不小，但主要为拆迁费用（原岳阳楼周围为稠密但破旧的居民区），并没有如某些地方一样用来建奢华无度、大而无当的景观。

听岳阳的朋友介绍，新景区建成后，恰逢国庆黄金周，游人如织，异常火爆，使岳阳楼的品牌效应得到最大限度的释放。而在平时，新景区连同岳阳这些年先后建设的南湖广场、洞庭风光带，又成为岳阳市民休闲的好去处。一座千年名郡，一个蓬勃发展的城市，应该给市民提供更为大气、舒适、便利的公共场所，以提升市民的生活品质，激发市民的自豪感。

凭吊双公祠，使人感慨良多。滕子京与范仲淹这两位北宋名臣、人生知己，共同缔造了中国文化史上的一段佳话，也开创了一种人生范式。没有滕子京，就没有修葺一新的岳阳楼；没有修葺一新的岳阳楼，就没有范文正公的《岳阳楼记》。自古以来，中国的封疆大吏也好，州牧县令也好，但凡有所抱负者，很少没有滕子京情结，也大多会生发出一种范文正公情怀。滕子京情结，是一种为官一任、留点什么的情结，目的是述往思来，光前裕后。西子湖畔的白堤、苏堤，大西北的左公柳，遍布国中的各种祠宇、楼阁、书院，大多是这么来的。中华文明的许多实物，屡废屡建，薪火相传，也是这么来的。生也有涯，官有致仕，当一个官员离开政治舞台之后，乃至百年之后、千年之后，他所主持修建的工程仍在造福百姓并且为百姓所记忆的时候，他的生命就在这种物化的形式和恒久的记忆中得到了最大的延续。这大概是古人在仕途中的一种普遍的情结。这种情结，以现代人的眼光来看，就是一种政绩情结。这种政绩情结，在其当时、当世，因其效益尚未显现，可能并不被人理解，不一定会像滕子京重修岳阳楼那样受到一致称赞。当其不被理解之时，可能会有物议喧腾之处、忧谗畏讥之时。但只要去除私心，尊重科学，以社稷为重、以苍生为念，就终究能得到百姓的理解和支持。达到这一境界，就离范文正公情怀不远了，也即一种先忧后乐、以民为本的情怀。今日之岳阳、之湖南、之中国，民生、人本，已经成为出现频率最高的词，而且正在化作切实的行动。

（2008 年 2 月 2 日）

浴雪重生

作家乔伊斯在一本书中说，整个爱尔兰都在下雪。这个冬天，整个南中国都在下雪。

“雪落在中国的土地上／寒冷在封锁着中国呀……”70年前的一个冬天，年轻的艾青写下了这样沉重的诗句。70年后的这个冬天，有那么一段时间，在那么一些地方，人们真真实实地感受到了寒冷封锁的威胁。

如今，阳光灿烂，冰雪消融。江河奔涌，溪流淙淙。一切鲜活如昨，一切又显得那么遥远，不可思议。这场50年不遇、持续近一个月的冰雪，考验了一个民族，使这个民族的精神质地，浴雪重生，分外透亮。

它考验了我们的危机意识。生于忧患，死于安乐。中国人向来不缺乏忧患情怀和危机意识。但“非典”以来，中国经济高歌猛进，GDP、财政收入、外汇储备快速增长，股市、楼市、车市一片繁荣。钱多得似乎花不完了，好日子似乎可以永续下去。2008，一个吉利的年份，奥运举办在即，改革开放30周年……一切都很顺利，一种普遍的乐观情绪在大众中弥漫开来。忧患？危机？岂非杞人忧天！就在这时，老天爷给我们猛然一击，让我们热昏的头脑降了温。祸兮福所倚，福兮祸所伏。盛世蕴藏危机，承平还须警惕。无论是大自然的灾害，还是社会的风险，都令我们那样脆弱。从这个意义上说，这场冰雪灾害，无疑是给大众的一帖清凉剂。

它考验了我们的动员能力。共产党是靠动员群众、组织群众起家的，她的动员能力无与伦比。但随着社会的发展，个人权利的伸张有时导致集体意识的淡薄，物质条件的完备，使人看轻人力资源的潜能。这次抗冰救灾，是对共产党和各级政府动员能力的一次再检验、再提升。电力系统的跨省区协作，铁路系统的全国性调配，解放军的强力介入，乃至百万市民“自扫门前雪，洁净过新年”活动的开展，无不显示着卓越的动员能力，显示着人海战术的不可轻易抛弃。美联社评论说：“中国政府调动了巨大的人力物力，以其特有的全民动员、宣传和国家控制的方式处理罕见的暴风雪危机，给人留下深刻印象。”这是中国的特色，也是中国的优势。

它考验了我们的精神境界。寒冷、饥饿、疾病、令人窒息的拥挤、无边的等待……诱发了人性的弱点，使人无力，使人绝望，甚至使人疯狂。但是，苦难也催生了人性的高贵与尊严。在这场抗击冰雪的行动中，高压线上走钢丝般的除冰，对晕倒的妇女、生病的孩子的紧急救援，解放军和武警官兵几天几夜的维持秩序、疏导交通，新闻媒体的倾情投入，社会各界的爱心送暖……让人有太多太多的感动。患难见真情，危机显风流。谁说这是一个平庸的社会、堕落的时代?

浴雪重生，我们对中华民族充满信心，对古老而年轻的中国充满信心。

（2008 年 2 月）

致全省文艺工作者的倡议书

2008年5月12日，山崩地裂，墙倾房摧。川西巨震，九州同悲。

一瞬间，多少生命消失于花季，呻吟于废墟。灾难给人民生命财产所造成的严酷打击，令每一个中国人惨目伤怀，撕心裂肺。

抗震救灾，全民动员。从中央领导到部队官兵，从专业救援队到普通志愿者，地无分南北，人无分男女，一场前所未有的抗震救灾行动迅速展开。多少人跋山涉水，星夜驰援；多少人扒开瓦砾，拯救生命；多少人慷慨解囊，攘臂输血；多少人舍生忘死，舍己为人。在这一刻，有多少画面让我们泪流满面，有多少声音让我们怦然心动。在这一刻，人性美、同胞情、爱国心如五月鲜花迎风怒放。

人民在受苦，人民也在坚毅中战胜痛苦；大地在颤抖，大地也在目睹拒绝颤抖的人心。生命，在巨大的考验面前，展现着她的高贵与坚强。

这就是历史。每一个表情、每一声呼唤、每一串急促的脚步、每一个感人的故事，都将留在历史的册页中。

历史呼唤文学艺术，呼唤作家艺术家的热情参与。从屈原的“长太息以掩涕兮，哀民生之多艰”，到杜甫的“穷年忧黎元，叹息肠内热”，中国的文学艺术，从来就有着紧贴人民、关心民瘼的伟大传统。我们，中国的文艺工作者，是有着最柔软、最细腻、最敏感的心的人，我们的心和灾区人民同律动，我们的情和灾区人民同悲喜。我们，湖南的文艺工作者，深具“人饥己饥、人溺己溺”的人本情怀，秉承着“心忧天下、敢为人先”的湖湘风骨，一定是对灾区人民的痛苦感同身受，一定是对抗震救灾的场景热血沸腾，一定有太多太多的话想诉说，有太多太多的感受想表达。

那么，就让我们拿起自己的笔，记录同胞的痛苦和英雄的壮举；唱出自己的歌，抒发心中的感动和祈愿。用多种多样的文艺形式，见证这一场感天动地的抗震救灾斗争；用多种多样的文艺活动，为抗震救灾加油鼓劲，奉献爱心。

天降大任，多难兴邦。让我们共同祝愿，在抗震救灾、重建家园的过程中，中华民族一如涅槃凤凰，展翅高飞，翱翔九天。

（2008年5月）

哀悼日，涅槃日

“天地不仁，以万物为刍狗。”汶川巨震，山崩地裂，生灵涂炭，是为国殇。

此刻，天地失色，九州同悲。当凄厉的汽笛响起，太阳是黑的，心是沉的。

我们哀悼，为那些辛苦一生遽然离去的农民兄弟和下岗工人，为那些在微薄薪水中辛勤育人的园丁，为那些还在稚龄的可爱的小孩，为那些尚处于花季的中学生，为那些倒在岗位上的公务员，为那些正在热恋中的青年，为一家六口紧紧相拥同生共死的家庭，为那位坚持了100多小时已经救出却最终仍然离去的兄弟。

为一切在地震中消失的生命，不管它是富贵的贫穷的，顺畅的坎坷的，轰轰烈烈的默默无闻的。此刻，他们同赴幽冥。

正如有人说，一切往生者，皆曾是我们的子女、亲戚、夫妻、伴侣、学生、至交与同胞。短短一生，他们笑过、哭过、欢喜过、忧伤过；他们来过，他们走了。

生亦何欢，死亦何苦。作为为生存和幸福而胼手胝足的中国人，作为在民族艰难进步和社会转型过程中的中国人，作为民族复兴前夜的中国人，活着，并不轻松；打拼，尤为艰难。但即使这样，生活，仍然是美好的；生命，永远是高贵的。

我们哀悼，举国哀悼。

我们祈祷，全民祈祷。

但我坚信，哀悼，并不是全部；哀悼，将不止于哀悼。

这样一场灾难，它所唤醒的生命意识，它所检验的应急能力，它所激发的民族精神，它所推动的开放脚步，它所凝聚的爱国情怀，它所传导的爱、珍惜、悲悯等情感，都将是空前的，都将是迈向现代化、走向伟大复兴的中华民族所最宝贵最急需的。

灾降中华，爱满中华，情动中华，兴我中华！

假若苍天有眼，在如此多的灾难后，带给我们一个较长的太平时期，我们将加速奔跑；假若苍天无情，给我们更多更大的打击，那我们也不怕，它无法阻挡我们前进的脚步。

哀悼日，不只是受难日，也是涅槃日，起飞日。

让我们揩干脸上的泪迹，掩埋好同胞的遗体，再次上路。

（2009 年 11 月 29 日）

梦里清江

从清江、从长阳回来有段时间了，却常常想起清江的水、长阳的歌。

或许是自小在一条河边长大的缘故，虽不敢以智者自居，却一直乐水亲水，更喜清可见底、澄明似镜之水。此次荆楚大地一路行来，尽管美不胜收，但只有到了清江，才真正动心了，沉醉了。

我所居的城市，也有一条穿城而过的大江，但经常传出化工产品或重金属污染的新闻，以至于傍着川流不息的大河，却家家喝着饮水机里并不纯净的纯净水；我所见到的三峡库区，其景象壮阔，其江水却浑浊如汤；我所到过的许多地方，原先水草丰沛，如今却只见或白或红的塑料袋在枯枝上飞舞，在污水上漂浮……

而清江，这美得让人心醉、清得让人心疼的清江呵，就这样来到了我的面前。这是梦吗？这不是梦，但这不是梦又是什么呢？

八百里清江美如画，三百里长阳是画廊。

溯隔河岩而上，画舫在水波中匀速前行。两岸青山静静退后，有清风徐来，在“撒叶儿嗬”的歌声中，我真想把自己扔到水里，作竟日之游。这样的冲动，已经久违了。一个在水里游大的农家之子，已经多久没到江河中与水相亲了？让我想想，让我想想，只怕有两三个夏天了。更可怕的是，我已经很长时间没有这样的冲动了，而一条大河离我的栖居之所不过三五里之遥。

而今，在青山绿水之间，我虽未真正下水，却把自己想象成一条鱼，惬意地游来游去。

凡有奇石处，必有好山水。

只有清江水，才能孕育出清江石。来长阳之前，我对清江石一无所知。同行的韩石山先生是个爱石之人，一路念叨，为我们作了启蒙和预热。

钟山水之灵秀，聚日月之精华，是千万年清江水的淘洗，千万年天地气的氤氲，让清江石如此的珠圆玉润，摇曳多姿。在奇石馆、在奇石村，我惊叹于清江石之众多、品相之完好。似乎随便捡一块石头，便是巧夺天工的艺术品。我虽不懂石，但在我看来，清江石和别的奇石有很大的不同，几乎每一块清江石都是一幅山水画，墨色淋漓，构图精美。虽千姿百态，但整体风格大体一致，淡雅、清韵，飘逸着江南气息。一块清江石，就是一幅微缩的清江山水图，而八百里清江、连绵起伏的巴山楚地，不就是一块硕大的清江石吗？

在奇石村，我们还见到了体量巨大的清江石，都有一二十平方，或坐或卧，散见于路边地坪，这些石头稍作加工，便是园区、馆舍、院落顶好的招牌石，阔大沉雄，气象不凡，远非那些人造的水泥或金属制品所可比拟。

山歌好比清江水，声声皆是天籁音。在船上，在歌堂，在电视里，我一再为长阳山歌而沉醉。

灵秀的山水、娇小的女子、轻巧的画舫、苏杭小调般的南曲……这是典型的江南风韵。但你若以为清江只有婉约之美、阴柔之风，那你就错了。在长江之南、武陵以北的这片秘境般的荆楚腹地中，自古生活着民风剽悍、豪放洒脱的土家先民。这里是 19 万年前“长阳人”的故乡，是四千年前巴人的发祥地。下里巴人，在这一片隐秘的山水中，得渔樵之利，享歌舞之欢，繁衍生息，代代传承，形成了热烈奔放、敢爱敢恨的土家文化。这里跳的“撒叶儿嗬”，实际上是丧葬歌舞，歌乃高亢欢快之曲，舞系豪迈雄健之风，无悲痛哀伤之感，有笑对生死之慨，真正是“欢欢喜喜办丧事，热热闹闹送亡人”。这里的山歌，有着一再追问“那你哪天来嘛”的大胆，有着“翻身过去喊声郎，一夜喊到大天亮”的痴情，有着“把你的头发煮了熬药汤”的决绝。一个离江汉平原不远的地方，竟盛产如此独特、迷人的山歌，是我所意想不到的。

美丽清江，魅力长阳，常在我梦乡。这不是矫情，而是衷肠。

（2008 年 9 月 27 日）

知识就是力量，读书温暖人生

尽管世界在变，载体在变，但好书的价值不变，读书的意义永恒：传播知识，推动进步；体验快乐，温暖人生。

读书改变命运，人生需要读书。

对于每个人来说，读书应该是一种生活方式，一种内心渴求，是应对这个日新月异、变动不居的世界的制胜之道。太平盛世，人生顺境，固然可以享受读书之乐；万方多事，人生失意，更需要从书本中汲取信心、智慧和力量。

金融危机，尚未见底；全面回暖，仍需努力。在这乍暖还寒时候，最难将息。那么，就让书来温暖你，安慰你，给你充电，为你加油。

从蔡伦造纸到活字印刷，从羊皮卷到电子书，人类的伟大发明，使全民阅读日益成为可能。我们倡导：人人好读书，天天读好书，世界阅读日，全民读书时。

莺飞草长，春尽夏来。让我们去读书，从此做一个快乐的人。

（2009 年 3 月 29 日）

十八年的际遇与因缘

从 1949 年到 2009 年，《湖南日报》弦歌不绝六十年。但我无力也不宜对她六十年的光荣与辉煌作出全面评述，那是一篇大文章。我只能说说我与她十八年的际遇与因缘。

我真正遇到《湖南日报》，是在大学毕业刚参加工作的 1991 年。在此之前，不能说没读过，但因为没什么关系，于我始终是一个遥远的“他者”。工作后搞的是文化这一行，经常读到这份报纸的副刊《湘江》《洞庭》。因为工作的关系，也为逼自己练笔，我经常写点长长短短的文艺评论，写完后就有个投稿问题。那时省内我投得多一点的是《湖南广播电视报》，因其有朋友主持，且文风华丽泼辣，很对我年少高蹈的心。对《湖南日报》，一开始是仰望且敬畏的。记得第一次投稿，还请处里的大姐出面向当时的文艺部主任鲁安仁女士打了招呼，然后冒着酷暑骑上自行车赶到报社，当面将稿子奉上。这便有了第一次。一来二去，渐渐与鲁安仁、蔡栋、何力柱、陈惠芳、聂茂、庄宗伟诸位认识了，有的还相熟了。再投稿，不那么忐忑了，不要人打招呼了。后来慢慢也由投稿到被约稿了。约稿一多，有时也不那么特别上心了，甚至以太忙为由推托，也是有的。这种心态变化也说明了我是如何由一个单纯上进的青年蜕变成一个懒散无聊的中年男。

回想起来，我在《湖南日报》上发表的文章并不算很多，就是这不多的文章，也大半忘记了。只有一篇《怀念陈健秋》的文章，铭心刻骨，记忆犹新。2002 年春，湖南戏剧文学界盟主、我素所景仰的陈健秋先生在未及古稀之年因病辞世，我悲不自胜，一气呵成三千余字的怀念文章，回忆健秋先生的点点滴滴，表达我对其人其文的理解与怀念。我自认这是一篇知人论世、笔端饱含感情之作。文章发表后，戏剧界、文化界许多人都说好，有几位厅局和市州官员也不吝夸奖之辞，甚至多年后还有人提及。这有点出乎我的意料。那时正是党报的影响力开始下降之时，也是各类娱乐八卦开始泛滥之时，一篇严肃的、非大众的、不是让人娱乐而是让人沉重的东西还有那么多人青睐，这足以证明道义不泯、斯文在兹。尽管在风起云涌的都市类报纸的冲击下，党报确实失去了独享尊荣的地位，尽管一些人一提起党报就不以为然，但坚守品位，不阿流俗，永远是值得尊敬的。鄙意以为，党报当然需要创新，特别是在新闻与言论方面，但这不意味着要把品位降低。

十八年来，我在《湖南日报》副刊上读到过许多好文章，有的随笔、评论和文化访谈，其文字之妙、思想之精，让人品读再三，余香满口。

十八年来，我也见证了《湖南日报》副刊的起落沉浮，见证了其文艺评论等栏目的存而又废、废而又立。作为一个写作者受惠于她多多，心存感激之处多多。

当其六十之年来临的时候，唯愿她坚守立场，新鲜表达，文章不老，生命长青。

（《湖南日报》2009 年 7 月 7 日）

走高速，话出行

韩少功在他那本妙趣无穷的散文集《山南水北》中，有一篇名为《老公路》的文章这样比较高速公路与老公路："高速路是简洁明快的公告，老公路是婉转唠叨的叙事。"他认为，高速路虽然全封闭，直平如泻，标识鲜明而周到，但过快的速度让人喘不过气来，你刚走出一个城镇，还没吐匀一口气，就闯进了另一座城镇。生活在目眩的车窗里并不总是很美妙。相比而言，他更愿意走老公路，"虽说要多一些弯曲和颠簸，虽说可能遇到失修的土坑，但没有钢铁护栏的管束和押送，没有各种交通标志的频繁警告，开车人想慢就慢，想停就停，想逛店就逛店，想撒尿就撒尿，看见一片好林子，还可倒在树荫里睡上片刻——高速路所抹去的另一个世界在这里重新展开，一种进入假日的感觉油然而生"。

韩少功是我所喜欢和钦佩的作家，不过对道路的选择我和他却不同。我可以算是一个高速公路爱好者。平时出行，只要有可能，我总是毫不犹豫选择高速公路，即使要稍微绕点路。譬如从长沙去花明楼刘少奇故居，我就会选择走长常高速，在宁乡下，再转往花明楼的公路。高速公路的快捷、无干扰、简单明快，总是让我心情舒畅。一想到要在老公路上货车、摩托车、行人、动物的八卦阵中穿过，随时面对各种弯道和岔路，我就心烦意乱，觉得险象环生。有人说高速公路危险得多，一出事就是大事，我却觉得它比老公路更安全。

有时候我也问自己，为什么会形成这么一种出行习惯呢？这恐怕跟我的童年记忆和成长经历有关。我生于20世纪60年代的益阳乡村，从小走路走怕了。读初中时我曾有整整一学期每天都要往返二十里路上学，一到寒暑假就要到靠近桃江、汉寿一带的山里去挑柴或者竹子，往返近三十里。常常是天不亮就出门，深夜才回家。挑着百来斤的担子，行走在漆黑的路上，又饿又疲倦，以至于常常边走边打瞌睡（韩少功在《暗示》中写到过他的类似体验）。那时我是多么希望哪怕有一辆手扶拖拉机能载一段啊。工作以后，在长常高速还未修建之前，节假日我经常搭乘长途班车回益阳，那时经过宁乡县城的两座桥还未拓宽，成了每过必堵的瓶颈，常常一堵就是两三个小时，没有半天时间你是不想到家的。而现在走高速来往于长沙、益阳间只要一个小时。

我们这些90年代参加工作的人，亲眼见证了湖南的高速公路是如何从无到有、从低水平到高标准的。在80年代，我们还只从电视上看到过国外的高速公路。我还记得90年代中期湖南的第一条高速——连接长沙城和黄花机场的长永高速出世的情景。那时对这条不超过 20 公里的短短的高速公路，媒体的报道铺天盖地。实际上，那不过是一条高等级公路。以后，陆陆续续有了长潭、长益、潭耒、益常、潭邵、长张、邵怀、常吉，有了去年（2008 年）开工的 18 条高速和今年（2009 年）开工的 13 条高速。2009 年下半年已通车和在建高速公路总里程将达 4723 公里。路面多数由粗笨的水泥变为改性沥青，穿过山林时也由一律的“开膛破肚”变为依山就势或桥隧结合，路两边的护坡也越来越多样化、自然化。

行进在高速路上，也并非总是心旷神怡，特别是置身于黑压压的庞然大物般一辆接一辆喘行于京珠高速的大货车中时，和在那些不断地烂了补、补了烂的路段时。不过与别人不同，我对这些现象总是抱着一份理解。承载着无数中国人求学、创业、发财梦想的高速路，承载着庞大的不断扩张的中国经济体的高速路，承载着一个民族急欲改变古老国度命运重负的高速路，你要它如纸上蓝图、实验环境下那么畅通无阻、完美无缺，那是可能的吗？任何现代化的东西，都有它先天的脆弱性，更何况作为中国大动脉的高速路呢？人们都还记得 2008 年冰灾期间的京珠高速，一堵几天几夜、几十公里、几千台车，人们离城市咫尺之远，却又寸步难行，遥不可及。那时，不要说老公路的想走就走想停就停的随意，就是走路这种最古老的出行方式，也比在高速路上快。

然而冰消雪化之后，人们还是要在高速路上奔驰，而不愿在老公路上磨蹭，更不用说走路了。这正如人们都知道现在交通拥挤，但私家车还是不可阻挡地大幅增加。为什么？对于穷了几百年，被人管了几千年的普通中国人来说，那种开着自己的车，自己主宰自己命运的感觉，实在是太好了。如今你到乡间去看，几乎没有什么行人，自行车也极罕见了，大多数人要么骑摩托，要么乘客车。在那些平行于高速公路的国道、省道上，除了年轻人骑着摩托飞奔外，很难看到卡车或者客车——它们都上高速了，尽管过路费并不便宜。

对于在农耕文明的缓慢节奏里走过了几千年的中国人来说，他们太渴望体验一把风驰电掣的感觉了。为此，他们确实部分地失去了从容、失去了散淡、失去了“采菊东篱下，悠然见南山”的优雅和“行到水穷处，坐看云起时”的闲适，但他们迅速获得了与都市文明的亲近，加快了实现梦想的步伐，拉近了与世界的距离。更重要的是，他们获得了更多的尊严与自信。

得失之间，谁又说得清谁大谁小，值得值不得呢？

（2009年7月6日）

看洞要看梅山龙宫这样的洞

我看过的洞不算多，但桂林的七星岩、芦笛岩，张家界的黄龙洞，凤凰的奇梁洞，都还去过。去过之后，不免得出一个印象，天下溶洞都一般，看过一些后，就没必要重复劳动，徒增审美疲劳了。

因此，我对那些名声在外的洞穴，并没有多少热情。

因此，当新化的朋友们极力鼓吹梅山龙宫时，我是将信将疑的。

从资江边上一个毫不起眼的洞口进去，到从半山腰一个同样不起眼的洞口出来，我不禁喟然而叹：梅山龙宫，果然有几把刷子。

第一把刷子，是它的新鲜完整。国内许多溶洞，都留下人为摧折破坏的痕迹。许多钟乳石，被齐根斩断，只留下大大小小黑色的伤疤。至少在触手可及的地方，那些小一点的钟乳石，已很少有完整的了。或许是因为发现得晚也开发得晚，也因为国人的保护意识有所增强、文明素质有所提高，我发现，梅山龙宫的石笋和石钟乳，都保持得新鲜而完整，很少有被折断的痕迹。身前背后、触目所及，到处是密密麻麻、形态各异的石柱、石笋、石瀑、石钟乳，其溶洞景观的丰富性、多样性，真的可用琳琅满目、美不胜收来形容。不像有的溶洞，名气很大，进去后却除了几处牵强附会的景致外，别无可看。整个来看，梅山龙宫是一个发育较晚、正在生长的洞穴，很新鲜，很青春。

第二把刷子，是晶莹剔透的玉挂。在梅山龙宫的一个区域，有大片细若粉丝、晶莹剔透的钟乳石，短则五寸，长约尺许。导游名之“鹅管”，意其如同鹅毛管，我却以为不如叫做“玉挂”。它们若冰凌而更有质感，如玉帘而不会摆动，疏密有致，静静地悬挂于并不高远的洞顶。这些晚近形成的“90后”般的年轻钟乳石，充满了鲜嫩的童稚的气息。坦率地说，对那些所谓“孔子游学”“梅山花园”“玉皇天宫”之类的景观，尽管导游不厌其烦、循循善诱，我却不为所动，甚至都懒得看一眼。唯独在这里，我却傻乎乎地看了又看，品了又品，不忍离去。如果不是拼命压抑住那本能的冲动，痛骂那见不得阳光的贪念，我都差一点要折他一根了。

第三把刷子，是溶洞开发时尊重自然、保持原生态的精神。和其他溶洞一样，梅山龙宫也有不少俗艳的命名、画蛇添足的解说，但至少有一点是值得称道的，它在游道开发时尽量不破坏原生的景观，无论是乘船时如利箭迎面而来的钟乳石，还是许多狭窄处宁可委屈游人也决不破坏自然造化的设计，都让你体会到这一点。许多的栏杆，全然不是规整突兀的水泥模样，而是如同密密的石笋，不近看几可乱真。从出洞口到入洞口的山间长廊，也是一色的竹木架构杉皮屋顶，与山体、与自然和谐地融为一体。

一些教授、专家看了梅山龙宫后，不吝夸奖之辞，称她是“亚洲最美的洞穴博物园”“湖南第一、国内一流、世界先进”。是不是“最美”“第一”，我不知道，但在梅山龙宫走一遭后，我得说，看洞就要看梅山龙宫这样的洞。

（2009 年 7 月 9 日）

烟囱的轮回

“冶炼厂停工了，那几根烟囱好多天都没冒烟了。听说市委书记都出面了，这回只怕真的搞不成了……”

父亲来我家小住，嘴里的小烟囱明灭着，说起家乡的一些情况。

我脑海中立刻浮现出一片图景：七八个高大的烟囱，终日袅袅的烟雾下，是一片很有些气势的厂房，进进出出的大货车，碾压土地的震颤之声几里外都感觉得到。

这是家乡的冶炼基地，区乡财政的支柱。我熟悉那片地方。八十年代中期以前，那里是县氮肥厂，专造尿素和碳铵，有一根矮而粗的烟囱。那也是方圆几十里唯一的一个像样的工厂。

那时我还是前途未卜的中学生，在氮肥厂边上的一个中学读书。遥望烟囱，我是多么羡慕那些穿着蓝色工装的氮肥厂工人啊。他们脸上带着骄傲而自信的笑容，下班铃一响，骑着自行车跳跃在鹅卵石铺就的公路上，正如一首歌里唱的：“我们是八十年代的新一辈……”

那时，能够穿上蓝色的工装，不再在酷暑的水深火热中扮禾挑谷，是我最大的梦想。

好景不长，当加拿大制造的那些又便宜肥效又高的尿素进来后，县氮肥厂就垮了。人去厂空，芳草萋萋，野狗出没，黍离之悲。一天天荒凉下去的厂区，成了小镇一个永远的痛，成了家乡落后于时代的一个注脚。

那根孤零零的烟囱，在寒风中瑟瑟发抖。

与此同时，在南方，在沿海，一座座工厂出现了，一个个淘金神话传来了。家乡的农民兄弟们，一个个背着行李，抛妻别子，坐了汽车，又坐火车，南下，南下，打工，打工……

氮肥厂，继续沉睡着；烟囱，继续孤立着。

因此你可以想象，当有一天突然发现那矮而粗的烟囱被一根几十米长的大烟囱替代了，如一个巨人俯瞰着红红的土地，紧锁工厂的大门重新有车辆人流出入，颓圮多年的厂房又修葺一新，家乡的人们是多么兴奋。

烟囱林立，机器轰鸣，不是从小就是我们的梦想，也是一个民族的工业化梦想吗？

这座烟囱，吞进的是矿石，吐出的是白烟，炼就的是沉甸甸的有色金属，换来的是真金白银的收入。这收入，包括老板的利润，工人的工资，政府的税收，周边餐馆、小卖部、卡拉 OK 厅的进项……

高高的烟囱，高傲地昂着头，吞云吐雾，睥睨江山。

在两三年的时间里，这样的烟囱，从一根，到两根、三根，一直到八根，冶炼厂也从一家，开到八家。小镇成了远近闻名的冶炼基地。人们眉开眼笑，如释重负：我们这个百年老镇，终于跟上了时代的步伐，赶上了工业化的浪潮，走出了要死不活的状态。

直到有一天，工厂的工人感觉不对劲，周边的孩子感觉不对劲。

直到怀疑变成现实，担忧变成恐慌……

我不想说我是一个先知先觉者，我也的确不是一个先知先觉者。在大学时代，我曾经激愤地反对环保主义者的“站着说话不腰疼”和“饱汉不知饿汉饥”，信奉“宁愿毒死，不愿饿死”的理论。在很长一段时间内，我也是那些烟囱的致敬者之一，也是为家乡发生的变化而欢欣鼓舞者之一。

进而言之，谁又是先知先觉者呢？对于因落后挨打了一百多年，贫穷了两三百年的中国人来说，最大的梦想不是发财吗，最硬的道理不是发展吗？

是啊，烟囱林立早已不是繁荣的象征而是污染的源头，机器轰鸣早已不是美妙的音乐而是噪声；伦敦早已不是雾都，美国人早已不再热衷于制造而天天在金融创新，玩着用一个个虚无缥缈的支点撬动地球财富的杠杆游戏。但那样的游戏我们玩得起吗？人家让我们玩吗？仅是一个华尔街就玩出了个金融海啸，全世界都来玩的话会玩出个什么样子呢？

这么说我们就是命中注定了？不可跨越了？现代化的光明前景

只能是以牺牲环境和一代人的健康乃至生命为代价了？

不，当迫在眉睫的生存威胁解除，当刘书记王镇长张三叔李四哥都不把赚钱当作最大的追求，当清洁的空气、清澈的流水、舒心的笑脸、悠然的生活成为心中的最爱时，我们才可以说，我们已摆脱了旧式工业化的枷锁，向更高的文明又迈进了一大步。

我要说，随着家乡那一根根烟囱的闭嘴，这样的时代已经来临。

烟囱的轮回，分明是岁月的轮回呵。

六十年一个甲子，一个轮回。但这不是一个简单的轮回，这是中国人在现代化之路上悲欣交集后的一次大彻大悟。

“搞不成好啊，我又可以吃到资江中的清水鱼了。”我回答着父亲，心里想的是像小时候那样在资江的清水里像一条鱼那样游来游去。

（2010 年 1 月）

长沙，夏日的一点思绪

这个夏天有点热。不过，凭窗西望，湘江波平如带，岳麓山青翠葱茏，似可稍消难耐的暑气。

二十多年前的夏天，我北上求学时，坐在长沙火车站的广场上，周围是发出恶臭的西瓜皮，曾经茫然：这就是传说中的大城市长沙？

多年以来，五一路一直是长沙的门面，其实只是条拥挤的窄街，两边的建筑低矮而小气。自从十年前改造后，应该说有点现代化的模样了。我不认为现代化就是新的钢筋水泥，但文夕大火之后的长沙，古老的建筑本就不多，那些二十世纪五六十年代立起来的房子，推掉倒也并不可惜。这个夏天，五一路有点支离破碎，那是因为地铁施工的围挡分割了道路。而地铁梦，十年前还不敢想象。

几年前，烈士公园还要门票，年嘉湖的环湖步道还未贯通，去烈士公园成了每年两三回的奢侈消费。我还记得步道刚修好的那个秋天，走在垂柳依依凉风习习的湖边，我的内心是如何充满喜悦。

如今，每到夜幕降临，我就汇入环湖暴走的人流，在霓虹闪烁、波光粼粼中既欣赏长沙的夜景，又吐纳胸中的气息。

三年前，贾谊故居还没有修复，潇湘大道北段还未拉通，橘子洲还是一片黄沙漫漫……如今，一切已迥然不同。

这座城市，以看得见的速度，在变化；这片天地，以感知得到的方式，让我们越来越亲近。

宜居，从来不只是一个概念，它是我们的衣食住行，是我们眼耳鼻舌身的感受，是我们的心灵之约。

今年（2010 年）夏天，许多人都注意到，长沙的天空更干净了，城市的轮廓更清晰了，月亮和星星出现得更多了。湘江河里的水，澄碧的时间比往年长多了。我每次往返河东河西，看着这一江碧水，都会涌起化身一条游鱼的冲动。

我从不是个地方主义者，相反总是觉得别人的城市好，长沙的毛病多。一次作家阎真春天游历归来，大谈北方一些城市如何没有绿色，天气如何糟糕，交通如何拥堵，饮食如何难以下咽，而长沙如何样样都好。我在哂笑他这种感性的、天真的家乡主义情结时，也不由得细细打量起我生活其中的这座城市来。这山、这水、这洲、这城、这人、这历史、这文化、这生活……还真是有不少独一无二的地方，不少让人留恋之处。

长沙的历史与文化已经被人讲了太多，无论是马王堆“老太太”，还是湖南卫视的“超女”，都吸引了很多的人流和目光。但是讲到今天的长沙，人们总是说这是一座吃喝玩乐的城市，一座“脚都”，似乎这里的人都是饮食男女，轻薄少文。但我知道，真正的长沙人不是这样的。一个在埋藏着数万枚秦简汉牍、延绵着岳麓书院千年文气、氤氲着毛泽东刘少奇百年背影的土地上呼吸行走的长沙人，注定不会是酒肉之徒、声色之物。不说谭盾这样的牛人，袁隆平、唐浩明这样的大家，每年长沙的高考升学率和国民阅读率，在全国省会城市中也都是位居前列的。

长沙人曾经出口成“脏”，曾经好称“里手”，曾经偏狭自大。直到20年前，湖南人（也包括长沙人）还以封闭保守著称。当时的一本获奖图书就叫《走出封闭》。但我发现，随着这座城市的愈新愈美，愈开阔愈大气，长沙人也在艰难蜕变，化蛹成蝶。自信，从容，不卑不亢，敏而好学，尽管改不了一口的“塑料”普通话，但思维和视野，似乎都越过了封闭的中部边界，投射到了辽阔的远方。

这样的变化，当然与大时代的流变有关，但也是长沙人自我更新的结果；是市民的合力前行，也是主政者、执行者的登高而呼和滴水穿石。我就职单位的楼下，挂着一块创建人民满意城市办公室的牌子，那里的人每天行色匆匆，来早去晚。说实话，我对他们是抱有一份敬意的。人们经常说中国的政府是全能型政府，要去全能化，要走向公民社会，这都对，但在一个延续了几千年臣民社会的国家，公民社会如何造就，文明风尚如何养成，不又得靠政府部门强力推动，市民大众主动回应吗?

我是那愿意回应的一个。

（2010年8月25日）

安化二题

一、柘溪深处的石堤

早饭后，我想走走。这里是安化林业科学研究所，位于柘溪水库深处的一座山上。前坪掩映的树木间，可以看到库湖的一角。我信步走下地坪，是为了寻那一湖的清幽。

可是，是什么吸引了我的目光？是什么让我的脚步转变了方向？

是石堤。在临水面二三十米的山坡，出现了三道石堤。每道均由片石垒成，齐整严密，高约两米。每道石堤的上方，是宽三四米的台地，生长着胳膊粗细的树木，横行竖列，一般大小，显然是人工种植的。

在这水库的深处，在这半山腰上，为什么会出现这一道道石堤？它们又有多长？我往前方望去，看不到断口。我想了想，下了决心，沿着台地前行。山幽林静，蝉噪鸟鸣，在蛛网和树枝的封堵下，我的行进不太顺利。石堤在延伸，台地在延伸，树林也在延伸。在一百多米处，石堤断了，原来是一个码头，下到水面，上通山顶。码头过去，石堤接上，不断地往前延伸，似乎没有尽头。

已经转过了一个山头，不能再走了。汽笛已经响起，人声渐渐远去，是登船离开的时候了。

当船在库湖里平稳行驶的时候，我仔细阅读林科所的资料，才知道这些石堤是上个世纪六七十年代修建的。当时，上万民兵、知青开山凿石，肩扛手搬，砌就了二万五千米梯级石堤，为的是在榛莽中开辟一条条台地，培育珍稀苗木。这些台地上种植的银杉、红豆杉、银杏、楠木，有几十个科，几百个品种。当年的嫩箨香苞，而今已郁郁成林。

前人栽树，后人乘凉；前人辛苦，后人把福享。望着绵延无际的柘溪水库，我想起了看过多次的一部话剧《水下村庄》。在这部以安化移民为素材的戏中，主人公——一位大队长、移民头儿——在儿子的婚礼上发出过感慨：“想当年，我们来到这里，把人世间的苦都吃尽了。想不到也有今天，小的长大了，大的成家了……”不怕人笑话，每当我看到这里时，总是忍不住热泪盈眶。这座湖南第二大水库的建成使用，那一代人付出了多大的牺牲！同样，水库深处的这二万五千米石堤，砌进了多少知青的热血青春。也许在今天它不算什么，甚至它是否有必要建都是一个疑问，但没有那一代人的奋斗与牺牲，今天中国的腾飞是否会这么快、这么顺利？

汽笛又一次响起。大坝就在眼前，要靠岸了，我和众人一起走出船舱。

二、白沙溪边踩茶声

这几年，安化黑茶的名声越来越大，有直追普洱之势。我在家也多喝黑茶，盖因身体也有不争气的“三高”是也。

安化自古是茶乡。人道“茶市斯为最，人烟两岸稠”，而今我们是闻茶香而欲窥堂奥。

安化，小淹，白沙溪，这些诗意的名字所标示的，是历史悠久的白沙溪茶厂。硕大而简陋的车间里，炉火熊熊，蒸汽氤氲，人声鼎沸，这是千两茶的制作现场。有人筛茶，有人拣茶，有人在整形，有人在拼堆。称好的茶叶投入七星灶，一番蒸煮后，经过简单的踩压，放入内铺粽叶的粗大篾筐里，就到了踩茶汉子的脚下。踩茶汉子上穿黄色汗褂，下着短裤，膝盖以下裹着绑腿，在带头大哥的指挥下，全神贯注地展开着一些什么动作。

压起来咧——把杠抬呀，
重压些咧——慢些滚呀，
大杠压得好呀，脚板稳住筒呀，
小杠绞得匀呀，粗茶压成粉呀，
细茶压成饼，香茶销两口呀……

伴随着踩茶号子，每组七八个汉子手舞足蹈，起落翻飞，如舞，如武，如痴，如醉，但并不癫狂，也不散乱，而是动作整齐，起伏有致。这是些什么动作呢？我注视着，原来是绞、压、跺、滚、锤……一环扣一环，程序不能乱，一道也不能少。

加把劲呀，使劲踩呀，

安化黑茶，走天下呀……

陪同而兼导游的县文化局副局长是个美女，她把自创的新踩茶号子加进去，又以十分魅惑的动作指挥他们，使他们更加来劲，更加高昂。

此刻，正是酷暑，屋外是40°C的高温，屋内两个大灶热气腾腾，除了几把大功率电扇外，并无其他降温设备。身形舞动处，古铜色的肌肤在发光，汗珠在溅洒，踩茶汉子的黄色汗褂，已经没有一根干纱。踩茶号子仍然此起彼伏。此情此景，让我想起电影《红高粱》里的颠轿，想起鲁迅所说的劳动创造艺术的“杭育杭育派”。是的，眼前的景象，是劳动，更是艺术；是雄强生命的本色呈现，也是踩茶工艺千锤百炼后的程式之美。难怪，黑茶的制作工艺，已经列入国家非物质文化遗产名录。

据说，千两茶只能伏天生产，为保证内部的热量，一支千两茶做完才能停歇。我们在欣赏劳动之美，踩茶汉子们要调动他们全部的体力。听人说，一个班10多个人每天要喝10多斤酒，身体才能支撑过去。

千两，老秤1000两，16两为一斤，一支千两茶31.25公斤。

一支千两茶经过如此暴力美学般的踩压后，成为长约 1.5 米、直径为 0.2 米的圆柱体，置于凉架上，经夏秋季节 50 天左右的日晒夜露，吸天地之灵气，纳日月之精华，在自然条件的催化下，自行发酵、干燥，然后长期陈放。陈放愈久，品质愈佳。

溪流琥珀三千载，茶洗白沙一万年。

安化归来以后，我再喝黑茶，先自庄敬三分。

（2010 年 9 月 14 日）

两个老师，一样血脉

我不能隐瞒自己的观点，这个夏天，当媒体报道有四名高考状元舍北大而就港大的时候，我虽然不像某北大教授那样认为他们素质有问题，但也是很不以为然的。

“你 out 了，”朋友说，“人家排名比你高，就业前景比你好，还有几十万奖学金，你凭什么跟人家争？”

是啊凭什么？

我一时语塞。绝望之际，一些老师的面容浮现在眼前。

我刚进北大的时候，正是 20 世纪 80 年代中期，冯友兰、陈岱孙、王力、吴组缃等这些硕儒大德还在，但说实话，他们除了在开学典礼上露露面，已不到一线上课，也就很难亲炙其謦欬。那时在未名湖畔纵横驰奔的是一批新时期后才崭露头角的少壮派。其中印象最深、给我精神世界最大影响的是两位：钱理群、董学文。

钱理群出身名门，50 年代曾入北大，毕业后在贵州蹉跎多年，再入北大时人近中年，头顶稀疏，一双半眯眼常带笑意，一个滚圆的脑袋左右转动，怎么看怎么像一尊弥勒，而不像一个大学者。但就是这尊弥勒，如同鲁迅笔下“真的猛士”，凌厉无比，杀入学术界，带来一股旋风，搅起一阵狼烟。他先是与陈平原、黄子平在《读书》上开设《二十世纪中国文学三人谈》专栏，打通现当代，破除狭隘意识形态文学史观，后又深耕鲁迅、周作人，于正统的鲁迅观外另塑一尊炽热、深沉、怀疑的鲁迅形象。我辈那时追慕钱理群的程度，丝毫不下于现在的年轻人追捧巴菲特、乔布斯、马云。每到钱先生的鲁迅课，阶梯教室济济一堂，后面还站立无数。钱先生滔滔不绝，讲到高潮处，他圆圆的秃顶上热气腾腾，云蒸霞蔚。他频频拭汗，不知湿透几多手帕矣（那时面巾纸还是稀罕物）。

80 年代是一个狂飙突进、个性高涨的时代，这一点与“五四”时期何其相似。鲁迅的重新发现，为 80 年代确立了精神坐标。而钱理群一班人，就是那在“五四”与 80 年代、鲁迅与新时期中国人之间传递精神密码、打通时光隧道的人。孔庆东曾经说过，钱理群首先是一个青年导师。

好吧，我得说说我和钱理群的关系。其实我和他并没有世俗的密切关系。我不是他的研究生，没有到他家去过，没有通过信，也几乎没有电话联系，但他是我真正的老师，对我的精神影响是最大的。而特别喜欢年轻人的钱先生，似乎也一直在默默注视着我。当年他曾在文章中比较多地引用我年少轻狂的一些言论，据同学们说，他还多次表达过对毕业后的我的记挂。

而董学文，是我的研究生导师。表面上，他与钱是完全不同的两类人。钱激情似火，董冷静如水；钱逸兴遄飞，董务实理性；钱拜鲁迅为师，董以马克思为宗。简单地说，董学文毕生以研究马克思主义美学、光大马克思主义学说为志业。他对马克思的信仰是全方位的：从学说到文体，从精神到言谈，从生活到爱情。董学文出身平民，始终站在平民立场，鄙视80年代学术界一些人的贵族意识、“精英”意识。在他看来，当全国绝大多数人为温饱而苦斗、为小康而奔波时，那些以贵族主义的傲慢鄙弃底层，玩文学、玩学术、玩人生的人，无疑丧失了起码的创作品格与学术良心。当年我与董先生曾有过不少争论，许多观点不尽一致，但现在想来，我对马克思美学的服膺、入世主义的人生态度，很大程度上来自董学文先生。

实际上，钱理群与董学文不是截然对立的两种人，他们身上流贯着共同的血液、共通的精神，那就是对国家民族的责任感，对社会现实的关注，对学问的执着和“六经注我”的学术勇气，以及对学生的关爱与古道热肠。可以说，他们及其同调，一起成为北大新时期以来的学术中坚，延续了北大的精神之火。他们所宗奉的两位伟人，一个鲁迅，一个马克思，恰恰代表了北大精神的两个源流、两大支柱，而且可互相打通。

回到前面那个问题：北大凭什么与港大争？我以为，就凭这种传统、这种精神、这种底蕴，凭深深立足于中国历史与现实的一代代名师。我想，其价值，不是金钱与工具主义的排行榜所可以衡量的。

“唉，你那还是书生之见。”朋友眨眨眼，不以为然。

（《金鹰报》2011年9月5日）

再回首，又出发，金鹰展翅

又到金秋盛景，又见金鹰展翅。

从 1983 年到 2000 年，是从金鹰奖到金鹰节的华丽转身；从 2000 年到 2012 年，金鹰节从莺啼初试到自由翱翔。如今，金鹰九连环，振翮重霄九，越飞越高越精彩。

从千年之交年落户长沙开始，得益于各方支持，湖南广电人便风帆高挂，以舍我其谁的担当、风雨无阻的执着和敢为人先的创新精神，深耕着金鹰电视艺术节这一块土壤。12 年，一个生肖的轮回，流逝的光阴不算长，但其中的艰难曲折与成功收获，历历可数，在在难忘。

还记得当时金鹰节永久落户长沙而面临的怀疑吗？一个内陆省份，一家尚在艰苦创业中的传媒机构，要持续承办一项全国性的艺术节会，该要有怎样的雄心和勇气？该面对多少的困难与风险？

还记得前两届的绵绵秋雨吗？似乎是老天有意要“苦其心志，

劳其筋骨……行拂乱其所为”，在连续两届露天广场举行的开幕式上，与金鹰女神相伴降临的，总是一场带着瑟瑟凉意的秋雨，毫不留情地淋在嘉宾、演员和观众的身上。

还记得每次的万人空巷背后，总有部分媒体嘲笑的目光吗？“赔本还没赚上吆喝”“虚火的电视湘军”，种种口水，不一而足。

当然，人们更记得走过金鹰舞台的一位位业界精英与明星大咖，从周迅到海清，从陆毅到孙红雷，12 年来中国电视最有冲击力的面孔，都照亮过长沙的夜空。从刘德华到梅艳芳，从孙燕姿到李宇春，12 年来中国歌坛最有实力的唱将，都曾留声于湘江之滨。人们更记得金鹰节招牌活动的那些经典画面：开幕式的流光溢彩，明星演唱会的火爆狂热，高峰论坛的问道与辩难，闭幕式暨颁奖晚会的衣香与鬓影、欢笑与泪光。12 年中，金鹰节以自己独特的节会模式与品牌影响力，跻身中国最具影响力的节庆之列，成为中国流行文化界的一个标志性符号。

12 年，一路走来，阳光与风雨同在，喜悦与艰辛并存。“在撒满鲜血的天空迎着风飞舞，凭着一颗永不哭泣勇敢的心。”

如今，阳光灿烂，雨煞云收。金鹰电视艺术节走过的这 12 年，正是中国经济飞速发展的新一轮周期，是中国电视爆发性增长的黄金时期，湖南卫视也借势狂飙突进，一举成为地方卫视排头兵。也许，没有金鹰节，照样有湖南卫视的崛起。但是，连续八届金鹰节所吸引的目光、积聚的人气、释放的品牌效应，绝对是大有益于湖南卫视及湖南广电的。回过头来看，我们更加要钦佩并且感谢开创者的远见与气魄，致敬力行者的筚路蓝缕与顽强坚守。而所有那些举办金鹰节“不值得”“不划算”的斤斤计较，也已经烟消云散。

然而归根结底，金鹰节的成功，要感恩这个非凡的时代。这是一个百草丰茂、万物花开的时代，也是一个电视一马当先、花开最艳的时代。中国是世界第一电视大国，电视又是中国受众第一选择，这两个第一，决定了电视艺术的节会必定是人气最旺的。金鹰节的成功，要感恩亿万电视观众。金鹰奖是全国艺术大奖中受众参与最广、话语权重最高的奖项，金鹰节也是最重视与受众互动的节会。是观众的呵护，让电视艺术蓬勃生长；是观众的关注和参与，让金鹰节获得持久的动力。金鹰节的成功，还要感恩全国的电视艺术工作者。这些年来，全国电视艺术同行互相砥砺，互相激发，以永争一流的心志，以“五加二”“白加黑”的劲头，各擅胜场，让电视荧屏繁花似锦、风生水起。这才有了金鹰奖的洋洋大观和金鹰节的持久火爆。

对于过往八届金鹰节和中国电视的亲历者而言，正如李宇春唱的那样，“总有一天你要回忆吧，庆幸曾有似火的年华”。

而今，种种迹象表明，中国电视的高速增长期行将结束，一家独大与笑傲群雄日益成为不可能。开机率的下降、网民人数的井喷式增长，让电视遭遇从未有过的挑战。戏剧、电影由鼎盛到寥落的遭遇会不会在电视上重现？电视人似火年华的豪情会不会被似水流年的叹惋所代替？面向未来，电视有哪些可为和哪些不可为？人们也许会期待，作为业界风向标和群英会的金鹰节，除了互道恭喜和歌舞娱乐外，也当直面这些问题，探讨这些问题，并寻找应对之策。

聚焦电视，洞见电视，巩固自己的品牌活动，提出自己的文化主张，从而引领中国电视乃至整个流行文化的未来，这是金鹰节永恒的使命与担当。

（《金鹰报》2012 年 8 月 29 日）

后记

这本书里收录的，是我的文艺评论文章，从 1991 年在《读书》杂志发表的《斯万之恋：爱情神话的终结》（《追忆逝水年华》书评）开始，到 2020 年为大型史诗歌舞剧《大地颂歌》写的评论《最是深情能动人》止，前后跨越 30 年时光，共 120 余篇。第一辑是作品评论，这部分最多；第二辑是文艺家论，大多是我有过接触和交集的人物；第三辑比较杂，主要是文艺随笔。

大学毕业后，半因爱好，半因职业，我陆续写了很多文艺评论，涉及文学、戏剧、电影、电视剧等诸多文艺门类，其中有些是发自内心的冲动，有些是应创作者之约请；有的简短，有的稍长，但无一不是我沉浸观览、考究打磨的产物。绝大部分曾见之于报刊，也有少量写完后因各种原因沉睡在电脑里，还有的可能发表过，但找不到当时的报刊了。

之所以命名为《看，那一朵朵火焰》，缘自彭燕郊先生的诗歌

《一朵火焰》。本书中有一篇我为彭燕郊先生写的悼亡文《一朵火焰熄灭了》，表达了我对这首诗的喜爱。诗中，彭燕郊把火焰比作“平凡的圣迹”，虽然既不耀眼，也不刺目，但“殉教者般地发光”，发出的是“恬静的，越看越亲切的光”“可以长久注视的光”。我觉得我 30 年来评论的这些作品、这些人，也是一朵朵火焰，都曾发出过各自的光，虽然有的比较明亮、有的比较微弱，有的比较恒久、有的已经暗淡，但都为新时期以来中国的文学艺术、为中国的社会进步发挥过烛照当下和未来、世道与人心的作用，值得收录进来，传之后世。

龚政文

2023 年 3 月